내가 본 현장
여울목 풍경

한 언론인의 비망록 · 최서영 지음

산

기자였기에
많은 것을 보았다

어영부영하다가 나이만 먹었다. 황혼에 접어든 인생역정을 되돌아보니 일모미성日暮未成—날은 저무는데 아무것도 이루지 못했다는 탄식이 저절로 나온다. 그러나 내 삶이 비록 내세울 것은 없지만 허무했다는 말은 아니다. 바람 부는 대로 흘러 다닌 뜬구름 같은 것은 결코 아니었다.

언론이라는 직업 분야에서 40년에 이르는 반평생을 보냈다. 그 세월을 반추해 보면 상전벽해桑田碧海라는 말이 떠오를 만큼 세상은 많이 변했다. 대통령이 열 사람이나 바뀌었다. 4·19혁명에서 5·16을 거쳐 유신체제로, 또 그 뒤를 이은 민주화운동과 문민정부 탄생 등 흔히 말하는 산업화와 민주화를 단계적으로 이루어 낸 격동의 오랜 세월이었다.

나는 이 기간을 통해 기자記者라는 신분 덕택으로 많은 사건의 현장을 자주 볼 수 있었다. 그리고 그 실상을 기사로 보도하고 때로는 논평해 왔다. 그런 과정에서 만났던 많은 사람, 또 겪었던 숱한 곡절들……, 지금 생각하면 모두 잊을 수 없는 소중한 만남이고 경험이었다. 특히 현장에서 내가 보고 듣고 겪은 어떤 일들은 역사의 물결을 바꾸게 한 험난한 여울목의 풍경이기도 했다. 그래서 부질없는 욕심인지는 모르겠으나 그때 그 모습을 기록해 두어야 하겠다는 생각이 들었다. 하찮은 것이라도 우리가 살아왔던 지난날의 모습을 적어 둔다는 것은 저널리스트로서의 당연한 의무라는 것도 느껴졌다. 더욱이 우리나라는 기록문화가 아주 빈약한 처지에 있다. 사실관계를 추구한 논픽션이 독서계의 주류를 이루고 있는 이웃나라 일본과 너무나 대조되는 현상이다. 따라서 개인이 심층 취재해 글을 쓰거나 책을 내는 독립 저널리스트가 외국에는 허다한데 우리나라에는 이 분야가 많이 뒤처져 있다. 내가 이 책을 내고자 하는 데는 이런 이유도 곁들어져 있다.

이 책에 수록된 글은 모두 내가 직접 보고 듣고 겪고 생각한 것들이다. 책 편제는 편의상 크게 4개 분야로 나누었다. 첫 번째는 내가 반평생을 보낸 언론계 내부의 이야기다. 우선 나의 언론 이력부터 소개했다. 이 글은 『관훈저널』(2007년 가을호)에 실렸던 글을 보완한 내용이다. 내가 어떤 상황의 언론 외길을 걸었는가를 되돌아본 자전적自傳的 에세이라 할 수 있다. 다음은 오늘의 우리 언론이 이만큼이나마 발전하게 된 데는 언론계 선배들의 피땀 어린 노력이 있었기 때문인데 우리나라를 대표할 만한 저널리스트 대선배 몇 분을 추억해 보았다. 그리고 지금 언론계가 봉착한 답답한 문제점, 또 가끔 화젯거리로 등장하는 출입처와 기자단에 얽힌 얘기들을 정리해 엮었다. 그리고 얼마 전 어느 탤런트의 자살 사건으로 방송계의 비리가 또 말썽이 되었는데 그쪽 속사정은 어떤 것인지 이런 것을 내 체험을 중심으로 써 보았다. 언론계 실상을 이해하는 데 도움이 되었으면 한다.

두 번째 파트는 취재에 얽힌 일화, 에피소드 들이다. 특히 나는 가난했던 옛 시절에 외국 특파원을 했기 때문에 지금 같으면 겪지 않아도 될 고생을 많이 했다. 그런 얘기들을 써 보았다. 더욱이 베트남에 특파되어 그 나라가 망해 가는 과정을 지켜본 기자로서 그때 이야기는 타산지석他山之石으로 꼭 남기고 싶었다. 30년이 훨씬 지난 옛날 신문지를 뒤져 가며 그때 게재되었던 내 기사를 참고해 쓴 글이다. 그리고 평양 취재 등 몇 개 글은 대한언론인회 회보와 잡지 『신문과 방송』에 연재했던 「나의 일선 기자 시절」을 보완해 다시 쓴 글이다. 나는 국회와 정당을 담당 취재했던 정치부 기자였기 때문에 비교적 많은 정치인을 가까이 대할 기회가 있었다. 지금은 대부분 고인故人이 되었지만 당대의 권력자였던 역대 대통령과 그 주변 인물들이 어떤 인품의 사람들이었는가를 나름대로 스케치해 보았다. 당사자들에게 실례가 되지 않았기를 빈다.

세 번째는 일본에 관한 이야기들이다. 나는 일본 특파원과 도쿄대학 유학생활을 통해 일본을 많이 공부할 기회를 가졌다. 아시아의 대부분 국가들이 서구열강西歐列强의 식민지가 되어 간 19세기 말엽에 어떻게 일본만이 이 굴레를 벗어나 근대화혁명에 성공했는가? 뿐만 아니라 어떻게 해서 세계열강 대열에 올라섰는가? 이것이 일본을 공부하게 된 최대의 동기였다. 나름대로 일본의 메이지유신明治維新에서 배울 점을 추구해 보았다. 그리고 우리나라와의 관계에 있어 일본 좌파左派들이 저지른 용서할 수 없는 죄악들을 살펴보았고 이성을 잃어 간 일본 우파右派의 사상적 흐름을 추적해 보았다. 또 우리 조상들이 일본에 남긴 비극의 흔적을 찾아보았다. 이 일련의 취재를 하느라 나는 일본의 곳곳을 찾아다닌 여행도 많이 했다. 우리와 일본의 관계를 흔히 가깝고도 먼 나라(一衣帶水 萬水千山)라고 한다. 나 보고 말하라면 '밉지만 배울 것이 많은 나라'라고 표현하고 싶다.

네 번째 파트는 나의 젊은 시절 대학생활과 특이한 여성이었던 내 할머니에 관한 얘기를 쓴 글들이다. 사사로운 얘기들이지만 나로서는 꼭 기록해 두고 싶은 자화상이라 할 수 있디. 이떤 벗들과 어떻게 어울려 젊은 날을 보냈는가? '세 살 버릇 여든까지'라는 우리 속담이 있다. 이런 뜻에서 쓴 글인데 〈정문회政文會〉 이야기는 『서울대동창회보』에 썼던 글을 거의 다시 쓰다시피 보완한 것이다.

　지금까지 설명한 바와 같이 이 책은 체계적으로 쓴 회고록이나 자서전이라기보다는 언론생활을 하면서 보고 듣고 겪었던 세상 이야기를 그저 붓 가는 대로 적어 본 스케치북이라 할 수 있다. 내가 아는 어느 정치인은 "정직하게 회고록을 쓰면 누구누구와 대대로 원수 될 것 같아 집필을 포기했다." 라고 말한 일이 있다. 나는 그런 위치에 있지 않은 사람이어서 이 글을 편한 마음으로 사실에 근거해 썼다. 누구와 원수 될 까닭이 없다. 그런데도 몇 가지 염려를 하게 된다. 내 딴에는 정확하게 쓰느라 애썼지만 40년, 30년 전의 옛 얘기를 쓰다 보니 혹 착각에서 오는 잘못이 없었는지 걱정이 된다. 또 가능한 대로 중복을 피했으나 불가피하게 몇 군데는 같은 내용이 두 번 언급된 데가 있다. 독자의 양해를 바란다. 그리고 마지막으로 이 책에는 많은 분의 이름이 실명으로 등장한다. 나로서는 결례가 되지 않도록 신경을 썼으나 불민한 탓으로 실수가 있었을 것으로 안다. 거듭 해량海諒을 빈다. 이 책을 내는 데 도움을 준 관훈클럽 신영연구기금 관계자 여러분과 또 출판을 흔쾌히 맡아 준 도서출판 '선'의 김윤태 사장께 깊이 감사를 드린다.

2009년 가을　최시영

내가 본 현장
여울목 풍경

1

언론계 이야기

소중한 만남

언론 외길을 걷다

나는 평생토록 직업을 하나밖에 가져 보지 못했다. 그 직업은 기자記者였다. 어떤 사람은 기자를 하다가 정치인이 되기도 했고 고급관료가 되기도 했다. 또 어떤 사람은 기업가로 변신해 돈을 많이 벌기도 했다. 그러나 나는 그런 재주가 없었다. 그래서 좋으나 싫으나 언론 외길을 걸을 수밖에 없었다. 따라서 내가 언론계에서 평생을 보낸 것은 처음부터 한 가지 일에 일생을 걸고 승부한, 이른바 일생일업一生一業, 일의전심一意專心의 결과라기보다는 다른 것을 해 볼 재간이 없고 또 엄두를 내지 못한 탓으로 그렇게 되었다고 보는 것이 옳을 것 같다.

아무튼 내 직업은 기자였다. 그동안 신문과 방송을 오간 적이 있지만 그것은 직장을 옮긴 것이지 직업을 바꾼 것은 아니었다. 또 한 분야에 오래 있다 보니 편집국장이니 사장이니 하는 자리를 맡아 본 일이 있지만, 그것도 역할의 구분이었지 결코 직업의 본질이 달라진 것은 아니었다. 그래서 감히 언론인으로 평생을 살아왔다고 말할 수 있다.

기자라는 직업을 한마디로 평가하기는 대단히 어렵다. 겉으로 보기에는 한번 해 볼 만한 멋진 직업으로 여겨질 수도 있으나 사실은 아주 힘들고 고달픈 직업이라 하는 것이 더 옳을 듯하다. 왜냐하면 기자라는 직업은 뉴스를 찾아 낯선 들판에 나서야 하고, 피 말리는 경쟁에 시달려야 하고, 진실이 무엇인가를 스스로 판단해야 하고, 그 책임을 홀로 지는 두려움을 견뎌야 하기 때문이다. 말하자면 사닥다리 꼭대기에 올라서서 불침번不寢番을 서는 것과 흡사한 직업이다. 그러면 나는 어떻게 해서 이런 직업을 갖게 되었는가? 그리고 어떤 모습으로 이 길을 걸어왔는가? 우선 여기서부터 얘기를 시작해 보겠다.

■ ■

내가 신문기자가 된 것은 1957년 3월이었다. 그때는 6·25전쟁이 멎은 지 얼마 되지 않은 시점이어서 전란의 상처가 아직 많이 남아 있던 때였다. 폭격으로 무너진 건물의 앙상한 잔해가 곳곳에 보이는 그런 시대였다. 대학을 나와도 갈 만한 직장이 없었다. 모든 분야가 허허벌판이었다. 그런데 그때 공개시험으로 사람을 뽑는 곳이 딱 두 군데 있었다. 은행과 신문사였다. 그래서 시험이 있을 때면 수백 명의 젊은이가 모여들었다. 시험에 합격한다는 것은 정말 하늘의 별 따기였다. 나는 은행보다는 신문사에 취직하고 싶었다. 먹고살기 위해서는 아무 데고 직장을 구해야 했지만 기왕이면 적성에 맞는 직업을 갖고 싶었다. 그런데 기자가 내 적성에 맞을 듯했다. 나는 남과 견주어 볼 때 특별히 내세울 만한 재주가 없었으나 글 쓰는 솜씨만은 웬만큼 빠지지 않을 것 같았기 때문이다. 고등학교 시절에는 문예반장 노릇을 하면서 교지校誌도 만들어 보았고 또 거기에 이것저것 글을 많이 써 보았다. 대학에 진학해서도 글을 가끔 썼는데 2학년 때에는 내가 쓴 시 詩가 최우수작으로 뽑혀 서울대학교의 '대학신문상'이라는 것을 받은 일도 있었다. 그래서 가능하면 글을 쓰는 직장에 취직하고 싶었다.

때마침 서울신문에서 기자모집이 있기에 응시해 보았다. 50년이 넘는 옛날 일인데도 하도 취직하기 어려웠던 때의 일이어서 그런지 그때 일이 어제 일처럼 생생히 기억에 떠오른다. 시험장소는 덕수궁 옆에 있던 덕수국민학교였고 시험과목은 영어, 상식, 기사작성 3과목이었다. 영어는 『타임』, 『뉴스위크』 등 외국 잡지의 영문기사를 번역하라는 것이었고 상식 문제는 시사 문제뿐 아니라 역사, 지리, 문화 등 광범하게 그 지식을 테스트하는 것이었다. 지금 기억에 남는 것은 그때 정부 각 부처의 장관 이름을 적어 보라는 것이 있었는가 하면 쓸쓸한 겨울 고궁古宮 풍경을 찍은 사진을 보여 주면서 계절을 스케치하는 사진 설명을 써 보라는 것이 있었다. 문장력과 기자로서의 센스를 알아보기 위해서인 것 같았다. 면접시험까지 치른 후 최종합격자 발표가 있었는데 딱 3명의 이름만 신문사 현관에 나붙었다. 합격의 행운을 얻은 사람은 신우식申禹植, 신상현申相鉉 그리고 나였다. 바늘구멍을 통과한다는 말이 바로 이런 경우를 두고 한 말인 것 같았다. 그러나 나는 이때 세상의 매정함도 아울러 느꼈다. 수백 명에 이르는 그 많은 응시자 가운데서 고작 세 명을 뽑다니……

나의 기자생활은 이렇게 시작되었다. 언론계와의 소중한 첫 만남이었다. 서울신문 사사社史를 보면 1957년에 입사한 3명은 견습 4기생으로 기록되어 있다. 6·25 이전까지 우리나라 신문사가 기자를 채용한 방법은 대개 연줄이나 추천 등 알음알음으로 사람을 썼다. 서울신문의 경우 1949년 박종화朴鍾和 씨가 사장이 되었을 때 온갖 연줄로 전달된 기자 지망생의 이력서가 400여 통에 이르렀다고 한다.

■ ■ 1950년대의 서울신문 사옥

누구를 뽑을지 가릴 기준이 없어 이력서 낸 사람을 모두 불러 시험을 보였는데 이것이 공채는 아니지만 입사시험의 시초였다는 것이다. 기자모집을 공개적으로 공시한 다음 엄격한 시험을 거쳐 합격자를 뽑는 견습기자 공채 1기가 시작된 것은 53년이고 연이어 2기생, 3기생을 뽑았는데 내가 입사해 보니 공채로 입사한 선배가 셋(嚴基成, 金貴濟, 李芳勳 씨) 있었다. 우리나라 신문사가 대학을 졸업한 우수한 엘리트를 기자로 채용하기 위해 앞다퉈 공채제도를 활용하기 시작한 것이 50년대의 특징이다. 그때 우리는 변변한 기업체가 없었으니 상경계 대학을 나와도 은행 말고는 갈 곳이 없었고, 공장 하나 없었으니 이공계 대학을 졸업해도 직장을 구할 길이 없었다. 그래서 신문사가 모집광고만 내면 전공 구별 없이 수백 명씩 구름처럼 모여들었다. 여기 덧붙여 이때 신문기자 공채바람을 폭발적으로 불러일으킨 것이 54년에 있은 한국일보 창간이었다. 한국일보를 창간한 은행원 출신의 장기영張基榮 씨는 백상百想이라는 아호 그대로 100가지 아이디어를 내고 불도저처럼 밀어붙이는 사람이어서 창간한 해부터 매년 거의 두 번씩이나 공채를 실시했다. 특히 다른 신문은 응시 자격을 대학졸업자로 제한한 데 비해 한국일보는 고교졸업자까지로 범위를 넓혀 더 많은 사람을 모집했다.

내가 입사한 57년 당시의 서울신문은 사장 김형근金亨根, 주필 전홍진全弘鎭, 편집국장 고제경高濟經 씨로 짜여 있었다. 법조인 출신으로 내무부장관을 지낸 후 사장이 된 김형근 씨는 재임기간을 통해 취임하던 날과 퇴임하던 날 딱 두 번밖에 편집국을 찾지 않았을 만큼 신문 제작에 일절 간섭하지 않았던, 언론을 존중할 줄 아는 신사였다. 뒷날 선배한테 듣기로는 당시 신문기사에 불만이 있었던 경무대景武臺(오늘이 청와대)와 서대문(李起鵬 씨 측)에서 사장한테 가끔 압력이 있었으나 한 번도 그는 편집국에 그 내용을 전한 일이 없었다고 한다. 전홍진 주필은 왜정시대부터 이름 있던 기자였는데 당시 '천일방天─方'이라는 펜네임으로 「사교실社交室」이라는 칼럼을 전담, 연재하고 있었다. 독자가 질문하면 천일방이 답변하는 형식의 이 칼럼은 서울신문의 성가를 높인 인기물이었다. 특히 필자의 해박한 지식이 화제가 되어 '천일방'이 누구인지 알려 달라는 독자들의 요구가 빗발치기도 했다. 편집국장 고제경 씨는 록 허드슨이나 타이론 파워를 연상시키는 할리우드 배우처럼 체구가 당당한 미남이었다. 물이 흥건히 묻은 강판 직전의 대장臺狀을 앞에 놓고 먹물이 흠뻑 밴 굵은 붓으로 기사 타이틀을 고치던 그때 그 모습이 지금도 아련한 추억으로 남는다.

신문사에 출근하던 첫날 편집국장은 우리 신입사원에게 견습을 받아야 할 부서를 정해 주었다. 1주일 단위로 편집국의 각 부서(사회부, 정치부, 경제부, 문화부, 외신부, 편집부, 교정부)를 순회 근무한 다음 나와 신상현은 사회부, 신우식은 문화부로 배치한다는 것이다. 나는 대학에서 정치학과를 다녔으므로 정치부 배치를 희망했으나 편집국장 말은 "발로 뛰는 기자여야 대성할 수 있으므로 사회부에 가서 사건기자로 훈련을 받으라."라는 것이었다. 그래서 나는 사회부 말석에 앉게 되었는데, 당시 사회부장은 6·25 때 종군기자로 이름을 날렸던 이혜복李蕙馥 씨였다.

사회부에 배치된 나는 검찰청과 법원을 출입하는 법조기자로 견습생활을 시작했다. 덕수궁 건너편에 있는 법원과 검찰청에 나가 보니 다른 신문사에서도 견습기자들을 내보내고 있었는데, 당시 함께 취재훈련을 받은 동료로는 경향신문의 윤양중尹亮重, 세계일보의 류혁인柳赫仁, 세계통신의 이종전李鍾全, 조선일보의 정광헌鄭光憲, 국도신문의 박진서朴晋緖 등이 있다.

그때는 어느 신문사를 막론하고 견습기자를 훈련시키는 코스는 두 갈래로 정해져 있었다. 하나는 경찰서를 빙빙 돌면서 범죄 사건, 화재 사건, 교

■ ■ 편집국 회의 모습

통사고 등을 찾아 현장 취재를 하는 일이고, 다른 하나는 검찰청과 재판정을 샅샅이 훑으면서 온갖 시빗거리를 취재하는 방법이다. 두 코스 모두 말하자면 범죄자가 생산하는 사건을 통해 기자수업을 한다는 얘기가 된다. 이쯤 되면 기자생활을 잠깐 해 본 적이 있는 칼 마르크스가 퍼부은 독설이 생각난다. 마르크스는 그의 유명한 『잉여가치학설사剩餘價値學說史』에서 다음과 같이 말한 적이 있다.

> 철학자는 이념을 생산하고 시인은 시詩를 생산하고 목사는 설교를 생산하고 교수는 교과서를 생산하는 것처럼 범죄자는 범죄를 생산한다. 범죄자는 범죄뿐 아니라 형법刑法도, 따라서 형법을 강의하는 형법교수도, 또 교수가 자기 강의를 상품화하여 시장에 내다 파는 교과서도 생산한다. 따라서 국민적 부富의 증가가 생긴다. 더욱이 범죄자는 경찰, 검찰, 재판소, 판사, 변호사를 생산한다.

이 학설대로라면 범죄자는 범죄를 취재하는 신문기자까지 생산해 내는 셈이다. 아무튼 나는 57년 한 해를 덕수궁 건너편에 있는 대법원, 고등법원, 지방법원, 대검찰청, 고등검찰청, 지방검찰청 그리고 법무부를 비가 오나 눈이 오나 매일 드나들면서 범죄 사건을 통해 기자수업을 했다.

그 당시 법원에서는 '진보당進步黨 사건'이 재판 중이어서 온 세상의 관심이 여기 쏠리고 있었다. 나는 건국 후 최대의 정치 사건을 직접 취재해 볼 수 있는 좋은 계기를 맞은 셈이 되었다. 이 사건은 평화통일을 정강정책政綱政策으로 내건 진보당의 정책이 국가보안법에 저촉된다는 것과 또 당수인 조봉암曺奉岩 씨가 양명산梁明山이라는 간첩을 통해 북한 정권과 내통했다는 간첩죄 등이 적용된 사건이었다. 반공검사의 심벌 오제도吳制道 검사의 지휘로 조봉암 당수를 비롯해 김달호金達鎬, 윤길중尹吉重, 박기출朴己出 씨 등 거물급 정치인들이 기소되어 마침 서울지방법원에서 재판이 진행되고 있었다. 당시의 사법부는 초대 대법원장이었던 김병로金炳魯 옹이 틀을 잘 잡아 놓은 탓으로 그 권위가 대단히 높았다. 무소불위無所不爲의 이승만李承晩 대통령도 이곳만은 어쩌지 못했다. 그런 탓이었는지 진보당 사건의 1심 재판장인 류병진柳秉震 부장판사는 진보당에 대한 선고공판에서 평화통일론과 간첩죄에 대해서는 무죄를 선고했다.(조봉암 씨에 대해서는 다만 불법으로 권총을 소지했다는 점만 유죄로 인정) 이 판결이 있자 며칠 후 반공을 외치는 정체불명의 일단의 청년들이 법원 청사로 몰려들었다. "용공容共 판사 물러가라." "류병진을 처단하라."라는 구호를 외치며 난동을 부렸다. 사법사상 처음인 이 법원습격 사건은 사회에 큰 충격을 준 사건이었다. 진보당 사건은 그 후 2심 재판에서 뒤집혔다. 그래서 대한민국 초대 농림부장관이었던 조봉암 씨는 끝내 사형을 당했다.

내가 취재한 또 하나의 사건은 가수 계수남桂壽男(본명 鄭德熙)의 재심공판이었다. 6·25 때 인민군에게 부역했다는 죄로 한창 이름을 날리고 있던 가수 계수남이 무기징역수가 되어 당시 마포형무소에서 복역 중에 있었다. 이 사실이 서울신문에 보도되자 여러 곳에서 '계수남을 살리자.'라는 운동이 일어났다. 진정서와 탄원서가 연일 밀려오게 되자 대법원에서는 전시 중에 있었던 그에 대한 재판을 재심하기에 이르렀다. 그 결과 형량刑量이 조정되어 계수남은 석방이 결정되었다. 법조기자들은 마포형무소로 달려가 자유의 몸이 된 그를 만났다. 눈물을 흘리며 고마워하던 그의 모습이 지금도 잊히지 않는다.

나의 법조 견습기자 시절을 통해 가장 잊을 수 없는 것은 판사 긴홍섭金洪燮이라는 인물을 알게 된 일이다. 당시 그는 서울고등법원 부장판사였는데 언제나 검은 고무신을 신고 검은 보자기에 도시락을 싸 들고 다녔다. 가톨릭신도였던 그는 김창룡金昌龍 특무부대장 암살 주모자로 사형이 확정된 허태영許泰榮 대령을 가톨릭으로 귀의시키고 그의 대부代父가 되었던 사람이기도 했다. 특히 김 판사는 자기가 내린 판결로 생활이 어려워진 중죄인 가족들에게 쥐꼬리만 한 그의 봉급을 쪼개 가끔 송금해 주기도 했다. 그리고 더 근본적으로는 사람이 사람에게 재판할 수 있느냐 하는 판사로서는 보기 드문 고뇌에 빠져 몇 번이고 사직원을 내기도 했던, 마치 구도자求道者나 성직자의 길을 가는 듯한 법관이었다. 또 그는 100명이 넘는 젊은 여성을 농락하여 휴전 후의 세상을 떠들썩하게 했던 유명한 '박인수朴仁秀 사건'의 2심을 맡은 재판장이었다. 그때 그는 "여성의 정조는 보호할 가치가 있는 정조에 한하여 법이 보호한다."라고 무죄를 선고했던 1심 판결을 뒤집었다. 김 판사는 "정조에는 보호해야 할 정조와 보호하지 않아도 될 정조가 따로 있을 수 없다. 정조라는 것은 여성에게 있어 생명이다. 따라서 생명에는 법이 지켜 줘야 할 생명과 지켜 주지 않아도 될 생명이 따로 있을 수 없다."라는 판결 이유를 들어 박인수에게 유죄를 선고, 법정구속을 시켰다. 이 판결은 당시의 혼탁한 시류時流에 신선한 충격을 준 판례로 큰 화제가 되었다. '법을 파는 상인이 될 수 없다.'는 신념으로 법관 퇴임 후에는 변호사 개업을 마다하고 왕십리에서 농사를 지으며 청빈하게 살다 간 사람. 그가 바로 김홍섭이라는 인물이다. 나에게는 참으로 소중한 귀감이었고 우리 사법부에는 오래도록 남을 법관의 사표師表가 될 만한 인물이다.

법조계를 통해 50년대 후반과 오늘의 세태를 비교해 보면 그때의 우리는 비록 가난하고 못살았으나 범죄는 훨씬 적었던 것 같다. 전국의 법관이라야 고작 100명이 될까 말까 했고 몇 개 안 되는 법정도 매일 붐비는 것이 아니라 평시에는 재판이 없어 비어 있을 때가 많았다. 기자들도 큰 사건이 있을 때는 바빴지만 평시에는 법원 앞 덕수궁 잔디밭에 앉아 잡담을 나눌 시간도 있었고 법창야화法窓夜話거리를 찾아 재판기록을 숙독할 때도 있었다. 검찰청과 재판소가 자꾸 늘어나고 지방마다 형무소가 생겨나는 요즘 세태를 볼 때 50년 전 우리 법조계는 어쩌면 목가적인 전원 모습이 아니었나 생각된다.

50년 전 이야기가 나온 김에 그때의 우리나라 기자 사회의 풍속도도 잠시 써 보기로 하겠다. 1920년대 초 조선, 동아 등 신문이 처음 생겨났을 때 기자들의 상하 관계는 마치 중세기 유럽의 도제徒弟 시스템처럼 되어 있었다. 보스가 자리를 박차고 나가면 그의 수하 기자들도 함께 자리를 물러났고 '오야붕'이 타사로 가면 그 '꼬붕'들이 모두 같이 따라가는 형국이었다. 신문사 사사社史들을 들추어 보면 어느 사를 막론하고 이런 현상을 많이 발견하게 된다. 기자를 양성하고 후배를 기르는 방법도 마찬가지였다. 선배는 후배를 마치 몸종이나 하인을 다루듯 했다. 광복과 6·25전쟁을 겪으면서 이런 풍속이 많이 변했다고는 하지만 사회조직에서 인습이라는 것은 그리 쉽게 바뀌지 않는 것 같다. 내가 견습기자로 신문에 발을 들여놓은 50년대 후반에도 신문계 풍토에는 좋다고 볼 수 없는 이런 옛 잔재가 곳곳에 남아 있었다. 가령 법조기자의 경우, 기자실이 좁아 앉을 자리가 많지 않았다. 그럴 때면 선배기자(1진)들은 으레 후배기자(2진)들을 기자실에 들어오지 못하게 했다. 기자실에서 내몰린 올챙이 기자들은 할 수 없이 검사실 복도에 있는 피의자들이 앉아 대기하는 긴 의자에 앉을 수밖에 없는 처지가 된다. 뿐만이 아니라 어떤 선배는 후배에게 청사 밖에 있는 가게에 가서 담배를 사 오라는 잔심부름까지 시켰다. 또 신문사 안에서는 신입기자가 애써 기사를 써 내면 데스크의 선배는 그것을 그냥 쓰레기통에 집어넣거나 심한 경우에는 "대학 나온 사람이 이걸 기사라고 썼어!" 하면서 갈기갈기 찢어

던지는 일이 어느 사를 막론하고 늘 벌어졌던 그때의 언론계 풍속도였다. 말하자면 기를 꺾는 학대주의 교육방침이었다. 걸핏하면 인권이 어떻고 하는 요즘 젊은이들로서는 상상하기 어렵겠지만 50년 전의 우리들은 이런 '모욕'과 '학대'를 불평 한마디 하지 않고 묵묵히 참으면서 견디어 냈다.

■ ■

신문사에 출근한 지 채 반년이 안 되는 57년 여름, 고제경 편집국장이 나한테 책을 하나 주면서 읽어 보라고 했다. 자유중국의 장개석蔣介石 총통이 쓴 회상록(『蘇俄在中國』)이었다. 중국어로 된 원본과 그것을 단편적으로 번역한 일본 신문이었다. 며칠 후 읽어 본 소감을 말했더니 그 회상록을 우리말로 번역해 신문에 연재하라는 것이다. 나에게는 벅찬 일이었지만 해 볼 수밖에 없었다.

이렇게 해서 서울신문은 57년 8월 1일부터 1면 좌측에 내리닫이로 「장개석 총통 회상록—중국 속의 소련」을 연재하기 시작했다. 이 번역물은 그해 10월 14일까지 두 달 반 동안 53회에 걸쳐 연재되었다. 이것은 신문에 실린 최초의 내 작품이라 할 수 있다. 장 총통의 회상록 내용은 소련이 손문孫文이 주도한 중국국민혁명을 어떻게 이용했으며 또 국민당 안에 공산주의자를 어떻게 침투시켰는가 하는 데 대한 설명이었다. 그리고 국민당 안의 좌파 숙청이 왜 필요했고 이 과정에서 자기의 역할이 어떤 것이었는가에 대한 진상이 잘 밝혀져 있었다. 나는 이 회상록을 번역하면서 중국 국민당과 소련 공산당의 관계를 공부할 수 있었다. 연재가 끝난 후 주한 중국 대사의 초청을 받아 융숭한 저녁대접도 받았다.

이런 일이 있은 다음 해 봄, 나는 수습과 선배기자를 보조해 주는 2진 기자 신세를 면하고 떳떳한 한 사람의 독립기자가 되었다. 배당된 출입처는

■ ■ 국방부 출입기자 시절의 필자(1959년, 판문점에서)

국방부와 교통부였다. 교통부는 큰 뉴스가 나오지 않는 곳이었지만 국방부는 사회부 기자라면 누구나 한번 맡아 보고 싶은 중요한 출입처였다. 많은 선배를 제쳐 놓고 올챙이 신세를 면할까 말까 한 나에게 그 주요한 취재처가 배당되었다고 생각하니 내 능력이 평가받았다는 점에서는 흐뭇했으나 주변의 눈총을 받지 않을까 걱정되기도 했다.

당시 국방부는 후암동(지금의 병무청 자리)에 있었지만 취재범위가 워낙 넓어 한 군데 머물 수 없는 처지였다. 육군본부는 용산, 해군과 공군 본부는 영등포, 8군 사령부와 휴전회담 장소인 판문점 등 취재 대상이 사방에 흩어져 있을 뿐만 아니라 야전군을 취재하려면 1군 사령부가 있는 강원도 원주를 비롯해 155마일에 걸치는 휴전선 최전방의 각 군·사단 등도 찾아다녀야 했다.

지금은 어느 신문사를 막론하고 차량, 휴대전화, 컴퓨터(노트북) 등 첨단 장비가 있어 취재의 기동성에 문제가 없지만, 50년대의 우리나라 신문사는 취재차량은커녕 기자들은 집에 전화도 한 대 없이 원시상태에서 새벽부터 밤중까지 발로 뛰는 취재를 할 수밖에 없었다. 그때 국방부는 김정렬金貞烈 씨가 장관, 정래혁丁來赫 육군소장이 총무국장, 박충훈朴忠勳 공군소장이 경리국장, 김봉기金鳳基 씨가 공보관으로 있었다. 이분들은 뒷날(5·16 후) 여당 대표, 국회의장, 경제부총리, 언론사 사장 등 요직을 맡게 된다.

기자들의 일상적인 취재코스는 매일 아침 우선 후암동에 있는 국방부로 가서 각 군의 움직임을 체크해 보고 별다른 사건이 없으면 용산에 있는 육군본부로 가는 것이 정해진 일과였다. 나는 국방부라는 출입처에 나가 보고 '세상에 이런 곳도 있구나.' 하는 생각을 하게 되었다. 그때는 휴전협정이 맺어진 지 5년이 채 안 되는 때여서 전쟁 때의 관습이 아직 통용되고 있었다. 국방부 출입기자들은 전쟁 때의 종군기자 대우를 그냥 받고 있었다.

예를 들면 기자가 타고 다니는 개인 소유의 자동차(지프차)가 있으면 운행에 소요되는 연료는 군에서 마음대로 지원받을 수 있을 뿐 아니라 자동차의 부속품도 병기창에 가서 얼마든지 새것으로 바꿀 수 있었다. 나는 기자가 된 지 1년이 남짓한 풋내기여서 아무것도 몰랐으나 국방부에 나가 보니 웬만한 선배기자들은 어디서 어떻게 구했는지 개인 소유 지프차를 다 가지고 있었다. 그래서 육군본부에서 공군이나 해군본부로 취재를 갈 일이 있으면 가끔 선배기자들의 차에 편승하는 신세를 지기도 했다. 그리고 무엇보다 놀란 것은 국방부 출입기자들의 위세가 대단하다는 점이었다. 기자가 최전방 일선 취재를 원하면 육군본부에서 L-19 경비행기를 내줄 뿐 아니라 어떤 경우에는 일선 군·사단에서 의장대와 군악대까지 동원해 취재 온 기자들을 환영하는 일까지 있었다.

또 한번은 이런 일이 있었다. 최전방에 있는 어느 사단장이 현지 농산물 몇 가지를 서울로 보내 출입기자들에게 선물했다. 그런데 그것을 가져온 사단장의 전속부관이 기자실에 앉아 가지 않고 누군가를 기다리는 눈치였다. 왜 안 가느냐고 물었더니 사단장이 조선일보 방낙영方樂榮 기자를 꼭 만나 안부를 전하라 했는데 아직 방 기자를 만나지 못해 그가 나타날 때를 기다린다는 것이었다. 기자 한 사람을 만나기 위해 이 고생을 하다니……. 나는 이런 것을 보고 겪으면서 신문기자의 끗발이 이렇게 큰 것을 처음 알았고 또 기자라 해도 다 같은 기자가 아니라 기자 중의 기자인 두목 급 기자가 또 있다는 것도 알았다. 오늘의 기준에서 보면 당시의 기자들이 지나친 특권을 누렸다느니, 부패의 원흉이었다느니 할 수도 있겠지만 반드시 그렇게만 볼 수 없는 일면도 있었다. 왜냐하면 앞서 말한 바와 같이 그 당시는 아직도 전쟁 때의 무질서와 관행이 많이 남아 있었고 두목기자 격인 방 기자만 하더라도 학병 출신인 데다, 정부수립 이전의 통위부 시절부터의 출입기자라 웬만한 장군들과는 대개 너 나 하는 특수한 인간관계를 맺어져 온 처지였기 때문이다. 당시 국방부 기자 가운데는 방낙영 씨뿐 아니라 한국일보의 윤종현尹宗鉉, 동아일보의 최원각崔元표, 국도신문 김군서金君瑞 씨 등 쟁쟁한 대기자들이 많아 풋내기인 나로서는 그저 기가 죽을 수밖에 없었다.

내가 국방부 출입기자로 군軍 관계 취재를 맡았던 자유당 말기의 군부 사정은 숙군肅軍 문제 때문에 속병을 앓던 시기였다. 우리나라 군대는 6·25 전쟁을 치르면서 그 몸집이 갑자기 커졌다. 그에 따라 장교가 양산量産되는 바람에 그 질質이 현저히 떨어졌다. 30대의 애송이 장군이 속출하고, 군사 작전이라는 명목으로 특권을 누렸던 지휘관 가운데는 그 권세를 이용해 부패에 물들어 가는 사람이 자꾸 생겨났다. 그래서 군대를 정화해야 한다는 소리가 안팎에서 들끓기 시작했다.

당시 육군참모총장이었던 송요찬宋堯讚 장군은 이에 한신韓信 소장을 감찰감으로 기용해 그로 하여금 숙군작업을 추진하게 했다. 야전지휘관으로 용명을 떨쳤던 한신 소장은 청렴하고 강직한 인품으로 소문이 나 있던 장군이다. 그의 지휘하에 모든 장군들에 대한 비행조사가 시작되었고 혐의가 짙은 사람은 법무감실로 넘겨져 군검찰로 하여금 조사하여 기소시키면 군법회의에서 판결을 내리게 하는 절차를 밟게 되었다. 그래서 기자들은 평소에는 별로 관심을 두지 않았던 육군본부 감찰감실과 법무감실을 주요 취재 대상으로 삼게 되었다. 이때 많은 고급장교가 내사를 받았는데 휼병감恤兵監을 지낸 김근배金根培 준장을 비롯하여 사단장 L모 소장, 군단장을 지낸 K모 중장 등이 구속되어 줄줄이 법정에 서게 되었다. 비리 장성들을 구속, 조사했던 당시 법무감실의 주요 검찰관은 장영순張榮淳 대령, 신직수申稙秀 소령, 정상천鄭相千 대위 등이었다. 이들은 모두 5·16 후 박정희 대통령 시

■ ■ 중동부전선 향로봉 고지를 취재하면서(59년 가을, 가운데가 필자)

절에 법무장관, 검찰총장, 중앙정보부장, 서울시장 등 요직에 기용되었다.

그런데 이 숙군작업은 군부 내의 복잡한 파벌싸움으로 번져 뒷말이 많아졌다. 8 · 15광복 후 나라를 세울 때 모든 분야가 다 그러했듯이 우리나라 군대도 여러 갈래의 사람들이 모여 창군작업을 했다. 우선 지휘계통을 구성하려면 군대경력이 풍부한 인재들이 필요했다. 그때 형편으로는 일본군에 근무해 본 사람이 가장 많았다. 그것도 세 갈래였다. 하나는 일본 육군사관학교를 졸업하고 일본군 장교로 있었던 정통파 엘리트 군인들이다. 이응준李應俊, 김정렬, 이형근李亨根, 김석원金錫源, 유재흥劉載興, 이종찬李鍾贊 장군 등이 이에 해당된다. 두 번째는 대학이나 전문학교에 다니다 학병으로 징집되어 장교로 일본군에 근무했던 사람들인데 김종오金鍾五, 김형일金炯一, 최영희崔榮喜, 장도영張都暎 장군 등이다. 세 번째는 지원병으로 입대하여 일본군 하사관으로 있었던 사람들인데 송요찬, 최경록崔慶祿, 최영규崔英圭, 박경원朴敬元 장군 등이 이에 속한다. 이 외에 일본의 괴뢰국가였던 만주국 장교로 있었던 소위 만군滿軍 출신들이 있는데 정일권丁一權, 백선엽白善燁, 박정희朴正熙, 이한림李翰林 장군 등이고 소수이기는 하지만 중국에 있었던 광복군 출신의 최덕신崔德新, 김홍일金弘壹, 안춘생安椿生 장군 등이 있다.

광복 후 미군정에서 이와 같은 잡다한 갈래의 사람들을 한데 모아 군사영어학교, 경비사관학교 등의 이름으로 미국식 군대조직과 군사기술을 속성으로 가르쳐 군 지휘관으로 임명하면서 탄생시킨 것이 바로 우리 국군의 시발점이 된다.

숙군작업이 진행되자 이런 복잡한 갈래에서 여러 소리가 나오기 시작했다. 어느 파에서 어느 파를 친다느니, 누구보다 누구는 더 비행이 많은데도 거꾸로 되어다느니 하는 소리가 꼬리를 이었다. 이런 와중에서 60년도의

3·15선거를 맞이했다. 정·부통령을 뽑는 이 선거 때 부대 내에서 실시된 군인들의 투표는 거의 공개된 형식으로 이루어진 부정투표였다. 선거 다시 하자고 학생들이 궐기한 4·19가 일어났을 때 육군 내 일부 청년 장교들은 이런 사태가 벌어진 데는 군도 책임이 있다면서 군내 부정선거를 저지른 각급 부대 지휘관들의 퇴진을 요구하게 되었다. 군대의 숙군작업은 의외의 방향으로 확대, 폭발하게 된 셈이다. 김종필金鍾泌, 길재호吉在號, 신윤창申允昌, 김형욱金炯旭, 석정선石正善 등 육사 8기생 출신 중령급 장교들의 하극상下剋上 사건은 이렇게 해서 일어났다. 이들은 3·15선거 당시 참모총장이던 송요찬 장군의 퇴진을 요구했고 군 수뇌부에서는 항명죄로 이들을 처벌하게 되었다. 이때 6관구 사령관이던 박정희朴正熙 소장이 송 참모총장에게 편지를 보내 사퇴를 요구함으로써 청년 장교들의 정풍整風운동을 옹호했다. 이것이 결국은 뒷날의 5·16군사정변으로 발전하게 된다.

말이 나온 김에 박정희 장군에 관해 좀 써 보겠다. 박 장군은 육사 2기생이지만 대구사범 졸업 후 국민학교 교원으로 있다가 만주군관학교로 갔기 때문에 군대 진출이 퍽 늦은 편에 속한다. 그래서 군대 동기생들보다 나이가 네댓 살 위여서 동기생들은 그를 형님이라 불렀다. 참모총장인 송요찬 장군이 1군 사령관이던 때 1군 참모장으로 있었기 때문에 송 총장의 직계로 분류되었다. 내가 국방부 출입을 했을 당시 박 장군은 6관구 사령관이라는 한직閑職에 있었다. 그러나 늘 책을 읽는 장군으로 알려져 왔다.

그런 박정희 소장을 내가 직접 찾아가 만나 본 일이 딱 한 번 있었다. 59년 초여름의 일인데 하루는 신문사 사장(孫道心 씨)한테서 연락이 왔다. 군용 야전침대를 100개 정도 빌려 보라는 것이다. 당시 서울신문에서는 수복지구인 강원도 화진포에 해수욕장을 개실하고 해수욕객을 모집해 보내는 부대사업을 추진하고 있었는데, 야전침대가 필요하다는 것이다. 김종오 참모차장에게 부탁해 보았더니 6관구로 가서 박 소장에게 말하라는 것이다. 관구 사령부라는 곳은 후방업무를 지원하는 곳이어서 좀체 기삿거리가 없어 기자들이 가지 않는 곳이다. 나는 6관구가 어디 있는지도 몰랐다. 할 수 없이 육군본부 공보관으로 있는 홍천洪泉 대령의 안내로 영등포에 있는 6관구 사령부를 찾아갔다. 가 보니 참모장이 나를 마중했는데 그가 김재춘金在春 대령이었다. 5·16 후 중앙정보부장이 된 사람이다. 사령관실에서 만나 본 박정희 소장은 키는 작달막했으나 눈빛이 예리했고 손님을 맞는 태도가 아주 정중했다. 말소리는 약간 가라앉은 저음이었지만 또렷또렷 힘이 있었다. 책상 위에는 '陸軍少將 朴正熙'라고 자개로 박은 명패가 놓여 있었다. 그때 내가 마주하고 앉은 이 군인이 2년 후 군사쿠데타를 일으킬 줄은 꿈에도 생각하지 못했다. 30분가량 앉아 있으면서 차 한 잔 얻어 마시며 서로 이것저것 얘기를 나누었으나 지금 기억나는 내용이 하나도 없는 것으로 미루어 보아 아주 시시한 얘기들을 한 것 같다. 아무튼 나는 침대 빌리는 볼일을 다 보고 고맙다는 인사를 한 다음 박 소장과 악수를 하고 그 방을 물러 나왔다. 이것이 내가 현역 군인 시절의 박정희라는 인물을 만나 본 전부였다.

지금 와 돌이켜 보면 그때의 국방부 출입기자들은 지나친 특권기자들이라는 빈축을 가끔 사기는 했으나 전국을 뛰어다니며 중노동에 가까운 취재를 했던 것만은 사실이다. 155마일에 걸친 최전선 어디나 안 가 본 데가 없을 만큼 찾아다녔다. 지금도 겨울만 되면 영하 20도를 넘나드는 혹한이 몰아친다고 신문, 방송이 떠드는 중동부 전선의 향로봉, 대성산, 백마고지, 펀치볼 등의 고지高地 이름을 들으면 그 옛날 그곳을 찾아 취재하던 젊은 날이 자꾸 떠오른다.

신문기자가 된 지 3년이 지났을 무렵 4·19혁명이 일어났다. 1960년 4월 19일 오후, 국회의사당 앞에 몰려온 데모 군중 가운데 일부가 서울신문사 마당으로 쏟아져 들어왔다. 그때 앞장섰던 학생들 틈에 끼어 있던 정체 모를 청소년 몇 명이 취재차량에 불을 질렀다. 이어 윤전기가 설치된 공장으로 몰려들어 또 방화, 불길은 사옥 전체로 번지기 시작했다. 나는 이날 서부전선 모 부대에서 새로 배치된 지대지地對地 미사일 시험발사가 있어 그것을 취재하고 있었다. 서울에 돌아와 보니 신문사는 거의 전소상태였다. 정부 소유였던 관계로 정부 편을 들다가 미움을 받아 전통 있는 신문사 하나가 이렇게 해서 잿더미가 되었다. 서울신문은 왜정 말기 우리나라의 모든 신문이 폐간되었을 때 '매일신보每日申報'라는 이름으로 발행되던 유일한 신문이었다. 따라서 8·15광복 이전의 수많은 사진자료를 풍부히 갖고 있던 신문사였다. 화재로 인해 사옥이 타고 윤전기가 못 쓰게 된 것은 곧 회복할 수 있지만 억만금을 주고도 영원히 회복할 수 없고 되찾을 수 없는 귀중한 자료들이 이때 모두 없어진 것은 두고두고 통탄할 일이고 애석한 일이다. 신문사 측 기록에 의하면 이때 없어진 자료는 1만 개가 넘는 인물사진, 많은 저명인사의 친필원고, 10만 장이 넘는 사건, 행사, 회견 등에 관련된 사진, 절판되어 구할 수 없는 희귀본 책들, 문화적 가치가 있는 글씨, 그림 등 이루 말할 수 없이 많다고 한다.

4·19와 관련된 얘기여서 여기 꼭 한번 언급해야 할 사람이 하나 있다. 부정선거와 발포 명령자로 몰려 사형당한 당시의 내무부장관 최인규崔仁圭가 바로 그 인물이다. 내가 58년도에 교통부 출입기자가 되었을 때 교통부장관이 바로 최인규였다. 나는 국방부를 힘께 맡고 있었기 때문에 뉴스거리 잘 나오지 않는 교통부는 격일제로 잠깐 들러 보는 데 불과해 장관을 자주

접촉할 기회가 적었으나, 그는 신문기자 만나기를 무척 좋아했던 사람이다. 미국에서 돌아와 이승만 대통령의 신임이 두터웠던 탓으로 외자청장을 거쳐 젊은 나이에 교통부장관이 되었다. 그는 출입기자들과 1주일에 한 번 정례회견을 하면서 늘 다음과 같은 지론을 폈던 사람이다. 우리가 민주주의를 하려면 싫든 좋든 두 가지 직업을 존중해야 한다는 것이다. 첫째는 국회의원이고 둘째는 신문기자라는 것이다. 의원이나 기자나 그 사람이 잘나서 그런 것이 아니고 그 직업이 잘나서 그렇다는 것이다. 그래서 그는 기자들에 대해서도 국회의원과 똑같이 기차를 무료로 타고 다닐 수 있도록 해주었다. 예스, 노가 분명하고 성격이 화끈했던 그는 내무부장관으로 옮겨간 것이 화근이었다. 역사 앞에 저지른 그의 죄를 변호해 줄 생각은 없으나 인간 최인규는 아주 막돼먹은 그런 저질인간이 아니었다는 것을 밝혀 두고 싶다.

4·19를 계기로 나는 서울신문을 그만두고 경향신문 정치부 기자로 자리를 옮겼다. 자유당 말기에 야장지라는 이유로 강제 폐간되었던 경향신문은 허정許政 과도 정부가 서자 곧 복간되어 사람이 필요할 때였다. 당시 경향신문 정치부는 송원영宋元英 부장 밑에 정종식鄭宗植, 이환의李桓儀, 이상순李相舜, 윤금자尹錦子, 방일홍方一弘 등으로 짜여 있었다. 부장 송원영 씨는 말 잘하고 글 잘 쓰는 유능한 언론인이었으나 민주당 신파의 영도자 장면張勉 씨와 지나치게 밀착되어 있어 '정치부 기자' 가 아니라 '정치 기자' 로 소문나 있었다. 정치 세력과의 관계에 있어서는 송 부장만 그런 것이 아니라 경향신문 자체가 그러했다. 신문설립자가 가톨릭인 데다 장면 씨의 직계인 한창우韓昌愚 씨가 사장으로 있던 탓에 '경향신문' 하면 가톨릭계의 장면 씨와 그의 정치 세력(민주당 신파)을 편드는 신문으로 평가받고 있었다. 자유당 정권이 경향신문을 폐간시켰던 것도 장면 씨 세력을 죽이기 위해서였

■ ■ 1961년의 경향신문 정치부 기자들(왼쪽부터 이환의, 필자, 정종식, 방일홍, 이상순)

다. 4 · 19로 이승만 대통령이 하야하고 자유당 정권이 무너진 후 새로운 정부를 세우기 위한 국회의원 선거가 60년 7월 29일 실시되었다. 이른바 7 · 29총선이었다. 찌는 듯이 무더운 삼복더위 속에서 치러지는 이 선거를 취재하기 위해 각 신문사는 불꽃 튀는 경쟁을 하고 있었다. 나는 고향이 강원도여서 휴전선 부근인 북부 강원도의 수복지구 취재를 담당하게 되었다. 그런데 현지 취재를 떠나려던 7월 초 어느 날 송원영 부장이 차라도 한 잔 마시자고 나를 다방으로 데리고 갔다. 그리고는 봉투 하나를 주면서 현지에 가서 뜯어보라는 것이었다. 나중에 봉투를 열어 보니 정중한 부탁편지와 돈이 들어 있었다. 편지 내용인즉 자기와 뜻을 같이했고 또 앞으로 고락을 함께하게 될 정치적 동지 몇 사람이 강원도 수복지구에서 입후보하였으니 현지에 가거든 가능한 한 그들을 좀 도와주었으면 좋겠다는 것이고 돈은 회사출장비가 너무 적으니 보태 써 달라는 것이었다. 편지에 적혀 있는 사람은 화천華川의 신기복申基福, 인제麟蹄의 김대중金大中, 양구楊口의 김재순金在淳, 고성高城의 최계명 씨 등 모두 장면 씨 계열의 민주당 신파 일색의 면면들이었다. 나중에 국회의장이 된 김재순 씨는 이때 여기에서 초선의원으로 당선되었고 대통령이 된 김대중 씨는 이 선거에서 낙선의 고배를 마셨다가 재선거로 간신히 당선되었으나 5 · 16으로 국회가 해산되는 바람에 의원선서도 못한 불운을 맞기도 했다.

나는 기자생활을 하는 동안 이러저러한 명목으로 이른바 '촌지'라 불리는 용돈을 더러 받아 보았으나 직속상관에게서 이런 것을 받아 본 일은 이것이 유일무이한 케이스였다. 나는 송원영이라는 언론인을 다시 보게 되었다. 아무리 직접 거느리는 부하라 하더라도 개인적인 부탁을 할 때에는 함부로 하지 않고 편지 형식을 빌려 정중히 그 뜻을 전하는 그 깍듯함에 놀랐다. 송원영 부장은 제2공화국 출범 후 장면 총회의 대변인이 되어 신문을 떠났는데 그때 무교동에 있었던 '향진'이란 음식점을 지정해 놓고 경향 정치부 기자들로 하여금 거기서 점심을 먹도록 했다. 그리고 매월 월말에 그 음식 값을 지불해 주었다. 그만큼 그는 옛 후배들에게 정을 베풀 줄 아는 언론인이었다.

제2공화국(장면 정권) 때 나는 참의원參議院 출입기자가 되었다. 우리 헌정사상 처음 생긴 참의원에는 광복과 건국 초기의 정국에 오르내렸던 유명 인사가 많이 있었다. 철기鐵騎장군 이범석李範奭, 문교부장관으로 있으면서 학도호국단을 만들었던 철학박사 안호상安浩相, 연세대학교 총장을 지낸 교육가 백낙준白樂濬, 애국운동을 한 변호사 이인李仁, 한민당의 중진 소선규蘇宣奎 씨 등 거물이 즐비했는가 하면 뒷날(제3공화국) 거물이 되는 이효상李孝祥, 백남억白南檍, 엄민영嚴敏永 씨 등도 모두 이때의 참의원 당선자들이었다. 4·19 바람에 이루어진 헌법개정(내각책임제) 때문에 처음 등장한 참의원은 운영 면에서 갈팡질팡했다. 의회의 양원제는 영국이나 미국처럼 그 나라의 특성이 반영된 제도인데 우리의 경우 그것이 애매했다. 뿐만 아니라 운영해 본 경험도 없어 옥상옥이라는 비판이 일어나기도 했다. 아무튼 장면 정권은 군사쿠데타로 붕괴되기까지 1년을 버티지 못한 단명 전권이었다. 지금 회고해 보면 장 정권의 가장 두드러졌던 특징은 자유의 범람, 그 가운데서도 마음껏 만끽할 수 있었던 것은 특히 언론자유였다. 그러나 모처럼 얻어 낸 이 자유는 곧 방종과 무질서로 흘렀다. 세상은 하루가 다르게 혼란해졌다. 그 가운데서도 내가 몸담고 있는 언론계가 더 극심했다. 둑이 터진 봇물처럼 언론자유의 홍수가 쏟아지자 우후죽순 격으로 신문, 잡지가 생겨났다. 당시 자료를 보면 자유당 정권 때인 59년에 비해 4·19 이후인 60년 12월 밀 현재 전국직으로 일긴신문이 41개에서 389개로, 주간신문이 136개에서 476개로, 통신사가 14개에서 274개로 늘어났다. 대부분 사이비似而非 언론사들이었다. 윤전기 한 대 없는 신문사, 외신 계약 하나 없는 통신사가 수두룩했고 기자를 사칭하는 악질 공갈배, 건달 꾼이 독버섯처럼 늘어갔다. 특히 61년 2월 육군훈련소가 있던 충남 논산 에서는 400명에 이르는 지방 기자 때문에 살 수 없다고 군납업자들이 들 고 일어나 "공갈 악덕 기자 물러가라."는 전대미문의 데모가 일어나는 사 태까지 벌어졌다. 바야흐로 신문망국론이 이곳저곳에서 거론되는 사태에 이르렀다. 이런 사태를 보다 못한 장면 총리는 61년 관훈클럽 4주년 기념 식 연설에서 "지금 우리나라에는 북한 괴뢰의 앞잡이들이 신문을 발행하 겠다고 등록을 신청해도 막을 도리가 없을 만큼 언론출판의 자유가 보장 되어 있다. 정부는 될 수 있는 대로 언론에 대해 간섭을 하지 않으려는 시 책을 견지하고 있으나 악덕 언론을 단속하라는 여론이 커지면 이것을 무 시할 수 없지 않겠느냐. 아주 우울한 마음으로 이 말을 한다."라고 답답한 심경을 털어놓기까지 했다.

사태가 이렇게 되자 언론계에서는 사이비 언론 악덕 기자를 추방하자는 정화운동이 일어났다. 이래서 각 사 정치부 기자들이 소공동에 있는 상공 회의소 앞 건물에 모여 '정치기자협회'라는 것을 결성하기에 이르렀다. 이 것이 기자협회 탄생의 시초가 된다. "역사의 교훈을 외면하는 국민은 역사 의 보복을 받는다."라는 말이 있다. 오늘의 우리는 48년 전 자유가 만발했 던 제2공화국이 왜 망했는가 하는 데 대한 역사의 교훈을 명심해야 한다. 자유가 방종으로 변했고 집단이기주의 때문에 각계가 갈가리 분열했고 단 하루도 데모가 없는 날이 없었고 정치는 파벌싸움과 정적 죽이기에 여념 이 없었다. 그래서 61년 5월 16일 박정희 장군이 이끄는 일부 군인들이 쿠 데타를 일으켰을 때 아무도 장면 정권을 지키려 하지 않았다. 오히려 '올 것이 왔다.'는 식으로 체념했는가 하면 심지어 박수를 치는 사람이 생기기까지 했다.

5·16은 언론계에도 숙청의 바람을 몰고 왔다. 우선 그 대상자는 병역 미필자였다. 숱한 사람이 언론계를 쫓겨났다. 나는 이 회오리바람에서 다행히 살아남았으나 국회가 해산되고 정치활동이 금지된 상태의 정치부 기자란 할 일 없는 반실업자 신세였다. 외무부에 곁다리로 나가 기자실에서 바둑이나 두다가 오는 날이 많았다. 그러던 차에 '재건국민운동분부'라는 기구가 생겼다. '군사혁명'의 이념을 민간으로 침투시키기 위해 만든 기구였는데 국회 건물에 간판을 단 탓으로 국회 기자들이 그대로 이 기구의 담당 기자가 되었다. 국민운동본부장에는 고려대학교 총장을 지낸 유진오俞鎭午 씨가 임명되었고 업무를 총괄하는 총무국장에는 채문식蔡汶植 씨가 기용되었다. 채문식 씨는 뒷날 국회의장이 된 사람이다.

오래간만에 서로 만나게 된 지난날의 국회 출입기자들은 재건국민운동분부 기자실에 모여 앉아 시국에 관한 얘기들을 이것저것 하게 되었다. 동료기자들이 많이 추방당한 데다 언론자유가 극도로 제한된 때여서 얘기는 자연히 '군사혁명'에 관한 비판으로 기울었고 '혁명'을 일으킨 군인들에 대한 험담이 많이 나왔다. 5.16을 주도한 박정희 최고회의의장을 러시아식 이름 '박코프'로 불러 기자들이 연행되어 조사를 받는 사건도 생겼다. 항간에서는 그때 5.16의 지도자인 박정희 소장이 과거 남노당南勞黨에 가입했던 좌익이었다는 말이 퍼져 있었다. 그래서 미국도 군사정부의 움직임을 의심스러운 눈으로 보고 있다는 소문까지 나돌았다. 그런 분위기 때문인지 기자들끼리 스스럼없이 주고받는 농담까지 수사 대상이 되는 경우도 있었다. '박코프' 사건도 그런 유형에 속한다. 아무튼 그때의 각 신문사 정치부 기자들은 국회도 없고 정당도 없고 이른바 정치라는 행위가 없는 판국이어서 하루하루가 지루했다. 정치가 총칼 앞에 꼼짝 못한 어두운 시기였다.

군사정부가 최초로 손을 댄 큰 국정과제는 일본과의 국교정상화였다. 경제개발을 '혁명공약' 으로 내건 쿠데타정권으로서는 개발에 필요한 자금과 기술을 외부에서 구해 와야 했다. 그 출구를 일본에서 찾자는 것이었다. 그래서 62년 3월 최덕신崔德新 외무장관을 일본에 보내 한·일 외상회담을 열기로 했다. 취잿거리가 없어 개점휴업상태의 맥 빠진 기자생활을 하고 있었던 나는 이 회담 취재를 위해 일본으로 가게 되었다. 뛸 듯이 기쁘다는 말은 바로 이때의 내 심경을 그대로 나타내 주는 표현이었다. 쌀쌀한 겨울 기운이 아직 가시지 않은 62년 3월 초, 나는 김포공항을 떠나 일본 하네다羽田공항에 내렸다. 내 일생을 통해 처음 외국 땅을 밟아 보는 해외 취재의 첫발이었다.

일본에 고속도로가 생기고 고속전철 신칸센新幹線이 만들어진 것은 64년 도쿄올림픽 때였으므로 내가 처음 일본에 간 이때는 아직 이런 시설들이 없을 때였다. 그런데도 내 눈에 비친 일본은 모든 것이 잘 정돈되고 깨끗해 보이는 나라였다. 신바시新橋의 다이이치호텔에 짐을 풀고 회담장인 데이코쿠帝國호텔로 매일 왔다 갔다 하면서 취재를 했는데, 그때 우리나라 신문사들이 얼마나 가난했던지 기사를 통화료가 비싼 국제전화로 보내지 못하고 값싼 전보로 보내느라 애쓰던 일이 지금도 기억에 생생하다. 최덕신 외무장관과 고사카小坂 일본 외상 사이의 이 회담을 계기로 한·일 관계는 그 후 많은 곡절을 겪었지만 정상화 길로 접어들었다. 그때 국내에서는 굴욕외교니 매국행위니 하면서 한·일 회담을 반대하는 학생데모와 야당의 농성, 의원직 사퇴투쟁 등 많은 반대가 있었다. 그러나 40년이 지난 지금, 그때의 회담 내용과 한·일 국교정상화라는 정치행위를 검토해 보면 굴욕외교가 아니었고 정책추진도 올바른 선택이었다는 것이 전문가들의 분석이다.

■■

　1963년은 군정軍政이 종식되고 민정民政이 시작된 해다. 군사정부는 민정 이양 스케줄에 따라 그해 정초를 기해 정치활동정화법政治活動淨化法에 묶여 활동이 금지되었던 구舊정치인 4,374명 중 우선 1차로 1,783명을 정치활동 금지에서 해제시켰다. 이렇게 되자 정당조직을 서두르는 움직임이 시작되는 등 정치가 활기를 띠게 되고 따라서 정치부 기자들도 기지개를 펴게 되었다. 당시 광화문에서 옛 화신백화점 쪽으로 가는 길가에 '희禧'라는 이름의 다방이 있었는데 어떤 연유에서인지 모르겠으나 그 다방에 구정치인들이 모이기 시작했다. 정당이 없고 당사가 없던 때라 모두들 거기 모여 정치활동을 논의하고 계획을 짜고 성명서를 내고 했다. 기자들도 거기에서 모든 것을 취재했다. 각 신문의 정치부 기자들은 본의 아니게 희 다방 출입기자가 되었다. 나도 매일 아침 신문사에 출근해 커피 두 잔 값의 취재비를 받아 가지고 희 다방에서 하루 종일 시간을 보내는 기자 노릇을 했다.

　그러던 5월 중순 어느 날, 조선일보의 조용중趙庸中 정치부장이 좀 만나자기에 만났더니 다짜고짜 조선일보로 오라는 것이다. 그동안 나는 어찌된 일인지 여당지 신문사에만 있어 온 셈이었다. 첫 출발지인 서울신문은 정부 소유라 숙명적으로 여당 편일 수밖에 없었고, 야당신문으로 이름 높던 경향신문은 장면 정권이 탄생하면서 이 또한 여당지로 변해 버렸다. 그래서 나는 불편부당한 권위 있는 신문에서 한번 기를 펴 보고 싶은 생각이 늘있어 왔다. 이런 곡절로 나는 그해 6월 조선일보 정치부로 자리를 옮겼다. 지금은 기자들의 봉급이 다른 직종에 비해 뒤지지 않지만 60년대는 그렇지 못했다. 조선일보에서 받은 그때의 월급봉투를 보면 월봉이 1만1,500원으로 되어 있다. 당시 80kg 쌀 한 가마니 값이 3천 원 정도였으므로 쌀 네 가마 값이다. 지금 쌀값으로 환산하면 1백만 원 미만이다. 이것이 그때 일류

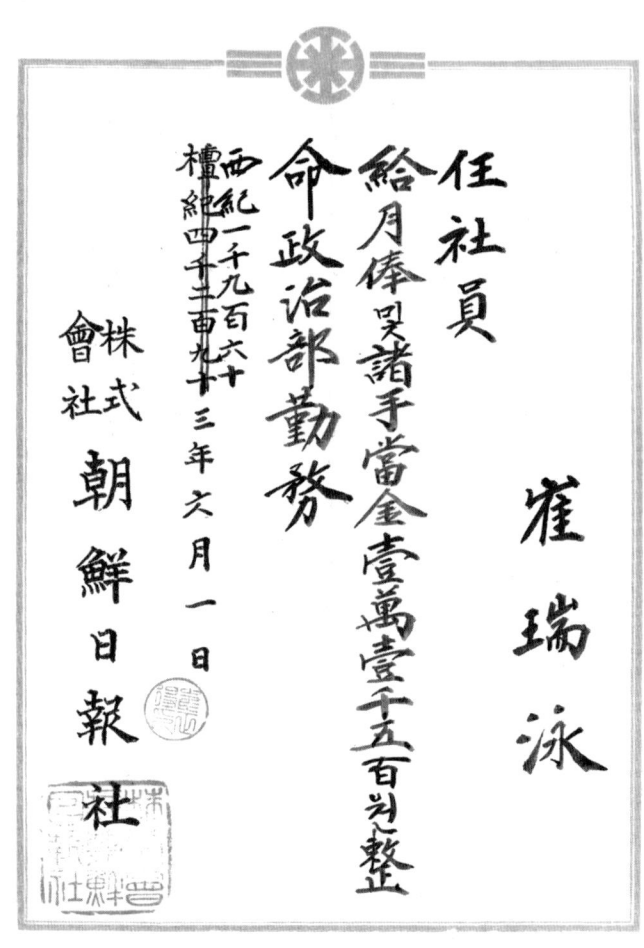

신문사 중견기자의 봉급 수준이었다.

민정이양기의 조선일보 정치부는 조용중 부장, 김인호金寅昊 차장 밑에 양회진梁會鎭, 이종식李鍾植, 남재희南載熙, 이자헌李慈憲, 류한열柳漢烈, 김동익金東益, 송기오宋基五, 김용태金瑢泰 씨 등이 동료로 있었는데 나는 민주공화당을 담당했다. 나는 경향신문에서도 공화당을 출입했는데 취재의 연속성을 고려해 조선일보에서도 계속 같은 출입처를 맡게 되었다.

민정이양을 앞두고 여·야는 내부적으로는 권력 싸움에 휘말려 한참 동안 정국이 어수선했으나 63년 10월 15일 대통령선거, 11월 26일 국회의원 선거를 마침으로써 민정이양이 대충 마무리되었다. 대통령선거 결과는 박정희 장군이 윤보선尹潽善 전 대통령에게 15만여 표의 근소한 차이로 신승했고 국회의원선거는 공화당이 이겨 다수당이 되었다. 이로써 쿠데타가 있은 지 꼭 2년 7개월 만에 선거에 의한 정부가 세워짐으로써 제3공화국이 출범하게 되었다.

선거가 끝난 다음 나는 1년을 못 채우고 조선일보를 그만두었다. 다시 경향신문으로 돌아가 정치부 차장이 되었다. 조선을 그만둔 이유는 건강 때문이었다. 그때 우리나라 신문은 조간신문, 석간신문으로 나뉘어 있었는데 대부분이 석간인 데 반해 조선과 한국일보만이 조간이었다. 경향신문은 석간이었던 탓에 거기 있을 때는 당직 순번만 아니면 밤 새워 일하는 야간근무는 하지 않아도 되었다. 그러나 조간인 조선일보는 달랐다. 당시 정치인들은 요정정치가 유행이었는데 그것은 모두 밤에 이루어졌다. 대하, 청운각, 양미암, 옥류장 등 서울 시내의 한다하는 요정이 모두 정치부 기자들의 주요 취재장소가 되었다. 덕분에 술은 많이 얻어먹었지만 신문사에 들어와 기사를 쓰고 나면 대개 밤 12시를 넘기기 예사였다. 통행금지제도가 있던 때라 동이 밝아서야 퇴근이 가능했다. 이런 생활을 몇 달 계속하고 나니 몸이 수척해지고 자꾸 코피가 났다. 이럴 때 마침 경향신문의 옛 동료였던 이환의 형이 정치부장이 되었다. 그리고 나에게 경향으로 돌아오라고 자꾸 졸랐다. 나는 할 수 없이 조용중 부장에게 사정을 털어놓고 경향으로 돌아가 정치부 차장이 되었다. 그런데 알 수 없는 것이 사람의 일이어서 이로부터 6년 뒤인 70년도에 조용중 씨가 경향신문 편집국장으로 오게 되고 나는 편집부국장이 되어 그를 보좌하게 된다.

경향으로 돌아온 64년은 내가 거의 반년 가까이 해외 취재로 외국에 나가 있게 된 해였다. 그해 여름 베트남에서 통킹 만東京灣 사건이 일어났다. 미군이 하노이를 공습하면서 미국의 월남전 개입이 본격화되었다. 고향인 강릉에 여름휴가를 가 있던 나는 본사 지시를 받고 서울로 돌아와 그 길로 비행기를 탔다. 전쟁 취재라면 사회부의 군사담당 기자가 가야 하는데 휴가 중인 내가 왜 가야 하나 불만이 좀 있었으나, 베트남전쟁은 정치적 사건일 뿐 아니라 내가 과거 군 출입기자를 지낸 일이 있어 적격자로 뽑혔다는 것이다. 사이공에 도착해 보니 한국에서 온 특파원으로는 한국일보 이규현李揆現 씨, 동아일보 정연권鄭然權 씨 그리고 나, 셋뿐이었다.

당시 우리나라 대사는 신상철申尙澈 씨였는데 그는 일복 육사 출신으로 6·25 때 육군사단장을 지낸 장군 출신이다. 나와는 구면이어서 취재에 많은 도움을 받았다. 나는 매일 대사관에 가서 무관으로 와 있던 이대용李大鎔 대령에게 전황 소식을 듣곤 했는데 이 대령은 후일 공사公使로 있다가 사이공이 적화되었을 때 그들에게 붙잡혀 오랫동안 감옥에서 고생하다 풀려난 바로 그 군인이다. 미국의 개입으로 전쟁이 한창인데도 그때의 사이공은 베트남 군인들의 연속적인 쿠데타로 한 달이 멀다하고 정권이 자주 바뀌었다. 그리고 매일 반정부 시위가 거리를 메웠다. 그때 보도된 나의 베트남기사에는 '아무리 미국이 도와준다 하더라도 당사자인 베트남 정부와 국민이

■ ■ 베트남 취재 당시의 필자(맹호부대 사단본부에서)

이 꼴로 나간다면 공산침략을 막아 내지 못할 것'이라는 점이 여러 번 강조되었다. 사이공은 아시아의 파리로 불릴 만큼 아름다운 도시였다. 터널처럼 질서정연하게 가지를 뻗치고 있는 큰길가의 푸른 가로수, 그 속에 아담한 모습으로 자리 잡고 있는 흰 벽의 저택들 그리고 예쁜 꽃무늬 타일로 포장된 길들……, 참으로 잊히지 않는 도시였다.

사이공에 두 달쯤 머물던 나는 일본으로 가서 곧 시작될 제18회 도쿄올림픽 취재를 거들라는 본사 지시를 받았다. 그리고 마침 그때 필리핀 대사로 있던 류양수柳陽洙 씨가 나에게 전화를 걸어 귀국길에 마닐라에 들러 갈 수 있으면 그렇게 해 보라는 요청이 있었다. 그래서 나는 마닐라 경유로 도쿄에 가기로 했다. 마닐라에 내려 대사관저에서 류 대사와 저녁을 함께했는데 그는 군인 출신이어서 그런지 월남 전쟁에 비상한 관심을 보이면서 여러 가지를 묻는 것이었다. 그리고는 어쩌면 우리나라에서 군대를 보내야 할 사태가 올지 모른다는 얘기를 했다. 나는 설마 했는데 얼마 안 가 우리의 월남파병이 그의 말대로 실현되었다. 그때에서야 나는 류 대사의 예측에 감복했다.

도쿄에 당도해 보니 어임영魚壬泳 사회부장이 인솔하고 온 본사 올림픽 취재단이 벌써 와 활동하고 있었다. 나는 북한 선수들이 니가타新潟 항구를 통해 일본에 온다기에 그것을 취재하러 그곳으로 갔다. 그리고 여자육상경기의 세계기록 보유자라는 신금단辛今丹 선수와 서울에 사는 그의 아버지 신문준辛文濬 씨의 부녀상봉 장면을 취재하느라 쉴 틈이 없었다. 6·25전쟁 때문에 생이별을 하게 된 신금단 선수와 그의 아버지의 만남은 도쿄올림픽 조직위원회의 적극적인 알선으로 이루어지기는 했으나, 14년 만의 부녀상봉이 15분 미만으로 끝나는 정치의 비정非情을 천하에 보여 준 촌극으로 끝났다. 스포츠고 뭐고 모든 것을 정치에 이용하려는 북한 정권의 생생한 모습이 그대로 드러난 쓸쓸한 사건이었다. 스포츠는 국력에 비례한다는 말이 있는데 내가 경험한 바로는 이 말이 맞는 것 같다. 왜냐하면 도쿄올림픽의 경우 레슬링에서 장창선張昌宣 선수가 은메달을 딴 것을 빼면 대부분이 초반전에 탈락해 후반에 이르러서는 기자들이 남의 집 잔치 구경 다니는 신세가 되었기 때문이다. 뒷날 나는 74년의 제7회 테헤란아시안게임과 76년의 제21회 몬트리올올림픽도 취재할 기회가 있었는데 그때는 처음으로 금메달까지 따는 등 스포츠 수준이 옛날에 비할 바가 아니었다. 스포츠 발전이 국력 신장과 비례한다는 사실을 절감하였다.

■■

내가 정치부장이 된 것은 신문기자가 된 지 만 9년이 되던 66년 4월의 일이다. 지금으로 보면 초고속승진이라 할 수 있겠으나 그 당시는 더러 있는 일이었다. 그때 경향신문은 아주 어려운 처지에 있었다. 올림픽 때 도쿄지국장으로 있었던 윤우현尹宇鉉이라는 재일교포가 64년 말 몰래 북송선을 타고 북한으로 갔고 엎친 데 덮친 격으로 65년에는 체육부장 이형백李馨白이 간첩 사건에 연루되는 사고가 일어났다. 올림픽 때 도쿄에서 윤 지국장과 자주 만났던 나는 중앙정보부에 불려 가 여러 날 조사를 받았다. 또 정부로부터 미움을 받아 오던 이준구李俊九 사장은 이 사건의 책임자로 구속을 당했다. 이런 와중에서 정치부장이던 이환의 씨가 내무부 기획관리실장으로 발탁되어 가는 바람에 내가 부장으로 올라앉게 되었다. 정보부원이 수시로 신문사에 와서 이것저것 조사를 했고 기자들이 줄줄이 연행되는 사태 속에서 정치부장 자리는 아주 어렵고 진퇴양난일 경우가 허다했다. 그 동안 편집국장도 1년이 멀다고 갈려 심상섭金光涉, 조동진趙東健, 민재정閔載禎 씨로 자주 바뀌었다. 구속된 이준구 사장은 1년이 넘도록 신문을 지키려 옥중에서 버텼으나 모든 것이 허사로 끝났다. 당시 정부는 법원으로 하여금 신문사를 공매처분토록 했다. 형식은 채권자인 은행을 내세워 부채상환 절차를 밟았으나 언론역사상 있어 본 적이 없는 전대미문의 처분이었다. 가톨릭재단으로부터 경영권을 넘겨받았던 이준구 씨는 4년 만에 신문사 경영권을 빼앗기고 말았다. 이렇게 해서 경향신문 소유권은 삼륜차를 생산하고 있던 기아산업으로 넘어갔고 박찬현朴瓚鉉 씨가 새 사장으로 왔다.

경영진이 새로 들어앉은 지 그럭저럭 1년이 되어 갈 무렵 마침내 편집국에서 불만이 터졌다. 그동안 지나치게 친정부 쪽으로 편집방향이 흐르지 않도록 균형을 잡아 왔던 조세형趙世衡 편집부국장을 돌연 해임시키는 인사 발령이 기폭제가 되었다. 기자들은 편집권의 독립과 인사 철회 그리고 편집국장(孫連淳 씨) 퇴진을 요구하면서 신문 제작을 거부하는 사보타주에 들어갔다. 이 파동에서 나는 주모자로 몰려 서동구徐東九 외신부장과 함께 파면을 당했다. 경향신문의 이 편집권 독립운동은 유신 후 동아, 조선 등에서 일어난 투위 사건보다 8년이나 앞서 생긴 언론자유 수호운동이었다. 이 사건은 편집국장과 부국장이 함께 물러나고 나를 비롯해 사건의 주모자로 몰려 파면당했던 모든 기자들의 자리 옮김 등으로 타협(?)이 이루어져 해결되었다.

나는 이 바람에 정치부장을 1년 6개월 만에 물러나 일본 특파원으로 쫓겨 가게 되었다. 외국 특파원 자리는 기자라면 누구나 한번 해 보고 싶은 선택된 자리다. 그러나 나의 경우 일본 특파원은 이렇게 귀양 간 자리였다. 나는 특파원생활을 하면서 일본에 대한 공부를 새롭게 했다. 규슈九州에서 홋카이도北海道에 이르기까지 우선 한국의 흔적이 있는 곳이면 어디든지 찾아가 취재를 했다. 그리고 일본의 역사적 유적지도 가능한 한 많이 보러 다녔다. 이 과정에서 당시 일본 대사로 있던 엄민영 씨의 도움을 많이 받았다. 엄 대사는 원래 대학에서 공법을 가르치던 법학 교수였는데 4·19 후 총선에서 참의원으로 당선되어 정치에 입문한 사람이다. 그때 내가 참의원 출입기자여서 각별히 가깝게 지내는 사이가 되었다. 엄 대사는 특히 박정희 대통령의 신임이 두터워 내무부장관을 두 번씩이나 역임하고 일본 대사로 부임했는데, 그때 마침 내가 특파원으로 가게 되어 도쿄에서 다시 만나는 사이가 되었다. 젊었을 때 간肝 디스토마를 앓았던 엄민영 씨는 끝내 간경변증으로 임지인 도쿄에서 작고했다. 참으로 아까운 분이었다.

나는 1년 남짓 특파원생활을 한 후 일본에 관해 본격적으로 공부를 해 보고 싶은 생각에 성곡언론재단 장학금을 얻어 도쿄대학 대학원 신문연구소에서 1년 동안 유학생활을 했다. 당시 도쿄대학에는 나의 서울대학교 10년 후배인 최상룡崔相龍 씨와 김영작金榮作 씨가 박사과정 공부를 하고 있어 늘 함께 어울렸다. 최상룡 씨는 그 후 고려대학교 교수와 주일 대사를 지냈고 김영작 씨는 국민대학교 교수와 국회의원을 지냈는데, 그 당시에는 모두 가난한 유학생들이었다.

나는 도쿄대학 사회학과의 가 하쓰히코何初彦 교수와 도노키殿木 교수의 지도를 받는데 연수가 끝날 무렵 논문을 한 편 내고 가면 좋겠다고 했다. 테마는 자유로 선택하되 한국과 일본 관계였으면 좋겠고, 기왕이면 앞으로 한국의 언론을 연구하고 싶은 일본 학생들에게 참고가 될 만한 것이면 더 좋겠다는 것이다. 나는 며칠을 생각한 끝에 한국에 있어서의 근대신문의 발생사를 한번 써 보기로 했다. 왜냐하면 우리나라 최초의 신문인『한성순보漢城旬報』가 당시 개화파 청년인 일본 유학생 유길준兪吉濬에 의해 착수되었고 또 신문편집에 고문으로 참여한 사람이 일본인 이노우에 가쿠고로井上角五郎였기 때문이다. 나는 도서관에 틀어박혀 1880년대의 자료를 닥치는 대로 조사했다. 그리고 논문을 썼다. 논제는「한국에 있어서의 근대신문의

■ ■ 유학시절(69년) 동경대학의 유명한 교문인 아까몽(赤門) 앞에서

탄생」이었다. 이 논문을 일본어로 쓰는데 최상룡 씨가 자기 일처럼 도맡아 도와주었다. 나는 지난 2002년 『한국의 저널리즘』(120년의 역사와 사상)이라는 졸저拙著를 한 권 출판했는데 70년도에 도쿄대학에 제출한 논문이 그 초석 노릇을 했다.

1970년 봄, 나는 도쿄생활을 끝내고 경향신문 편집부국장으로 돌아왔다. 그동안 신문사는 기아산업에서 신진자동차로 소유주가 또 바뀌어 있었다. 나는 그로부터 3년 반 뒤인 73년 8월 신문이라는 활자매체를 떠나 전파매체인 방송으로 자리를 옮길 때까지 경향신문에서 기억에 남을 만한 일 두 가지를 했다. 하나는 두 달 동안 세계 여러 나라를 돌아다니면서 자동차 관계를 취재해 이를 보도한 후 책으로 만들어 신진자동차 회장이며 경향신문 사장이던 김제원金濟源 씨 이름으로 출판한 일이다. 그리고 두 번째는 일선 취재로는 마지막이 된 북한 땅 평양 취재였다.

책 출판 건은 이렇다. 하루는 사장실에서 부른다기에 갔더니 김제원 사장이 이렇게 말했다.

> 국회의원에 한번 나서 볼까 하는데……, 그러려면 내 이름을 유권자들에게 널리 알려야 할 것이 아닌가. 책을 한 권 써서 유권자들에게 돌리려고 하는데 어디 한번 도와주겠는가.

이렇게 해서 짜인 것이 세계 자동차공업계 시찰이었고 세계의 유명 자동차 메이커 탐방기였다. 70년 늦가을, 나는 사장을 따라 두 달 동안 이태리의 피아트, 프랑스의 르노, 독일의 BMW · MAN · 폭스바겐, 스웨덴의 볼보, 영국의 롤스로이스, 미국의 GM · 포드 · 크라이슬러 심지어 이스라엘의 아이젠버그회사까지 세계를 누비면서 유명 자동차 공장들을 몽땅 구경했다. 나로서는 참으로 얻기 어려운 좋은 구경이었고 공부였다. 취잿거리로도 일류였다. 귀국 후 자동차공업을 중심으로 본 세계여행기를 썼다. 그리고 책으로 출판했다. 『번영의 구름다리―나의 구미歐美 기행』(문조사, 1971)였고 저자는 김제원이었다. 이 책은 김 사장의 선거구에 뿌려졌다. 그리고 김제원 사장은 국회의원에 당선되었다.

73년 3월에 있었던 평양 취재는 남북조절위원회 회의가 평양에서 열리는 것을 계기로 그것을 취재하는 여행이었다. 우리 측에서는 이후락李厚洛 중앙정보부장, 최규하崔圭夏 대통령 고문, 장기영張基榮 전 경제부총리가 대표였고 북측에서는 박성철朴成哲 부수상, 류장식柳章植 노동당부부장이 대표였다. 판문점을 넘어 북측의 안내를 받으며 개성―사리원―황주―평양에 이르는 여정은 그야말로 필설로는 표현할 수 없는 감회에 젖게 했다. 같은 산, 같은 물, 같은 핏줄이 있는 곳을 찾아가는데도 마음은 먼 이국을 갈 때보다 더 긴장되고 흥분되었다. 그러나 취재의욕에 부풀었던 꿈은 평양에 도착하자 곧 실망과 허탈로 바뀌고 말았다. 회담장소는 대동강이 내려다보이는 모란봉 기슭에 자리 잡은 초대소였고 우리 취재단 숙소는 보통강변에 자리 잡은 보통강려관이었다. 그런데 우리는 이 두 곳밖에는 아무 곳도 가볼 수 없었다. 연금이나 다름없는 행동의 제약을 받았다. 2박 3일 동안 가본 곳이라고는 그들이 안내한 김일성생가와 그 옆의 만경대萬景臺 그리고 모란봉 초대소가 전부였다. 안내원 말고는 단 한 사람의 동포도 만나 볼 수 없었다. 우리 취재기자들은 한 시간만이라도 평양 시내를 마음대로 구경할 수 있도록 자유시간을 달라고 요구했으나 허가받지 못했다. 무엇 때문에 이렇듯 통제가 심한 것일까. 거리마다 나붙어 있는 그들의 표어처럼 '여기가 바로 지상 락원'이라면 문을 활짝 열고 누구든지 와서 마음껏 보고 가라고 해야 할 것이 아닌가.

나는 정말 한심한 생각이 들었다. 무엇이든 많은 것을 취재해 보고 가리라 기대를 가지고 평양에 왔던 기자들은 모두 단 한 줄도 쓸 것이 없는 허망한 여행을 하고 말았다. 돌아오는 길에 개성에서 선죽교善竹橋를 잠시 구경할 수 있었던 것이 그나마 소득이라면 소득이었다.

■ ■

내가 한국방송공사(KBS) 보도국장으로 자리를 옮긴 것은 평양을 다녀온 넉 달 뒤인 73년 8월이다. 신문에서 방송으로 생각지도 않던 방향전환이 생긴 것은 당시 문공부장관이던 윤주영尹冑榮 씨 때문이었다. 조선일보 편집국장으로 있다가 공화당 창당 때 정계에 들어간 윤주영 씨는 당 대변인과 청와대 대변인을 거쳐 장관이 되었다. 편집국장 때 야전침대를 편집국에 갖다 놓고 거기서 자면서 신문 제작을 지휘했던 극성파답게 윤주영 씨는 장관재임 시 큼직한 일을 많이 해냈다. 문예진흥원과 영화진흥공사를 만들고 장충동 언덕 위에 국립극장을 새로 지었다. 그런데 무엇보다 더 큰 업적은 오늘의 KBS를 만들어 낸 일이다. 그전까지 KBS는 정부조직 속의 한 부분, 문공부의 한낱 외국外局에 불과했다. 모든 사원이 공무원이었고 모든 업무를 장관이 지휘했다. 아주 후진적인 운영 형태였다.

그래서 윤 장관은 제대로 된 국가의 기간방송을 하나 만들어야 하겠다는 생각으로 일본의 NHK를 모델로 방송의 공영화 방안을 짜기 시작했다. 나는 일본 특파원 때 NHK를 취재한 일이 있어 윤 장관의 이 작업을 조금 거든 일이 있다. 필요한 입법 조치까지 끝나 73년 3월, KBS는 마침내 중앙방송국에서 '한국방송공사'라는, 정부에서 독립한 공영조직으로 새 출발을 하게 되었다. 그런데 마침 그해 여름 보도국상으로 있던 이징석李貞錫 씨가 니먼Nieman 펠로우쉽으로 미국 유학을 가게 되었다. 그래서 윤 장관의 거듭

■ ■ KBS TV 프로그램 시사토론에 출연한 윤주영 장관(오른쪽)과 대담하는 필자(왼쪽)(1974년)

된 강권에 못 이겨 내가 그 후임을 맡게 되었다. 생각지도 않게 전파매체인 방송에 몸담게 된 나는 온라인 저널리즘의 특성을 익히려 공부하는 한편 지금까지 관료체질이던 보도국 기질을 언론 체질, 다시 말하면 야생마 체질로 바꾸는 데 힘을 쏟았다. 당시 사장이던 홍경모洪景模 씨가 나를 많이 뒷받침해 주었다. 기자모집을 통해 우수한 신진 엘리트를 확보하고 기존 언론계에서 유능한 기자들을 스카우트하는 두 가지 방법으로 보도국의 수준을 높이고 직종을 전문화하는 데 주력했다. 우리나라에서는 취재를 원활히 하려면 각 부처의 출입기자단에 가입이 되어야 한다. 그런데 지금까지 KBS 기자들은 모두 여기에 가입되지 못하고 빠져 있었다. 공무원이지 기자가 아니라는 이유 때문이었다. 그래서 나는 각 신문사 편집국장들을 상대로 로비활동을 하지 않을 수 없게 되었다.

"KBS 기자는 이제 공무원이 아니다. 기자단 가입에 동의해 달라."

이것이 내가 주장했던 구호였다. 그러나 기득권의 벽을 뚫고 그 속으로 들어간다는 것은 쉽지 않았다. 주요 출입처 기자단에 KBS 기자를 밀어 넣는 데 대충 1년이 걸렸다.

이렇게 해서 시작된 나의 방송생활은 81년까지 9년 가까이 계속되었다. 보도국장 3년, 방송이사 6년이었다. 공사 출범 초기여서 그런지 당시의 KBS조직은 아주 심플했다. 사장, 부사장 밑에 방송담당 이사, 기술담당 이사, 경영담당 이사 각각 1명씩 그리고 감사 1명, 그래서 임원진은 모두 6명에 불과했다. 방송담당 이사는 방송총국장을 겸하도록 되어 있어 그 관장 업무가 방대했다.

방송은 몇 가지로 나눌 수 있다. TV와 라디오로 나눌 수 있고 내용 면에서는 보도, 교양, 오락연예로 사를 수 있다. 또 국내를 대상으로 하는 방송과 외국을 대상으로 하는 해외방송이 있고 우리나라의 특성상 북한 동포를 대상으로 하는 대북방송이 있다. 나는 방송이사로 승진하면서 이 모든 방송을 혼자서 관장하는 자리에 앉게 되었다. 물리적으로 한 사람이 맡기에는 너무 범위가 넓었지만 그때의 조직은 그렇게 되어 있었다. KBS시절을 정리해 보면 보도국장 3년 동안에 있었던 일 가운데 74년 8·15광복절 기념행사에서 생긴 박 대통령에 대한 저격, 육영수陸英修 여사의 피격 사망 사건이 가장 잊히지 않는다. 이 사건은 내 책임하에 중계방송이 전국으로 나가고 있는 도중에 생긴 돌발사여서 그 당황하고 아찔했던 순간, 육 여사가 사망하자 모든 오락프로의 방송을 중지하고 추모 특집프로를 임시 편성해 라이브 방송을 하느라 밤을 꼬박 새운 일 등이 지금도 생생하게 떠오른다. 방송이사가 된 후에는 드라마와의 전쟁이 가장 힘들고 보람 있던 일이었다. 지금도 그렇지만 그 당시에도 드라마, 특히 일일연속극에 대해서는 말이 많았다.

"미풍양속을 해치는 불륜不倫 관계가 많다."

"극 중 내용이 너무 잘사는 사람 위주이고 호화스러운 의복, 가구 등이 등장해 서민들에게 좌절감과 위화감을 준다."

"역사극은 고증이 안 된 엉터리가 많아 역사왜곡이 걱정된다."

대충 이런 유형의 비판이 쏟아졌다. 나는 이 가운데서 불륜 관계를 지나치게 등장시키는 것과 사실과 어긋나는 역사왜곡 등에 관해서는 공감이 갔다. 이런 것은 꼭 바로잡아야 하겠다고 생각했다. 그래서 연예 부문 연출자(PD)들과 회의도 하고 토론회도 가졌다. 1970년대 KBS의 드라마를 담당했던 PD로는 최상현崔相鉉, 이기하李基夏, 김연진金連鎭, 김수동金秀東, 임학송林鶴松, 김홍종金弘鍾, 이정훈李正勳, 장형일張亨一, 최상식崔常植 씨 등이 있었다. 나는 또 방송에 작품을 자주 쓰는 작가들과도 만나 그 개선책을 의논했다. 이때 만난 작가로는 조남사趙南史, 한운사韓雲史, 신봉승辛奉承, 이은성李恩成,

나연숙羅連淑, 김영곤金英坤, 오재호吳在昊 씨 등이 있다. 이 가운데서 어릴 때부터 친구였던 신봉승 씨가 열성적으로 나를 도와주었다. 그러나 쉽지 않은 작업이었다. 타성에 젖은 드라마와의 전쟁이었다. 그러나 이런 여러 가지 노력 끝에 KBS드라마는 많이 개선되었다. 절대 자화자찬이 아니다. 「꽃피는 팔도강산」, 「대하드라마 토지土地」, 「명작의 고향」, 「왕도王道」, 「전설의 고향」 등 공영방송다운 드라마가 모두 이때 방송되었다. 상업주의에 흐르지 않고 시청률에 연연하지 않고 역사적 사실에 충실한다는 원칙에 입각해 만든 작품들이다. 지금 다시 본다 해도 손색이 없다. 그런데 최근 KBS의 드라마를 보면 지난날 많은 노력 끝에 바로잡힌 모든 것이 무너져 버린 것 같다. 사극史劇의 경우 「태조 왕건」이란 드라마가 방송되었는데 폭군으로 왕위에서 쫓겨난 궁예가 도망을 다니다 백성의 손에 참살당한 것이 고려사에 기록된 엄연한 사실인데 드라마에서는 정사正史의 기록을 무시하고 궁예가 왕건에게 왕위를 스스로 물려주고 은퇴하는 것으로 만들었다. 또 세종대왕을 그린 「대왕세종」을 보면 양녕대군과 형제간에 추잡한 권력싸움을 했을 뿐 아니라 우리나라에는 존재하지도 않았던 일본의 닌자忍者 비슷한, 검은 두건으로 얼굴을 가린 칼잡이들이 마구 나타나 살육전을 벌이는 황당무계한 장면이 판을 치게 만들었다. 이런 것을 역사극이라 할 수 있는가. 나라의 기간방송이 프로그램을 이렇게 만들어도 되는 것인가. 한심한 일이라 할 수밖에 없다.

방송이사 시절에 내가 겪었던 가장 가슴 아픈 사건은 숙청작업이었다. 전두환 정권이 탄생되는 과정에서 언론인이 많이 희생되었는데 단위 직장의 비율로 보면 KBS가 가장 많은 희생자를 냈다. 당시 본사와 지방을 합쳐 KBS의 직원은 3천 명 가량 되었다. 그 가운데서 2백 명 가까운 사람이 내쫓겼으니 거의 10%가 희생된 셈이다.

보안 사령부에서 작성한 블랙리스트가 문공부장관을 거쳐 사장 앞으로 하달되었다. 그 명단에는 내쫓으라는 사람의 이름과 그 이유가 하나하나 적혀 있었다. 전체 직원에게 일괄해 사표를 내게 한 다음 리스트에 있는 사람의 사표만 받고 나머지는 되돌려 주는 방법으로 이른바 숙청작업이 진행되었다. 어제까지 한솥밥을 먹으며 동고동락했던 동료 후배들을 별로 납득할 수 없는 이유로 내쫓는다는 것은 도저히 할 수 없는 일이었다. 나는 다만 몇 명이라도 살려 보려고 기자 몇 명에 대해 구명탄원서를 이광표李光杓 장관 앞으로 내 보았다. 그러나 그때는 장관도 아무 힘이 없었다. 보안 사령부에서는 예외를 인정할 수 없다고 탄원서를 받지 않았다. 그때 희생된 사원들에 대해서는 죄송해서 할 말이 없다.

대량 해고라는 이 폭풍이 지나간 다음 찾아온 것이 언론사 통폐합이었다. 방송에 대한 통폐합은 KBS가 동양방송(TBC), 동아방송(DBS), 한국FM방송(대구), 서해방송(군산), 전일방송(전남 광주) 등 5개 방송(TV 1개, 라디오 4개)을 인수하고 기독교방송의 보도 부분을 떼어 오는 작업이었다. 최세경崔世卿 씨의 후임으로 당시 사장이던 이원홍李元洪 씨는 나에게 그 인수작업의 실무를 총괄하라는 것이다. 그래서 나는 TBC의 홍두표洪斗杓 사장과 DBS의 최호崔皓 국장을 자주 만나 업무인수를 시작했는데 평소에 잘 아는 친구이며 선후배 관계여서 그 어색함은 이루 말할 수 없었다. 한번은 불가피한 일이 있어 TBC보도국을 갔었는데 모두들 그 입장을 서로 다 이해하는 처지였지만 나를 마치 점령군 책임자로 보는 듯해 얼른 나오고 만 일이 있다. 이 통폐합작업은 1980년 11월 14일에 시작해 다음 해 81년 4월 30일에 끝났으니 꼭 5개월 20일이 걸렸다. 인수한 방송은 5개사, 채널은 8개(TV 2, 중파 4, FM 2), 인원은 모두 1,604명, 자산은 327억 원이었다. KBS는 인수자금을 정부가 알선해 주는 대로 조흥, 상업, 신탁, 제일은행에서 조달해 썼다.

나의 방송생활은 언론생활 전체에서 보면 4분의 1에 불과한 것이지만 거기서 얻은 지식과 경험은 대단히 컸다. 언론도 테크놀로지의 발달로 그 모습이 달라진다. 특히 인공위성을 통해 지구의 구석구석까지 안방에 앉아서 그 현장을 볼 수 있을 만큼 방송은 대단한 위력을 발휘하는 시대가 되었다. 활자 언론과 전파 언론이 컴퓨터 언론으로 합성되는 결과도 가져왔다. 그런 점에서 나의 방송생활 9년은 대단히 값지고 좋은 경험이었다.

■■

언론 통폐합이라는 폭풍이 몰아친 다음 81년 11월 나는 방송을 떠나 다시 활자매체인 신문으로 돌아갔다. 이번에는 우리글이 아닌 영어로 만드는 신문 코리아헤럴드였는데 맡은 일은 살림을 챙기는 전무專務 자리였다. 내가 KBS를 떠나게 된 것은 자진사퇴였다. KBS 이사理事는 사장이 추천하여 문공부장관이 임명하는 자리인데 그동안 많은 변화가 있었다. 애초 사장은 홍경모 씨였는데 그 후 최세경 씨로 바뀌었다가 박정희시대가 끝나자 이원홍 씨로 다시 바뀌었다. 장관도 윤주영 씨에서 김성진金聖鎭 씨로 바뀌었다가 이광표 씨로 바뀌었다. 내 주위를 둘러보니 옛 정권 때의 사람들은 모두 물러나고 그 뒤를 새 정부 사람들이 차지하게 되었다. 나도 물러날 때가 된 듯했다. 그래서 이원홍 사장한테 그 뜻을 전하면서 거취 문제를 상의했다. 이 사장은 언론계 선배였지만 지난날 내가 경향신문 특파원으로 도쿄에 있을 때 그는 한국일보 특파원으로 서로 이웃해 살았던 관계로 가까이 지낸 사이였다. 이원홍 사장은 나에게 "있기가 좀 거북하면 자子회사를 하나 만들어 거기 나가 있어 보면 어떻겠느냐?"라고 했다. KBS의 첫 번째 자회사인 'KBS사업단'은 이렇게 해 만들어졌다. 그러나 나는 자회사가 발족하기 직전, 코리아헤럴드의 사장을 새로 맡게 된 한종우韓鍾愚 씨가 함께 일하자는 권유를 해 와 그리 가기로 했다. KBS사업단 사장에는 이덕주李德柱 이사가 나 대신 앉게 되었다.

'코리아헤럴드The Korea Herald'라는 신문은 우리나라의 모습을 세계에 알리는 중요한 신문이다. 특히 해외수출을 통해 먹고 사는 우리로서는 이 신문의 존재가 아주 중요했다. 원래 이 신문은 국제사회에 우리나라를 알리기 위해 만든 신문이었다. 6·25전쟁이 났을 때 온 세계가 한국을 주목하게 되었으나 사실은 '코리아'가 어디 있는 나라인지 잘 모를 만큼 알려져 있지 않은 상태였다. 그래서 당시 대통령이던 이승만 박사의 특명으로 생긴 신문이 코리아헤럴드(처음 이름은 'The Korean Republic')였다. 그러나 살림을 맡은 전무이사로 취임해 보니 신문의 경영이 말이 아니었다. 신문은 공산국가가 아닌 한 어느 나라를 막론하고 수입의 큰 줄기는 광고에 있다. 우리나라의 경우 이 현상이 특히 심하다. 가령 일본을 보면 신문사 전체의 수입 가운데서 광고수입이 많아야 60% 선인 데 비해 우리는 90% 대에 있다. 쉽게 말하면 우리나라 신문은 수입의 거의 전부를 광고에 의존하고 있는 기형적 수입구조를 갖고 있다는 얘기다. 그런데 영어신문에는 광고가 없었다. 비싼 돈을 내고 광고를 하는 이유는 그것으로 말미암아 판매가 이루어지는 효과 때문인데 영어신문은 이 효과가 아주 약했다. 전문기관에서 광고효과를 측정해 보면 언제나 영어신문의 광고효과는 꼴찌였다. 당시 헤럴드의 소유주는 무역협회였는데 한종우 사장과 나는 번갈아 무역협회의 신병현申秉鉉 회장을 찾아가 증자를 호소하고 다녔는가 하면, 해외홍보기능 때문에 문공부장관을 찾아가 지원을 요청하는 일이 다반사였다. 세계시장을 대상으로 수출로 먹고 사는 나라가 우리인데 시장 개척의 첨병 노릇을 하는 영어신문을 아무도 성의 있게 돕겠다는 곳이 없었다. 생각할수록 한심했다.

설상가상으로 신문사 분위기도 엉망이었다. 수입이 적어 채산이 안 맞으면 사원들의 봉급도 적을 수밖에 없는데 이것이 잘 통하지 않았다. 그때는 마침 언론계에 노동조합이 탄생되던 초창기여서 억지를 쓰는 일이 극심했던 시기였다. 나는 영자신문을 내고 있는 동업자인 '코리아타임즈The Korea Times'의 장강재張康在 사주와 정태연鄭泰演 편집국장을 찾아가 서로의 실정을 터놓고 얘기해 보았다. 그리고 일본까지 가서 100년이 넘는 역사를 가진 세계적인 영자신문인 '재팬타임즈The Japan Times'의 스즈키鈴木純三郎 사장도 만나 보았다. 광고가 없어 시달리는 사정은 모두 같았다. 다만 다른 것은 코리아타임즈의 경우 한국일보라는 본체가 있기 때문에 그 기사를 번역해 쓰고 있어 독자적인 취재가 그다지 많지 않다는 것이다. 다시 말하면 인원을 극도로 줄이고 있는 탓으로 큰 적자를 보지 않는 실정이었다. 또 재팬타임즈의 경우 자라나는 세대를 대상으로 하는 '스튜던트타임즈The Student Times'를 발행해 여기에서 적잖은 수입을 얻고 있으나 역시 소수정예주의로 인원을 줄여 경영정상화를 꾀하는 실정이라는 것이다.

여러 가지 자료를 근거로 경영정상화 방안을 논의한 결과 헤럴드로서는 언론 통폐합 이전에 발행했던 자매지 '내외경제신문'을 복간할 수밖에 없다는 결론을 내렸다. 원래 무역협회는 옛날의 산업경제신문을 인수해 내외경제신문이라 이름을 바꾸어 훌륭한 경제신문으로 키워 가지고 있었다. 말하자면 내외경제라는 경제신문에서 돈을 벌어 코리아헤럴드라는 영어신문의 적자를 메우면서 경영해 온 셈이다. 그것이 언론 통폐합 과정에서 1사 1개 신문 발행원칙에 따라 내외경제가 없어지고 헤럴드 하나만 남는 바람에 적자투성이가 되어 버렸다.

나는 통폐합 이전의 상태로 신문 경영을 복원시키는 데 총력을 기울일 수밖에 없었다. 이렇게 해서 1989년, 마침내 내외경제신문이 폐간된 지 9

년 만에 다시 복간이 되었다. 그러나 모든 것이 쉽지 않았다. 오랫동안 쉬는 바람에 그 좋던 왕년의 시장을 모두 빼앗겨 그것을 도로 찾는 것이 수월치 않았다. 경기 하락으로 광고수주도 어려웠다. 이 난관을 뚫기 위해서는 인원과 경비를 줄이는 구조조정을 해야 하는데 노조의 반대로 그것도 뜻대로 되지 않았다.

89년 말, 신문의 소유주가 무역협회에서 대농그룹으로 바뀌었다. 이때 나는 사장이 되었다. 분위기를 일신해 경영쇄신을 꾀했으나 모든 것이 어려웠다. 기자들을 비롯한 전 사원들이 나에게 거는 기대가 크다는 것을 알면서도 어떻게 할 수가 없었다. 내외경제의 복간에 앞서 한국일보에서는 '서울경제신문'을, 또 중앙일보에서는 '중앙경제'를 각각 복간 또는 창간했는데 전부 악전고투하는 형편이었다. 좁은 나라에 '한국경제', '매일경제'까지 합쳐 경제신문이 다섯 개가 난립하는 형편이었다. 그래서 막강한 재력을 배경으로 출범했던 중앙경제가 맨 먼저 손을 들었다. 자진폐간을 선언했다. 재력이 없어서가 아니었다. 승산이 없었기 때문이다. 나는 내가 맡은 사장 자리를 곰곰이 생각해 보았다. 아무래도 나는 글이나 쓰는 기자가 알맞지 살림살이를 꾸려 가는 살림꾼은 아닌 것 같았다. 내 능력을 자책하는 수밖에 없었다. 그래서 나는 3년의 사장 임기를 간신히 채운 다음 신문사를 물러났다.

그리고 방송위원회 부위원장이 되었다. 우리나라의 방송위원회는 1981년에 만들어진 언론기본법에 의해 방송운영에 관한 기본사항을 심의하는 기관으로 발족되었다. 미국의 FCC(Federal Communications Commission, 연방통신위원회)를 모델로 했으나 미국의 위원회는 방송 내용의 심의권뿐 아니라 인認·허가許可權까지 가지고 있는 막강한 기구인 데 비해 우리나라는 방송프로에 관한 심의규제권만 갖는 기구였다. 지금은 방송과 통신을 합쳐 인·허권까지 가진 방송통신위원회로 막강해졌으나 그때는 아직 그런 단계는 아니었다. 당시 방송위원회의 위원은 행정부, 입법부, 사법부에서 각각 3명씩 추천하여 대통령이 임명하도록 되어 있었다. 위원장과 부위원을 뺀 7명의 위원은 모두 비상임이어서 다른 직업을 가지고도 겸임할 수 있었다. 나는 헤럴드 전무 시절인 87년 당시 문공부장관이던 이웅희李雄熙 씨가 방송위원을 한번 해 보라 하기에 지난날 방송에 종사했던 경험을 살려 보고 싶어 그 직책을 맡았다. 그 후 한 번 연임하여 93년까지 6년 동안 방송위원으로 있었다. 내가 코리아헤럴드·내외경제신문 사장을 물러난 92년, 그때의 방송위원회는 고병익高柄翊(전 서울대학교 총장) 씨가 위원장이고 서강대학교 교수 김규金圭 씨가 부위원장이었는데 김규 씨가 학교로 돌아가게 되어 상근자리를 내놓게 되었다. 그때 마침 내가 신문사를 물러나게 되자 여러 위원들이 김규 씨 후임으로 나를 부위원장으로 선출해 주었다. 이렇게 해서 김영삼 정부가 출범한 초기까지 나는 방송위원회 부위원장 자리에 있었다.

6년에 걸친 방송위원 생활을 회고해 보면 사회 각계의 명망 있는 유명 인사들과 위원을 함께 하면서 그분들에게서 또 다른 많은 것을 배우게 되었다는 점에서 퍽 유익한 경험이었다고 생각한다. 동양역사의 대가인 고병익 박사는 말할 것도 없고 또 한 분의 위원장을 지낸 강원룡姜元龍 목사는 설명할 필요도 없는 종교계의 큰 지도자였고 원로 언론인 양호민梁好民 씨, 이화여자대학교 총장을 지낸 정의숙鄭義淑 씨, 시인 김남조金南祚 씨, 김대중 정권 때 감사원장을 지내게 되는 한승헌韓勝憲 변호사, 또 교육부총리를 지내게 되는 한완상韓完相 교수, 대법관이 된 정귀호鄭貴鎬 씨 그리고 언론계 선배 조용중 씨, 조선일보에서 함께 기자를 했던 이종식 씨 등이 그때 나와 함께했던 방송위원들이다. 모두 소중한 만남들이었다.

방송위원을 그만둔 다음 이번에는 새로 도입된 케이블TV 방송에 종사하게 되었다. 94년의 일이다. 다매체시대의 개막이었다. 전국을 몇 개 권역으로 나눴는데 서울의 경우 행정단위 구區별로 케이블TV 방송국(System Operator, SO)을 새로 설립해 KBS, MBC 등 공중파 방송뿐 아니라 수십 개의 케이블 채널로 다양한 프로그램을 각 가정으로 보내는 이 케이블 방송은 정부가 앞장서 추진하는 국책사업이었다. 나는 코리아헤럴드 · 내외경제 때 인연을 맺은 대농그룹이 경영권을 따낸 노원구 케이블TV의 사장으로 취임했다. 그때 서울에 생긴 20여 개의 케이블TV 방송사 사장의 절반 이상이 나처럼 과거 방송사에서 일했던 사람들이어서 새로 시작하는 사업이었지만 모두 생소하지 않아 다행이었다. 각 가정으로 케이블을 연결하는 가설공사를 했고 프로그램 공급업자(program provider, PP)들로부터 프로그램을 전송받아 이것을 각 가정 TV수상기로 송신해 주는 이 일련의 작업은 지금은 안정이 되었지만 그 당시는 초창기라 아무도 해 본 경험이 없었다. 체신부와 싸움도 많이 했고 한국전력과 다투기도 했다. 그런 속에서 3년을 보냈다. 케이블TV를 통한 뉴미디어시대의 개막은 성공적이었다. 곧 이어 이번에는 위성 방송시대, 컴퓨터를 통한 인터넷 방송시대가 기다리고 있었다. 내가 언론계에 발을 디딘 지 어느덧 만 40년이 되는 해였다. 내 나이도 60 고개를 훌쩍 넘고 있었다. 주위를 둘러보니 나와 함께 기자생활을 시작했던 동료 대부분이 현역을 떠난 상태였다. 그래서 나는 임기를 마치자 퇴역하기로 했다. 1997년의 일이다. 그 후 대전에 있는 한남대학교의 초빙교수가 되어 젊은 학생들에게 신문과 방송매체에 대한 나의 체험적 실무지식을 가르치는 데 힘썼다.

지금까지 개략적으로 적어 본 이것이 내 언론 외길 반세기를 말하는 이력서라 할 수 있다. 40년이 넘는 오랜 세월 동안 거기에서 보고 듣고 겪은 일 가운데서 꼭 남기고 싶은 것들은 별개의 글로 써 보고자 한다.

추억의 선배들

한국적 대기자 대논객

외국, 특히 미국 언론계에는 이름 있는 대기자大記者, 대논객大論客 그리고 전문기자가 많다. '대기자Editor-at-Large' 라는 호칭은 매일매일 쏟아지는 단편적인 뉴스에 얽매이지 않고 그 밑바탕에 깔려 있는 큰 그림을 찾아내 글을 쓰는 기자를 말한다. '전문기자' 라는 것은 어느 특정 분야를 외곬으로 파고들어 그 분야의 전문가가 되는 기자를 말하는데, 때에 따라서는 대기자와 전문기자가 같을 수도 있다. 모두 다 대단히 명예로운 호칭이다. 미국의 경우 지난날의 월터 리프먼이나 그 뒤를 이은 뉴욕타임스의 제임스 레스턴 같은 세계적인 저널리스트는 말할 것도 없고 얼마 전 오바마 대통령이 케이크를 들고 기자실로 찾아가 생일을 축하해 준 89세의 노기자 헬렌 토머스도 그런 기자의 한 예라 할 수 있다. 그녀는 49년간을 줄곧 백악관만 담당하면서 케네디부터 오바마에 이르기까지 10명의 대통령을 최측근에서 취재했다. 가히 화이트하우스의 산 역사라 할 만한 기자이다. 『백악관의 맨 앞줄에서Front Row at the white house』라는 회고록을 남긴 이 노인 여기자는 대통령을 취재하기 위해 클린턴의 새벽 조깅에까지 끼어든 에피소드가 있을 만큼 일밖에 모르는 기자였다.

또 이런 기자도 있다. 지난 2000년 1월 24일 뉴욕타임스는 신문지면 한 쪽을 온통 한 사람의 사망기사로 메운 일이 있었다. 이 신문은 국내외 유명 인사의 사망기사를 자세히 싣는 것으로 정평이 나 있지만 한 페이지 지면을 몽땅 한 사람을 위해 제공하는 경우는 극히 드문 일이다. 그런데 이날 사망기사의 주인공이 된 인물은 정치적으로 이름 있는 그런 유명인이 아니었다. 80세로 세상을 떠난 크레이그 클레이본이라는 한 사람의 기자였다. 그는 거의 30년 동안 뉴욕타임스의 요리담당 기자로서 신문에 요리와 식당 비평을 본격적으로 도입한 식食문화 전문기자였다. 100만 부 이상 팔린 베스트셀러『뉴욕타임스의 쿡북The New York Times Cookbook』등 20여 권의 책을 쓰기도 한 그는 평범한 미국 일반 가정의 기본적인 식탁에 폭 넓고 다양한 요리의 지평을 열어 주었다는 사회적 평가를 받았다.

그가 어떠한 유명 기자였는가를 알려주는 많은 이야기가 있다. 예를 들면 그는 세 가지 기준에서 식당을 평가하는 기사를 썼다. 요리 솜씨와 분위기와 서비스였다. 공정하고 객관적인 기사를 쓰기 위해 한 식당에 3~4번씩 가는 것을 원칙으로 했고 그중 한 번은 3명의 친구를 같이 데리고 가 그들의 평까지 참고로 듣고 기사를 쓰는 것이 관례였다. 그는 또 프랑스 파리의 한 식당에서 당시 세계에서 가장 비싼 4,000달러(2인분)짜리 31개 코스의 만찬을 하고 그 요리 품평기사를 신문에 써 세상을 떠들썩하게 만들기도 했다. 세계에는 먹을 것이 없어 굶어 죽는 어린이가 수두룩한데 초호화판 고급요리를 먹었다 하여 그의 품평기사를 미친 귀족취미라 비난하는 여론도 있었다. 어쨌든 미국의 모든 유명 식당들이 그의 품평기사에 의해 흥망이 좌우되었을 만큼 그는 한 가지 분야에 일생을 바쳐 외곬으로 정상에 오른 전문기자이자 대기자였다. 미국 언론계는 저널리즘을 통해 그가 기여한 음식문화에의 공헌을 높이 평가해 한 페이지의 지면을 모두 그의 업적을 찬양하고 추모하는 특집기사로 할애한 것이다.

미국 언론계에는 이 밖에도 이름난 대기자들이 많이 있다. 하나만 더 예를 들면 6·25전쟁 때 우리나라에 와서 유일한 여성 종군기자로 전선을 누볐던 마거리트 히긴스 기자를 꼽을 수 있다. 내가 외국의 예를 자꾸 드는 이유는 우리나라와 비교를 좀 해 보고 싶어서다. 지금 워싱턴의 알링턴 국립묘지에 묻혀 있는 히긴스 기자는 재치와 맹렬성으로 일생을 보낸 저널리스트였다. 그는 한국에서 6·25전쟁이 터지자 도쿄의 맥아더 장군을 찾아가 여성 기자의 종군 취재를 금지했던 기존의 방침을 바꾸도록 공작, 한국전선을 찾은 최초의 여성 종군기자가 되었다. 남성만이 득실거리는 전방진지에서 진흙투성이의 작업복을 입고 용감하게 취재전을 벌인 그는 중공군이 미군을 공격해 오자 원자폭탄을 사용해야 한다고 글을 써 말썽을 일으키기도 한 기자였다. 그녀는 한국을 무척 사랑했던 기자로 6·25전쟁의 실상을 알린 기사(「War in Korea」)를 연재해 1951년 여성으로서는 최초로 퓰리처상을 받기도 했다. 60년대에 그는 유엔에서 소련의 흐루시초프를 만난일이 있다. 아기를 낳은 지 얼마 안 되었을 때였다. 흐루시초프가 "사내요? 계집애요?" 하고 묻자 계집애를 낳았다고 하니까 흐루시초프는 "그럼 당신은 하늘나라에서 용서를 받겠구려." 했다. 그러자 히긴스는 재빨리 "공산당인 당신도 천국을 믿으십니까?" 하고 응수해 그의 재치가 큰 뉴스로 전파되기도 했다. 한국, 베트남, 베를린 등 국제분쟁지역만을 단골로 찾아다니며 취재를 하다가 세상을 떠난 히긴스 기자는 미국이 자랑하는 전쟁과 국제분쟁을 전담했던 전문기자였다.

미국이나 유럽에는 이와 같이 대기자, 전문기자, 유명 논객(칼럼니스트)들이 많다. 그러면 우리나라는 어떤가? 외국에 비해 우리 언론은 그 역사적 발전 과정이나 문화적 풍토가 많이 달라 같은 기준으로 비교, 논단하기는 매우 어렵다. 그러나 우리 나름대로 지난날을 정리해 보면 우리도 자랑하고 내세울 만한 대기자, 대논객이 있었다고 말할 수 있다. 저널리즘이 싹텄던 구한말舊韓末이나 기형적 형태로 생존할 수밖에 없었던 식민지 시절에도 자랑할 만한 언론계 거목들이 있었다. 그러나 먼 옛날은 접어 두고 우리 정부가 세워진 후 오늘에 이르기까지 근래의 역사만 돌아보더라도 우리 언론을 이만큼이나마 끌어올린 것은 출중한 대선배들이 있었기 때문이다. 비록 우리 사회가 조로早老의 병폐가 심하고 격변하는 유동성 때문에 한 분야의 대가大家를 양성하기 어려웠던 상황에 있었으나 강렬한 개성, 뛰어난 리더십, 폭 넓은 지성을 갖춘 유능한 대기자, 대논객 들이 끼친 공로를 절대로 과소평가해서는 안 된다. 내가 직접 모셨거나 가까이서 보아 왔던 대선배 몇 분을 이에 추상해 보기로 하겠다.

근래의 우리 언론 역사에 뚜렷한 족적을 남긴 대기자, 대논객으로는 홍종인洪鍾仁, 오종식吳宗植, 최석채崔錫采 세 분을 꼽을 수 있다. 이분들은 모두 고인이 되었지만 하도 개성들이 강해 지금도 현역 언론인들이 되씹어 보는, 많은 화제를 남긴 주인공들이다. 그 가운데 가장 연장자는 홍종인 씨다. 1903년생이므로 나보다 꼭 한 세대 앞서 태어난 분이다. 제3공화국 출범당시인 1963년, 나는 조선일보 정치부 기자였고 그는 조선일보 회장직을 물러나 고문직에 있을 때였다. 우리 젊은 기자들은 그를 '홍박洪博'이라 불렀다. 모르는 것 없고 못하는 것 없고 안 가는 데 없는 다능다동多能多動의 만물박사였기 때문이다. 학교라고는 평안북도 정주의 오산五山학교밖에 다닌 것이 없는데도 그 해박한 지식과 다양한 활동상을 보면 그는 초인적인 노력가요, 근면가라 하지 않을 수 없었다. 홍박은 우선 그 풍채부터 좀 달랐다. 1m76cm의 장신거구인 데다 검고 굵고 짙은 눈썹에 우뚝 솟은 코는 확실히 이국적인 용모여서 프랑스의 드골을 닮은 것 같기도 하고 할리우드 배우 게리 쿠퍼를 닮은 것 같기도 했다. 그래서 어떤 기자들은 그를 한국 언론계의 드골 장군이라 일컫기도 했다. 아무튼 위풍당당한 풍채부터가 무관의 제왕이라 하기에 손색이 없었다.

홍박은 스물세 살 때 시대일보 평양지국 기자를 시발점으로 언론에 투신했다. 일본 식민지시대에는 중외일보, 조선일보, 매일신보에서 사회부 기자, 체육부 기자 또는 사회부장, 체육부장 등으로 활동하다가 8·15광복 후에는 조선일보에서 편집국장, 주필, 회장 등 주요한 자리를 오랫동안 두루 거쳤다. 경력이 말해주듯 그는 일선 취재로 잔뼈가 굵어진 순수한 야전형 언론인이었다. 신문의 주필이나 회장 자리에 있을 때에도 일선 취재터에 불쑥 나타나 기자들을 당황하게 만들 만큼 언제나 들판을 달리는 야생마였다.

그 좋은 예로 이런 일이 있었다. 64년 5월, 정일권丁─權 내각이 출범한 직후 한·일 회담을 반대하는 대학생들의 데모가 극렬해지고 있을 때 정일권 총리가 기자회견을 가졌을 때였다. 교통사고로 병원에 입원 중에 있던 홍박은 총리가 주요한 기자회견을 한다는 소식을 듣자 부랴부랴 병원을 나섰다. 그가 중앙청에 도착했을 때에는 기자회견이 막 시작된 무렵이었다. 기자석 맨 뒤쪽에 앉아 회견 내용을 듣고 있던 그는 질의응답이 시원찮아 보였던지 몇몇 기자에게 쪽지에 메모한 것을 전하면서 질문을 진두지휘했다. 그런데도 회견에는 도무지 알맹이가 없었다. 드디어 홍박의 야성이 폭발했다. 참다못한 그는 손을 들고 발언권을 요구했다. TV로 전국에 생중계되던 회견이라 홍박의 모습이 화면에 나타났다. 그런데 어찌된 셈인지 홍박의 질문이 묵살되고 회견은 흐지부지 싱겁게 끝이 났다.

"이거 뭣들 하는 거야! 이게 국무총리의 기자회견이야!?"

홍박의 분노에 찬 목소리가 터져 나왔다. 당황한 주최 측에서는 홍박을 총리실로 모시려 했으나 "내가 거기 뭣하러 간단 말이야!" 벽력같이 일갈하고 그는 곧바로 병원으로 돌아갔다. 취재에 임하는 홍박의 용맹성은 젊은 시절부터 소문나 있었다. 1937년 중·일 전쟁이 일어났을 때, 조선일보 기자였던 그는 북지北支전선으로 특파되었다. 그런데 일본군의 현지 부대가 어찌나 취재에 제한을 두었던지 아무것도 제대로 할 수 없었다는 것이다. 이에 홍박은 일본군 장교에게 고함을 치면서 대들어 난관을 뚫었다는 것이 그때 매일신보 기자로 함께 취재했던 류광렬柳光烈 씨의 회고담이다.

홍박은 주필로 있으면서 사설을 쓸 때에도 이런 야성을 곧잘 발휘했다. 일본이 적십자사를 내세워 재일동포들을 북송하게 되었을 때 정부가 외교적으로 그것을 저지하는 데 실패하자 붓을 들어 사설을 썼다. 조선일보에 게재된 그의 사설 제목은 「저 외무부를 그냥 두고만 볼 것인가」였다. 그것도 누구나 읽을 수 있도록 그때에는 흔치 않았던 순한글로 된 글이었다. 이런 유의 그의 호령조 언동은 많은 화제를 뿌렸다. 어느 신문이던 간에 눈에 거슬리는 기사나 글이 발견되면 곧 전화를 걸어 그 필자에게 "글 좀 똑바로 써라."라는 잔소리도 하고 호통도 쳤다. 그만큼 그의 호통은 언론계에 통했다. 생명력이 넘치는 글을 써야 한다는 것이 그의 철저한 기자정신이었다. 그러나 여기서 꼭 한 가지 밝혀 둘 것이 있다. 야생성이 강한 나머지 홍박의 행동이 지나치게 조악스러운 것이 아니냐고 생각할지 모르지만 그는 정반대였다. 그는 예의범절을 철저히 지키는 선비였고 신사였다. 내가 국회를 출입하고 있을 때 일이다. 태평로에 있던 옛 국회의사당 시절이다. 날씨

가 궂은 탓이어서 그랬는지 그날 나는 넥타이를 매지 않은 잠바 차림이었다. 기자실에서 구내 스피커로 들려오는 의사당의 의원발언을 메모하고 있는데 홍박이 불쑥 나타났다. 그는 가끔 시간이 있으면 일선 취재터를 찾아 후배 기자들을 현장교육(?)시키는 것을 즐겨했다. 그래서 우리는 그것을 홍박의 출입처 '마와리まわり(순회한다는 일본어)'라 불렀다. 홍박은 이날 국회 기자실 '마와리'를 한 것이다. 몇몇 기자들은 바둑도 두고 낮잠도 자고 있었다. 홍박 눈에는 모든 것이 못마땅했을 것이다. 드디어 불호령이 떨어졌다.

"최 군 복장이 그게 뭔가!"

내가 가장 만만했던 것 같다. 기자라는 직업은 언제 누구를 만나게 될지 모르는 만큼 항상 의복을 정갈하게 하고 태도를 예의 바르게 가져야 한다는 것이 그의 지론이었다.

"넥타이를 매라."

"책을 읽어라."

홍박은 후배들에게 늘 이런 말을 강조했다. 그는 20대의 젊은 시절부터 세상에서 기자를 예의도 절제도 없는 방탕생활자로 보는 잘못된 시각을 극도로 싫어했다. 기자에 대한 세간의 이런 그릇된 인식을 고치기 위해서는 기자들이 눈에 띄게 복장을 단정히 해야 하고 예의가 깍듯해야 한다고 했다. 홍박이 중외일보 기자로 있던 청년 시절 잡지에 기고한 글이 있는데 그 내용이 대충 이런 요지로 되어 있다.

얘기가 나온 김에 덧붙이자면 언론인의 몸가짐이 예의 바르고 신사다워야 한다는 것을 몸소 보여 준 언론계 선배 한 분이 또 있다. 동아일보 회장을 지낸 김상만金相万 씨가 바로 그 사람이다. 내가 직접 겪은 일인데 90년 봄, IPI(International Press Institute, 국제신문인협회) 총회가 프랑스 보르도에서 열렸을 때 우리나라에서 신문사 사장 10여 명이 회의에 참가했다. 우리는 모두 같은 호텔에 투숙했기 때문에 아침저녁으로 얼굴을 맞대고 지냈다. 그런데 좌장 격인 김상만 회장이 만찬을 한번 주최하겠다고 했다. 우리는 날짜와 시간, 장소 등을 메모해 놓았다. 그런데 모임을 갖게 된 날 아침 룸서비스를 통해 봉투가 각 방마다 전달되었는데 김 회장이 볼펜으로 직접 쓴 초대장이었다. 이미 다 약속된 일인데도 손님을 초대하는 형식은 예의 바르게 해야 한다는 표시였다. 회식장소에 가 보니 81세 노인인 김상만 회장이 입구에 꼿꼿이 서서 후배 사장들을 일일이 맞이하고 있는 게 아닌가. 나는 언론인이 갖추어야 할 예의범절이 어떠해야 하는 것인지 다시 한번 크게 배웠다.

홍종인 대선배는 현역에서 퇴역한 후 새해가 되면 언론계 후배들에게 꼭 연하장을 보냈다. 그런데 이게 또 독특했다. 그는 못하는 것이 없다는 평을 얻을 만큼 다재다능했는데 특히 그림을 아주 잘 그렸다. 산을 좋아하고 문화유적을 귀히 여겨 전국의 산과 옛 유적지를 안 가 본 데 없이 찾아다녔는데 그때마다 꼭 스케치 노트를 들고 다니며 산과 고적을 그렸다. 연말연시가 되면 상품으로 파는 연하장을 사다가 무더기로 마구 뿌리는 상업화 되어 가는 세시풍습을 가장 개탄한 사람이 바로 홍박이었다. 그래서 그는 연하장을 자기가 그린 그림을 엽서로 만들어 설명까지 간단히 붙여 직접 전달하는 것으로 경박해 가는 시류에 맞섰다. 그가 연하장에 그리는 그림도 아무 것이나 택하지 않았다. 직접 그린 그림 가운데서도 가장 고풍스러운 산사山寺이거나 들판을 지키는 돌부처 또는 탑 같은 우리의 문화재가 늘 연하장 그림으로 등장했다. 그에게서 오래 전에 받은 연하장이 하나 있는데 거기에는 '돌사람'이 그려져 있고 그 밑에 '익산 미륵사彌勒寺 절터에 남아 있는 이름 모를 석상'이라는 간략한 설명문이 쓰여 있다.

홍박이 생존해 있을 때 언론계에서는 그가 너무 외고집이고 권위적이어서 유아독존이니 독불장군이니 하는 비판이 없지 않았다. 또 야전지휘관답게 일선 취재터에 나타나 젊은 기자들을 몰아세우며 호통을 치고 했을 때 일부 기자들은 시대착오적이니 주책이니 봉건적 가부장이니 하면서 반발한 것도 사실이다. 그러나 '홍종인'이라는 거목이 없는 지금, 많은 언론인은 그를 그리워한다. 집안에 어른이 없어진 그 허전함, 이제는 누구 하나 앞장서 언론인을 향해 야단을 쳐 주는 권위 있는 대선배가 없다. 이렇듯 적막한 언론계의 오늘을 보면 홍종인이라는 사람은 확실히 한국 언론계의 가장 한국적인 대기자였음을 실감하게 된다.

■■

석천昔泉 오종식 씨는 홍박과는 아주 대조되는 저널리스트였다. 비바람이 몰아치는 들판에서 일기당천의 용맹성으로 일가를 이룬 대기자가 '홍종인'이라면 만 권의 서적에서 얻은 지식으로 시대를 표현하고 계도하는 데 일가를 이룬 대논객이 바로 '오종식'이다. 군대로 비유하면 홍박은 야전군 사령관인 데 비해 석천은 참모본부장이라 할 수 있다. 석천은 나이를 간지干支로 말했다. 가령 양력으로 1906년 1월이 그의 출생연월인데 "나 을사생乙巳生이오."라고 말한다. 10간干 12지支의 계산이 어두운 사람은 얼른 나이를 알아내지 못한다. 석천은 이런 사람을 지식의 영양실조자로 취급했다. 그는 신구학문을 두루 섭렵한 석학이었지만 세시명절歲時名節에 있어서만은 전래의 풍습과 음력을 고집스럽게 선호했다. 석천 오종식이라는 인물이 우리 언론에 남긴 최대의 공로를 꼽으라면 언론에 인문학적 문명비평론을 도입함으로써 우리나라 저널리즘을 질적으로 한 단계 끌어올린 데 있다고 생각한다. 다시 말해 그는 우리 언론의 담론을 한 차원 높여 놓은 사람이다.

석천은 40세가 넘은 중년의 나이에 언론계에 뛰어든 늦깎이였다. 그래서 정통파들로부터는 평지 돌출형으로 취급받은 때도 있었다. 그는 72년 봄에 나온 『신문연구』 18호에 「나의 기자 내력」이라는 글을 써 자기의 이력을 밝힌 일이 있다. 또 그가 타계한 후 출판된 추모문집에 그의 연보가 자세히 실렸다. 거기 의하면 1906년 경남 동래에서 태어난 그는 고향에서 중학을 졸업하자 일본 유학을 했는데 도쿄의 도요대학東洋大學 전문학부 문화학과를 다닌 것으로 되어 있다. 거기서 심리학, 논리학, 인식론 등 철학과 심리학, 논리학, 역사학 등 이른바 기초학문propaedeutic에 전념했다는 것이다. 그 후 광복이 될 때까지 그는 학교 교원, 재판소 서기, 정미소 경영, 회사 지배인 등 일정한 직업을 잡지 못한 채 식민지 지식청년으로 방황했다. 이때 그는 동서고전을 섭렵하며 많은 책을 읽었다고 한다. 특히 서양 사상보다는 『주역周易』 등 동양철학에 심취하여 그 지식이 범상치 않다는 평가를 받은 듯했다. 8·15광복이 왔다. 그때부터 그는 고기가 물을 만난 듯 잠재되어 있던 재능을 보이기 시작했다. 우선 그는 좌·우로 온 사회가 분열되었을 때 우右 쪽에 섰다. 좌익 측의 문학가동맹, 문화단체총연맹 등에 맞서기 위해 우익 지식인들이 '중앙문화협회'라는 문화단체를 만드는 데 가담했다. 이때 함께 협회를 만드는 데 참여한 사람으로는 양주동梁柱東, 이헌구李軒求, 유치진柳致眞, 김광섭金珖燮, 이하윤異河潤, 함대훈咸大勳, 김영랑金永郎 등이 있었는데 주로 문인들이었다. 모스크바 3상결정 신탁통치안을 놓고 좌우익이 극단적으로 대립하게 되었을 때 이 협회는 기관지로 '중앙순보中央旬報'를 발행했다. 석천이 이 순보를 맡아 편집을 하면서 정치적 성명이나 사설社說에 준하는 글을 썼는데 이것이 문필가로서의 첫 출발점이 되었다. 그런데 그의 글이 어찌나 논리정연하고 품격과 주장이 당당했던지 많은 사람의 주목을 받게 되었다고 한다.

　우익 진영에서 본격적인 신문을 내기로 하고 상해임정 요인인 김규식金

奎植 박사를 명예사장, 엄항섭嚴恒燮 씨를 사장으로 하여 '민주일보民主日報'가 창간되었다. 1946년 6월의 일이다. 이때 석천은 편집위원 겸 정치부장을 맡게 되었다. 이것이 그가 언론인으로 진출하게 된 시초가 된다. 그 후 석천은 경향신문 주필 겸 편집국장, 서울신문 주필, 사장, 한국일보 주필, 부사장, 국제신보 사장, 코리아헤럴드(당시는 대한공론사) 이사장, 한국신문연구소 소장 등을 거치면서 수많은 글을 남긴 대논객으로 활약했다.

정부수립 당시 오랜 친분 관계가 있었던 전진한錢鎭漢 씨가 사회부장관이 되는 바람에 잠시(6개월) 차관으로 관직에 있은 것을 빼고는 세상을 떠날 때까지 그는 언론인으로 글 쓰는 데 생애를 바쳤다. 석천이 쓴 글은 사설과 칼럼으로 대별할 수 있으나 그의 문명비평가적 재능이 돋보인 것은 사설보다는 칼럼 쪽이었다. 그가 남긴 사설 가운데는 역사적으로 남을 명사설들이 물론 있다. 특히 피난수도 부산에서 정치파동이 일어났을 때 조선일보 논설위원으로 있던 석천은 「이 대통령께 건백建白하나이다」(1952년 7월 4일자 신문)라는 사설을 썼다. 신문 1면의 3분의 1을 차지한 조선일보의 이 대문짝만 한 사설은 대통령에 대해 끝까지 예의를 지키면서도 헌법에 없는 부당한 권력행사를 조목조목 비판하면서 그 시정을 촉구한 글로 지금 읽어도 숙연해지는 글이다. 당시 국회의사당에서 이 신문사설을 읽고 많은 의원이 의석 책상 위에 엎드려 울었을 만큼 석천을 대표하는 명사설이다.

그의 문장에는 질타와 호령의 가락은 거의 없고 간곡한 설득의 논리가 충만했고 균형과 조화가 견지되는 높은 품격이 늘 있었다. 석천의 글이 이런 스타일이기 때문에 그의 본령이 유감없이 발휘되는 곳은 역시 칼럼이었다. 그는 서울신문에 「혁명의 원근」, 한국일보에 「연북만필硯北漫筆」, 「용용기庸庸記」, 경향신문에 「유상무상有象無象」, 신아일보에 「식천객담昔泉客談」, 일간스포츠에 「계절의 창」이라는 타이틀로 기명 칼럼을 연재했고 신문뿐 아니라『현대문학』에는「술의 의미」,『수필문학』에는「공기와 문명」이라는 이름의 칼럼을 줄곧 썼다. 그는 이렇게 많은 글을 쓴 왕성한 대논객이었고 온갖 지식을 샘솟게 하는 해박한 지성인이었다. 그의 칼럼에는 동서고금의 고전을 종횡으로 인용한 폭 넓은 지식이 넘쳐났고 우리 현실을 꼬집는 날카로운 해학과 풍자, 그러면서도 삶의 모습을 훈훈하게 그리는 인간에 대한 애정이 넘쳐났다. 또 압축표현에 능숙한 그 재치 있는 문장공법은 누구도 흉내 내기 어려운 비경秘境이라 할 만했다. 석천이 우리 언론에 이러한 신경지를 열어 놓자 그를 정점으로 선우휘鮮于煇, 천관우千寬宇, 홍승면洪承勉 등 문文·사史·철哲에 능한 당대의 대가들이 포진하게 되었다. 이런 점에 있어서도 석천은 우리 언론계를 대표할 만한 대논객의 보스라 할 만했다.

석천이 거쳐 간 신문사 네 곳(서울, 경향, 조선, 코리아헤럴드)을 나도 차례차례 거쳤지만 공교롭게도 시기가 서로 어긋나 한 번도 직접 모셔 보지 못했다. 그런데 지난 66년 8월이었다. 다음 해에 있을 총선거를 앞두고 한국신문연구소 주최로 전국 신문, 통신사의 정치부장 세미나가 계룡산 동학사東鶴寺에서 있었다. 당시 경향신문 정치부장이었던 나는「정치현실과 정치기사」라는 타이틀로 주제발표를 하게 되었다. 나로 하여금 이런 발표를 하도록 지명한 사람이 바로 그때 한국신문연구소 소장으로 있던 석천이었다. "무슨 기합을 주시려고 저를 지명하셨습니까?" 하고 물었더니 "우리는 한 번도 일을 같이 해 보지 못했기에 그렇게 한 것일세."라는 것이 그의 대답이었다.

이날 세미나에서 석천은 개막연설을 통해 정치권력의 무상함을 그 특유의 해박한 지식을 동원해 역사적 예를 들어 가면서 설명했는데 어딘가 니힐리즘의 쓸쓸한 냄새가 나는 듯했다. 그날 저녁 식사하는 자리에서 "권력이 무상하면 그것을 좇아 보도하는 기자는 어떤 존재냐?" 하는 것이 화제가 되었는데 석천은 확신에 찬 듯 "기자라는 직업은 과객過客이야."라고 했다. 나는 과객 타령이라는 그의 칼럼을 문득 떠올렸다. 석천은 그의 유명한 칼럼 「용용기」 가운데서 "이태백李太白이 인생은 백대百代의 과객이라 했거니와 내 생각으로 신문기자란 현대의 과객이라 부르고 싶고 그렇게 자처하기도 한다."라고 전제하고 과객을 자처하는 참뜻을 다음과 같이 표현해 놓은 것이 있다.

> 기식寄食은 해도 걸식乞食은 아닌 것으로 상노床奴의 눈꼴, 개 짖는 소리에서까지 주인의 대접이 어떠하리라는 것을 알아차린다. 주인의 표면수작에 탓할 것이 없더라도 진성이 아니면 받지 않았고 왕래거취에 미련과 집착이 없이 홀연히 왔는가 하면 표연히 떠나 버리는 것이 과객의 본색이었다.

이 글은 석천이 자기의 처신하는 마음을 솔직히 스케치한 자화상일 수 있다. 언론인으로서 석천은 멋진 과객이었다. 기자가 과객이냐 아니냐 하는 문제는 논의의 여지가 많은 테마이지만 석천은 자기를 과객이라 여기고 여기에 부합되는 멋진 처신을 보여 준 논객임에는 틀림이 없다. 그는 주인의 진정이 없으면 아무리 붙잡아도 훌쩍 떠났고 뜻이 맞으면 또 언제나 다시 찾는 언론계의 커다란 과객이었다. 여러 신문사를 번갈아 가며 주필을 다섯 번이나 지낸 것은 보통사람으로서는 불가능한 멋진 대과객의 행적이었다. 발행인과 뜻이 엇갈렸을 때 홀연히 떠났다가 다시 부르면 잊은 듯이 다시 만나는 그런 편력이었다.

"'석천' 두 글자로 3만 부는 왔다 갔다 했지……."

그는 자신의 진퇴가 신문사의 성쇠를 좌우한다는 자신에 넘쳐 있던 저널리스트이기도 했다.

석천은 술을 좋아하기로 소문난 사람이다. 술 마시는 법도와 분위기가 하도 훌륭해 주선酒仙으로 불리기도 했는데 책이 한 권 될 만큼 에피소드가 많다. 나는 술을 잘 못하는 탓으로 여기 끼어들지 못하지만 일본에서 있은 이야기를 하나 옮기겠다. 도쿄 요쓰야四谷 산쵸메三丁目에 '야마토大和'라는 통술집(居酒屋)이 있는데 나는 특파원 시절 선배를 따라 그 집에 몇 번 간 일이 있다. 그 집의 특색은 큰 삼杉나무 통에 든 청주를 삼나무 뒷박에 따라 마시는데 나무 향기가 섞여 그 술맛이 일품이다. 단골에게는 고유 뒷박을 주는데 거기에 붓으로 이름을 써 놓으면 다음에 다시 올 때 그 술잔으로 술을 마실 수 있도록 되어 있다. 나도 단골이 될 생각에서 뒷박 하나를 얻어 붓으로 내 이름을 적어 보관시켰다. 그때 보니 한국 사람 이름이 적혀 있는 뒷박이 스무 개쯤 있어 보였다. 그런데 석천이 마침 일본에 오게 되었다. 술을 좋아하는 분이라 특파원들이 그를 모시고 예의 그 술집 야마토를 찾았다. 뒷박 잔이 나오자 석천은 주저 없이 일필휘지 "오래 묵었어도 끊임없이 샘솟는 옛 샘(昔泉)이런가."라고 일본 하이쿠俳句를 본뜬 시구를 적었다. 술집 주인뿐 아니라 자리를 같이했던 모든 특파원들이 자기 호를 풀이한 그 재치와 멋에 박수를 쳤다. 석천의 시구가 적힌 이 뒷박 술잔은 석천이 타계하자 서울신문 주필을 지낸 남재희南載熙 씨가 일본에 가서 찾아와 1주기 제사 때 묘소에서 헌작하는 데 사용했다.

기왕 일본 얘기가 나왔으니 하나 더 붙이겠다. 68년, 도쿄에서 한·일 언론인 세미나가 열렸다. 일본신문협회와 한국신문연구소의 공동주최였는데 석천이 한국 측 사회를 맡았다. 이 자리에서 그는 일본인들이 과거 한국에 대해 저질렀던 식민지시대의 수탈정책을 설명하면서 먹고 살 수 없게 된 가난한 한국인들이 막벌이 노동자로 일본에 흘러와 온갖 고생을 하면서 살게 되었다고 역사적 배경을 얘기했다. 그러면서 그들 또는 그들의 후손들이 곧 오늘의 재일한국인들이라는 것을 설명했다. 말인즉 옳은 말이었으나 듣기에 따라서는 일본은 그러한 하층민을 한국인의 표준으로 삼아 한국을 보면 안 된다는 말로 들릴 소지가 약간 있었다. 나는 좀 꺼림칙한 기분으로 석천의 기조연설을 들었는데 아나나 다를까 그것을 취재한 교포신문의 한 기자가 다음 날 교포신문에 "한국의 오 아무개가 재일동포들을 원래 무식하고 못사는 하층계급 출신들이라고 일본인들 앞에서 모욕적인 설명을 했다."라고 보도, 교포사회를 발칵 뒤집어 놓았다. 다행히 대사관 측에서 교포간부들을 만나 사실이 그런 것이 아니고 오해라는 해명을 백방으로 해 사태는 간신이 수습되었으나 석천은 예상 못한 설화舌禍로 큰 곤욕을 치루고 말았다.

나는 기자생활을 하면서 글 쓰는 데 대해 선배들에게서 많은 표본을 얻고 있었으나 지금도 글을 쓸 때면 석천의 문장론이 늘 중심 좌표가 된다. 석천은 이렇게 말한다. 글이라는 것은 글자(단어와 어휘)를 원료로 해 만드는 건축물 또는 조각품이다. 따라서 원료가 불량품이거나 신통치 않으면 그 건축물은 보잘것없는 졸품이 되고 만다. 그렇기 때문에 훌륭한 건축물을 만들려면 정확하고 알맞은 원료를 찾아 써야 한다는 것이다. 그래서 석천은 글을 쓸 때면 언제나 두툼한 각종 사전辭典을 옆에 두고 정확한 단어를 골라 쓰는 데 심혈을 기울였다. 글 쓰는 사람은 모두 두고두고 본받을 일이다. 또 석천은 후배 언론인들이 동양고전에 너무 무식한 것을 늘 탄식했다. 내가 코리아헤럴드에 근무할 때 들은 얘기인데 석천이 이 신문사 사장으로 있을 때 논설위원들에게 점심 후 한 시간씩 동양고전을 가르쳤다고 한다. 당시 주필로 있던 계광길桂光吉 씨 밀에 의하면 석천은 "영어에 능통하답시고 서양 문물을 좀 씹어 보았을 테니 그것을 바탕으로 동양을 들여다보면 더욱 풍성한 지식을 얻을 수 있을 것"이라고 하면서 손수 교재를 만들어 강의를 했다는 것이다. 그때 사용된 교재는 한무제漢武帝의 「추풍사秋風辭」, 유백륜劉伯倫의 「주덕송酒德頌」, 왕일소王逸少의 「난정기蘭亭記」, 도연명陶淵明의 「귀거래사歸去來辭」 등이었다고 한다.

'오종식'이라는 사람에 대해 후배 언론인들은 그를 '오 주필'이니 '오 사장'이니 하며 부르는 사람은 아무도 없었다. 모두들 '석천장昔泉丈'이라고 그의 아호를 부른다. 그는 후배들을 만나면 "요즘 지내기가 어때?" 하고 묻는다. 그럴 때 "그저 그렇습니다." 하고 대답했다가는 큰 야단을 맞는다.

"그저 그렇다니 그게 무슨 말이야? 자기 일에 최선을 다해야지 그렇게 맥 빠지게 살면 되는가."

석천은 늘 이런 자세로 후진들을 지도했다. 그는 76년 10월, 71세로 영면했다.

"청구靑丘의 언론은 빛을 잃고 3천 리 강산은 적막하고나……."

그의 무덤 앞에 세워진 묘비문의 한 구절이다.

■ ■

지방의 한 신문사 사설 때문에 백주에 테러 사건이 일어난 일이 있다. 경북 대구에서 있었던 일이다. 1955년 당시 자유당 정권은 툭하면 중·고등학생을 동원해 정치행사에 이용했다. 대통령 행차는 말할 것도 없고 지방의 경우에는 심지어 장관이 내려와도 연도에 학생들을 늘어세워 환영행사를 베풀게 하는 등 그 횡포가 말이 아니었다. 이에 가톨릭교단이 운영하던 대구매일신문은 그해 9월 13일자 사설에 「학도學徒를 도구로 이용하지 말라」는 제목으로 이 문제를 거론, 정부를 신랄히 비판했다. 다음 날 자유당의 사주를 받은 정치폭도들이 신문사를 습격, 닥치는 대로 기물을 파괴했는가 하면 경찰에서는 사설의 집필자인 최석채 주필을 구속하는 사건이 벌어졌다. "백주의 테러는 테러가 아니다."라는 당국의 희한한 발표까지 나오게 된 이 사건은 모든 신문이 대서특필함으로써 전국의 주요 뉴스로 확산되었다. '최석채'라는 무명의 시골 논객 한 사람이 전국의 스타로 떠오르게 된 사건이다.

최석채 씨는 그 후 30여 일 동안 철창에 갇혔다가 재판결과 무죄를 선고받고 석방되었으나 계속되는 당국의 압력 때문에 할 수 없이 신문사에서 물러나게 되었다. 그리고 자리를 서울로 옮겨 조선일보 논설위원, 경향신문 편집국장이 됨으로써 대언론인으로 웅비할 무대를 마련하게 되었다. 여기에 대해 본인은 이렇게 얘기했다.

> 내가 대구매일을 그만두었다는 소식을 듣고 당시 조선일보의 홍종인 주필과 한국일보의 오종식 주필 두 선배가 서울로 바람 쐬러 오라는 거야. 그런데 그때 나는 서울 갈 노자가 없었지. 20일 쯤 지나 퇴직금 30만 환이 나왔기에 15만 환을 집에 떼어 주고 나머지를 가지고 서울로 올라왔어. 오자마자 인사하러 들른 데가 조선일보였는데 홍박이 대뜸 방 대표(方一榮 사장)한테 말해 놨으니 내일부터 나와서 일을 하라는 거야.

이렇게 해서 직장을 잃었던 시골 논객 최석채는 중앙의 유력 신문사 논객 자리를 얻게 되었다. 몽향夢鄕(최석채 씨의 아호)이 가지고 있는 타고난 재주가 세상에 드러나기까지는 그리 긴 시간이 걸리지 않았다. 60년에 있었던 3·15부정신거로 온 나리기 소란해지고 있을 때인 ᄀ해 3월 17일 조선일보는 「호헌護憲 구국운동 이외의 다른 방도는 없다」라는 몽향이 집필한 사설을 게재했다.

> …… 이때 우리는, 아니 뜻있는 전 국민은 엄숙히 자문자답해 본다. '과연 이것이 선거인가?' 라고. 민주주의의 골격이 될 '선거' 라는 제도가 이렇게도 처절하고 그다지도 황량하다면 민주주의를 위해 뿌린 동서고금의 선각자들의 혈血의 분투와 노고가 너무나 가엾지 않을까. '전우의 시체를 넘고 넘어……' 를 눈물과 함께 부르며 낙동강을 건너 북으로 북으로 용진하던 6·25 당시의 우리 젊은 용사들 모습이 불현듯 머리를 스쳐간다. 지금쯤은 어느 산비탈의 이름 없는 무덤에서 무주고혼無主孤魂이 되었을지도 모르는 그들 영령이 아까운 몸을 바쳐 수호했던 민주주의 대한민국의 '선거' 가 이렇게까지 무참하게 국민 앞에 나타날 것을 알았다면, 지하에서의 곡성哭聲이 추추啾啾할 것이며 영겁의 유적幽籍도 요동될 것 같다.
> …… 사는 길은 오직 호헌구국의 대의를 내걸고 전체 국민과 더불어 투쟁하는 국민운동의 전개 이외에 다른 방법이 없는 것을 자각하라.

읽는 사람의 폐부를 찌르게 만든 이 글이 바로 4·19혁명을 촉발시킨 기폭제가 되었다는 것이 일반적 정설이다. 붓이 칼보다 강하다는 말이 있는데 몽향은 이것을 바로 실증해 낸 셈이다.

몽향은 이로부터 계속해 특기할 만한 언론투쟁을 펼쳐 나갔다. 예를 들면 5·16군사정변 후 일부 군인들이 군정연장을 요구하는 데모를 했을 때 격분에 찬 사설 「일부 군인들의 탈선 행동에 경고한다」라는 글은 용기 있고 올바르고 논리 정연한 명문으로 손꼽히고 있다. 또 63년 3월 박정희 최고회의의장이 군정을 4년 동안 연장하고 이를 비판하는 행동을 일체 금한다는 임시 조치법을 공포했을 패 조선일보는 12일 동안 사설란을 허연 백지로 그냥 비운 채 신문을 발행해 저항했는데 이것도 몽향이 주도한 사건이었다. 몽향은 이와 같이 시골에 있을 때나 서울에 와서나 사리에 맞지 않는 부정과 자유를 억압하는 권력 앞에 늘 앞장서서 투쟁한 언론투사였다.

내가 몽향과 인연을 맺은 것은 4·19 후 경향신문에서였다. 나는 정치부 기자였고 그는 편집국장이었다. 직접 모신 관계로 아침저녁 국장석에 불려가 이것저것 지시도 받았고 의견도 말하면서 점차 그의 인품과 재능을 알게 되었다. 그런데 그 기간이 아주 짧았다. 재임 6개월 만에 몽향은 편집국장 자리를 박차고 나가 버렸다. 그것이 또 나에게는 참된 언론인의 자세는 바로 이런 것이구나 하는 크나큰 교훈이 되었다. 신문사의 편집국장 자리는 기자들이 누구나 목표로 노리는 해 보고 싶은 자리다. 군대로 치면 참모총장 비슷한 자리다. 기자에 대한 인사권과 신문을 제작하는 편집권을 쥔 막중한 자리여서 아무나 맡을 수 있는 그런 직책이 아니다. 몽향이 편집국장으로 왔을 때 경향신문은 장면 정권의 여당지가 되어 있었다. 자유당 정권 때의 극렬했던 야당지 신문이 가톨릭의 연줄로 여당지로 변한 때였다. 이것이 몽향의 언론 기질에 잘 맞지 않아 갈등을 느끼고 있던 차에 하루는 편집국장도 모르게 정치기사 하나가 슬그머니 빠져 버린 사건이 있었다. 진상을 알아보니 사장(韓昌愚 씨) 지시로 빠진 것이었다. 격분한 몽향은 사장을 찾아가 "당신이 편집국장을 겸임하시오." 하면서 사표를 쓰고 나가 버렸다. 여러 사람이 나서서 만류했으나 소용이 없었다. 누구나 한번 해 보고 싶은 그 자리를 미련 없이 버리는 몽향의 지조를 꺾지 못했다. 그 후 한창우 사장은 고충을 털어놓은 일이 있다. 장면 총리와는 수원고등농림학교의 선후배일 뿐 아니라 가톨릭재단인 동성상업학교(오늘의 동성고교 전신)에서 장면 씨가 교장, 사기는 그 밑에서 교무주임을 했던 개인적인 인연이 있어 장 총리를 위해 기사 하나를 꼭 빼줘야 했다는 것이다. 편집국장에게 부탁해야 했으나 일이 더 복잡해질 것 같아 그렇게 되었다는 것이다. 이렇게 해서 최석채 편집국장은 4·19 때 그가 있었던 조선일보로 되돌아갔다.

몽향의 원래 아호는 '무향無鄕'이었다. 그는 경북 김천이 본적인데 태어나기는 충북 보은, 학교는 일본 나고야名古屋의 법률전문학교를 거쳐 도쿄의 주오대학中央大學 법학부를 졸업하고, 사회활동은 대구를 중심으로 경북 일대에서 하다가 서울로 정착했으므로 고향이 없다는 것이 아호를 '무향'이라 하게 된 이유라는 것이다. 그 아호가 현역 은퇴 후인 80년대에 접어들자 '몽향'으로 갑자기 바뀌었다. 옛날 보금자리였던 대구매일에 주간 단위로 칼럼을 연재하게 되었는데 그 타이틀을 「몽향 칼럼」으로 정하면서 세상에 공표한 셈이다. 없다던 고향을 꿈에서 구하겠다는 뜻인지 궁금했으나 미처 물어보지 못한 채 그는 고인이 되고 말았다.

몽향의 이력 중 한 가지 특이한 것으로는 정부수립 후 49년부터 6·25전쟁이 있은 52년까지 3년 동안 경감으로 특채되어 경북의 문경, 영주, 성주 경찰서장을 역임한 일이다. 그리고 4·19 후인 7·29선거 때에는 혁신계인 사회대중당 공천으로 대구갑구에서 입후보했다가 낙선한 일이 있다. 좀 별난 이 이력을 빼면 75년에 걸친 그의 생애는 모두 언론에서 보냈다.

몽향은 직정경행直情經行형 인물이다. 그가 경찰 간부가 된 사정을 보면 그의 성격이 확실해진다. 젊은 시절 몽향과 함께 청년운동을 했던 후배(文莊寅 씨)가 쓴 추모글을 보면 1948년 겨울이었다고 한다. 신생 대한민국의 경찰관을 보니 대부분이 일제 때 순사들이어서 이래서는 민심을 얻을 수 없다고 판단, 참신한 사람을 기용하여 민족정기를 바로잡아야 한다는 건의문을 써 가지고 이승만李承晩 대통령에게 전달하기 위해 몽향 등 몇 사람이 상경했다는 것이다. 친분이 있는 경무대 비서관 박용만朴容萬 씨의 주선으로 이 대통령 앞에서 몽향이 큰 소리로 건의문을 읽었고 대통령이 좋은 생각이라고 하면서 내무부로 가서 윤치영尹致暎 장관을 만나라는 지시를 했다고 한다. 그래서 몽향 일행은 내무부에 가서 장관과 당시 경무과장이던 조재천曺在千 씨를 만나 건의문 내용을 설명했다는 것이다. 그런 일이 있은 후 조재천 씨가 경북 경찰국장으로 부임하면서 몽향이 특채되어 경찰서장이 되었다고 한다. 몽향은 경찰서장으로 있으면서 6·25 때 인민군 점령하에서 살기 위해 어쩔 수 없이 부역행위를 한 사람들을 모두 살려 주었다. 엄벌을 지시하는 상부방침과 정면으로 맞서면서까지 양민을 보호해 그 이름이 널리 알려졌다고 한다. 몽향의 진면목이 여기서도 그대로 드러난 케이스라 하겠다.

몽향은 언론계 후배, 동료 들로부터 많은 별명을 얻었다. 편집국장 때 별명은 '대패' 였다. 그는 각부 데스크에게 늘 지시하기를 "기자들이 써 오는 기사들을 사정없이 대패질하라."는 것이었다. 그의 지론에 의하면 신문에 싣는 글은 둥글둥글하게 모나지 않게 쓰면 안 된다는 것이다. 사정없이 좌로 우로 대패질을 해서 각이 서고 모서리가 날카롭게 하라는 것이 그의 지시였다. 그래서 기자들은 그를 '대패쟁이' 라 불렀다. 또 몽향이 주필로 있었을 때 논설위원들은 그를 '투령鬪領' 이라 불렀다. 투사+두령의 합성어였다. 사설을 쓰되 문제가 될 만한 테마, 때에 따라서는 화를 입을지도 모를 시국 문제에 관한 것은 남에게 맡기지 않고 스스로 도맡아 썼다. 사설은 신랄한 비판정신이 있어야 하지만 법망을 피할 줄 아는 문장의 기교도 있어야 하는데 그것은 자기가 제1인자라는 것이 위험한 글을 도맡아 쓰는 그의 변이었다. 그래서 모두 그를 투쟁하는 두령으로 떠받들었다. 몽향의 가장 친한 언론계 벗으로는 동양통신 편집국장과 코리아헤럴드 사장을 지낸 원경수元瓊洙 씨, 부산일보 사장을 지낸 윤임술尹壬述 씨를 들 수 있다. 이들은 몽향을 '이나카 사무라이田舍武士' 라고 했다. 이 일본말의 뉘앙스를 우리말로 옮기면 원칙만 고집하고 시류에 어두운 '시골뜨기 무사(선비)'라고 풀이할 수 있다. 오척단구五尺短軀의 당찬 체구를 가진 몽향은 "키 작은 얼간이 봤느냐?"라는 말로 맞서는 투사였는데 자기에 대한 이러한 여러 별명에 대해 어느 것도 과히 싫어하지 않았다.

언론인들은 개성이 강한 탓인지 대체로 에고이스트들이 많다. 그런데 몽향은 달랐다. 칼날 같은 예리함과 불꽃 튀는 격정으로 글을 쓰지만 인간에 대해서는 그렇게 의리가 두텁고 정이 많고 배려가 깊을 수 없었다. 그래서 후배들은 그를 따랐고 응암동에 있는 그의 집은 새해가 되면 세배객으로 언제나 붐볐다. 부하가 쓴 사설이 문제 되면 자기가 썼다고 대신 나서기도 했고 부하가 막다른 곤경에 이르면 무슨 수를 써서라도 긴급 피란을 시켰다. 특히 조선일보 편집국장을 지낸 김경환金庚煥 씨는 몽향이 아낀 후배 중 한 사람인데 그가 신문을 퇴역하고 사업에 손을 댔을 때 몽향은 은행에 부채보증을 서 준 일이 있었다. 얼마 후 김 국장이 사업에 실패하고 부도를 냈을 때 몽향은 10년에 걸쳐 은행 빚을 갚아 주면서도 그 고생스러웠던 일을 아무에게도 털어 놓고 이야기한 일이 없었다. 나중에 이것을 알게 된 사람들은 역시 몽향답다고 했다.

몽향의 사설 가운데서 화제가 된 것 중 하나가 「골프 망국론」이다. 60년대 말인가 70년대 초에 그는 「망국의 막대기」라는 사설을 쓴 일이 있다. 조금 먹고 살게 되었다고 고관대작들이 주말이면 앞 다투어 골프장에 나가 하루 종일 비싼 운동을 한다는 게 망국의 풍조가 아니고 무엇이냐고 일갈한 글이다. 그런데 그가 언제부터인가 골프를 치기 시작했다. 그것도 골프광이라 해도 좋을 만큼 골프를 좋아했다.

"아니 주필님도 망국대열에 가담하셨습니까?"

골프장에서 마주치는 경우 우리는 가만있지 않고 그를 골탕 먹였다. 그럴 때면 몽향은 "허허, 이 사람들 내 글을 제대로 읽어 보지 않았군. 내가 언제 골프를 하지 말라고 했나. 국민소득이 1천 달러도 되기 전에 고관들만 즐기는 운동이기에 한마디 한 것이지."라고 해명했다.

또 때가 마침 광복 40주년이어서, 퇴역언론인들의 모임인 대한언론인회에서 몽향의 글을 하나 받아 회보에 싣기로 했다. 회보라야 타블로이드판 4페이지여서 지면의 유여가 없었다. 그래서 200자 7매로 「해방 40년과 언론」을 써 달라는 것인데 누가 봐도 무리한 주문이었다. 그런데 몽향은 후배들을 위해 흔쾌히 글을 써 주었다. 그 글에는 "원고지 단 일곱 장 안에 '해방 40년'을 담아 달라는 편집자의 요구도 대견하려니와 이를 순순히 받아들인 나도 생각해 보면 퍽 비논리적이다. 하지만 그것이 이심전심으로 통하는 이유는 다 같이 오랜 세월 칸 메우기에 전념한 신문편집 기술을 익혀 온 체질 탓인지도 모른다."라는 전제로 글이 전개되었는데 지금 읽어 보아도 언론인에 대한 따뜻한 애정이 넘쳐 있다.

몽향은 그의 생년월일이 국무총리를 지낸 정일권丁一權 씨와 똑같아 화제가 되기도 했다. 그러면 사주팔자四柱八字가 같아야 하지 않겠는가? 이에 대해 몽향은 일체 코멘트가 없었지만 정 총리는 "나는 천군만마를 거느리는 장군이 되었고 최석채는 필봉으로 천하를 호령하는 무관의 제왕이 되었으니 같은 팔자 아니냐."라는 답변이었다. 그런데 정 총리 얘기로는 이런 인연으로 몽향과 자기는 매달 한 번씩 만나 식사를 하고 있는데 한 번도 자기를 칭찬해 주는 말을 들은 적이 없으니 언론인이란 원래 그렇게 칭찬에 인색한 사람들이냐는 푸념을 했다.

몽향은 조선일보 주필, 한국신문편집인협회 회장, MBC · 경향신문 회장 등 언론계 요직에 오래 있었으나 역시 그의 본령은 글을 쓰는 대논객이었다. 그가 좌우명으로 삼았던 잠언箴言은 '비리법권천非理法權天' 이었다. 비리는 이치를 이기지 못하고 이치는 법을 이기지 못하고 법 역시 권세를 당하지 못하되 그 권세도 천심天心은 이기지 못한다는 말이다. 몽향은『법화엄경法華嚴經』속에 나오는 말이라고 했는데 철학적 사유가 깊지 못한 사람으로서는 그 깊은 맛을 알기가 퍽 어렵다. 사마천이『사기史記』를 쓰면서 백이, 숙제 같은 충신이 굶어 죽고 도척같이 흉악한 도적놈이 편안히 살다가 죽은 사실을 기록하면서 세상에 과연 천도天道가 있는 것인가? 없는 것인가? 하고 탄식했는데 몽향이 믿는 천심과 사마천이 의심한 천도와는 어떤 관계가 있는지 몽향이 살아 있다면 꼭 물어보고 싶은 아이템이다. 몽향이 타계하자 조선일보의 이규태李圭泰 씨는 91년 4월 13일자 칼럼에서 "최석채 선생의 일관된 언론철학은 선비정신의 현대적 접목이었다."라고 썼다. 오랫동안 몽향을 모시고 일했던 그의 지적이 맞는 말이다. 몽향 최석채—그는 이 시대를 살다간 언론계의 대쪽 같은 선비, 그리고 마지막 사무라이였다.

흔들리는 나침반

무관의 제왕과 샐러리맨

흔히 언론인을 일컬어 '무관의 제왕無冠之帝王'이라고 한다. 그리고 그 역할을 '사회의 목탁社會之木鐸'이라 한다. 대단히 듣기 좋은 표현이다. 이것은 아마 언론이 가지고 있는 계도적 비판기능과 이를 수행하는 얽매임이 없는 직업정신을 칭송해 하는 말인 것 같다. 우리나라처럼 언론이 처음부터 구국救國의 수단으로 발생, 발전한 나라에 있어서는 이 말이 아무런 모순 없이 줄곧 사용되어 왔다. 서재필徐載弼 선생이 독립신문을 만들어 계몽운동에 나섰던 구한말시대는 말할 것도 없고 일본 식민지 시절에는 많은 애국지사가 독립운동의 수단으로 언론인이 된 것 또한 사실이다. 그래서 우리 언론인은 외국보다 훨씬 더 높은 사회적 존경을 받아 왔다고 할 수 있다. 지금은 이것이 많이 퇴색해 평범한 직업인 샐러리맨으로 변한 것이 현실이지만 그래도 언론인의 사회적 지위는 대단히 높다. 그러면 어떤 사람이 어떤 방법으로 '무관의 제왕'이 되는가? 과거는 어떠했고 오늘은 어떠한가? 그리고 여기서 생기는 문제는 지금 어떤 것이 있는가? 이런 것을 한 번 점검해 보겠다.

기자가 되려면 신문, 방송 등 언론사가 실시하는 견습기자 시험에 합격해야 한다. 이것이 보편적 추세이고 현재의 시스템이다. 마치 옛날 왕조시대에 벼슬을 하려면 과거科擧시험에 합격해야 하는 것과 마찬가지다. 그래서 기자가 되려는 시험을 관리가 되기 위해 치르는 고시考試에 빗대 '언론고시'라 부르는 일도 있다. 지금 언론인으로 활동하는 사람들은 거의 모두 이런 시험을 거쳐 선발된 사람들이다. 나도 50여 년 전 이런 시험을 통해 기자가 되었다. 어떤 분야를 막론하고 적격자를 잘 골라 활용한다는 것은 대단히 중요하고 어렵다. 그래서 '인사人事는 만사萬事'라는 말이 있고 각 나라마다 그 방법이 다 다를 수 있다. 우리나라의 경우 기자를 공개시험으로 채용하는 제도가 정착한 것은 그다지 오래된 것은 아니다. 120년이 조금 넘는 우리 언론역사를 보면 처음에는 대체로 추천을 통해 기자를 뽑았다. 인물의 됨됨이를 체크하고 재주가 있나 없나를 가늠해 보고 추천한 사람의 비중을 따져 기자를 채용했다. 이때에도 간단한 면접은 있었겠지만 시험이라고 이름 붙일 정도는 못 되었다. 이 제도는 지금 미국 같은 나라에서 저널리즘 스쿨을 나온 사람이 학교나 교수의 추천을 받아 취직을 신청하는 제도와 맥락이 비슷한 점도 있으나, 미국은 자기가 자기 실력을 객관적으로 증명할 실적물이 있어야 하므로 전혀 성격이 다른 추천제였다. 그러나 우리나라의 경우 이 추천제는 기준이 애매해 항상 시비가 생겼다. 사사로운 정실 인사로 타락할 위험이 늘 있었다. 그래서 이런 폐단을 막기 위해 엄격한 시험제도가 도입되기 시작했다. 그것이 처음 시도된 것이 1930년의 일이다. 당시 조선일보가 처음으로 공개시험을 통해 기자를 모집해 보았다. 그때 출제된 시험 문제는 다음과 같았다.

1. 나는 왜 신문 기자가 되려는가?(논문)

2. 종로 종각에 불이 났다면 어떻게 무엇을 조사, 보도할 것인가?(기사작성)

3. 다음 단어를 간략히 해설하라.(시사 상식)

데몬스트레이션, 조광조趙光祖, 린드버그, 베르사유, 불복종 운동, 모라토리엄, 정당방위, 리오데자네이로, 프리모, 리벨라, 청당淸黨 운동, 장중정蔣中正, 코스모폴리탄, 아관파천俄館播遷, 녹비綠肥, 스팀슨, 스탈린.

오늘날에 비해 영어과목 하나가 없을 뿐 논문이나 기사작성 그리고 시사에 속하는 상식 문제에 있어서는 손색이 없는 시험 문제였다고 할 수 있다. 당시(1930년 7월) 『철필鐵筆』이라는 신문평론잡지가 있었는데 거기에 이 시험 문제가 소개되어 있다. 이 잡지는 기자채용 시험 문제를 게재하는 이유를 이렇게 설명했다.

> 우리 조선에도 신문이 있은 지 오래되었으나 그동안 기자를 채용하는데는 특별한 수속이 없이 다만 간부나 선배 들이 재분才分 있겠다고 인정하는 사람을 채용해 왔다. 그런데 금년에 이르러 조선일보에서 처음 대규모로 시험모집을 하였다. 이 문제는 지금 동업자 간에 이와 같이 시험채용을 하는 편이 낫겠느냐, 종래대로 하는 편이 낫겠느냐 하여 의논이 불일不一한 경향도 있지만 그것은 장차 목격할 것이므로 긴말이 필요치 않거니와 이번 첫 시험은 시험 문제가 무엇인가 하는 데 대해 누구나 궁금히 여길 것이고 우리 동업자나 앞으로 이 직업을 희망하는 미래의 동업자도 다대한 흥미와 호기심으로 대할 것이기에 여기에 그 문제를 싣는다.

기자채용 방법에 대해 시험제가 좋으냐 종전 추천제가 좋으냐 하는 것을 둘러싸고 의견이 갈려 있는 것이 사실이지만, 처음 실시하는 시험이라 많은 사람이 궁금히 여길 것 같아 시험 문제를 게재하게 되었다는 것이 그 설명이다. 그러나 이렇게 처음 시도해 본 시험채용제도는 그 후 제대로 뿌리를 내리지 못한 채 8·15광복 때까지 내려왔다. 오늘 확고한 시스템으로 제도화된 기자채용 시험은 6·25전쟁 이후부터였다.

각 언론사가 매년 경쟁적으로 견습기자를 공개시험을 통해 뽑는 제도는 종전의 추천제가 지녔던 약점을 보완했다는 점에서는 큰 개혁이었다. 누구에게나 기회가 균등하게 주어진다는 점, 객관적인 기준(점수)에 의해 채용이 결정되므로 공정하고 투명하다는 점 등은 높이 평가할 만한 일이다.

그리고 사회가 다원적이고 복합적으로 발전해 가는 오늘에 있어서는 고도의 전문지식 없이는 사회의 목탁 노릇을 할 수 없기 때문에 시험을 통해 지적知的 수준이 높은 사람을 기자로 뽑아야 한다. 그런 점에서 보면 이 제도는 잘된 것이라 할 수 있다. 그러나 어떤 제도도 완전무결할 수는 없다. 적성검사 없이 출제된 시험 문제만 잘 풀면 되는 이 제도가 오래 지속된 결과 기자 사회를 좀먹는 심각한 부작용이 나타나게 된 것 또한 사실이다. 그래서 지금 우리 언론계는 나침반이 흔들리는 큰 병을 앓고 있는 중이다. 나침반이라는 것은 고정되어서도 안 되지만 너무 흔들려서도 안 된다. 가장 큰 병폐는 언론사끼리 있어야 할 인적교류人的交流가 거의 차단되었다는 사실이다. 언론이라는 것은 다른 어떤 직종보다도 자유로운 경쟁과 개개인의 능력이 중시되어야 할 업종이다. 우수한 사람은 유명한 운동선수처럼 이곳저곳에 발탁되어 이동할 수 있는 자유가 있어야 하고 또 언론사들은 폭 넓게 인재를 다방면에서 구해 활용할 수 있어야 한다. 그런데 지금 우리 실정은 그렇지 못하다. 신문, 방송 할 것 없이 각 회사마다 견습기수期數를 중심으로 배타적인 패거리 집단이기주의가 생겨 진정한 자유경쟁을 막고 있다.

특히 노동조합이 생긴 이후에는 이 현상이 더 두드러져 언론계를 멍들게 하고 있다. 언론계라는 곳은 원래 내 것과 네 것이 따로 있는 곳이 아니다. 남이 발을 들여놓아서는 안 되는 그런 독점권이 있을 수 없는 곳이다. 내 파이를 빼앗길까 봐 울타리를 쳐서는 안 되는 곳이다. 그런데도 실상은 그렇지 못하다. 시험채용제도라는 기자선발 방법은 이렇게 환기가 안 되는 밀폐된 공간, 수혈이 어렵도록 혈관이 막혀 버린 환자 꼴을 만들고 말았다.

우리 언론계는 원래 이렇지 않았다. 기자들은 배짱이 안 맞으면 언제라도 사표 한 장 써내고 다른 사로 갈 수 있었고, 회사로서도 다른 사의 우수한 기자나 논객을 점찍어 두었다가 필요할 때 스카우트할 수 있었다. 이런 현상은 평기자뿐 아니라 편집국장이나 주필 등 이른바 편집권과 필정권筆政權을 쥔 최고 간부까지 포함되었다. 이를테면 천관우千寬宇 씨의 경우 조선일보 편집국장으로 있다가 라이벌 신문사인 동아일보의 편집국장, 주필로 옮겨 갔고 홍승면洪承勉 씨는 한국일보 편집국장에서 동아일보 편집국장으로 옮긴 것 등인데 이런 예는 다른 사람에게서도 얼마든지 찾아볼 수 있다.

내 경우를 말하더라도 서울신문에서 출발해 경향신문, 조선일보, KBS, 코리아헤럴드 등 대여섯 언론사를 옮겨 다녔고 심지어 내 동년배의 어떤 기자는 모든 신문을 빼놓지 않고 모조리 거쳐 본 예도 적잖이 있었다. 그런데 지금은 이런 자유로운 왕래와 교류가 있을 수 없을 만큼 각 언론사가 폐쇄적이고 배타적이 되고 말았다. 시험을 통한 단색적인 집단채용 정책이 빚어낸 패거리 집단이기주의 때문이다. 기자들의 자유로운 '이동의 자유'가 봉쇄된 탓으로 기자들의 위상은 '무관의 제왕'에서 '하찮은 월급쟁이'로 곤두박질했을 뿐 아니라 언론사 오너owner의 충복들로 타락해 버렸다. 참으로 안타까운 일이라 하지 않을 수 없다.

생명체가 진화하려면 가까운 동종교배同種交配를 피해야 한다. 이것은 우생학優生學이 잘 설명해 주고 있다. 그래서 미국에서는 지금도 신문편집의 막강한 권한을 가진 편집국장을 자사自社 출신이 아닌 사람 가운데서 고르는 경우가 허다하다. 비유하자면 품종개량을 위해 이종異種교배를 하는 셈이다. 우리는 추천제의 약점을 보완하기 위해 시험제를 도입한 것까지는 좋았으나 시험제의 약점을 이제 벗어나야 할 때가 되었는데도 아직껏 늪에 빠져 든 채 헤어나지 못하고 있는 실정이다.

학교에서 신입생을 연도별로 뽑는 것처럼 연도별로 기자를 뽑는 제도의 두 번째 병폐는 대기자大記者를 길러 내지 못한다는 점이다. 기자들의 신분 서열이 어쩔 수 없이 연도별 모집기수의 순서로 고착화되기 때문이다. 현재 기자들의 인사 시스템은 견습동기 중 한 사람이 부장 또는 국장이 되는 경우 그 동기의 다른 사람은 자리를 내놓거나 다른 곳으로 옮겨야 한다. 마치 사관학교 동기생 가운데 하나가 참모총장이 될 경우 다른 사람은 옷을 벗어야 하는 군인사회와 흡사한 모습이다. 군대조직은 절대적으로 명령복종이 강요되는 전투 집단이어서 불가피한 이유가 있다 하겠으나 언론계는 그런 집단이 아닌데도 조직을 운영하는 데 있어 그런 폐단이 있다는 것은 난센스가 아닐 수 없다. 국장급 기자, 사장급 기자가 외국에는 수두룩한데 우리나라에는 한 분야를 장기간 담당하는 대기자가 제대로 생기지 못하는 큰 원인의 하나가 바로 이와 같은 조직운영의 폐단 때문이다. 가뜩이나 가파른 피라미드형의 조직구조에 이 '기수' 장벽이 첨가되어 사태는 구제불능이 되고 만다. 언론사들은 이 문제를 해결해 보려고 기자들에게 차장 대우니 부국장 대우니 국차장이니 국장 대우니 하면서 감투를 잔뜩 만들어 적용해 보았으나 소용이 없었다. 기자라는 직업은 '기자'면 되는 것이지 누구를 통솔해야 할 관리직이 아닌데도 감투로 모순을 해결해 보겠다니 우스꽝스러울 뿐이다.

서양에서는 모든 것의 50년 되는 해는 '50년제年祭(Golden jubilee)', 60년 되는 해는 '60년제(Diamond jubilee)' 라는 이름을 붙여 크게 축제를 베푼다. 따라서 이 축제를 맞는 노기자들이 많다. 그런데 우리나라처럼 조로早老가 강요되는 시스템에서는 참으로 찾아보기 어려운 일이다.

　　우리나라가 지금 안고 있는 기자선발제도의 문제점을 고치기 위해서는 외국의 경우를 참고해 볼 필요가 있다. 이웃나라 일본은 우리와 비슷한 방법을 쓰고 있어 별로 참고할 것이 없으나 한 가지 다른 점은 기자를 채용하면 처음에는 본사 근무를 시키지 않고 대개 지방의 지사기자로 일을 시킨다. 그리고 몇 년에 걸쳐 각기 그 활동상을 자세히 체크해 고과성적을 낸다. 그 결과 자질이 인정되면 본사로 올라올 수 있으나 그렇지 못하면 일생 동안 지국기자로 전전하는 신세가 된다. 그래서 그들은 본사로 올라오려 피나는 노력을 하고 경쟁에 이기려 한다.

　　이에 비해 미국은 퍽 색다른 방법을 쓰고 있다. 워낙 나라가 크고 언론기관이 많아 미국의 기자채용 방법을 우리가 그대로 답습하기는 어려우나 그 합리성을 우리는 배워야 한다. 미국 언론사들은 필요한 인원을 수시로 채용한다. 몇 기 몇 기 하면서 우리처럼 연도별로 견습기자를 한꺼번에 무더기로 모집하는 일은 절대로 하지 않는다. 기자를 희망하는 사람은 언론사 편집장에게 자기 소개서와 추천서 그리고 자기가 쓴 기사 샘플 5~6개를 보낸다. 그러면 서류심사를 통과한 사람을 대상으로 언론사에서 인터뷰 등 개별적으로 테스트하는 시험 절차를 거쳐 채용 여부를 결정한다. 어느 지역 어느 신문이 언제 얼마의 인원을 채용하는가 하는 정보는 미국편집인협회 ASNEAmerican Society of News Editors가 직업박람회Job Fair를 열어 주요 도시를 순회하면서 편집장과 기자 희망생들의 만남을 주선해 준다. 말하자면 추천제와 시험제를 혼합한 제도라 할 수 있다. 다만 우리와 크게 다른 것은 미국은 거의 모든 언론사가 견습이 끝난 수준의 사람을 원하기 때문에 대도시 신문사는 학교를 갓 졸업한 사람을 쓰는 경우가 드물다는 점이다. 다시 말하면 기자가 되려는 사람은 대학을 다닐 때 학교신문이나 작은 지역신문 또는 회사사보의 인턴이나 프리랜서 등으로 활동하면서 자기 이름으로 된 기사를 발표해야 한다. 그런 실적이 없으면 언론사에 응시할 수 없다는 점이다. 따라서 미국의 주요 언론사들은 기자채용 시, 경험 없는 신출내기는 쓰지 않고 전국적으로 보도된 기사들을 눈여겨보면서 좋은 기사를 쓰는 기성 기자 가운데서 필요한 사람을 발탁해 오는 것이 제도화되어 있다. 이렇게 해서 경쟁적으로 실력을 쌓게 하고 스카우트를 통해 인적 교류를 활발히 함으로써 미국 언론계는 정실과 배타성과 폐쇄성이 없는 자유경쟁 체제로 늘 활력을 유지해 가고 있다. 우리가 배워야 할 타산지석他山之石이라 할 만하다.

언론풍토가 개방적이어야 하는 이유를 우리는 우리 언론역사에서도 찾아볼 수 있다. 우리 언론계에는 지난날 언론의 질을 높이는 데 큰 업적을 남긴 재사才士들이 많았다. 그런데 그런 인물들의 행적을 추적해 보면 모두가 한결같이 지금과 같은 채용시험이나 신분 시스템의 틀 속에서 일한 사람들이 아니었다. 그들은 각기 어떤 분야에서 특수한 자질을 인정받아 발탁된 준재들이었고 통풍이 잘 되는 개방적인 언론풍토에서 마음대로 일자리를 옮겨 다니면서 그 자질을 꽃피울 수 있었던 자유분방한 거장들이었다. 대부분 고인이 된 지난날의 이 재사들이 어떤 풍토에서 일했는가를 참고삼아 점검해 보면 된다.

8·15광복 직후 우리나라의 젊은 수재들이 앞 다투어 모여든 곳이 경성대학 예과豫科였다. 옛 경성제국대학의 후신이고 오늘의 서울대학교 전신이다. 그런데 여기 모여 각기 그 재주를 다투던 엘리트의 일단이 정부수립

과 6 · 25전쟁을 전후해 약속이라도 한 듯 언론계로 몰려들었다. 천관우, 홍승면, 심연섭沈鍊燮, 이진섭李眞燮, 한운사韓雲史 등이었다. 이분들은 학생 때의 수재들답게 모두 독특한 족적을 언론계에 남겼다. 천관우 씨는 역사학자로서도 이름 있는 언론인이었다. 나는 그가 동아일보 주필, 편집국장으로 있을 때 몇몇 동료기자들과 팀을 꾸려 그에게 한문을 배운 일이 있다.

내가 새삼 한문을 공부하게 된 데는 이유가 있었다. 좋은 글을 쓰려면 좋은 글을 많이 읽어야 하는 것은 두말 할 나위가 없다. 그런데 우리 조상들이 남긴 글 가운데서 꼭 읽어야 할 고전古典들이 모두 한문으로 쓰여 있어 그것을 읽어 낼 능력이 없었다. 서양과 비교해 보면 이것은 우리만이 갖는 억울한 핸디캡이며 우리 어문체語文體의 어쩔 수 없는 비극이라 할 수 있다. 예를 들면 영국 사람들은 4백여 년 전에 쓰인 셰익스피어의 작품들을 아무 불편 없이 지금도 수월하게 읽고 있다. 그러나 우리의 경우, 셰익스피어와 동시대인 임진왜란 당시의 재상 류성룡柳成龍의『징비록懲毖錄』을 수월하게 읽을 수 있는 사람은 아주 드물다. 4백여 년 전은 고사하고 2백여 년 전에 쓰인 연암燕巖의『열하일기熱河日記』는 우리 언론인들이 꼭 읽어 보아야 할 훌륭한 르포르타주reportage인데도 한자漢字 때문에 읽지 못한다. 이런 사정은 현대에 이르러서도 마찬가지였다. 미국인들은 233년 전(1776년)에 쓰인 그들의 독립선언서를 지금 아무런 위화감 없이 술술 읽는데 우리는 불과 90년 전(1919년)에 발표된 3 · 1운동 때의 독립선언서를 잘 읽지 못한다. 서양과 우리의 문체文體는 이렇듯 석금昔今의 차이가 심하다.

내가 천관우 주필에게 새삼 한문을 배우게 된 동기는 이런 데 있었다. 1주일에 한 번씩『신동아』잡지 조사부에 모여 강의를 받았는데 교재가『반계수록磻溪隨錄』이었다. 조선조 중기의 선비 류형원柳馨遠이 남긴 이 책은 문장이 어렵기로 유명한 글인데 너무나 까다로운 한자가 많아 사전과 씨름하느라 쩔쩔맸다. 그러나 천관우 씨는 역시 실학實學 연구의 대가답게 그 책을 통째로 줄줄 외우고 있어 그의 천재성에 혀를 내두른 일이 있다. 그와 대학동창인 한운사 씨가 쓴 회고록 『구름의 역사』를 보면 천관우는 학생 때 "한가람 흘러흘러 비진 터 기름지니/ 삼천리 맑은 정기 엉킨 곳이 예로다./ 태백에 날이 새어 봉은 바람을 치니/ 아! 온누리 건질 경성대학 예과."라는 학생가를 지었고 'Was ist Leben?'(인생이 무엇이냐?)'이라는 주제를 놓고 토론을 즐겼던 낭만적 천재였다고 한다. 그는 한국, 조선, 동아, 민국일보로 옮겨 다니면서 많은 칼럼, 많은 사설을 썼는데 역사학자답게 언론인을 현대판 언관言官으로 생각하고 직필直筆 정론正論을 몸소 실천한 행동하는 언론인이었다.

지금 우리가 일상용어로 쓰고 있는 말 가운데는 언론이 만들어 낸 조어造語가 많이 있다. 예컨대 '실향민失鄕民'이니 '수복지구收復地區'니 하는 말들이다. 그런데 이런 시사용어를 만들어 낸 사람이 바로 심연섭 씨다. 서울대학교 영문과를 나온 그는 통신사 외신담당 기자로 언론에 입문했는데 통신을 통해 각 신문사에 '칼럼' 기사를 제공해 준 최초의 개척자 노릇을 했다. 적절한 어휘를 찾아내는 귀재로도 평판이 높았다. 외국 대사가 주재국 원수에게 신임장을 내는 것을 '제정提呈'이라 하는데 이것도 그가 선택해 놓은 용어였다. 그 이전에는 제출 또는 봉정이라 했는데 그가 '제정'으로 쓰면서부터 외무부가 공식용어로 채택했다. 그만큼 심연섭 씨는 재주가 많던 인물이다. 그의 펜네임이 '수탑須塔'인데 매일 영어 통신기사를 번역하다 보니 글 끝의 Full Stop의 점點이 정겨워 수많은 그 점과 점을 조약돌로 삼아 모름지기 탑을 쌓으리라—그래서 '스톱Stop'의 발음을 따서 '수탑'이라는 호를 지었다고 했다. 역시 그다운 발상이었다.

심연섭 씨와 가장 가까웠던 언론계 벗이 이진섭 씨였다. 경성대학 예과를 거쳐 서울대학교 문리대를 심연섭 씨와 함께 다닌 이진섭 씨는 본업이 뭔지 모를 만큼 다재다능한 언론계의 팔방미인이었다. 나는 경향신문과 KBS에서 그분과 함께 일한 적이 있는데 못하는 것이 없는 만능 문화인임을 확인했다. 기자, 아나운서, 시나리오 작가, 아마추어 작곡가뿐 아니라 부산 피란 시절에는 배우로 영화에 출연까지 했던 경력이 있다. 그래서 그는 자기를 '약방의 감초'라고 표현하기도 했다. 6·25전쟁이 끝난 후 이진섭 씨는 시인 박인환朴寅煥, 배우 나애심羅愛心 등과 명동에서 자주 술을 마셨다. 전쟁의 상처를 애절하게 느끼는 전후 낭만파들이었다. 하루는 명동에서 술을 마시다 박인환 씨가 담뱃갑 포장지를 뒤집어 거기에 즉흥시를 썼다.

> 지금 그 사람 이름은 잊었지만
> 그 눈동자 입술은
> 내 가슴에 있네.
>
> 바람이 불고
> 비가 올 때도
>
> 난 저 유리창 밖 가로등 그늘의
> 밤을 잊지 못하지.
>
> 사랑은 가고 옛날은 남는 것. ······

「세월이 가면」이라는 유명한 시가 된 이날의 즉흥시 한 구절이다. 옆에 앉았던 이진섭 씨가 즉각 여기에 곡을 붙였다. 그리고 배우이기도 하고 가

수이기도 한 나애심 씨가 그 자리에서 새로 탄생한 이 노래를 불렀다. 지금도 한국의 샹송으로 널리 애창되는 노래 「세월이 가면」은 이렇게 탄생한 것이었다. 지금은 시를 쓴 사람, 곡을 붙인 사람 모두가 고인이 되었지만 그들이 남긴 체취는 여전히 남아 있다.

틀에 박힌 조직이나 격식에 얽매이지 않고 천의무봉天衣無縫적인 자유로운 분위기에서 우리 언론사에 빛을 남긴 사람은 이 밖에도 많다. 소설가로도 이름 높은 선우휘鮮于煇 씨, 칼럼이스트 홍승면 씨, 대만해협에서 취재 중 순직한 최병우崔秉宇 씨, 재야 저널리스트로 후반생을 보낸 오소백吳蘇白 씨도 우리 언론계가 배출한 잊을 수 없는 저널리스트들이었다. 그런데 이런 사람들은 오늘과 같은 규격화되고 배타적이고 폐쇄적인 집단이기주의로 물든 언론풍토에서는 절대로 자랄 수 없는 인재들이었다. 이런 인재들은 그냥 생겨난 것이 아니었다. 큰 재능들을 마음껏 발휘할 수 있도록 널리 포용하고 활동무대를 만들어 준 지난날의 언론계 풍토가 있었기 때문이다. 아무리 시대가 바뀌어도 그런 언론환경의 복원이 아쉽다. 프리즘을 통해 본 우리나라 언론계의 '무관의 제왕' 들은 병든 인사 나침반을 빨리 고쳐야 한다. 그래서 다재다능한 많은 대기자, 전문기자를 양성해 사회의 목탁 노릇을 제대로 하게 해야 한다. 거듭 말하지만 우리 언론계는 판에 박힌 샐러리맨을 길러 낼 것이 아니라 시대를 이끄는 무관의 제왕을 끊임없이 양성해 나가야 한다. 그렇게 하려면 기자를 뽑는 채용제도를 대폭 뜯어고쳐야 하고 경쟁과 교류가 이루어지도록 패거리 집단이기주의를 버려야 한다. 속물근성이 만연해지는 풍진세상에 시원한 바람을 불어넣는 그런 언론이 그립다.

출입처 풍운록

기자단과 기자실 주변

"몇몇 기자들이 기자실에 죽치고 앉아 기사의 흐름을 담합하고 있다."

이 말은 노무현盧武鉉 전 대통령이 국무회의에서 한 말이다. 그는 임기 내내 '언론과의 전쟁'을 공언하면서 마음에 들지 않는 기사가 있으면 "술잔이나 얻어먹고 쓰는 기사"라는 둥 막말을 서슴지 않았던 대통령이다. 그러다가 마침내 임기 말에는 각 부처의 출입기자제도와 기자실을 없애는 대못질까지 하고 말았다. 그는 대통령을 그만둔 후 불행하게 삶을 마감했다. 그래서 시체에 매질하는 것 같아 길게 말하고 싶지는 않다. 다만 그는 6·25 전쟁의 폐허에서 세계 13위의 경제강국으로 일어선 한국의 역사를 '오욕의 역사'로 규정할 만큼 편향되고 잘못된 생각에 사로잡혔던 사람이다. 따라서 그가 대통령 재임 시 했던 언론에 대한 발언도 크게 비뚤어졌었다는 점만은 밝혀 둘 필요가 있다. 기자들이 기자실에 죽치고 앉아 기사 내용을 담합하는 경우가 있을 수 있다. 또 기자들이 술잔이나 얻어먹고 쓰는 기사도 있을 수 있다. 나는 우리나라 언론이 조금도 흠이 없는 깨끗한 것이라고는 생각하지 않는다. 언론도 잘못이 있으면 언제든지 비판을 받아야 한다. 언론자유라는 미명하에 비리와 잘못까지 눈감아 주어서는 안 된다. 그러나 편향된 생각에 젖어 있는 일부 사람들이 퍼붓고 있는 언론에 관한 일련의 발언들은 건전한 차원의 비판이 아니었다. 비록 레토릭rhetoric의 달인답게 그럴듯하게 하는 말이지만 그 속에는 언론자유의 본질을 파괴하는 위험한 요인들이 숨겨져 있다. 언론의 속성이나 뉴스 취재의 시스템을 잘 모르는 사람들은 노무현 전 대통령에 의해 새삼 부각된 각 부처의 출입기자제도와 기자단이라는 것이 어떤 것인지 알기 어렵다. 일반적인 이해를 돕기 위해 이것부터 설명해 보겠다.

수첩 하나 달랑 들고 사건현장을 이리저리 헤집고 다니는 사람—

우리가 영화나 TV드라마에서 흔히 볼 수 있는 기자상記者像이다. 그러면 어떤 곳에서 어떤 사건이 났을 때 어떤 기자가 어떻게 동원되는가? 각 언론사는 이런 데 대비해 기자들을 능률적으로 활용코자 취재 시스템을 짠다. 그래서 신문사 편집국과 방송사 보도국에는 정치부, 사회부, 경제부, 문화부, 체육부, 국제부 등 여러 개의 부서가 생기고 또 부서마다 취재영역이 정해진다. 각 분야의 출입처는 이렇게 해서 만들어진다. 가령 청와대·국회·정당은 정치부, 은행·증권 등 금융 관계와 수출·수입 등 무역은 경제부, 경찰·법원·병원·소방서 등은 사회부에 소속되는 출입처가 된다. 그리고 이런 출입처를 담당하는 기자들이 그 부처의 출입기자들이다. 기자들은 업무효율화를 위해 출입처마다 '기자단'을 만들고 '기자실'을 마련해 취재활동을 하고 있다. 우리나라의 이와 같은 취재 시스템은 일본 것을 모방한 것이기는 하지만 우리 환경에 맞춰 오랫동안 변화하면서 유지되어 온 독특한 한국적 언론문화라 할 수 있다.

일본에서는 기자단이라 하지 않고 '기자구락부俱樂部'라 부른다. 구락부라는 말은 '클럽club'의 일본식 발음을 한자로 표기한 것인데 1892년에 생겼으므로 그 역사는 100년이 넘을 만큼 아주 오래된다. 일본에 국회(帝國議會)가 처음으로 열린 해가 바로 1892년이었다. 일본은 전제군주제도여서 처음에는 신문기자들의 국회 출입이 허용되지 않았다. 이에 각 신문사는 정부방침에 대항해 의원들의 발언을 필기할 수 있도록 필기권筆記權 획득운동이라는 것을 일으켰다. 이것이 기자구락부가 생기게 된 시초가 된다. 어느 나라를 막론하고 정부는 그 하는 일이 미주알고주알 알려지는 것을 싫어한다. 전제군주제로 출발한 메이지 정부는 이 경향이 더 심했다. 그래서 기자들의 구락부 결성 움직임은 어쩔 수 없이 정부에 대한 투쟁 모습을 띠게 되었다. 각 부처마다 생긴 기자들의 모임은 이렇게 해서 공동이익을 위한 거점, 정부에 대한 투쟁단체로 변해 갔다.

일본 식민지 치하에서 생겨난 우리 신문도 기자들이 부딪치는 문제는 모두 비슷했다. 그래서 일본 기자구락부를 본떠 기자단을 만들었다. 그러나 어떤 제도가 되었건 그것이 굳어지면 부작용이 생기게 마련이다. 일본의 경우 기자구락부도 오래되다 보니 그 단체가 취재를 통제하는 등 편집권에 간여하는 폐단을 가져왔다. 그래서 2차대전이 끝난 후 일본 언론계는 GHQ(연합국 총사령부)의 민주화 지침과 각 언론사 간부들의 의견을 모아 1949년 10월, 신문협회의 이름으로 「기자구락부에 관한 방침」이라는 것을 공표했다. "기자들은 친목과 사교를 목적으로 단체를 조직할 수 있으나 그 모임이 취재에 관련된 문제에 간여해서는 안 된다."는 내용이었다. 그러나 이 지침은 기준이 애매하고 현실과도 동떨어져 처음부터 잘 지켜지지 않았다. 그 후 1978년 11월에 내용이 일부 조정되었으나 결과는 마찬가지였다.

우리나라의 경우 각 출입처 기자단은 그 발생 동기는 일본과 같았으나 식민지라는 특수성 때문에 그 모습이 많이 바뀔 수밖에 없었다. 우리나라 언론은 따져 보면 그 발생 동기부터 외국과 크게 달랐다. 19세기 말엽, 나라 운명이 태풍 앞의 촛불처럼 위태로웠을 때 등장한 한국의 저널리즘은 국민을 계몽시켜 나라를 구하겠다는 계몽주의적 구국운동으로 그 싹이 텄다. 독립신문, 황성신문, 제국신문 그리고 20세기 초에 발간된 대한매일신보 등이 모두 그랬다. 나라가 망하고 식민지가 된 다음에는 외세통치자에 대한 저항과 독립운동의 방편으로 신문이 활용되었다. 계몽주의와 애국주의, 거기에 저항주의가 가미된 이 3대 요소는 다른 나라의 저널리즘과 구별되는 우리만의 특성이라 할 수 있다. 8·15광복이 된 이후에도 이 특질은 변하지 않았다. 좌우대립과 남북분단으로 신문은 불가피하게 정론지政論紙가 될 수밖에 없었고 사이비 언론 때문에 기자단은 스스로 규제기구가 되지 않을 수 없었다.

오늘의 우리나라 각 부처의 출입기자단은 이와 같은 역사적 흐름에서 생성, 발전된 특이성을 지닌다. 가령 출입기자단에 가입이 안 되면 그 부처의 취재를 하기 어려운 것이 지금까지의 실정이다. 어찌 보면 배타적 패거리 집단으로 보일 수도 있으나 여기에는 몇 가지 이유가 있었다. 첫째는 출입처와 기자들 간의 편의 때문이다. 아무나 출입기자라는 이름으로 들락거리게 되면 그 무질서 때문에 각 부처는 일을 할 수 없게 된다. 또 기자회견이나 정책브리핑을 하려 해도 '기자단'이 없으면 출입기자 개개인을 상대로 해야 한다. 그 번거로운 폐단은 말할 수 없다. 또 기자들 입장에서 보더라도 취재의 자유를 확보하려면 기자들이 개별적으로 행동하는 것보다는 그 권익을 찾고 지키는 것이 훨씬 유리해진다. 둘째는 기자단이 존재함으로써 사이비 기자가 없어진다는 점이다. 4·19혁명으로 장면 정권이 탄생했을 때 일이다. 당시 통계를 보면 6개월 동안에 일간신문이 41개에서 389개로, 주간신문이 136개에서 476개로, 통신사가 14개에서 274개로 늘어났다. 이 가운데는 윤전기 한 대 없는 신문사, 외신계약 하나 없는 통신사가 수두룩했고 월급 없는 기자, 협박과 공갈로 금품을 뜯어먹는 사이비 기자가 판을 쳤다. 마침내 61년 2월에는 육군훈련소가 있던 충남 논산에서는 수백 명에 이르는 사이비 기자 때문에 견딜 수 없어 군납업자들이 "공갈 악덕 기자 물러가라."는 전대미문의 데모를 하는 사태까지 생겼다.

나는 그때 국회 출입기자였는데 국회에도 취재를 하겠다고 정체불명의 청년들이 매일 수십 명씩 나타났다. 국회 사무처에서는 아우성이 났다. 사이비 기자의 출입을 어떻게 막을 것인가가 문제였다. 그 결과 기자단에서 사이비를 가려내기로 했다. 국회 출입기자단이 OK하는 기자에 한해 출입증이 발부되는 제도였다. 출입기자단이 어쩔 수 없이 규제(권력)기구가 되었고 기자단에 가입되지 않은 기자는 취재를 할 수 없게 되었다. 이 방법은 국회뿐 아니라 모든 출입처의 기자단이 활용하는 보편적 추세가 되었다. 기자단이 독점적 취재권을 행사하게 된 것은 정부권력과 맞서기 위해 생겨났던 애초의 단결권에 사이비를 막기 위해 생긴 자위책이 추가된 결과였다. 이런 배경을 무시하고 기자단을 비판하는 것은 옳은 태도가 아니다. 그러나 아무리 좋은 제도, 불가피한 방법이었다 하더라도 시대가 변하면 그것이 현실에 맞지 않을 수 있다. 또 운영 면에서 나쁜 타성과 비리가 생길수도 있다. 그래서 출입기자단 문제는 건전한 발전을 위해 논의할 대상이되어야 하는 것도 사실이다.

그러면 논의는 이쯤 해 두고 그동안 있어 온 각 출입처 기자단의 취재 풍운록, 그 실화를 써 보기로 하겠다. 좋고 나쁘고를 떠나 여기에는 숱한 애깃거리가 많다. 어떤 것은 "그런 세상도 있었나……." 할 만큼 오늘날에는 상상하기조차 어려운 꿈같은 일들도 있었다. 내가 직접 보고 듣고 겪은 일들을 회고해 보면 지나친 특권이라 비판할 만한 것도 있고 살아 숨 쉬는 기자들의 기개가 돋보였던 흐뭇한 정경들도 있다. 이런 것을 종합해 보면 각 출입처 기자실의 모습에는 그 시대의 언론이 차지했던 사회적 위상이 반영된 것도 있고 권력과 언론이 서로 다투며 견제했던 역학 관계가 투영된 것도 있다. 따라서 오늘의 잣대로 지난날을 일률적으로 재단하기는 어렵다는 생각이 든다. 거듭 말하지만 잘하고 못하고를 떠나 지난날 우리 언론이 어떠했는가 그 단면斷面을 사실 그대로 보아 주기 바란다. 그러기 위해 출입처 몇몇 곳의 실례를 적어 보겠다. 언론현업에 있으면서 내가 직접 겪고 듣고 보았던 그때 그곳의 이야기다. 앞으로 후배 기자들이 선배가 남긴 사건들을 통해 어떤 것을 배워 계승하고 어떤 것을 깨끗이 버리고 청산해야 할지 참고가 되었으면 한다.

#1

스스럼없는 농담, 우스갯소리가 도화선이 되어 출입기자단 기자들이 전원 수사기관에 연행되어 조사받은 사건이 있었다. 기자단의 분위기를 설명하기 위해 이 사건부터 이야기하겠다. 1961년 5·16군사정변이 일어난 직후의 일이다. 국회와 정당이 모두 해산되고 정치활동이 금지되는 바람에 각 신문사 정치부의 국회 출입기자들은 졸지에 취재터를 잃고 말았다. 반실업자 신세가 되어 빈둥거리고 있을 때 마침 생긴 것이 '재건국민운동본부'였다. 이 기구가 국회 건물을 그대로 사용하게 된 탓으로 할 일 없이 놀고 있던 국회 기자들은 자연히 재건운동 출입기자가 되었다. 재건운동이라는 것은 '혁명이념'을 국민 속으로 확산시킨다는 국민운동이었는데, 본부장에는 고려대학교 총장을 지낸 유진오俞鎭午 씨가 임명되었고 실무를 총괄하는 총무국장에는 채문식蔡汶植(뒷날의 국회의장) 씨가 결정되었다. 한자리에 모이게 된 옛 국회 출입기자들은 계엄령 때문에 발표문 이외에는 함부로 기사를 쓸 수 없는 신세들을 한탄하면서 나날을 보냈다. 모두들 '혁명' 주체 세력들에 대해 반감이 있었다.

"군인들이 함부로 헌정憲政을 뒤엎다니."

이런 기분들에 젖어 있었을 때였다. 누가 어떤 의도로 어떻게 퍼뜨렸는지 알 수 없지만 언제부터인가 기자들 입에서는 박정희 최고회의의장을 '박코프', 유진오 본부장을 '유코양'이라는 별명으로 부르게 되었다. 뿐만 아니라 기자들은 이런 호칭에 재미를 느꼈던지 최고회의 요직에 등장하는 새 인물들에게도 무슨 무슨 '스키'니 '달레프'니 하면서 소련식 이름을 있는 대로 붙여 나갔고 또 이것은 온 언론계로 번져 나갔다.

옛 국회 출입기자실에서 생겨난 이 별명 붙이기는 때가 때였던 만큼 무사할리 없었다. 중앙정보부에서 조사가 시작되었다. 당시 서울 회현동에 있었던 중앙정보부 서울분실 지하실로 기자들이 줄줄이 연행되었다. 나도 불려 가 조사를 받았다. 매일 7, 8명씩 1주일가량 불려 갔으니 줄잡아 50여 명이 조사를 받은 셈이다. 재건국민운동본부 기자실에 들랑거린 옛 국회 출입기자들은 거의 전원 불려 갔다고 할 수 있다. 그때 조사받은 내용을 적어 보면 대충 다음과 같은 것으로 요약된다.

"'박코프'라는 말을 들은 적이 있는가? 또 한 적이 있는가?"

"들은 적도 있고 한 적도 있다."

"어디서 듣고 누구에게 했는가?"

"기자실에서 들었고 동료기자에게 했다."

"무슨 뜻으로 그렇게 불렀는가?"

"특별히 나쁜 뜻으로 부른 것은 아니었다. 남들이 그렇게 부르니까 따라 했을 뿐이다. 잘한 일은 아니지만 정치 지도자를 풍자해 부르는 말투는 어느 나라에서나 있는 일인데 그것이 죄가 되는가?"

"누가 무슨 의도로 그런 별명을 만들었는지 그것을 조사하는 중이다. 아는 대로 답변해 주면 좋겠다."

"그 진원지는 나도 모르겠다."

기자와 수사관들 사이에 이런 실랑이가 계속되었으나 아무것도 나온 것이 없었다. 중앙정보부는 더 이상 수사할 것이 없다고 판단했는지 조사가 시작된 지 2주일 후 사건은 종결되고 말았다. 이것이 재건국민운동본부 기자실에서 생긴 이른바 '박코프 사건'의 전말이다. 당시 이 사건수사를 지시했던 중앙정보부장 김종필 씨는 후일 공화당 의장 때 이에 대해 "하도 박정희 장군이 좌익이라는 음해가 심해 혹 배후에 무엇이 있는가 해서 별명 부르기를 조사시켜 보았더니 기자들 기질상 있을 수 있는 해프닝이라는 심증이 들어 수사를 종결시켰다."라고 설명한 일이 있다. 출입기자들이 모여 앉아 온갖 정보, 온갖 뜬소문까지를 다 떠들고 지내는 곳이 바로 각 부서의 출입기자실 풍경이다.

#2

각 출입처에는 기자단마다 각기 특색이 생기게 마련이다. 개중에는 그 부처를 손아귀에 넣고 흔들다시피 하는 두목 급 왕초기자가 생기는 경우도 있었다. 그중의 한 사람이 김동극金東極 씨였다. 나는 경향신문 정치부장 때 이분을 부사장으로 직접 모셔 본 일이 있다. 한번은 나를 부르더니 중앙청을 출입하는 L(李) 아무개 기자를 교체하라는 것이다. 이유인즉 약해서 취재가 되겠느냐는 것이다. 취재를 못 할 만큼 사람이 약하다니 도무지 알 수가 없었다. 그래서 내막을 알아보았더니 다음과 같은 사연이 있었다. L기자는 김 부사장으로부터 공보부장관을 만나 무엇을 물어보고 오라는 지시를 받았는데, 공보부에 가 보니 마침 회의가 계속되고 있어 기다리다 못해 그냥 장관을 만나지 못하고 돌아왔다는 것이다. 이 보고를 받자 김 부사장은 한심하다는 표정으로 L기자를 보더니 "출입기자쯤 되면 회의를 중단시켜서라도 장관을 만나고 와야지 장관이 뭐 대단한 자리라고 얘기도 못해 보고 그냥 왔느냐!"라고 호통을 치면서 자기는 왕년에 중앙청 출입기자였을 때 국무회의를 주재하던 백두진白斗鎭 국무총리에게 메모를 보내 회의장 밖 복도로 불러낸 일이 있다고 기염을 토하더라는 것이다.

나는 도무지 믿기지 않아 여러 선배들에게 과거 중앙청 출입기자단의 실태를 물어보았다. 그랬더니 그 당시 일선 취재를 했던 선배기자들은 모두 김동극 씨가 그런 힘이 있었던 유명한 두목기자였다는 대답이었다. 메모지한 장으로 국무회의를 중단시키고 국무총리를 회의장 밖으로 불러냈다는 이 신화 같은 스토리는 좀처럼 믿기지 않는 말 같지만 여러 모로 취재해 본바 사실이었다. 당시(1950년대) 기자들의 위세가 어떠했겠는가를 잘 말해주는 사례라 할 수 있다. 나는 김 부사장에게 시대가 변하고 있다는 사실을 누누이 설명하면서 기자가 지나치게 월권을 하면 빈축을 받으니 L기자를 이해해 달라고 사정해 간신히 이 위기를 모면한 일이 있었다. 중앙청을 출입한 L기자에 관한 다른 얘기가 또 있다. 좀처럼 드문 일이지만 언젠가 홍종철洪鍾哲 공보부장관이 신문사 사장실을 다녀간 일이 있다. 장관이 떠나자마자 사장(李俊九 씨)이 나를 찾았다. 중앙정을 어느 기자가 담당하느냐고 묻기에 L기자라고 했더니 대뜸 다른 부서로 보내라는 것이다. 이유인즉 조금 전 다녀간 공보부장관이 출입기자가 늘 도와주어 고맙다는 인사를 하더라는 것이다. 출입기자가 괴롭혀 일하기 어렵다는 인사가 나와야지 도와주어 고맙다고 하니 그 기자는 '사쿠라'(御用이라는 속어) 중의 사쿠라가 아니냐는 것이 사장의 해석이었다. 장관으로서 듣기 좋으라고 한 인사말이었을 텐데 사장 귀에는 못마땅하게 들린 모양 같았다. 이준구 사장에 관해서는 평가가 많이 엇갈리지만 언론이 정부의 하수인 비슷해져서는 절대로 안 된다는 생각만은 확고했던 사람이다.

옛날 언론계 풍토를 말해 주는 풍향계 같은 사건이어서 여기 소개해 보았다. 중앙청을 출입하면서 연달아 면박을 당했던 L기자는 보기 드문 성실한 기자였다. 이런 수난에 정이 떨어졌는지 그는 중앙일보가 창간되었을 때 경향신문을 떠나 그쪽으로 갔다. 그리고 그 후 언론계를 떠나 사업에 투신했는데 거기에서 큰 성공을 거두었다.

#3

자유당 정권 말기 나는 서울신문의 국방부 출입기자였다. 육해공군과 해병대 그리고 155마일 최전선에 깔려 있는 군단, 사단까지를 취재 대상으로 삼는 국방부 기자는 사회부 기자라면 누구나 한번 맡아 보고 싶은 자리였다. 햇병아리 같은 젊은 기자로 국방부에 나가 보니 6·25전쟁 때의 종군기자까지 포함된 나이 지긋한 선배기자들이 즐비하여 나는 기를 펴지 못할 판이었다. 그 가운데서도 조선일보의 방낙영方樂榮 기자는 두목 중의 두목 기자였다. 그는 2차대전 말엽의 학병 출신인 데다 정부가 수립되기 전 통위부 시절부터 군대를 취재해 온 대선배였다. 특히 군 수뇌부에 있는 장군들이 그의 학병동기이거나 국방경비대 시절 위관급이었던 술친구들이어서 장군들을 만나면 으레 형님 아니면 동생으로 불렀고 영관 급 장교들에게는 거의 애, 쟤 하면서 하대하는 것이 일상습관이었다. 한번은 육군본부에서 지휘관 회의가 열린 일이 있었다. 도중에 잠시 회의를 기자들에게 공개했는데 그때가 마침 낮 12시 가까운 시각이었다. 기자석에 앉아 취재를 하고 있던 기자 가운데서 방낙영 기자가 불쑥 일어나더니 회의를 주재하던 참모총장을 향해 "밥 먹고 합시다."라고 고함을 쳤다. 분위기가 이상해진 것은 말할 필요가 없다. 이와 같이 방 기자는 예의에 어긋나는 행동을 적잖이 해 특권기자라는 평도 받았고 특히 젊은 장교들로부터 반감도 많이 사는 등 숱한 일화를 남긴 대표적 두목기자였다.

그러나 그는 거칠게 보이는 겉모습과는 달리 의리에 강하고 눈물이 많은 소년 같은 마음씨를 가진 사나이였다. 아무것도 아닌 것을 군사기밀로 만들어 기자들의 취재를 차단시키려는 군의 편의주의를 모조리 허물어 버린 탱크 노릇을 했다. 또 부정을 저지르는 고급장교들의 비행을 사정없이 폭로, 고발하는 일도 많이 했다. 그래서 비밀스러운 정보를 그에게 제공해 주는 군인들이 많았고 따라서 군 수뇌부에서는 그의 존재를 더욱 무겁게 여겼다.

4·19 전해의 일인데 1군 사령부에서 큰 기동작전이 있었다. 군단장과 사단장 들이 다 모여 작전 브리핑을 듣게 되었는데 어찌 된 일인지 정해진 시간이 지났는데도 브리핑이 시작되지 않았다. 마감시간에 쫓기는 기자들은 빨리하라고 성화를 댔으나 공보장교는 한결같이 "조금만 기다려 달라."는 것이다. 나중에 알고 보니 방낙영 기자가 아직 도착하지 않아 그를 기다리느라 브리핑을 못 한 것이었다. 군대 안에서 차지하는 어느 특정기자의 위상을 말해 주는 하나의 에피소드라 할 수 있다.

6·25동란을 통해 신문보도가 전쟁에 끼친 영향이 컸던 탓인지는 모르

겠으나 내가 국방부 출입기자를 하면서 느낀 것은 다른 부처에 비해 기자들이 엄청 후대를 받고 있다는 사실이었다. 가령 기자들이 일선 취재를 신청하면 L-19 경비행기가 제공된다. 네댓 명이 집단으로 취재를 가게 되면 군단에서는 군악대와 의장대를 동원해 환영식을 베풀어 주는 경우도 여러 번 경험했다. 나는 기자단 총회가 있었을 때 군의 이런 지나친 환영행사를 그만두도록 하자는 의견을 내 보았으나 선배기자들이 "우리가 요구해 이루어진 것이 아니므로 이래라저래라 할 필요가 없다."라고 해 4·19 때까지 그런 의전행사가 계속되었다.

당시 국방부 출입기자 가운데서 끗발이 센 기자는 방낙영 기자뿐이 아니었다. 동아일보의 최원각崔元표 씨, 한국일보의 윤종현尹宗鉉 씨, 국도신문 김군서金君瑞 씨 등은 모두 장군들을 쩔쩔매게 한 두목 급 기자에 속했다.

국방부 기자들은 이렇듯 위세가 좋았다고는 하나 쉴 새 없이 뛰어다니는 중노동에 시달린 면도 많았다. 지금도 겨울이 되면 영하 20도를 밑도는 혹한의 일선 고지 향로봉, 대성산, 백마고지, 펀치볼 등은 모두 그때 국방부 기자들이 취재를 다녔던 그리운 이름들이다. 해군에서 기동작전이 있게 되면 구축함을 타고 바다에도 나가야 했다. 높은 파도에 심한 뱃멀미를 하게 되어 아무것도 못 먹고 쓰러져 버린 때도 있었다. 60년도 3월의 일이다. '샛별작전'이라는 기동훈련을 취재하기 위해 구축함을 타고 현해탄으로 나갔다. 그런데 겨울바다라 파도가 어찌나 심했던지 하루 종일 아무것도 먹지 못하고 계속 토하기만 했다. 세상에 뱃멀미 고통이 어떻다는 것을 이 때 처음 알게 되었다. 손발 하나도 움직이기 어려울 만큼 지쳐 버렸다. 취재는 고사하고 몸도 가누기 어려웠다. 그래서 공보장교들이 기사를 대신 써 각 신문사로 송고送稿해 주었다. 우리 기자들은 그저 고마울 뿐이었다. 그런데 그 후 서울에 돌아와 함상艦上에서 보냈다는 기동훈련 기사를 읽어 보니 온통 해군 PR로 가득 차 있었다. 알고 보니 이 기사를 작성한 장본인은 당시 해군본부 공보과장으로 있던 양순직楊淳稙 중령이었다. 우리 기자들은 뱃멀미 바람에 양 중령의 계략에 모두 당하고 만 셈이 되었다. 이런 인연 탓인지 5·16 후 양순직 씨는 서울신문 사장을 지내기도 했고 국회의원이 되기도 했다.

아무튼 군사 관계를 취재한다는 것은 이렇듯 육체적인 중노동을 당할 때가 많다. 그렇기 때문에 군에서 기자들에게 특별배려를 해 주었다고 생각할 수도 있다. 그러나 지금 회고해 보면 국방부 출입기자단의 경우 지나친 데가 있지 않았나 하는 자책감이 든다. 4·19혁명이 있기 전해의 여름으로 기억되는데 국방부 기자단이 대천大川해수욕장으로 휴가를 간 일이 있다. 지금처럼 숙박시설이 있던 때가 아니어서 고생을 각오하고 갔었는데 막상 도착해 보니 공병단이 동원되어 가장 경치 좋은 해변을 골라 깨끗한 천막 숙소가 버젓이 지어져 있었다. 뿐만 아니라 혹시 있을지도 모를 사고에 대비해 인근부대인 논산의 육군훈련소에서 간호장교까지 파견되어 와 있었다. 지금으로서는 생각도 할 수 없는 일이다. 그렇다면 어째서 당시 국방부에서는 기자들을 이렇게 후대했는가. 그 원인을 추론하자면 앞서 잠깐 언급했듯 아무래도 6·25전쟁을 들 수밖에 없을 것 같다. 전쟁 때 종군기자들은 현역 소령대우를 받았고 취재에 필요한 지원(교통편, 숙식 등)을 무료로 제공받았다. 그리고 장군 진급이나 수훈受勳 등이 신문에 보도된 전투기사에 의해 많은 영향을 받았다고 한다. 그래서 기자들이 자기 부대에 오면 극진히 대접하는 관례가 생겼고 기자들이 타고 다니는 지프차에도 군에서 무료로 휘발유를 대 주고 부속품을 새것으로 바꾸어 주는 관행이 굳어졌다고 했다. 내가 국방부를 출입했던 50년대 후반은 전쟁이 끝난 지 10년이 채 안 되는 때여서 출입기자 가운데는 6·25 때의 종군기자가 아직 있었고 군과 기자와의 관계도 여전히 전쟁 때의 관습을 그대로 지니고 있던 그런 시기였다.

'5·16군사혁명'이 일어나자 일부 언론인들은 우스갯소리로 국방부 기자들의 횡포 때문에 쿠데타가 났다고 할 만큼 국방부 기자들은 몰매를 맞았다. 특권기자, 월권기자, 부패기자로 도마 위에 올랐다. '혁명'이 일어난 다음 날 국방부 기자들은 육군본부 기자실에 모여 앉았다. 두목기자 방낙영 씨가 정세를 좀 보고 오겠다며 2층으로 올라갔다. 그는 이 방 저 방 기웃거리다 중령급 장교(주체 세력 8기생)들이 무장을 한 채 참모차장실에 모여 있는 것을 발견했다. 방 기자는 그만 입에 굳은 말투가 튀어나왔다.

"얘 너희들 여기서 무엇들 하는 거냐?"

그랬더니 그중 한 명이 벌떡 일어나 권총을 빼 들고 "이놈! 너 잘 만났다. 나한테 한번 죽어 봐라." 하고 대드는 바람에 혼비백산, 2층 계단을 뛰어내리다 발목뼈를 크게 다치고 말았다. 그 후 방낙영 기자는 부패기자 1호로 지목되어 군사정부에 의해 언론계에서 물러나게 되었다. 지금은 고인이 되었지만 우리 언론사에 두 번 다시 나타나기 어려운 독특한 두목기자였다.

#4

나는 신문사에 입사하자 곧 사회부에 배치되어 법원 검찰청을 출입하면서 기자실습을 받았다. 그래서 지금도 법조기자실은 나에게 있어 마치 태어난 고향 같은 생각이 든다. 법조계라는 곳은 온갖 범죄와 다툼을 판결 짓는 마지막 장소가 된다. 때문에 법조기자실은 때로는 억울한 민원을 접수하는 창구가 되기도 하고 또 어떤 경우에는 이것을 해결해 주는 장소가 되기도 했다. 따라서 법조기자들이 사람을 살려 내는 구원자가 되는 경우도 많았다. 그 좋은 예로 유명한 가수 계수남桂壽男 사건을 들 수 있다. 본명이 정덕희鄭德熙인 그는 광복 후 악극계의 주요 멤버로 활동하다가 6·25를 맞았다. 서울을 벗어나지 못한 그는 인민군에게 붙잡혀 위문공연 등 부역행위를 했다. 서울 수복 후 체포된 그는 무기징역을 언도받고 마포형무소에서 복역 중이었다. 6·25전쟁을 통해 숱한 사람이 죽고 붙잡혀 가고 행방불명이 되는 참극을 겪은 후여서 계수남이 무기수無期囚로 감옥살이를 하고 있는 사실을 아무도 몰랐다. 당시 서울에는 형무소가 두 개 있었다. 무악재 마루턱에 있는 서대문형무소는 미결수와 단기징역수가 수감된 곳이고 장기기결수는 모두 마포에 있는 형무소에 수감되어 있었다.

법조기자들은 사안에 따라 가끔 형무소도 찾아가 취재를 했다. 그런데 당시 법조를 출입하던 서울신문의 오응환吳應煥 기자가 마포형무소를 찾아 무기수들의 근황을 취재하게 되었다. 무기수 명단에 '정덕희'라는 이름이 쓰여 있는 것을 보았으나 그가 계수남이라는 예명藝名을 가진 유명한 가수라는 것을 까맣게 몰랐다. 일반적인 취재를 마치고 형무소 문을 막 나서려는데 별안간 어디선가 경쾌한 리듬의 밴드 연주가 들려왔다. 오 기자는 경비원에게 "저 소리가 뭐냐?"라고 물었다. "아 저거요, 무슨 유명한 가수였다는데 무기징역을 사는 죄수가 중심이 돼 활동하는 죄수악단이에요." 오 기자는 이 답변을 듣자 발을 돌려 형무소 소장실로 뛰어갔다. 그래서 밝혀낸 것이 왕년의 가수 계수남과 죄수악단의 옥중 얘기였다. 신문에 이 기사가 보도되자 여러 곳에서 계수남을 살리자는 구명운동이 일어났다. 1956년서 57년에 걸쳐 생겼던 법조기자실의 취재 풍운론 한 토막이다. 나는 견습기자로 법조를 출입하면서 맨 처음 부닥친 것이 바로 이 사건 취재였다.

각계에서 보내는 진정서와 팬들의 탄원서 그리고 악극계의 옛 동료들이 직접 나선 증언 등으로 마침내 대법원은 계수남에 대한 재심청구를 받아들여 재판을 다시 하게 되었다. 법조기자들은 6·25 직후에 있었던 부역행위자에 대한 재판이 지나치게 보복적이었다는 점을 부각시키면서 모두들 구명운동에 나섰다. 그래서 마침내 58년 2월 무기수 계수남은 대법원 재심판결로 석방이 되었다. 8년 만에 자유의 몸이 된 가수 계수남은 서울신문과 법조기자실을 찾아와 감사하다는 인사를 하면서 많은 눈물을 흘렸다. 나는 이 사건을 취재하면서 죽어 가는 사람을 살릴 수 있는 힘이 기자에게 있다는 사실을 체험하게 되었다. 올챙이 기자가 처음으로 느껴 본 직업에 대한 자부심이었다.

인간의 희로애락이 그대로 드러나는 곳이 바로 법창法窓이다. 그런데 우리나라는 가끔 정치적 회오리바람 때문에 법창의 모습이 이상해질 때가 많다. 이럴 때면 출입기자들은 난기류에 휩싸이게 된다. 판결이 마음에 안 든다고 떼를 지어 법원을 습격한 사건이 있었다. 58년 7월 5일에 있었던 일이다. 당시 진보당 사건을 맡아 재판을 했던 서울지방법원 류병진柳秉震 부장판사는 진보당 당수 조봉암曺奉岩 씨의 간첩혐의에 대해 무죄판결을 내렸다. 판결이 있은 며칠 후 반공청년을 자칭하는 1백여 명의 괴청년들이 "조봉암에게 간첩죄를 적용하라." "용공 판사 류병진을 타도하라."는 플래카드를 들고 법원 청사로 몰려왔다. 확성기를 단 지프차까지 동원해 "타도하라." "죽여라."라는 구호를 외치며 소란을 피우는 바람에 법원의 모든 기능이 마비되었다. 이것은 단순한 의사발표가 아니라 조직적인 습격이었고 난동이었다. 당시 조용순趙容淳 대법원장은 "폭력으로 판결에 위협을 가한다는 것은 법치국가에서 용납될 수 없다."라는 담화를 발표했고 초대 대법원장을 지낸 김병로金炳魯 옹까지 나서서 미개한 나라에서도 유례가 없는 일이라고 개탄하면서 철저한 사건 규명과 관련자 엄중처벌을 요구했다.

사회 각계의 비난 때문에 경찰에서는 할 수 없이 대한반공청년회 조직부장 등 5명을 긴급 구속했으나 검찰이 정식으로 구속영장 신청을 포기하는 바람에 이들은 모두 석방되고 말았다. 당시 서울지검의 백상기白翔起 차장검사는 기자들의 추궁에 "윗사람에게 물어 달라."라고 답변을 피했고 지검장이던 김치열金致烈 씨는 몸이 아프다는 이유로 아예 출근을 하지 않은 채 시간을 보냈다.

그런데 이 진보당 사건은 우리나라 재판사상 처음 있은 '구형량 사전공표'라는 새로운 사건을 일으켰다. 형사소송법상 피고인에 대한 검사의 구형은 법정에서 하게 되어 있다. 그러나 진보당 사건의 경우 검사가 법정에서 구형을 하기 전에 신문에 먼저 그것이 공표되는, 있을 수 없는 일이 벌어졌다. 사건을 담당한 검사와 사건을 보도한 출입기자들이 함께 저지른 실수였다. 그 경위는 이러했다. 진보당 사건의 결심공판이 있었던 것은 1958년 6월 13일이었다. 사건의 주심 검사인 서울지검 조인구趙寅九 부장검사는 조봉암, 박기출朴己出, 김달호金達鎬, 윤길중尹吉重 등 23명에 이르는 피고들에 대한 논고論告를 읽기 시작했다. 그때가 오전 11시였다. 취재기자들은 당황했다. 160여 페이지에 이르는 논고를 다 읽으려면 2시간이 넘게 걸린다. 그 다음 구형이 있게 되면 마감시간이 지나 구형량을 석간신문에 보도하지 못하게 된다. 그래서 기자들은 검사장에게 부탁해 미리 구형량을 취재했다. 그렇게 되면 신문이 나오는 오후 3시쯤 되면 재판 과정에서도 논고가 끝나고 구형이 있게 되는 절차가 마무리되기 때문에 아무 문제가 없을 줄 알았다. 그런데 일이 꼬이느라 낮 12시가 되자 변호인들이 재판을 중단하고 점심식사를 한 다음 오후 3시에 속개하자고 제의, 담당 재판장이 이를 받아들이게 되었다. 이렇게 해서 이 사건의 피의자들은 공판정에서 검사로부터 구형을 받기 전에 그날 신문에 먼저 그 형량이 공포되는, 있어서는 안 될 일이 생기고 말았다. 오후 공판이 속개되자 한격만韓格晚, 신태악辛

泰嶽, 김춘봉金春鳳, 임석기 씨 등 쟁쟁한 변호인들은 배달된 신문을 들고 일제히 항의, 재판 보이콧을 선언했다. 공판 절차를 무시하고 검사가 사전에 구형량을 신문에 공표했다는 것이다. 기자단으로서도 당황하지 않을 수 없었다. 기자단을 대표해 동아일보의 이강현李綱鉉 씨, 자유신문의 민규호閔圭鎬, 조선일보의 목사균睦四均, 합동통신의 박남규朴南圭 선배들이 변호인단을 만나 자초지종을 설명하고 양해를 구했다. 서너 시간의 휴정 끝에 사건은 해결되었으나 법조기자들로서는 잊을 수 없는 사건이었다.

법조기자들이 출입처에서 진짜로 눈물을 흘린 사건도 있다. 64년에 있었던 이른바 인혁당(人民革命黨) 사건 때의 일이다. 서울지검 공안부 검사들은 중앙정보부에서 넘어온 피의자 47명을 조사해 본 결과 모두가 혹독한 고문 때문에 할 수 없이 허위자백을 했다는 사실을 알게 되었다. 당시 이용훈李龍薰 부장검사를 비롯, 김병리金秉离, 장원찬張元燦, 최대현崔大賢 검사 등은 수사결과 혐의 내용을 인정할 수 없다는 결론을 내리고 기소하지 않기로 방침을 정했다. 사태가 이렇게 되자 서울지검의 서주연徐柱演 검사장은 이 사건을 한 번도 조사해 보지 않은 다른 검사로 하여금 대신 기소시키는 편법을 썼다. 이에 공안부 검사들은 집단으로 사표를 냈다. 이때 법조기자들은 검찰을 떠나는 대쪽 검사들을 붙들고 통분의 눈물을 함께 흘렸다.

#5

3·15부정선거의 원흉, 4·19데모 학생에 대한 발포 명령자로 처형된 최인규崔仁圭 내무부장관은 씻지 못할 죄를 저지른 사람임에는 틀림이 없으나 신문기자에 대해서는 이해가 많았던 사람이다. 그가 내무부장관이 되기 전 직책은 교통부장관이었고 그때 나는 교통부 출입기자였다. 내가 접촉해

본 최인규는 이승만李承晩 대통령을 신神으로 모시는 신봉자였다. 경기도 광주 태생인 그는 미국 유학(뉴욕대학교)에서 돌아온 후 54년, 고향에서 국회의원에 출마해 해공海公(申翼熙)에게 맞섰다가 낙선한 일이 있는 사람이었다. 이승만 대통령은 그의 이 당돌한 패기가 마음에 들었던지 새파란 그를 교통부장관에 임명했다. 그리고 선거에 대비해 다시 내무부로 옮겨 선거업무를 맡겼다. 그만큼 최인규는 두터운 신임을 받았는데 그것이 도리어 파멸의 길을 가게 한 비운이 되고 말았다. 그가 역사 앞에 저지른 죄는 동정의 여지가 없다. 그러나 죄는 미워하되 사람을 미워하지 말라는 말이 있듯이 그를 사귀어 본 기자로서 평하라면 그의 죄는 밉지만 그의 인간성은 미워할 수 없는 사람이라 말하고 싶다.

그가 교통부장관이 된 지 얼마 안 되었을 때 이런 일이 있었다. 하루는 출입기자실로 이상한 정보가 하나 날아들었다. 내용인즉 반도호텔 지배인이 전화를 잘못 받은 죄로 목이 날아가게 생겼다는 것이다. 취재를 해 본 결과 다음과 같은 사실이 밝혀졌다. 당시 우리나라의 유명 호텔은 거의 모두 철도호텔로 교통부 직속이었다. 최인규 장관은 어느 일요일 새벽 초도순시 겸 아침식사를 하려고 부인을 데리고 반도호텔 스카이라운지를 찾았다. 그런데 마침 영업시간 전이라 청소하는 사람이 물걸레로 바닥을 닦으면서 나가라고 소리를 질렀다. 그 태도가 하도 불손하여 기분이 상한 장관은 신분을 밝히기도 뭣하여 곧장 집으로 돌아오고 말았는데 사건은 이때부터 벌어졌다. 비서관이나 담당 국장을 불러 시정사항을 일러 주지 않고 화가 난 탓인지 미국식 스타일이었는지 모르나 최 장관은 반도호텔 지배인 집으로 직접 전화를 걸었다. 아직 잠이 덜 깬 지배인이 수화기를 들자 "나 장관인데 지배인이요?" 하는 것이 아닌가. 지배인은 이 아침 이른 시각에 요직도 아닌 자기에게 장관이 직접 전화를 걸어온다는 것은 생각지도 못했고 어떤 친구가 짓궂게 장난치는 줄 알았다.

"이봐 누구야? 누구?"

"나 장관이란 말이야, 장관."

"글쎄, 장난치지 말고 누구야, 누구? 빨리 말해. 잠 좀 더 자자."

이렇게 대화가 빗나가자 최인규 장관은 전화기를 내던지고 비서관을 불러들여 그 지배인을 인사 조치하라고 엄명을 내리게 되었다.

사실이 이렇게 된 것을 확인한 출입기자들은 장관회견을 공식으로 요청, 장관을 만나게 되었다.

"최인규라는 인물이 그렇게도 아량이 없는 졸장부란 말인가?"

기자들이 장관에게 한 첫마디 말이 이것이었다. 장관인 줄 모르고 누구나 흔히 할 수 있는 우발적인 실수를 트집 잡아 인사 조치하는 것은 누가 봐도 부당한 것 아니냐는 기자들 추궁에 그는 다음과 같이 말했다.

> 내가 모욕을 당해 화도 났지만 호텔 지배인이라는 자리는 신분은 공무원이지만 그 업무는 고객에 대해 서비스를 잘 해야 하는 장사꾼이어야 한다. 그런데 전화 받는 태도가 건방질 뿐 아니라 그 영향으로 청소부까지 불손한 짓을 손님에게 하고 있어 이런 관료적 분위기를 일신하기 위해 지배인의 목을 쳐야 하겠다고 결심했다. 그런데 기자 여러분이 나보고 사내답지 못하다니 내 결심을 바꾸겠다. OK. 이 문제는 없던 것으로 합시다.

최인규라는 사람은 이렇게 화끈한 성격의 소유자였다.

그는 민주주의 국가에서는 여론을 대표하는 신문기자를 최고의 직업으로 대접해야 한다는 말을 자주했던 사람이다. 그래서 철도를 국회의원만 무료로 이용하게 할 것이 아니라 기자들에게도 마음대로 취재를 하러 다닐 수 있도록 그런 대우를 해 주어야 한다고 주장해, 교통부 출입기자들은 출입기자증만 제시하면 전국 어느 역의 열차도 무임승차가 가능하도록 해 준 장관이기도 했다. 최인규라는 사람은 이와 같이 그 죄는 무거웠지만 그 인간은 미워할 수 없는 그런 인물이었다. 1961년 12월, 그는 사형을 당했는데 그때 나이 43세였다.

#6

경찰을 지휘하는 사령탑이 지금은 경찰청장이지만 얼마 전까지는 내무부 치안국장이었다. 국민의 일상생활에 직간접으로 가장 밀접한 관계가 있는 곳이 경찰이다. 그래서 경찰의 사령관인 치안국장 자리는 몇 개 장관보다도 더 실질적인 권한이 컸던 자리였다. 따라서 치안국장이 누가 되느냐 하는 것은 큰 관심거리가 아닐 수 없었다. 그런데 제1공화국 시절 이승만 대통령은 파격적으로 김종원金宗元이라는 육군대령 출신을 치안국장에 임명한 일이 있다. 1950년대의 일이다. 세상이 시끄러워졌다. 새로 치안국장이 된 김종원이라는 인물 때문이었다. 왜냐하면 그는 6·25전쟁 중 부산 정치파동 때 경남지구 위수사령관으로 있으면서 국회의원들을 버스에 태워 헌병대로 끌고 갔을 뿐 아니라 거창居昌 양민학살 사건을 조사하러 간 국회의원들에게 우리 국군을 공산군 게릴라로 위장시켜 총질을 하게 한 장본인으로 소문이 나 있었기 때문이다. 세상에서는 하도 끔찍하여 그를 '백두산 호랑이'라는 별명을 붙여 망나니로 취급했다.

당시 치안국장은 관례에 따라 취임기자회견을 하게 되어 있었다. 치안국 출입기자단은 이에 회의를 열고 이 문제의 인물에 대한 회견전략을 논의했다. 그 결과 신임 국장에게서 예상되는 철권정책을 막기 위해서는 우선 취임 첫날부터 그 콧대를 꺾어 놓아야 한다는 데 의견을 모았다. 이때 경찰기자의 두목은 조선일보의 김창헌金昌憲 기자였다. 그는 12년 동안 경찰만을 담당, 전국의 경찰서장을 모르는 사람이 없을 정도로 경찰 내정에 정통해 있었다. 김창헌 기자는 우서 회견날짜를 치안국장이 정하는 것이 아니고 기자단이 정해야 한다는 조건부터 관철시켰다. 그리고 기자회견을 가졌다. 기자단을 대표해 김 기자가 첫 질문을 던졌다.

"죄송한 얘기지만 지금 국민들은 김종원 씨가 치안국장이 된 것은 잘못된 일이라 보고 있다. 그러니 별명 그대로 백두산 호랑이답게 취임하는 날 사임을 결행할 특유의 용기를 보여 줄 생각이 없는가?"

이 질문을 받는 순간 신임 김종원 국장의 얼굴이 붉어졌다 파래졌다 어쩔 줄 몰라 했다. 배석한 경찰간부와 기자 들이 숨을 죽이고 그의 답변을 기다렸다. 그때 김 국장이 자리에서 벌떡 일어나더니 "잠깐 자리를 뜨겠다."라고 했다. 그는 변소로 줄달음을 쳤다.

후일담으로 들은 이야기지만 김종원 씨는 그때 심한 당뇨병에 전립선 비대증을 앓고 있어 어떤 충격을 받으면 곧장 화장실로 가야 하는 형편이었다고 한다. 간부들이 화장실로 달려가 주먹을 불끈 쥐고 분을 못 이겨 부들부들 떠는 신임 국장에게 사정사정하여 큰 충돌 없이 이날 회견은 마쳤으나, 첫 회견에서 콧대가 꺾인 탓인지 그는 횡포를 부리지 않고 있다가 얼마 뒤 물러났다. 이와 같이 당시 치안국 출입기자들은 그 힘이 막강했다. 특히 김창헌 기자는 경찰국장이나 서장들이 벌벌 떨었던 경찰 출입의 두목기자였다. 그도 5·16 후 악덕 기자로 몰려 신문사를 떠났다.

#7

신문기자가 되려면 우선 사건을 기민하게 취재하는 훈련을 받아야 한다. 이 훈련장으로 쓰이는 대표적인 출입처가 바로 일선 경찰서였다. 이것은 지금도 변치 않는 기자 양성코스로 되어 있다. 서울의 경우 경찰서가 지역마다 있기 때문에 기자들은 새벽부터 밤늦도록 여러 곳에 흩어져 있는 경찰서를 빙빙 돌아다녀야 한다. '사쓰마와리察廻り(경찰서를 돌아다닌다는 일본어)'라 부르는 이 출입처는 가장 고달프고 힘든 곳이다. 그래서 이 고비를 넘기지 못해 기자 직업을 포기하는 사람도 생긴다. 온갖 잡범들이 우글거리는 유치장, 지명수배자를 쫓아다니는 경찰 잠복근무자, 살인 사건, 화재, 교통사고 현장…… 대개 이런 것이 취재 대상이다.

그런데 간혹 일 중독증에 빠지는 기자도 있다. 그런 사람은 다른 출입처는 심심해 다닐 수가 없다는 것이다. 지난날 경향신문 사회부의 시경 출입 기자였던 권영대가 바로 그런 기자였다. 경찰관들이 '호랑이 기자'로 부를 만큼 사건이 났다 하면 물불 가리지 않고 덤벼들었던 기자였다. 지금은 고인이 된 그가 '사쓰마와리' 기자 때 써 놓은 「경찰기자의 하루」라는 짤막한 수기를 나에게 보내온 일이 있다. 그 내용을 토대로 일선 경찰서라는 출입처의 분위기를 스케치해 보겠다.

새벽 다섯 시. 통행금지가 해제되자 곧바로 일어나 C경찰서로 출근, 너저분한 형사당직실에서 간밤의 사건일지를 체크하면서 하루 일과를 시작한다. 이어서 퀴퀴한 냄새가 물씬 풍기는 즉심即審 보호실로 가 가십거리가 없을까 하고 눈을 비빈다. 상황실 수배철手配綴을 뒤지며 또 한 번 체크한다. 때로는 밤을 새워 눈이 벌겋게 된 상황실 근무자와

옥신각신 실랑이를 벌이기도 한다.

아침 7시. 관할 내의 대형 병원 응급실로 가 밤사이 일어났던 사고환자들을 점검하고 시체실로 달려간다. 혹시 경찰에서 보안 조치된 사건의 실마리라도 얻을 수 있을까 하는 한 가닥 희망이 늘 작용하기 때문이다. 요즈음 들어선 하루 한 번 시체를 보아야 직성이 풀리는데 아마 이것은 사건기자들의 습관화된 생리인지도 모른다.

낮 11시. 오전에 있었던 몇 가지 사건을 정리해 본사 데스크로 기사를 보내면 하루의 절반 일이 끝난다.

하오 2시쯤. 경찰서 기자실로 석간신문이 배달되면 우르르 몰려가 신문 보기에 정신이 없다. 혹시 빠뜨린 기사가 없는가 하고……. 점심을 먹고 B경찰서로 간다. 거기서 우선 A서, D서 등 몇 군데 경찰서로 경비전화를 걸어 사건유무를 확인하고 좀 쉴라치면 소방차의 금속성 사이렌 소리가 신경을 날카롭게 만든다. 혹시 '큰불이라도……' 하는 예감에 소방차를 뒤쫓게 된다. 지난해 있었던 대연각大然閣호텔의 참사가 떠오른다.

시내에 어둠이 깃들기 시작하면 사건을 쫓는 경찰기자들은 올빼미처럼 눈망울이 초롱초롱해진다. 왜냐하면 범죄는 대개 어둠 속에서 생기기 때문이다. 자정이 넘을 때까지 각 경찰서, 대학병원 응급실 등을 체크해 보고 귀가, 자는 둥 마는 둥 뒤척이다 보면 새벽 조간이 배달된다. 벌떡 일어나 조간신문을 펼쳐 볼 때의 야릇한 기분. 혹시 빠뜨린 사건이 없나 하고 사회면을 훑어보다 커다란 대어大魚를 놓친 것을 발견하면 현기증을 느낀다. 그러나 반대로 남이 못 잡은 특종이라도 했을 때는 짜릿한 쾌감이 온몸에 솟구친다.

몇 년 전에 있었던 북한산 인수봉 조난 사고 때의 일이다. "여러 사람이 죽었다."라는 말을 듣고 내복도 미처 입지 못한 채 뛰어나가 인수봉에 올랐다. 신원을 확인하느라 얼어붙은 시체를 몇 번이나 뒤척이며

언 손을 입김으로 녹였다. 인수봉을 세 번이나 오르내리다 보니 공복에 식은땀을 얼마나 흘렸는지 코끝에 성에가 끼었던 일은 지금도 잊을수 없는 취재추억이다. 경찰기자의 하루는 이렇게 모든 것이 뒤범벅이되어 흘러간다. 긴장된 시간이 끝나 오늘도 아무 일 없이 하루를 지냈다고 생각할 때 엄습해 오는 그 피로감— 이것을 견뎌 내기 위해 경찰기자들은 소주잔을 기울일 때가 많다. 그리고 언짢았던 일, 가슴 아팠던 사건 들을 잊기 위해서는 폭음도 마다하지 않는다. 경찰담당 기자들 세계에서 벌어지는 각종 무용담은 이런 배경에서 생기는 풍속도라할 수 있다.

#8

국회 취재를 담당한 국회 출입기자단은 다른 부처 기자단과 비교하면 많은 특색이 있다. 우선 인원수가 엄청나게 많다. 1개사에서 보통 3, 4명의 기자가 출입을 하게 되고 지방 신문에서도 국회에만은 꼭 출입기자를 파견하기 때문에 1백 명이 훨씬 넘는 기자들로 구성된 곳이 국회 출입기자단이다. 또 취재범위도 십여 개가 넘는 상임위원회는 말할 것도 없고 국회의원한 사람 한 사람이 곧 취재 대상이 되기 때문에 그 폭이 아주 넓다고 할 수있다. 그래서 다른 부처의 기자단처럼 오붓한 가족적 분위기가 없고 언제나 소연한 시장터 같은 곳이 바로 국회 출입기자단의 분위기였다. 그러나기자들이 지니는 특성, 기자단이 갖는 관행 등은 다른 기자단과 조금도 다르지 않았다.

민의의 전당이라고 흔히 일컫는 국회의사당이 지금의 여의도로 옮기기전에는 태평로에 있었다. 옛날 일제강점기의 극장이었던 '부민관府民館'을개조한 곳이어서 1층이 의사당, 2층 맨 앞과 옆줄이 기자석, 그 뒤가 일반

방청석으로 되어 있었다. 선배기자들 말에 의하면 애초에는 취재기자석이 의원석이 있는 1층 가장자리에 있었는데 그것이 한 사람의 두목기자 때문에 2층으로 옮겨가게 되었다는 것이다. 이 얘기는 좀 과장된 점이 없지 않으나 그만큼 '두목'이라는 호칭을 받는 한 기자가 출입처에서 막강한 힘을 발휘했다는 것을 말해 주는 사례임에는 틀림이 없다. 문제의 그 두목기자가 바로 당시의 합동통신 김진학金鎭學 기자였다. 그는 광복 직후부터 정치부 기자로 잔뼈가 굵었는데 신출내기 국회의원들에게 이래라저래라 지시하는 것을 보통으로 여겼다. 주요 안건이 본회의에 상정되면 의원들에게 가결시켜라 부결시켜라 하는 바람에 의사 진행이 잘 안 될 만큼 영향을 끼쳤다는 것이 그때 기자들의 중평이다. 그래서 이 폐단을 막기 위해 국회사무처가 서둘러 기자석을 2층으로 옮기게 했다는 것이다. 사실이 많이 과장되었겠지만 이런 말이 나올 만큼 그 시절 그 기자의 힘이 대단했던 것만은 사실이다.

국회라는 출입처에서 벌어진 취재 풍운록 속에는 회의장 잠입과 회의 내용 도청 사건이 단연 압권이다. 4·19혁명이 있기 1년 전(59년 4월), 국회의장실에서는 자유당과 민주당 간에 정국을 수습하기 위한 주요 협상이 벌어지고 있었다. 그 전해 12월 24일, 악명 높은 국가보안법이 통과될 때 여당은 300명의 무술경관을 동원, 본회의장을 점거 농성하고 있던 야당의원들을 강제로 끌어냈다. 이른바 '24파동'으로 불리는 사건이다. 여야가 극한적 대립으로 정국이 얼어붙은 지 4개월이 지나 여야가 의장실에서 처음으로 얼굴을 마주하는 대화를 시작한 것이었다. 무슨 얘기를 서로 어떻게 주고받을까? 국회 기자들은 이것이 궁금했다. 그래서 아무도 몰래 기자를 회담장에 잠입시켜 협상 내용을 도청키로 했다. 이때 잠입기자로 뽑힌 사람이 조선일보의 조용중趙庸中 기자와 동아일보의 이웅희李雄熙 기자였다.

국회의장이 쓰는 테이블 바닥은 두 사람이 숨기에는 비좁았고 더구나 먼지가 켜켜이 쌓여 있었다. 나는 허리, 다리도 못 편 채 그 좁은 구석에 쪼그려 앉아 있었다. 숨을 쉴 때마다 먼지가 날려서 연방 기침이 나왔지만 밖에 들릴까 봐 손으로 입을 막아야 했다. 옆의 안락의자에 앉아서 주고받는 정치인의 협상을 두 시간씩이나 그런 자세로 도청하는 것은 대단한 고역이었다.

라고 조용중 씨는 후일 회고록에 당시 일을 이렇게 쓰고 있다. 그 후 이 도청 사건은 이웅희 기자가 현장에서 민관식閔寬植 의원에게 들키는 바람에 큰 성과를 얻지는 못했으나 정치부 기자들의 취재이면을 보여 주는 좋은 에피소드로 남아 있다.

얘기가 나온 김에 정치부 기자들이 갖고 있던 반골反骨정신이 어떠했는가 하는 삽화 하나를 더 적어 보겠다. 이것도 주인공이 조용중 씨다. 한·일 간에 국교정상화가 이루어진 것은 1965년 6월 22일, 협정서에 양국 외상이 조인함으로써 이루어졌다. 그런데 그 전날 밤, 도쿄에서는 조인 때문에 일본에 온 이동원李東元 외무장관과 김동조金東祚 주일 대사를 에워싸고 한국 특파원들이 마지막 마무리를 취재하기 위해 기자회견을 요청해 놓고 있었다. 그런데 이동원 장관과 김동조 대사는 회의가 끝나자 시이나椎名 일본 외상과의 회식시간을 이유로 기자회견을 하지 않은 채 자리를 떴다. 바로 이때였다. "어딜 도망가!? 개새끼들!" 하고 고함소리가 터져 나왔다. 당시 조선일보 편집부국장으로 이곳에 취재차 와 있던 조용중 씨의 분노에 찬 고함이었다. 깜짝 놀라 돌아서는 이 외무와 김 대사를 향해 조용중 씨는 "일본 외상과의 회식도 중요하지만 국내에서는 굴욕외교라 아우성인데 조인을 앞두고 무엇인가 국민 앞에 매듭을 지어 주는 말이라도 한마디 하는 것이 당신의 책무가 아닌가."라고 다그쳤다. 이 장관과 김 대사는 저녁식사를 하는 둥 마는 둥 마치고 얼른 돌아와 "미안하다."라고 하면서 기자회견을 가졌다. 아마 이 두 사람은 공직생활을 하는 동안 기자로부터 대놓고 '개새끼'라는 심한 욕을 먹어 보기는 처음이었을 것이다.

정치인과 정치부 기자 간의 관계는 미묘한 데가 많다. 특히 국회의원이라는 직업은 정부 관리에 대해서는 강하나 여론을 좌우하는 기자에 대해서는 약한 위치에 있게 마련이다. 그래서 국회의원들 스스로 기자들을 '상전'이라 부르는 경우도 허다했다. 지금은 없어졌지만 옛날에는 신문마다 정치면에 「가십난gossip欄」이 있었다. 기사화하기에는 좀 함량이 모자라고 버리기에는 아까운 소재들이 늘 이곳의 메뉴로 등장했다. 독자를 조사해 보면 정치기사 가운데서 가장 많이 읽히는 것이 늘 「가십난」 기사였다. 그래서 정치인들 특히 표를 얻어야 할 국회의원들은 이 정치 「가십난」에 자기 이름을 한번 내 보려고 기자들을 상대로 로비활동을 했다. 심지어 욕을 써도 좋으니 자기 이름 한번 내 달라고 하는 의원까지 있었다. 회상해 보면 호랑이 담배 먹던 때의 꿈같은 얘기다.

지금 서울시청 뒤의 무교동 체육회관 자리에 '상록수'라는 다방이 있었다. 국회 출입기자들은 출근하면 우선 이 다방에 들려 커피 한 잔 하는 것이 일과의 시작처럼 되어 있었다. 물실호기勿失好機, 이때를 놓치지 않으려고 찾아드는 국회의원 때문에 상록수 다방은 언제나 정치가십의 주요 산실이 되었다.

지금은 다 없어졌지만 상록수 다방을 비롯해 그 옆에 있었던 태백반점太白飯店, 길 건너에 있던 반도호텔의 커피숍과 스카이라운지, 이런 곳은 모두 옛 정치부 기자들이 잊지 못하는 추억의 장소가 되고 있다. 명멸해 간 숱한 정치인과 기자 들이 함께 어울려 커피를 마시고 술을 나누고 식사를 하면서 나라 얘기를 나눴던 장소였다.

국회 출입기자들은 국회에서 벌어진 정치싸움의 난장판을 그대로 현장에서 지켜본 사람들이다. 지금 회고해 보면 자유당 정권 때 있었던 '24파동'을 비롯해 숱한 난장판이 많이 있었다. 특히 66년 9월 22일 국회본회의장에서 있었던 김두한金斗漢 의원의 인분人糞 투척 사건은 세계에 그 유례가 없는 사건이었다. 그런데 오늘 우리 앞에 보이는 국회에서의 정치싸움은 전기톱과 소화기가 동원되는 등 그 저질스러운 행태가 옛날보다 더하다는 생각이 들어 허탈해질 때가 많다. 우리 민족은 토론문화가 없어 민주주의를 하기에는 적합지 않다고 누가 말한 일이 있는데 정말 그런 것인가? 다른 분야는 눈부시게 발전하고 있는데 왜 유독 정치만 퇴보하고 있는가? 국회가 몇 번이나 강제 해산당한 일이 있는데 왜 정신을 못 차리는 것일까? 그저 안타까울 뿐이다.

각 부처의 출입기자단과 기자실에 얽힌 얘기를 지금까지 몇 개 추려서 회고해 보았다. 그런데 가끔 항간의 화제가 되고 있는 '용돈 주고받기'이른바 '촌지寸志'에 관한 얘기가 빠졌다. 여기 대해 잠깐 언급해 보겠다. 각 출입처와 기자단 간에는 때때로 유착 관계가 생기는 경우도 있으나 대체적인 관계는 늘 긴장상태라 하는 것이 옳을 것 같다. 그래서 각 부처는 저마다 소위 '언론대책비'라는 것을 마련해 놓고 있다. 이것은 정부를 감시 공격하는 야당도 마찬가지다. 언론과의 관계를 부드럽게 하고자 하는 이른바 윤활유 역할을 하는 비용이다. 이것이 기자들에게 가끔 촌지라는 이름의 용돈으로 건네진다. 녕설이나 유사절을 맞아 주어지는 경우도 있고 매달 얼마씩 주어지는 경우도 있다. 이것은 어느 출입처를 막론하고 있어 왔던 지난날의 관행이었다. 나도 이런 유형의 돈을 받아 봤다. 엄밀히 따지면 이것은 청산되어야 할 비리 부패에 속하지만, 가난했던 우리 사회가 남긴 지난날의 슬픈 풍속도였다고 할 수 있다. 그러나 변명 삼아 말하자면 이런 종류의 용돈은 그야말로 술값에 불과한 아주 미미한 액수였다. 이것 때문에 기사를 빼거나 보태는 등의 비리가 생기는 경우는 극히 드물었다. 노무현 전 대통령이 마음에 안 드는 기사를 대할 때 "기자들이 술잔이나 얻어먹고 쓴 기사"라고 욕을 한 것은 이런 배경을 두고 한 말인데 사실과는 많이 다르다는 것을 밝혀 둔다.

출입처 기자실을 중심으로 얽힌 얘기는 이 밖에도 많다. 누가 좀 더 많은 사례를 수집해 종류별로 취합, 정리한다면 한 권의 좋은 자료집 또는 재미있는 언론 비사秘史가 되고도 남을 듯하다.

방송에서 생긴 일

영상映像 속의 실상

9년 가까이 계속된 방송사생활을 통해 나는 신문에서 겪지 못한 또 다른 세상 모습을 보게 되었다. 내가 KBS에서 보도국장 3년, 방송이사(방송총국장 겸임) 6년을 지낸 기간은 1973년에서 1981년에 걸친 시기인데, 이 기간은 마침 유신체제가 시작되었다가 그것이 끝난 기간에 해당된다. 따라서 숱한 사건을 겪게 되었다. 우선 취임 후 맨 먼저 닥친 사건이 74년 장충동 국립극장에서 있었던 박정희朴正熙 대통령에 대한 저격과 육영수陸英修 여사의 사망 사건이다. 지금은 국가적 행사가 있을 경우 모든 방송사가 함께 중계를 하거나 순번을 정해 차례로 하는 것이 원칙이지만 30여 년 전 당시에는 KBS가 모든 행사를 도맡아 했고 그것은 또 모두 보도국 소관이었다.

1974년의 8 · 15광복절 기념행사 중계는 그래서 내 소관의 보도프로그램이었다. 장충동 국립극장에서 보내오는 중계화면을 전국으로 송출하는 주조실主調室에서 실황을 점검하고 있던 나는 갑자기 괴한이 뛰어나와 단상을 향해 탕! 탕! 탕! 총을 난사하는 장면이 나오자 아찔했다. 박 대통령이 경축사를 낭독하기 시작한 지 6분 만의 일이었다. 순간적으로 일어난 돌발 사건이어서 아무런 대비책이 없었다.

"중계방송을 중단할까요?"

옆에 있던 손영호孫瀯鎬 편성부장이 물었다. 나는 즉시 결정을 내려야 했다. 이때 만약 방송을 중단한다면 TV를 시청하고 있던 전국의 수십, 수백만 시청자들이 뉴스 공황상태에 빠질 것이다. 그러면 온갖 추측과 유언비어가 나돌 것이 뻔했다. 나는 결론을 내렸다.

"그냥 계속합시다."

그래서 박 대통령이 연설을 중단하고 연단 뒤로 몸을 수그리는 모습, 단상에 앉아 있던 3부 요인들이 의자 뒤쪽으로 피신하는 장면, 육영수 여사가 총탄을 맞고 쓰러지는 장면, 박종규朴鐘圭 경호실장이 권총을 빼 들고 단상에서 이리 뛰고 저리 뛰는 모습 등이 남김없이 전국으로 중계방송되었다.

이렇게 사건이 생긴 후 정신없이 반나절을 보내고 있을 때 서울대학교병원에 나가 있던 사회부 기자한테서 연락이 왔다. 총상을 입은 육 여사가 조금 전 운명殞命했다는 것이다. 나는 이 긴급 사항을 사장에게 보고한 다음 정순일鄭淳日 편성국장과 상의해 모든 오락프로그램의 방송을 중단시켰다. 그리고 육 여사를 추모하는 임시 프로그램을 만들어 송출하기로 했다. 보도국에서는 육 여사의 지난 활동상을 다큐멘터리로 만드는 것과 관련 인사들을 스튜디오로 불러내 추모 특집좌담을 생방송으로 계속하는 것으로 방침을 세웠다. 당시 남산에 있었던 KBS사옥은 건물이 협소해 방송출연 때문에 찾아오는 외부인사를 접대할 만한 응접실이 없었다. 그래서 보도국장실이 어쩔 수 없이 응접실로 활용되어 나는 프로그램을 제작하랴, 외부인사를 접대하랴 정신없이 바쁜 나날을 보내게 되었다. 북새를 떠는 이 과정에서 나는 권력 주변의 한심하고 추잡한 속성들을 절실히 맛보게 되었다. 우선 고인이 된 육 여사를 추모하는 좌담에 어떤 인사를 출연시키느냐 하는 것부터 신경이 쓰이는 문제였다. 원칙 없이 아무나 닥치는 대로 불러 낼 수는 없는 일이었다. 그래서 보도국으로서는 몇 가지 기준을 정했다. 육 여사는 퍼스트레이디로서 많은 사회활동을 했는데 예를 들면 한센병 환자 재활사업, 외로운 독거노인, 불우한 소년소녀가장 들에 대한 구호사업 등이 있다. 방송사로서는 가능한 한 이런 일에 간여했던 사람들을 우선적으로 출연시켜 고인의 업적을 추모해 보자는 것이 기본 원칙이었다. 그런데 방송이 나가면서 이상한 일이 벌어졌다. 이곳저곳에서 이러이러한 사람을 출연시키라는 명단이 나한테 쏟아져 들어왔다. 대부분이 방송사가 정한 기준과는 거리가 먼 정치인들이었다. 개중에는 육 여사를 생전에 한 번도 만나보지 못한 사람도 더러 있었다.

나는 할 수 없이 방송사에서 꼭 필요해 출연시키는 사람과 요로에서 보내온 명단 속의 사람을 2대 1 정도의 비율로 섞어 그럭저럭 프로그램을 만들어 갔다. 그런데 방송에 출연하러 온 정치인 가운데는 "이 방송을 박 대통령이 직접 보느냐?"라고 묻는 사람이 있었는가 하면 나한테 은근히 "좌담을 할 때 발언 순서를 첫 번째로 하게 해 달라."는 부탁을 하는 경우도 있었다. 또 한번은 어떤 정치인이 좌담에서 발언 순서가 되자 말은 하지 않고 카메라 앞에서 손수건을 꺼내 들고 "아이고 아이고……." 하면서 곡성만 되풀이하는 바람에 제작진을 당황하게 만든 일도 있었다. 이런 부류의 사람들은 한마디로 말해 고인을 추모하고 그 업적을 빛내 보겠다는 생각은 아예 없고 오직 자신의 '충성심'이 박 대통령에게 잘 전달되는 데만 혈안이 되어 있다고 볼 수밖에 없나. 정치권력의 주변에는 위선과 아부 등이 있게 마련이지만 40대 초반의 나이였던 그때 내 눈에는 참으로 한심하고 추잡하게 비쳐진 한국 정치의 한 풍경이었다.

유신체제를 비판할 때 흔히 정보정치의 극치라는 말을 많이 한다. 그만큼 중앙정보부를 비롯해 정보 관계자들이 실권을 잡고 있었다는 얘기다. 그런데 그런 사례를 나는 KBS에서 많이 겪었다. 그 한 가지 예가 새마을훈장을 받던 때의 일이다. 나의 개인적 신념을 말하라면 유신체제는 반대였다. 박정희 대통령의 경제개발정책에는 절대 찬성이었지만 무리하게 집권을 연장해 가기 위해 선택한 초법적인 유신체제는 찬성할 수 없었다. 더구나 정보부가 전면에 나서서 이래라저래라 하는 체제는 언론에 몸담고 있는 사람으로서는 고통의 나날이었다고 해도 과언이 아니었다. 그러나 그 가운데서 한 가지만은 옳다고 생각한 것이 있었다. 그것은 '새마을운동'이었다. 어떤 사람들은 새마을운동이 유신체제를 떠받든 하부조직이라고 비판하고 있으나 나는 그렇게 생각하지 않는다. 농촌 태생인 나는 우리나라 농촌이 얼마나 가난한 곳인가를 뼈저리게 느끼며 자라 왔다. 빈농의 아들로 태어난 박 대통령이 농촌의 가난을 물리치기 위해 애쓰는 모습에 눈물 흘려 본 일도 있다. 그래서 나는 KBS뉴스보도 가운데 「새마을 소식」이라는 코너를 만들어 매일 새마을운동의 현장을 방방곡곡 찾아다니면서 긴 잠에서 깨어나는 농촌의 모습을 신바람 나게 보도했다. 지금 생각해도 그것은 잘한 일이라 여긴다. 그런 공로가 평가된 탓인지 1977년 12월, 나는 정부로부터 새마을훈장(협동장)을 받게 되었다. 새마을훈장은 1년에 한 번 열리는 전국새마을지도자대회에서 수여하는 것이 관례가 되어 있었다. 그해는 이 대회가 전라북도 전주에서 있었다. 대통령을 비롯, 정부의 전 각료와 전국의 도지사 그리고 시골 구석구석에서 참석한 수백 명의 새마을 지도자가 한자리에 모여 열리는 이 대회는 가장 주요한 국가적 행사의 하나로 TV를 통해 전국에 중계방송되었다.

■ ■ 필자에게 새마을 훈장을 달아주는 박정희 대통령(1977년 12월)

이날 대회장 맨 앞줄에 늘어선 수훈자 목에 한 사람 한 사람씩 훈장메달을 손수 걸어 주던 박 대통령이 내 앞에 이르자 그 근엄했던 표정이 확 풀어지면서 반가운 표정으로 변했다. 가슴에 붙은 내 명찰과 얼굴을 보더니 신문에 있다가 언제부터 KBS에서 일하게 되었느냐고 다정한 목소리로 묻는 것이 아닌가. 나는 깜짝 놀랐다. 이분이 나를 기억하고 있구나 하는 생각이 들었다. 내가 박정희 대통령을 만난 것은 아주 오래 전의 일이기 때문이다.

내가 박정희라는 분을 처음으로 만난 것은 5 · 16 이전 그가 육군소장으로 6관구 사령관으로 있을 때였다. 당시 나는 서울신문의 국방부 출입기자였는데 하루는 사장한테서 "육군에 부탁해 야전용 침대 1백 개를 두 달 정도 쓰는 것으로 빌려 보라."는 지시를 받은 일이 있었다. 그때 신문사에서는 후생사업으로 동해안 수복지구인 화진포에 여름 해수욕장을 개설했는데 거기에 침대가 필요했기 때문이다. 나는 당시 육군참모차장이던 김종오金鍾五 장군에게 사정 얘기를 했더니 6관구에 가서 사령관을 만나 보라는 것이다. 그래서 육군본부 공보관 홍천洪泉 대령의 안내로 영등포에 있던 6관구 사령부를 가게 되었다. 그때 사령관이 박정희 소장이었고 참모장이 김재춘金在春 대령이었다.

그 후 5 · 16군사정변이 났다. 나는 박정희 소장이 최고회의의장으로 지방 순시를 다닐 때 취재기자단의 한 사람으로 수행 취재를 한 경우가 몇 번 있었는데, 그때마다 박 의장은 내가 구면이라 그랬는지 반갑게 대해 주었다. 민정이양으로 박 의장이 대통령이 된 이후 내가 만난 것은 66년 가을 경향신문 정치부장 때였다. 그때 각 사 정치부장들이 성곡재단 후원으로 일본 시찰을 하게 되었는데, 일행들이 모두 청와대에 가서 차 한 잔 대접받고 경부고속도로건설에 대해 박 대통령으로부터 직접 설명을 자세히 들은 일이 있다. 그러니까 내가 박 대통령을 만난 것은 11년 전의 일이다. 그런데도 대통령은 나를 잘 기억하고 있었다.

언제 KBS로 갔느냐?, KBS가 새마을운동을 잘 보도하고 있어 고맙게 생각하고 있었다는 등 박 대통령은 말을 많이 했다. 내가 보기에 새마을훈장 수훈자 가운데 박 대통령으로서는 얼굴 아는 사람이 오직 나 하나였던 것 같다. 그래서 나를 더 반긴 듯했다. 그런데 이 장면을 중계방송을 통해 시청한 사람들 눈에는 퍽 오랫동안 대통령과 내가 대화를 나눈 것처럼 보였던 모양이다. 서울에 도착해 보고 나는 깜짝 놀랐다. 밤 10시가 넘었는데도 KBS 내 방에는 많은 정보기관 사람이 옹기종기 모여 나의 도착을 눈이 빠지게 기다리고 있는 게 아닌가. 중앙정보부, 보안사령부, 치안국, 서울시경, 영등포경찰서의 언론 관계 담당자들이었다. 내가 대통령과 나눈 이야기를 전부 상부에 보고해야 한다는 것이다. 나는 어처구니가 없었다. 아무리 정보정치라 하지만 아무런 정보가치도 없는 이런 일에까지 이렇게 매달리는 것을 보니 정말 나라가 큰일 났구나, 하는 생각이 들었다.

정보정치의 폐단을 알리는 웃지 못할 사건이 또 하나 있다. 어느 날 밤 잠을 자고 있는데 전화벨 소리가 요란하게 울렸다. 깨어 보니 새벽 2시였다. 무슨 큰 사건이 난 줄 알고 수화기를 들었더니 중앙정보부의 KBS 담당자 L씨였다. 전화 내용인즉 KBS라디오 소속의 효과맨 이상만李相萬 씨의 직급과 봉급 등을 구체적으로 알려 달라는 것이다. 나는 정말 기가 막혔다. 2천 명이 넘는 직원의 개인별 봉급을 내가 일일이 알 수도 없지만 설혹 안다 하더라도 그것이 한밤중에 잠을 깨우면서까지 급히 알아야 할 사안이란 말인가. 한심한 생각이 들었지만 그렇게 할 수밖에 없는 무슨 사정이 있는 것 같아 나는 숙직 직원에게 전화를 걸어 정보부 L씨가 가거든 이상만 씨의 봉급표를 보여 주라고 조처해 주었다. 다음 날 아침 출근해 무슨 일인지 알아보았더니 그 내용은 다음과 같은 것이었다. 밤늦게 청와대에서 박 대통령이 김재규金載圭 정보부장과 술 한잔하면서 이런저런 얘기를 하다가 박 대통령이 즐겨 듣는 라디오 심야프로 「김삿갓 북한 방랑기」를 함께 듣게 되었다는 것이다. 프로그램이 끝날 때면 제작진의 이름이 소개되는데 "……효과에 이상만이었습니다."라는 멘트가 있었다. 이에 대통령이 "저 사람 참 오래하네. 내가 영관 급 때부터 '효과에 이상만'이라는 소리를 라디오에서 들어 왔으니 몇십 년 넘게 그 일을 해 온 사람이지……. 저런 한 우물을 파는 사람이 우대를 받아야 하는데……."라고 혼잣말 비슷하게 코멘트를 했다는 것이다. 조사해 즉각 보고하라는 것도 아니고 월급을 올리도록 하라는 것도 아니었다. 혹 알아볼 필요가 있다 하더라도 화급하게 서두를 일은 결코 아니었다. 그런데 청와대를 물러나온 정보부장은 사무실로 돌아와 이상만 효과맨이 지금 어떤 대우를 받고 있는지 즉각 보고하라는 지시를 내렸다는 것이다. 이래서 잠을 자던 L씨가 불려 나가 나한테 전화하고 밤중에 KBS로 달려가 숙직 직원을 깨워 신상기록을 열람하는 일련의 소동이 일어난 것이었다. 사람은 연못에 장난삼아 돌을 던지지만 연못에 사는 개구리에게는 치명적이 될 수 있다는 비유가 딱 들어맞는 말이다. 대통령이 지나가는 말로 한마디 던진 것이 밑으로 파급되면서는 숱한 사람이 밤잠을 못 자는 사태를 만들고 말았다. 정보부를 앞세운 정보정치, 대통령의 말 한마디가 그대로 법이 되는 권력의 경직화 현상을 나는 방송에 종사하면서 이렇게 겪어 보았다. 오동잎 하나 떨어지는 것을 보면 천하에 가을이 온 것을 알 수 있다는 말이 있다. 유신체제는 합리성을 잃고 자꾸 이렇게 경직화되어 갔다.

정보부 때문에 나는 큰 곤욕을 치른 일도 있다. 방송뉴스에 대해 정보부가 이래라저래라 하는 것은 늘 있는 일이었지만 나중에는 TV편성에까지 간여했다. 반공드라마를 주간극으로 하지 말고 일일극으로 만들어 9시 종합뉴스 직전에 매일 방영하라는 것이다. 나는 기가 막혔다. 그래서 간부 회의에서 나는 이 문제를 제기, 어느 시간에 어떤 드라마를 방영할 것인가 하는 편성 문제는 방송사가 결정해야지 왜 이런 전문적인 문제까지 정보부가 간여하느냐고 비판했다. 그랬더니 국장 중의 한 사람이 이것을 정보부에 밀고, 최 아무개 이사가 국장 회의에서 중앙정보부를 공개적으로 규탄했다고 과장해 모함했다. 이 보고를 받은 김재규 정보부장이 펄펄 뛰면서 "최 아무개를 당장 조처하라."라고 야단이 났다는 것이다. 사정이 이렇게 되자 나는 사장에게 자초지종을 보고하고 김성진金聖鎭 문공부장관을 찾아갔다. KBS 이사의 임면권자가 장관이기 때문이다. 언론계 선배인 김 장관은 내 설명을 듣더니 가만히 있으라고 했다. 정보부에 대해 잘 해명할 터이니 더 이상 자극적 행동을 하지 말고 잠자코 있다가 사태가 진정되거든 적당한 때를 택해 정보부 앞잡이 노릇을 하고 있는 KBS 간부 밀고자를 정리하라고 했다. 대단히 고마웠다. 김 장관은 곤경에 빠진 나를 소리 없이 구해 주었다.

유신체제는 1979년 10월 26일, 김재규 정보부장이 박정희 대통령을 시해함으로써 끝나고 말았다. 그런데 세상에는 알려지지 않았지만 이 사건은 KBS와 직접 관계가 있다. 정부의 공식발표는 박 대통령이 그날 마지막으로 참석한 행사가 충청남도 삽교천의 방조제 준공식으로 되어 있으나 사실은 그렇지 않다. 삽교천행사를 마친 다음 마지막 행사로 박 대통령은 당진唐津에 있는 KBS의 송신소 준공식에 참석했다. 그런데 이 행사는 중앙정보부가 추진한 대공산권 심리전 방송과 관계가 있어 국가보안규정상 발표를 하지 않았다. 북한은 물론이고 소련의 시베리아와 몽골지방까지 단파방송의 청취가 가능하도록 출력을 강화하는 이 송신소 준공을 준비하느라 KBS는 몇 달 동안 관계자들이 철야작업까지 하면서 애를 썼던 공사였다. 원래

이 행사에는 박 대통령이 참석해 테이프 커팅과 기념식수를 하게 되어 있고 중앙정보부장이 배석하는 것으로 되어 있었다. KBS에서는 최세경崔世卿 사장과 김종면金宗勉 기술담당 이사 그리고 방송담당 이사인 나 이렇게 세 사람이 참석 예정자였다. 그런데 행사 전날(10월 25일) 청와대 경호실에서 정보부장이 빠진다는 연락이 왔고 방송사도 참석 인원을 줄이라는 것이었다. 그래서 내가 빠지고 사장과 기술이사만 참석하게 되었다. 정보부가 주동이 되어 만든 시설 준공행사에 그것도 대통령이 참석하는 행사에 정보부장이 빠진다는 것은 아무리 생각해도 납득이 잘 안 되는 일이었다. 그때 이미 일이 이렇게 어긋날 만큼 차지철車智澈 경호실장과 김재규 정보부장 사이에는 반목과 다툼이 극심했던 것이다. 얼마 전에 있었던 부마釜馬 데모사태 해결책을 놓고도 경호실장과 정보부장 간에 알력이 심했던 것은 널리 알려진 일이었다.

내가 듣기로는 김재규 정보부장이 당진 송신소 준공식에 참석키 위해 온갖 준비를 다 해놓고 있었는데 행사 전날 갑자기 참석치 말라는 연락을 받자 책상을 내리치며 분개했다는 것이다. 자기를 끝내 따돌리려는 차지철 경호실장이 죽이고 싶도록 미웠을 것이다. 그리고 그런 차지철을 두둔하고 그가 하자는 대로 하는 박 대통령에 대해서도 같은 감정을 갖게 된 것이 아닌가 생각된다. 만일 그렇다면 이날의 KBS행사가 김재규로 하여금 권총을 빼 들게 한 기폭제가 되었다고도 생각할 수 있다. 역사에 가정假定은 무의미한 것이지만 만약 그날 김재규 부장이 KBS행사에 참석해 대통령으로부터 "수고 많이 했다."라는 격려와 칭찬의 말이라도 한마디 들었더라면 궁정동 안가의 비극은 일어나지 않았을지도 모른다. 그런 점에서 박 대통령의 시해 사건은 KBS행사와 관계가 있다고 나는 지금도 생각한다.

■ ■

　방송은 총체적으로 보면 아직도 오락 기능이 주류를 이루는 매체라 할 수 있다. 따라서 신문이나 통신사에 비해 복잡한 구성 요소를 많이 지니고 있다. 가령 드라마 한 편을 만들려면 여기에는 프로그램을 만드는 디렉터(속칭 PD), 작품을 쓰는 작가, 연기를 하는 배우(탤런트) 등 세 분야의 사람이 합쳐져야 한다. 그런데 방송사의 조직을 보면 PD는 직원으로 되어 있으나 작가와 배우 들은 외부인이다. 필요에 따라 방송사가 프로그램 단위로 고용해 쓰는 사람들이다. 이런 관계 때문에 여기에는 늘 마찰이 생기고 말썽이 일고 때에 따라서는 비리와 정실 등 부정이 끼어들게 된다. 내가 방송을 총괄하는 이사 겸 총국장 자리에 있을 때 끊임없이 골치를 앓았던 것은 이 3자 관계를 투명하고 원활하게 끌고 가는 문제였다.

　방송사마다 조금씩 다를 수 있으나 프로그램 제작 과정의 메커니즘은 대개 비슷하다. 연속 TV드라마 만드는 경우를 예로 들어 보자. 시간 띠가 편성 회의에서 결정되면 어떤 주제의 작품을 만들 것인가를 정해야 한다. 작품의 성격, 작가의 선정, 작품을 만들 PD 지정, 소요예산 확보 등이 정해지면 업무 절차를 밟아 담당 국장→총국장(이사)→사장의 결재를 받아 제작에 착수한다. 제작된 작품은 사내의 심의기구를 통해 사전에 체크를 받고 방송하게 된다. 이 과정에서 몇 번의 수정이 가능하다. 얼른 보면 대단히 수월할 것 같으나 사실은 이 과정이 매우 어렵다. 사람과 작품에 대한 평가는 주관적이기 때문에 의견이 각각 다를 수 있다. 특히 출연 배우를 정할 때 그 기준이 어려울 뿐 아니라 어떤 작가는 작품만 쓰는 것이 아니고 배역配役 권한까지 요구하는 경우도 있다. KBS는 제작권을 침해하는 이런 부당한 요구는 용납하지 않았으나 작가를 놓치지 않으려고 부당한 요구까지 울며 겨자 먹기식으로 받아들인 민간방송사도 있었다. 겹치기 출연을 하지 않게 하고 특정 배우만 지나치게 자주 나오지 않게 하고 스캔들이 있는 사람을 빼게 하는 등 드라마 제작 때마다 나름대로 그 기준을 정하고 일을 했으나 늘 뒷말이 따라다녔다.

배우(탤런트)의 세계는 겉으로는 화려해 보이지만 속내는 그렇지 않다. 인기 있는 유명인 몇 사람을 제외하면 나머지는 대부분 그 위치가 매우 불안정했다. 특히 부푼 꿈을 안고 연예계에 뛰어든 신인들에게는 가시밭길이다. 그래서 이런 약점을 파고드는 악덕 뚜쟁이들이 나타났다. 이들은 특히 신인 여자탤런트들에게 접근해 돈이 있어야 크게 될 수 있다고 유혹한다. 옷도 잘 입어야 하고 교제도 널리 해야 성공할 수 있다면서 뭉칫돈을 우선 준다는 것이다. 그리고는 그 대가로 가끔 어떤 파티에 참석만 해 주면 된다는 조건을 내놓는다고 한다. 극히 일부이기는 하지만 탤런트들이 이런 데 걸려들어 말썽이 일어나는 경우가 있었다. 고급룸살롱의 접대부로 또는 심지어 비밀요정에서 매음행위까지 하는 사례도 더러 있었다. 아무리 극소수 사람에게만 생기는 사고라 하더라도 그냥 방치할 수 없는 일이었다. 방송 전체의 이미지와 관계되는 일이기 때문이다. 그래서 나는 연예 PD들에게 항간의 소문들을 전하면서 그 방지책을 자주 논의했다. 그러나 연기자나 가수 등 출연자는 방송사 직원이 아니어서 사생활을 단속할 수 없는 데다 불미스러운 일일수록 은밀하게 이루어지는 경우가 태반이어서 시중의 소문들을 불식시키기에는 제약이 많았다.

그런데 내가 한번 이런 사건을 직접 겪어 보게 되었다. 새로 문공부차관이 된 김동휘金東輝 씨가 술 한잔하자는 연락을 해 온 일이 있었다. 김 차관은 대학 선배여서 학교 다닐 때부터 아는 사이인 데다 그가 외교관 출신이어서 방송계에 생소했다. 나는 당시 TBC의 전무였던 홍두표洪斗杓 씨, MBC의 상무였던 박근숙朴瑾淑 씨를 불러내 김 차관이 예약해 놓은 장충동의 M

살롱으로 갔다. 그런데 이게 웬일인가. 방에 들어오던 호스티스들이 우리를 보자 기겁을 하며 도망가는 것이 아닌가. 누구를 보고 달아났는지 알 수 없었으나 세 사람이 모두 TV방송사의 중역들인 만큼 얼굴을 알아보았던 모양이다. 햇병아리 탤런트가 룸살롱의 접대부로 나왔다가 들킨 사건의 하나였다. 탤런트 때문에 겪게 된 고충은 이 밖에도 많았다. 요로에 있는 사람들로부터 아무개를 어떠어떠한 드라마에 꼭 출연시켜 달라는 부탁을 가끔 받았다. 웬만한 청탁은 묵살했지만 그렇게 할 수 없는 경우도 간혹 있었다. 그럴 때에는 담당 부서장에게 솔직히 털어놓고 사정을 얘기하는 수밖에 없었다. 지금 생각해도 유쾌하지 못한 옛 기억의 한 토막이다.

그런데 이번에는 더 큰 문제가 나를 괴롭혔다. 한번은 중앙정보부의 박朴 아무개라는 과장이 나를 찾아왔다. 정보부에서 어느 어느 날 저녁 어느 곳에서 만찬 모임을 갖는데 그 자리에 KBS드라마에 지금 출연 중인 탤런트 H양이 꼭 참석할 수 있도록 해 달라는 요청이었다. 그런 개인적인 문제라면 본인에게 직접 교섭해 보라고 했더니 그것이 잘 안 되어 찾아오게 되었다는 것이다. 나는 난감했다. 방송과 관계되는 것이라면 몰라도 만찬 참석 같은 것은 방송사가 개입할 문제가 아니라는 점을 설명한 다음 H양에게 말은 한번 해 보겠다는 정도로 그를 돌려보냈다. 이 사건은 곧 사장까지 알게 되어 사장이 직접 H양을 만나 얘기하는 데까지 이르렀으나 이 만찬 참석 건이 성사가 되었는지 안 되었는지 나는 그 후 확인해 보지 않았다. 다만 후일 궁정동에 있는 정보부 안가에서 박 대통령이 시해된 뒤 김재규 일당이 처형되었을 때 나를 찾아왔던 박 아무개 과장이 그 속에 끼어 있었다는 사실만은 여기 밝혀 둔다. 궁정동 사건이 있은 후 알게 된 일이지만 정보부가 주선한 만찬장에 불려 간 탤런트와 가수 늘이 석삲이 있있다. 그 가운데는 끝까지 안 가려고 애쓴 사람이 있었는가 하면 반대로 어떤 사람은 그것을 자랑 삼아 동네방네 떠들고 다니다가 모처에 불려가 혼쭐이 난 경우도 있었다.

탤런트와 PD 사이에도 문제가 늘 있었다. 배역에 금품이 오갔다느니 심지어 섹스 상납이 있었다느니 하는 소문, 투서 들이 있어 직접 조사해 본 일도 있다. 어떤 경우에는 수사기관에 투서를 할 때도 있어 검찰이 수사를 한 일도 있다. 이런 유의 사건은 TV 쪽에 많지만 라디오 쪽에도 간혹 있었다. 한번은 검찰에서 라디오의 음악 담당 PD들을 줄줄이 불러 가 조사를 한 일이 있다. 라디오는 TV에 비해 음악프로그램이 많다. 그런데 특정 가수의 노래가 압도적으로 많이 방송돼 조사를 해 보니 금품이 오갔다는 것이다. 검찰의 조사를 통고받아 인사 조치한 일이 있다. 방송의 이런 비리는 극소수라 하지만 지금도 가끔 신문에 보도될 만큼 없어지지 않고 있다. 세계적으로 공영방송의 모범생이라 칭송되는 일본의 NHK, 영국의 BBC에도 가끔 대형 스캔들 사건이 있는 것을 보면 인간의 속성은 다 비슷한 모양이다.

방송사생활을 통해 나는 고생만 한 것은 아니다. 흐뭇하고 보람 있는 일도 많았다. TV드라마가 밤낮 불륜 관계만 다루어 미풍양속을 해친다는 비판이 당시에도 있었다. 나는 이런 이미지를 바꾸어 보려고 「TV문학관」, 「전설의 고향」 등 예술성과 전통성이 높은 드라마를 개발시키는 데 힘썼지만 좀처럼 만족할 수 없었다. 그래서 대하 연속물로 문학사상 명작이라 할 만한 작품을 하나 골라 드라마로 만들어 보고 싶었다. 당시 KBS드라마 파트의 PD인 최상현崔相鉉, 이기하李基夏, 임학송林鶴松, 김연진金連鎭 씨 등과 몇 번에 걸쳐 협의를 한 끝에 박경리朴景利 씨의 소설 『토지土地』를 극화해 보기로 했다. 그런데 문제가 있었다. 박경리 씨가 작품 사용을 허락해 주지 않았다. 작품을 망칠지 모른다는 것이 그 이유였다. 할 수 없이 내가 나서 보기로 했다. 50년대 말 박경리 씨는 나와 함께 서울신문에서 기자생활을 했다. 그는 문화부, 나는 사회부 기자였다. 그때의 연고를 이용해 한번 나서 보면 잘될 것 같은 생각이 들었다. 박경리 씨와 함께 문화부 기자를 했던 호현찬扈賢贊 씨가 그때 마침 KBS의 심의위원으로 있어 같이 박경리 씨를 만났다. 작품 내용을 조금도 손상시키지 않을 뿐 아니라 오히려『토지』라는 소설의 진가를 높여 보겠다고 큰소리친 것이 주효했는지 동의를 얻는 데 성공했다. 컬러방송이 있기 전 흑백으로 제작된 KBS의 대하드라마「토지」는 이렇게 해서 만들어졌다. 제작을 맡은 김홍종 씨는 연출능력이 뛰어난 젊은 PD였고 그가 출연시킨 배우(한혜숙, 서인석, 황정아, 정영숙, 박혜숙, 이일웅 씨 등)는 당시 KBS의 간판스타들이었다.

이 드라마는 방송이 시작되자 대단한 인기와 호평을 받았다. 그리고 곧 그 증거가 나타났다. 드라마가 중반에 접어들 무렵의 어느 날 낯모르는 신사 한 분이 나를 찾아왔다. 소설『토지』를 펴낸 출판사 사장이었다. 방문한 이유는 드라마 방송 탓으로 소설책이 없어서 못 팔 정도로 잘 팔린다는 것이다. 밤을 새워 찍어 내 벌써 엄청난 매출을 올려 돈을 많이 벌었다고 실토했다. 그래서 그 답례로 이익금의 일부를 방송사에 기부하겠으니 드라마 제작자들을 위해 써 달라는 얘기였다. 그러나 KBS는 공기업인 탓으로 외부로부터 기부를 받아 그 기부자의 뜻에 따라 돈을 쓰는 방법이 수월치 않았다. 아주 절차가 까다롭게 되어 있었다. 그래서 나는 그 출판사 사장에게 "돈을 받을 수 없으니 대신 출판사가 드라마의 제작진과 출연자 등 관계자를 모두 초청하여 큰 축하 잔치를 베푸는 것이 어떻겠느냐?"라고 제의를 했다. 이렇게 해서 마포에 있는 가든호텔 볼룸에서 성대한 파티가 열리게 되었다. 여기에는 출연 배우뿐 아니라 무대세드를 만드는 데 수고한 목수, 도장공, 소품 관리자 들까지 200여 명이 참석해 하루 저녁을 즐

겹게 보낸 일이 있다. 대하드라마 「토지」가 얼마나 인기가 있었던지 그 후 KBS는 컬러방송시대를 맞아 「토지」를 다시 한 번 제작 방송했다. 그러나 드라마를 시청한 많은 사람은 그전 흑백으로 만들었던 「토지」가 더 좋았다고 평가했다.

세월이 가면 모든 것이 좋아지고 나아져야 하는데 방송드라마의 경우는 그렇지 못한 듯해 안타깝다. 최근 신문에 나타난 세간의 평판을 보면 KBS, MBC, SBS 3사가 방송하고 있는 드라마가 자그마치 21개가 되는데 그 가운데 남녀의 불륜 관계를 다룬 것이 무려 33%에 이른다는 것이다. 어떤 신문은 사설을 통해 "오죽하면 한국의 방송드라마는 정치와 함께 '2대 시대 착오'라는 조롱까지 나올까. 너나없이 힘든 시기에 따뜻하고 감동적인 가족애를 통해 희망과 용기를 갖게 해 주기는커녕 일그러지고 비틀어진 가족들의 황당한 스토리만 내보내고 있다."라고 개탄하는 비평을 쓰고 있다. 방송드라마가 예술성도 없고 진실성도 없는 조잡한 쓰레기로 취급받고 있다. 방송사의 기획력 부족인가? PD들의 역량 부족인가? 아무튼 이 방면에 종사했던 직업인의 한 사람으로서 참으로 민망하기 짝이 없다. 뿐만 아니라 요즈음 항간에는 '방송 망국론'이 심심찮게 오르내리고 있다. 한때 우리나라에는 하도 사이비 신문이 많아 '신문 망국론'이 회자된 때가 있었다. 4·19 직후 때 일이다. 그런데 요즈음에는 방송 망국론이 고개를 들고 있다. 정치적으로 편향된 나머지 공정보도는 자취를 감추었고 사실이 아닌 것을 사실인 것처럼 꾸며 민심을 선동하는 탓에 생긴 방송 규탄의 소리다. 미국 쇠고기 광우병소동이 그 대표적 사례인데 어쩌다 우리나라 방송이 이 꼴이 되었는지 생각할수록 가슴 아픈 일이다. "방송이 바로 서야 세상이 바로 선다."라는 말이 이래서 힘을 얻고 있다.

방송에서 겪은 다른 얘기 하나를 첨가해 보겠다. 한번은 어느 시골 국민학교 교사가 보낸 편지를 받은 일이 있다. 우리나라 표준말에 대한 발음 문제를 제기한 내용이었다. 자기는 아이들에게 '꽃을' 을 [꼬츨]이라고 발음하라고 가르치고 있는데 KBS의 어느 아나운서는 [꼬슬]이라고 자꾸 발음하니 이럴 수 있느냐는 편지였다. 나는 이 편지를 당시 아나운서 실장이던 김승한金丞漢 씨에게 전하면서 영국에서는 'BBC 영어', 일본에서는 'NHK 일본어' 가 표준어로 통하고 있는데 우리나라에서도 'KBS 한국어' 가 우리말 표준이 될 수 있게 좀 해 볼 수 없겠느냐고 의견을 말했다. 사실 따지고 보면 누구나 매일 신문을 읽고 방송을 보고 듣는 것이 일상생활이다. 그렇다면 신문은 글을 쓰는 데 있어 정확한 어휘를 써야 하고 방송은 올바른 표준 발음을 해야 한다. 그런데 그것이 제대로 되지 않고 있는 것을 나는 이때 크게 깨달았다. KBS의 아나운서들이 중심이 되어 「바른말 고운말」 운동을 지금도 계속 전개하고 있는 것을 보면 고맙고 흐뭇한 생각이 든다. 망가져 가는 방송을 보면서 그나마 위안을 얻는 조그마한 소감이다.

2

취재 이야기

세월의 변화

서울역 압사 사건도 몰랐던 그때와 지금

우리 언론계도 세월의 변화를 느끼게 하는 그런 직업 분야가 되었다. 우선 기자들의 취재여건과 그 환경을 보면 알 수 있다. 지금은 아쉬운 것이 없을 만큼 모든 것이 좋아졌지만 예전에는 그렇지 못했다. 내가 겪었던 지난날을 돌아보면 기자들이 취재를 하는 데 있어 불비한 여건이 너무 많았다. 그 가운데서도 통신수단 때문에 쩔쩔맸던 경우가 가장 대표적인 예가 아니었나 생각된다. 따라서 오늘을 어제와 비교해 본다면 언론에 있어서는 통신수단의 테크놀로지가 혁명적으로 발전한 것이 가장 두드러진 시대적 특징이라 할 수 있다. 휴대전화, 팩스, 컴퓨터 인터넷 등 과거에는 이름조차 듣지 못했던 장비와 통신수단 들이 지금은 일상용품으로 쓰일 만큼 널리 보급되어 있다. 지난날 우리는 이 분야가 너무나 빈약했다.

4·19가 있었던 1960년대 초까지만 하더라도 기지 가운데 집에 전화가 있는 사람이 드물었다. 전화가 재산목록 1호가 될 만큼 그 보급률이 낮았던

시대였다. 출입처에 나가 취재를 하더라도 마감시간이 되면 신문사로 뛰어와 직접 기사를 써 내고 다시 출입처로 가야 했다. 출입처와 본사 간에 기사를 보낼 만한 통신수단이 불비했기 때문이다. 60년대 초 나는 경향신문 정치부의 국회담당 기자였다. 태평로에 있는 의사당에서 취재를 하면 석간 마감시간에 맞추느라 시청 앞 광장을 가로질러 소공동에 있는 신문사까지 뛰어간 일이 한두 번이 아니었다. 국회 기자석과 본사 간에 군대용 야전전화가 하나 있었으나 아주 불편했다. 나만 그런 것이 아니라 그때 기자들은 다 그러했다. 만약 지방에서 사건이 생겨 현지 출장이라도 가게 되면 서울 본사로 기사를 보낼 방법 때문에 큰 걱정을 해야 했다. 전화선이 적어 통화 한 번 하려면 얼마나 기다려야 할지 예측하기 어려웠다. 50년대 말, 경남 진주에서 선거부정 사건이 있었던 때였다. 취재차 서울에서 현지로 내려간 기자들은 전화국부터 찾아가 교환양들에게 화장품을 선물하는 등 통신수단을 확보하는 데 우선 힘을 쏟아야 했던 일이 있다.

외국 취재의 경우에는 더욱 힘이 들었다. 나는 62년에 일본, 64년에 베트남으로 처음 해외 취재를 간 일이 있는데 그때 가장 어려움을 겪은 것은 무엇을 어떻게 취재하느냐가 아니라 취재한 것을 어떻게 서울로 보내느냐 하는 것이었다. 또 각 신문사가 국내통신사로부터 뉴스를 제공받은 역사만 보더라도 시대의 변화를 알 수 있다. 지금은 컴퓨터 메뉴만 클릭하면 따끈따끈한 살아 있는 통신기사를 바로 볼 수 있지만 80년대까지만 하더라도 그렇지 못했다. 그때에는 통신사에서 최신 기사를 찍은 통신지(소책자)를 만들어 하루 네댓 차례씩 각 신문사를 돌면서 편집국에 던져 놓고 가는 것이 상례였다. 지금 생각하면 원시상태였다.

지난날 우리의 취재환경이 얼마나 형편없이 나빴는가 하는 것은 1960년 1월에 있었던 서울역 압사壓死 사건이 잘 말해 준다. 그해 1월 26일은 음력

12월 28일이어서 설 귀성객으로 서울역은 큰 혼잡을 이루고 있었다. 밤 10시 45분경 서울발 목포행 완행열차를 타려는 승객들이 개찰구를 나가면서 서로 먼저 좌석을 잡으려 앞 다투어 달려가게 되었다. 이때 전날 내린 눈으로 약간 얼어 있던 플랫폼 계단에서 사람들이 밀리고 밀려 넘어지기 시작했다. 뒤쫓아 나오던 사람들이 그 위에 또 겹겹이 덮여 삽시간에 30여 명이 깔려 죽고 40여 명이 다치는 큰 참사가 일어났다. 서울역에서 일어난 사고로는 유사 이래 가장 큰 사건이었다.

이날 밤 나는 마침 야간 당직이었다. 남대문 경찰서에서 이 사고를 캐치한 사회부의 김기영 기자의 연락을 받고 사진부의 정행수鄭幸洙 기자와 함께 황급히 서울역으로 달려갔다. 현장에 도착해 보니 글자 그대로 아비규환阿鼻叫喚의 생지옥이었다. 희생자 대부분이 서울에 와서 식모살이를 하는 가난한 농어촌 처녀들이었다. 계단에 쌓여 있는 시체와 그 옆에 나뒹굴고 있는 선물 보따리, 그리고 검은 고무신 등은 눈물 없이는 볼 수 없는 참혹한 장면이었다. 49년이 지난 지금도 그때 일이 생생히 떠오른다.

그런데 이 사건은 언론계에도 큰 참사를 불러왔다. 아침에 각 가정으로 배달된 모든 신문들은 대문짝만 하게 큰 기사로 이 끔찍한 사건을 보도했다. 모든 지면이 현장 사진으로 뒤덮여 있었다. 그런데 유독 동아일보만은 단 한 줄도 이 사건을 보도하지 못했다. 천하에 내로라하는 신문이 이 사고를 캄캄 모르고 밤을 보냈기 때문이다. 경찰기자가 서울역 코앞에 있는 남대문경찰서를 막 다녀간 직후에 사건이 일어났고 아무도 신문사에 전화 한 통 해 준 사람이 없었던 탓이었다. 불운이 겹쳤다고 할 수밖에 없었다. 그런데 생각해 보면 지금 같으면 있을 수 없는 일이다. TV, 라디오를 모니터하거나 인터넷 매체를 통해 정보를 얼마든지 읽을 수 있다. 그러나 그 당시의 우리나라는 이 엄청난 사건을 큰 신문이 밤을 넘길 때까지 몰랐을 만큼

■■ 서울역 참변을 보도했던 당시의 신문(1960년 1월 26일자 서울신문)

정보유통의 인프라가 미비하고 빈약했다. 그만큼 뉴스 취재의 여건과 환경이 최악의 수준이라 해도 과언이 아니었다. 큰 상처를 입게 된 동아일보는 이 사건으로 그날 밤 숙직부장으로 있었던 L씨를 비롯, 사회부의 경찰 출입기자 등 다섯 명이 책임을 지고 신문사를 물러나게 되었다. 언론계 참사였다.

기자들의 취재여건은 국내에서만 이런 것이 아니었다. 외국에 나가면 더 나빴다. 내가 한·일 회담을 취재하기 위해 62년 처음으로 일본에 갔을 때의 일이다. 5·16 직후 당시 군사정부는 경제개발의 출구를 일본과의 국교 정상화에 두고 적극적으로 한·일 외상회담을 추진했다. 이때 나는 최덕신崔德新 외무장관을 따라 도쿄에 갔다. 취재 내용을 서울로 보내야 했는데 국제전화는 몇 시간씩 기다려야 차례가 오는 실정이었다. 할 수 없이 먼저 국제전신국으로 달려가 긴급urgent으로 전보를 통해 기사를 보내 놓고 전화 순번을 기다렸다. 안전장치로 2중 수단을 쓴 셈이다. 취재전쟁을 하는 것이 아니라 송신전쟁에 매달려야 했다.

64년 통킹 만東京灣 사건이 일어나 베트남에 특파되었을 때는 사정이 더 나빴다. 전쟁상태여서 그런지 사이공과 서울 간의 국제전화는 하늘의 별따기였다. 할 수 없이 도쿄지국으로 기사를 보내 그곳에서 그 기사를 서울로 중계하는 릴레이식으로 기사를 보낸 경우가 많았다. 취재한 기사 내용을 본사로 보낼 방법이 없어 고생한 것은 상주 특파원으로 있을 때에도 계속되었다. 한·일 국교가 정상화된 2년 후인 1967년부터 나는 경향신문 일본 특파원으로 도쿄에서 일하게 되었다. 상주 특파원이 해야 할 일은 여러 가지가 있지만 가장 중요한 일은 뭐니 뭐니 해도 뉴스 취재라 할 수 있다. 특파원이 다루는 뉴스는 크게 나누면 사건기사와 기획기사로 구분할 수 있다. 사건기사는 시간을 다투는 뉴스이기 때문에 전화, 전보에 의존할 수밖에 없지만 기획 취재를 한 기사는 분량도 많을 뿐 아니라 화급한 것이 아니어서 아무래도 인편으로 보내는 것이 그 당시에는 가장 편한 방법이었다. 그러나 서울 가는 사람을 아무 때나 만날 수 있는 것은 아니다. 그래서 그 때 특파원들은 너나 할 것 없이 모두 기사를 들고 덮어놓고 하네다羽田공항으로 나가는 것이 상례였다.

서울 가는 항공기 카운터에 가 보면 탑승수속을 하는 사람 가운데 대개 아는 사람을 만날 수 있는 경우가 많았다. 그러면 염치 불고하고 김포공항에 도착하면 이것을 공항기자실로 좀 전달해 달라고 부탁하면서 기사 뭉치를 건넨다. 만약 아는 사람을 만나지 못할 때에는 믿음이 갈 만한 사람을 골라 명함을 주면서 인사를 한 다음 정중하게 부탁을 할 수밖에 없다. 그럴 때 고충을 알겠다고 하면서 흔쾌히 부탁을 받아 주는 사람이 있는가 하면 "이 봉투 속에 무엇이 들어 있는지 어떻게 믿습니까? 전달 못 하겠소." 하면서 거절하는 사람도 있다. 그러면 또 다른 사람을 찾아 사정을 해야 한다. 말이 이렇지 이런 일을 일상생활처럼 되풀이한 당시 특파원들의 고충은 이만저만이 아니었다. 특히 60년대의 우리나라는 외화가 부족한 가난한 나라였다. 각 언론사가 외국에 특파원을 내보낸다는 것이 사치스러울 만큼 가난했다. 따라서 특파원들의 봉급도 외국생활을 하기에는 많이 부족했고 취재비라는 것은 아예 있지도 않았다. 그래서 기사는 될 수 있으면 돈이 적게 드는 전보로 보냈다. 우리말을 알파벳으로 로마나이즈romanize 하느라 땀을 빼기도 했다. 지금으로서는 상상하기 어려운 고달픈 환경이었다. 언제 어디서나 기사를 쓰고 사진을 찍어 이것을 마음대로 본사 데스크로 보낼 수 있는 오늘의 기자들은 얼마 전까지만 해도 선배기자들이 얼마나 열악한 여건에서 취재활동을 했는지 아마 잘 믿지 못할 것이다.

세월의 바뀜을 느낄 수 있는 곳은 방송계도 마찬가지이다. 테크놀로지의 발전이 가져다주는 취재여건의 변화는 신문보다 방송이 훨씬 더 심한 편이다. 내가 KBS 보도국장으로 있었던 70년대 중반은 TV 보급률이 높아져 어느 가정이나 텔레비전을 통해 뉴스를 보게 된 때였다. 그런데 지금은 ENG 카메라가 등장해 녹화, 녹음이 동시에 될 뿐 아니라 테이프로 녹화되기 때문에 도중에 끊어질 위험이 없다. 그러나 30여 년 전에는 그런 장비가 없었다. 모든 영상은 필름으로 만들어 이어 붙였다. 뉴스 화면을 하나 꾸미려면 카메라맨이 '아리플렉스Arriflex' 또는 'VR3000' 같은 무거운 카메라장비를 메야 했고 조명기구와 마이크가 별도로 동원되는 등 네댓 명이 한 팀이 되어 움직여야 했다. 뿐만 아니라 뉴스를 방영하려면 촬영된 필름을 풀로 이어 붙여야 했고 필름 길이에 맞춰 리포트를 별도로 녹음해야 하는 등 그 절차가 아주 까다롭고 번거로웠다. 그런데 방송 도중에 이어 붙인 필름이 끊어지는 사고가 자주 생겼다. TV화면은 화이트가 되고 비디오와 오디오가 어긋나 뉴스진행이 엉망이 된다. 그러면 사고 책임을 지고 관계자가 문책을 당하게 된다. 보도프로그램 진행자와 보도국장은 이와 같은 기술적 사고 때문에 늘 스트레스를 받으면서 지내야 하는 자리였다. 지금은 기술혁신으로 우수한 장비들이 많이 생겨난 탓으로 이런 방송사고를 겪지 않아도 되게 되었으니 얼마나 편한 세상인가. 참으로 격세지감隔世之感 세월의 변화를 느끼게 한다.

고달픈 팔방미인

도쿄에서 겪은 체코, 사할린 취재

　특파원은 혼자 북도 치고 장구도 치는 팔방미인이 되어야 한다. 무엇이든 닥치면 다 해내야 하고 임기응변에도 능해야 한다. 불가능한 것도 가능하도록 그 방법을 찾아내야 하는 직업이다. 지금은 모든 언론사가 주요 외국에 특파원을 두고 있으나 가난했던 옛날에는 그렇지 못했다. 우리나라 언론사들이 외국에 상주 특파원을 두게 된 것은 일본 도쿄가 그 시초였던 것 같다. 일본과의 국교가 정상화된 1965년을 전후해 도쿄에 특파원을 상주시키게 되었다. 가난했던 당시, 일본 도쿄는 우리나라가 외국과 접촉하는 현관이었다. 미국이나 유럽은 말할 것도 없고 동남아를 갔다 오려 해도 도쿄에 가야만 비행기를 탈 수 있었기 때문이다.

　나는 일본과의 국교가 정상화된 후 얼마 안 되어 상주 특파원을 했으므로 말하자면 특파원 1세대에 속하는 셈이다. 그 당시 미국이니 유럽에는 상주 특파원을 둘 형편이 못 되어 각 언론사는 그곳에 가 있는 유학생이나 교민 가운데서 적당한 사람을 골라 통신원 신분으로 기사를 쓰게 하는 편법을 썼다. 따라서 일본 상주 특파원은 일본 외의 외국 뉴스도 가끔 취재해야 할 처지에 놓일 때가 있었다. 그래서 특파원은 뭣이든 할 수 있는 팔방미인이 되어야 한다는 말이 생겼다.

■ ■

동유럽의 공산국가였던 체코슬로바키아에서 자유화운동이 폭발할 때였다. 1968년에 있었던 일이다. 새로 공산당 지도자가 된 둡체크Dubcek가 주도한 이 '프라하의 봄'으로 일컬어지는 사건은 소련군의 무력진압으로 무참히 짓밟혔으나 온 세계가 공산권의 파열상을 알게 된 일대 사건이었다. 그런데 바로 이때 본사에서 긴급 취재 지시가 왔다. 도쿄에서 체코사태를 가능한 대로 취재해 보내라는 것이다. 나는 너무나 황당하고 무리한 지시여서 좀 얼떨떨했다.

"일본에서 체코슬로바키아를 취재하라니……."

그러나 생각해 보면 이런 것이 바로 특파원, 기자만이 갖는 직업의 특색이 아닌가 여겨졌다. 더욱이 앞에서도 말한 바와 같이 그 당시 신문사로서는 특파원을 상주시키고 있는 곳이 오직 일본 도쿄 한 군데뿐이었다. 유럽 쪽에는 아무도 없었다. 그러니 오직 하나 있는 특파원을 이곳저곳 전천후로 써먹고 싶은 충동도 있음직했다. 나는 먼저 도쿄에 있는 체코슬로바키아 대사관을 취재목표로 삼았다. 그럴듯한 이유를 붙여 대사회견을 요청해 보았다. 대사를 만날 수만 있다면 뉴스거리를 찾아낼 수 있을 것 같았다. 그러나 냉전체제하에서 국교도 없는 적대진영 국가인 한국의 기자를 만나 줄 까닭이 없었다. 백방으로 노력했으나 허사였다. 나는 대안을 찾기 위해 지도를 펴놓고 체코 주변을 살펴보았다. 그때 바로 눈에 띈 곳이 스위스의 베른이었다. TV뉴스를 보면 체코사태가 생기자 스위스가 분주해졌다는 보도가 있었기 때문이다.

"옳지! 스위스에 있는 우리나라 대사관으로 전화를 걸어 그곳 현황을 한번 알아보자."

이런 생각이 떠올랐다. 나는 주일 한국 대사관으로 달려가 베른에 있는 스위스 대사관과의 전화를 꾀했다. 당시 스위스 대사는 정일영鄭一永 박사였다. 정 대사는 대학 선배인 데다 외무차관 시절 가끔 만난 일도 있어서 전화로 취재를 해도 괜찮을 것 같았다. 나의 집요한 떼를 견디지 못했던지 당시 주일 대사였던 엄민영嚴敏永 씨는 자기 집무실 전화로 스위스의 정 대사와의 통화를 가능케 해 주었다. 지금도 그때 일을 생각하면 엄 대사와 정 대사 두 분께 감사하고 싶다. 이렇게 해서 경향신문에는 68년 7월 27일자 신문 1면에 「스위스에서 짚어 본 끈질긴 체코항쟁」(본사—도쿄 최서영 특파원 중계—정일영 대사와 통화)라는 표제로 기사가 크게 실렸다.

> 소련이 군사적으로는 체코를 점령했는지 몰라도 정치적으로는 체코를 지배할 수 없다고 본다. 지금 이곳에는 소련을 반대하고 체코를 돕자는 운동이 한창이다. 어제도 전국적으로 소련을 규탄하는 데모가 있었고 스위스 정부는 만일의 사태에 대비해 20만 명 정도의 피란민을 구제할 수 있는 원조태세를 갖추고 있다. 이런 움직임은 체코와 인접한 오스트리아, 서독 등도 마찬가지다.

라는 것이 보도된 기사 내용이었다.

체코 취재는 이렇게 시작되어 그 후에도 도쿄에서 계속되었다. 그해 8월 20일, 도쿄에서 국제유전遺傳학회 회의가 열렸는데 여기에 참가한 체코 과

학자 12명 중 5명이 미국 대사관을 통해 망명을 한 사건이 일어났다. 첫 망명자는 체코 과학원의 생물유전 실험연구소장 얀 클라인 박사였다. 그는 도쿄 프린스호텔에서 개최된 회의에 얼굴을 내밀자 말자 곧바로 미국 대사관을 찾아갔다. 그래서 이틀 후인 8월 30일, 하네다공항을 떠나 미국으로 망명했다. 그 뒤를 이어 체코 과학원 회원인 파울 이바니 교수, 말란 카세크 교수, 클럼머 박사, 쿨카네크 박사 등이 줄줄이 미국으로 망명했다. 이런 사건 때문에 나는 도쿄에서 때 아닌 체코사태의 후유증을 취재하느라 동분서주했다.

후일담이지만 세월이 흘러 동유럽이 자유화된 다음인 2004년, 나는 체코를 여행할 기회가 있었다. 그때 소련 탱크가 밀려들었다는 프라하 거리에 서서 당시의 흔적들을 둘러보았을 때 여기서 벌어졌던 사태를 취재하기 위해 스위스로 전화를 걸어 임기응변으로 우회 취재를 했던 옛일이 생각나 감개가 무량했다.

특파원이라는 것은 현장 취재 때문에 보내는 것인데 정치적 이유로 현장 접근이 불가능할 경우 가장 고통스러웠다. 지금은 냉전체제가 붕괴되어 웬만한 곳이면 어디든지 자유롭게 갈 수 있다. 그러나 동서진영 간에 긴장이 계속되던 냉전시대에는 기자가 접근할 수 없는 현장이 너무 많았다. 잘못하면 특파원이 취재도 못하고 희생당하기 일쑤였다. 그 좋은 예가 프라하에서 발생한 특파원의 실종 사건이다. 1967년 4월의 일이다. 그때 체코슬로바키아 수도 프라하에서 세계여자농구선수권대회가 열렸다. 박신자朴信子 선수 등이 활약했던 당시 우리나라 여자농구팀은 세계 정상을 노리고 이 대회에 참가했다. 당시 조선일보는 독일에 유학을 간 이기양李基陽 기자를 현지 특파원으로 활용하고 있었다. 그래서 조선일보는 이 대회를 취재시킬 목적으로 이기양 특파원에게 체코 입국이 가능한지 알아보라고 지시했다.

서독 한국 대사관을 통해 여행지 추가 허가를 받은 이 특파원은 아무리 공산국가라 하지만 프라하에 도착하면 공항에서 임시 입국비자를 받을 수 있으려니 생각하고 4월 14일 루프트한자 항공기편으로 프라하를 갔다. 그러나 체코에 입국한 것이 확실한데도 그 뒤 닷새가 지나도록 그에게서 아무런 연락이 없었다. 걱정이 된 조선일보는 도쿄를 경유하는 국제전화로 프라하에 가 있는 농구단에게 이 기자의 동정을 알아보았다. 그랬더니 입국이나 체류 여부에 대해 일절 아는 바가 없다는 대답이었다. 이에 조선일보는 외무부를 통해 우방국의 온갖 외교채널을 총동원하여 이 기자의 행방을 알아보는 한편 IPI, IOJ(International Organization of Journalists, 국제기자기구), 국제적십자사 등을 통해 이 기자의 소재파악에 나섰다. 그러나 3개월 후 체코 정부는 "전혀 아는 바 없다."는 답변만 달랑 보내왔다. 이기양 특파원은 이렇게 하여 행방불명이 되었다. 그 후 들리는 풍문에 의하면 그는 북한으로 끌려갔다는 것인데 40여 년이 지난 지금까지 생사를 모른다. 나는 특히 이기양 씨와는 대학동문이어서 서로 기자가 되기 전부터 대학학보 편집 등을 함께 하면서 친하게 지내 온 사이였다. 재학 시절 대학신문에 「우편배달부적 인생론」이라는 재치 있는 글을 쓴 일도 있는 그는 호주머니에 칫솔을 넣고 다니면서 동가식서가숙東家食西家宿하는 방랑벽의 자유인이었다. 그가 만약 북한으로 끌려갔다면 그곳에서는 하루도 견디지 못했을 것 같은데 그 운명이 어찌 되었는지? 지금도 가끔 생각나는 사람이다.

내가 일본 특파원을 하면서 꼭 가 보고 싶었으나 정치적 이유로 현장 접근을 못 해 본 곳이 하나 있었다. 그것은 사할린동포 취재였다. 일본 정부가 재일동포에 대해 펴고 있는 시책 가운데 가장 비인도적으로 대하는 것이 바로 사할린동포였다. 나는 늘 여기 대해 불만했다. 왜냐하면 2차대전에 패하기 전까지 사할린은 '가라후토樺太'라는 이름의 일본 영토였다.

러·일 전쟁 때 일본이 러시아에게서 빼앗은 땅이었다. 일본은 이 북방의 식민지를 개척하기 위해 많은 사람을 이민시켰는데 그 가운데는 노무자, 어민, 징용자 등 강제로 끌려간 한국인이 많이 섞여 있었다. 그런데 전쟁이 끝나고 그곳이 다시 소련 땅이 되자 일본 정부는 자기들 국민만 철수시키고 그들이 끌고 간 한국인은 그냥 방치했다. 그래서 국적 없는 유민신세가 되어 오도 가도 못하는 비참한 생활을 하고 있는 것이 바로 그때의 사할린 동포들이었다. 나는 어쩌다 사할린 취재를 가는 일본인 기자 틈에 끼어 그곳 현장을 꼭 한번 취재해 보고 싶었으나 번번이 실패했다. 그래서 할 수 없이 간접 취재를 할 수밖에 없었다.

69년이었다. 일본 여자와 결혼했던 덕으로 사할린동포 2명이 소련 배 '바이칼' 호를 타고 요코하마橫濱에 도착한다는 소식이 들렸다. 나는 즉시 사실 여부를 확인한 후 배가 도착하는 항구로 달려갔다. 일본으로 돌아온 동포 2명은 경북 예천 출신의 김정룡 씨와 달성 출신의 임선근 씨였다. 19세 때 징용으로 끌려갔다 26년 만에 오게 되었다는 김 씨는 눈물을 흘리면서 "나와 마찬가지로 사할린에 사는 우리 동포들은 배우지 못한 징용꾼들이기 때문에 지금도 품팔이 노동이 유일한 생활수단이며 고향으로 가려 해도 돈도 없고 국교도 없어 이러지도 저러지도 못한 채 늙어 가고 있다."라고 호소하면서 일본 정부와 한국 정부가 나서서 이들을 살려 주어야 한다고 했다. 「고향 그리는 사할린교포들」이라는 표제로 신문에 크게 보도했으나 아무런 진전이 없었다. 그랬던 사할린동포들이 소련이 붕괴되고 우리나라와 러시아가 국교를 트면서 문제가 해결되었다. 지금은 사할린동포 가운데 많은 노인이 영구 귀국을 해 정부가 마련해 준 양로시설에서 평안한 노후생활을 하고 있다. 참으로 반가운 일이다.

일본 정부의 재일교포정책 얘기가 나온 김에 끔찍했던 사건 하나를 더 써 보겠다. 68년 2월에 있은 김희로金嬉老 사건이다. 그해 2월 20일 저녁 시즈오카靜岡 현 시미즈淸水 시의 '밍크스'라는 나이트클럽에서 술을 마시던 재일동포 김희로는 자리를 함께했던 일본인 2명을 총으로 쏘아 죽였다. 그리고 그곳에서 40km 떨어진 산골(寸又峽) 온천장으로 가서 '후지미야'라는 여관을 점령, 투숙객들을 인질로 삼아 경찰과 대치했던 사건이다. 어찌 보면 일본에 흔히 있는 조직폭력단원 간의 살상 사건이라 할 수도 있겠으나, 이 사건은 범인 김희로가 '조센진(일본인들이 한국인들을 비하해 부르는 명칭)'이라는 민족차별에 분개해 저지른 사건이라 주장하는 바람에 모든 일본 신문이 이 사건을 대서특필하게 되었다. TV로 보도된 이 긴급 뉴스를 듣고 재일교포가 일으킨 사건이라 나는 서둘러 현장 취재에 나섰다.

　새벽열차를 타고 시즈오카 역에 내려 보니 사건이 진행 중인 산골 온천장까지 가는 교통편이 아주 불편했다. 시골 기차로 바꿔 타고 오쿠이즈미奧泉라는 곳을 지나 오오마大間 역에서 내려 온천장을 찾아갔다. 김희로가 라이플총과 다이너마이트로 무장해 버티고 있는 여관 주변에는 180여 명에 이르는 경찰이 포위하고 있었다. 조용하던 산골 온천장은 무장경찰과 전국에서 모여든 300여 명에 이르는 신문, 방송 취재팀 때문에 요동쳤다. 현장에 달려온 재일교포 목사 최창화崔昌華 씨를 비롯해 재일거류민단의 이유천李裕天 단장, 시즈오카 민단의 김송곤金松坤 지부장 등이 범인 김 씨를 설득하는 데 나섰고 재일작가 김달수金達壽 씨도 달려왔다. 일본 경찰도 성의를 보여 김이 자기를 모욕했다고 지목한 시미즈 경찰서의 미즈하라水原 형사를 TV에 출연시켜 사과시키면서 김희로의 자수를 권고했다. 이 사건은 더 이상의 희생자를 내지 않고 사건발생 4일 만에 끝났지만 일본 사회에 재일교포 문제를 크게 부각시킨 사건이었다. 범인 김희로는 그 후 시즈오카 재판소에서 지루한 재판 절차를 밟게 되었는데 당시 한국 특파원들은 순번을 정해 재판이 열릴 때마다 한 사람이 시즈오카로 가서 취재를 해 오면 전체 특파원들이 이 기사를 함께 공용하는 풀pool 제도로 공판을 취재, 보도했다. 이 사건에 대해 그때 일본 신문들은 "어떠한 이유로도 흉악한 그의 범죄를 정당화하지 못한다."라고 하면서도 "일본인이 가지고 있는 민족적 편견은 이 사건을 계기로 반성되고 없어져야 한다."라고 논평, 보도했다. 사건이 있은 후 당시 우리나라의 야당 국회의원이었던 김상현金相賢 씨가 도쿄에 왔다. 재일교포 문제를 다루기 위해 왔다고 했다. 그래서 그는 김희로를 꼭 면회하고 싶으니 주선을 해 달라는 것이었고 덧붙여 나보고 김희로를 면회할 때 통역을 좀 해 달라는 부탁을 해 왔다. 김희로는 한국말이 좀 서툴렀다. 나는 옥중의 김희로를 취재도 하고 또 모처럼 서울에서 온 김 의원을 도와주기도 할 겸 흔쾌히 김 의원의 부탁을 수락, 함께 시즈오카 형무소를 찾아갔다. 그곳에서 30분가량 김희로를 만나 얘기를 나누어 보고 내가 놀란 것은 정서적으로 다소 불안정해 보였으나 그는 다감다정한 격정의 인물이었다. 일본의 시인 이시카와 다쿠보쿠石川啄木의 시를 몇 편 인용하면서 가난하고 천덕꾸러기로 자랐던 소년 시절을 눈물 흘리면서 털어놓기도 했다. 자기가 왜 야쿠자(조직폭력배)가 되었는지 아느냐고 했다. 그러면서 자기처럼 누군가를 죽이고 싶은, 폭발 직전의 재일동포가 수없이 많다고도 했다. 1945년 일본이 패전했을 때 일본에는 210여만 명의 우리 동포가 있었다. 그 가운데 150여만 명이 귀국해 일본에 남게 된 사람은 60여만에 이른다. 이들이 바로 오늘의 재일교포들이다. 이 60만 동포 가운데는 못사는 빈곤층이 너무 많다. 옥중의 김희로는 이에 대해 북송선을 타고 북한으로 일부 동포들이 간 것도, 조총련이 힘을 쓰는 것도 모두 우리 동포들이 너무 가난하기 때문이라고 했다. 나는 그와의 옥중회견을 신문에 크게 썼다. 그를 면회했던 김상현 의원은 귀국 후 69년에 『재일 한국인』이라는 500페이지에 이르는 책을 발간했다. 김희로 씨는 구마모토熊本 형무소로 이감되어 오랜 복역생활을 마친 후 99년 석방되었다. 그 후 그는 한국으로 영구 귀국해 지금 부산 부근에서 살고 있다. 아무쪼록 말썽 없이 잘 사는 노후생활이 되기를 빈다.

나는 일본 특파원으로 있으면서 한·일 간에 얽힌 일들을 많이 취재했으나 지금 와 돌이켜 보면 어떻게 해서라도 취재를 꼭 했어야 할 두 사람을 끝내 취재하지 못한 것이 후회된다. 그 한 사람이 망나니 친일파로 우리나라에서 악명이 높았던 박춘금朴春琴이다. 그는 1924년 서울에서 당시 동아일보 사주였던 인촌仁村(金性洙)과 사장이던 고하古下(宋鎭禹) 두 사람을 음식점으로 불러내 권총으로 위협하면서 신문이 배일排日 사상을 고취하지 않겠다는 각서를 쓰게 하고 또 돈까지 뜯어낸 사람이다. 당시 신문기자였던 원로 언론인 김을한金乙漢 씨가 작고하기 전에 써 놓은 회고록『신문야화新聞夜話』를 보면 박춘금은 조선총독부 경무국장 마루야마 쓰루키치丸山鶴吉와 한통속이 되어 조선일보, 동아일보 등 신문에 온갖 행패를 부린 깡패 친일파로 그려져 있다. 그러했던 박춘금을 나는 특파원 시절 두 번 만나 볼 기회가 있었다. 한 번은 68년도에 그가 한국 특파원들에게 겨울 내복을 한 벌씩 선사하면서 대사관을 찾아왔을 때였고 또 한 번은 69년 당시 주일 대사였던 엄민영 씨가 도쿄에서 작고했을 때 그 빈소가 마련되었던 대사관저에서였다. 박춘금은 8·15광복 전 일본에서 국회의원까지 지내면서 출세했었는데 60년대 당시의 근황은 아카사카赤坂에 있는 '뉴재팬' 호텔 건너편의 조그마한 자기 소유의 빌딩에서 노후생활을 하고 있었다. 나는 그때 박춘금이라는 사람이 과거 친일파였다는 사실만 어렴풋이 알았을 뿐 왕년의 언론계에 큰 파문을 일으키게 한 장본인이라는 것을 미처 모르고 있었다. 지금 생각하면 그가 그런 인물임을 구체적으로 알았다면 어떻게 해서라도 그를 샅샅이 훑어 내는 취재를 해 보았을 것이다. 그의 입을 통해 당시의 사건을 다시 한 번 멋지게 재현해 보았을 것이다. 과거에 대해 무지했던 당시의 내가 후회되고 좋은 취재 대상을 놓친 것이 못내 아쉽다는 생각이 거듭 난다.

좋은 취재 대상이었는데도 취재를 못 한 나머지 한 사람은 오히가시 구니오大東國男라는 인물이다. 그는 '한·일 합병' 당시 유명한 친일단체인 일진회一進會 회장으로 있으면서 '합병' 운동을 선두에서 추진한 매국노 이용구李容九의 아들이다. 동학東學의 지도자였던 이용구가 친일파로 변신하면서 일진회를 조직, 송병준宋秉畯과 매국행위로 쌍벽을 이룬 것은 다 아는 사실이다. 그러나 '한·일 합병' 후 모든 친일파가 작위爵位까지 받아 가며 한평생을 잘산 데 반해 이용구는 '합병' 후 1년여 만에 폐결핵으로 45세의 젊은 나이에 죽었으니 불운했다면 불운했던 인물이다. 그런 그가 일본 여자와의 사이에 아들을 남겼다니 나로서는 처음 알게 된 사실이었다. 백방으로 노력했으나 그를 만날 수 없었다. 릿쿄立敎대학 중퇴라는 것은 확인했으나 다른 것은 알 수가 없었다. 내가 특파원생활을 그만두고 도쿄대학 대학원에서 공부하고 있을 때 하루는 대학 앞의 어느 고서적 책방에서 조그마한 핸드북 하나를 발견하게 되었다. 『이용구의 생애李容九の生涯』라는 책인데 그 저자가 바로 오히가시였다. 1960년도에 시사통신사時事通信社에서 출판한 166페이지짜리 소책자였다. 나는 그것을 단숨에 읽어 보았다. 19세기 말엽의 한국 정세를 비롯해 이용구가 경상북도 상주에서 태어나 가난하게 자라면서 동학교도가 된 이야기, 전봉준全琫準이 전라도 고부古阜에서 농민봉기를 일으켰을 때 거기 적극 가담했던 얘기 등을 비롯해 그가 왜 손병희孫秉熙와 결별하고 '시천교侍天敎'를 만들었으며 송병준과 손을 잡고 일진회를 결성했는가 하는 사정이 소상히 쓰여 있었다.

일본이 한국을 병탄하자 원래 뜻을 배신하고 폭정을 하게 되었다고 일본에 대해 분개하면서 결국 피를 토하고 죽어 갔다는 것이 책 내용의 대체적인 줄거리였다. 나는 이용구의 행위가 어떠했는가 하는 것보다 이용구라는 인물이 어떠했는가에 더 관심이 있었다. 이것은 기자들이 갖는 인물탐구의 기본이다. 이용구의 아들이 쓴 책은 시종일관 그의 아버지를 변명하는 데 급급했다. 그것은 인간인 이상 이해가 간다. 내가 이용구의 아들을 만나 보고 싶었던 것은 이용구의 행위가 아니라 그 사람의 됨됨이를 알고 싶었기 때문이다. 그러나 나의 이 욕심은 이루어지지 못했다. 책을 출판한 시사통신사까지 개입시켜 보았으나 이용구의 유자遺子 오히가시 구니오는 끝내 연락이 되지 않았다.

특파원이 된 기자는 혼자 북도 치고 장구도 쳐야 하는 고달픈 직업이지만 한번 해 볼 만한 직업임에는 틀림이 없다. 사건이건 사람이건 취재 대상을 찾아내 그 전모를, 그 속에 담긴 진실을 밝혀 본다는 것은 세상을 위해 대단히 유익하기 때문이다. 내가 일본 도쿄에서 보낸 3년간의 경험은 지금 회고해 보면 나를 단련시킨 귀중한 시간이었다.

기타니 도장木谷道場의 소년

바둑왕 조치훈趙治勳

지금 일본 바둑계에서 활동하고 있는 조치훈趙治勳을 모르는 사람은 아마 없을 것이다. 골프를 모르는 사람도 박세리가 누군지 아는 것처럼 바둑을 모르는 사람도 조치훈을 안다. 그만큼 그는 일본 바둑계를 제패한 한국인이다. 1956년 출생인 그는 62년에 일본으로 건너가 68년에 입단한 후 지금까지 달성한 그의 기록은 함부로 넘볼 수 없는 금자탑이 되어 있다. 2008년에는 기성전리그에서 왕리청王立誠을 이기면서 통산 1,300승을 기록했다. 이것은 입단 40년 2개월 만에 달성한 최연소 최단기간 기록이다. 뿐만 아니라 그는 통산 71회 우승이라는 대기록도 갖고 있다. 일본의 3대기전이라 일컫는 기성전棋聖戰, 본인방本因坊, 명인전名人戰의 세 타이틀을 수년 동안 독차지한 기록도 여기 포함되어 있다. 『목숨을 걸고 둔다』는 글을 썼을 만큼 그는 바둑 한 수 한 수에 온 힘을 쏟아 붓는 프로기사로도 이름이 높다. 1986년 기성전 때 그는 큰 교통사고를 당해 전치 6개월의 중상을 입었다.

그는 주위의 만류에도 불구하고 휠체어를 타고 대국장에 나왔다. 이 대전에서 그는 평생 라이벌인 고바야시 고이치小林光一에게 분패했다. 그러나 일본 언론은 그의 불굴의 투지에 더 큰 박수를 보냈다. 그의 투혼은 그로부터 8년 후 고바야시에게서 기성전 타이틀을 끝내 빼앗아 올 만큼 지칠 줄 몰랐다.

이런 일화도 있다. 1985년의 일이다. 일본 최고 바둑 타이틀 기성전 7번 승부 마지막 날, 그는 도전자 다케미야 마사키武宮正樹 9단과 맞붙었다. 우주류宇宙流 바둑으로 우리나라에도 널리 알려진 그 다케미야 9단이다. 61수가 지나 한 시간 가까이 머리를 쥐어뜯으며 수를 읽던 조치훈은 한 수를 놓고 자리에서 일어나면서 "이것으로 한 집쯤 이길 것 같다."라는 말을 혼자 중얼거렸는데, 이 말을 취재 중이던 일본 기자가 우연히 듣게 되었다. 100수 가까이 더 진행된 이 바둑은 결국 159수 만에 끝났다. 집계산을 해 보니 조치훈의 한 집 반 승이었다. '100수 앞을 내다보는 수 읽기' 라는 신문기사가 보도되자 일본 바둑계는 전율했다. 조치훈이라는 기사는 이런 인물이다.

내가 여기 새삼스럽게 조치훈을 이렇게 언급하는 것은 그가 1968년 열세 살의 어린 나이로 처음 일본 바둑계에서 입단했을 때 나는 현장에서 이 사실을 보도한 취재기자였기 때문이다. 지금 돌아다보면 40여 년 전의 일이다. 내가 카메라를 들고 조치훈이 기숙하고 있던 도쿄 요쓰야四谷의 기타니 도장을 찾아갔을 때 머리를 박박 깎은 앳된 소년이던 그는 한국말로 이것저것을 물어보는 기자를 만나자 반가워 눈물을 글썽이던 모습이 지금도 눈에 선하다. 나는 그의 스승인 기타니 미노루木谷實를 만나 조치훈의 기재棋才와 생활상 등을 두루 취재했다. 기타니 씨는 일본 바둑계의 대원로 대스승으로 화점정석花點定石의 새로운 포석혁명을 일으킨 너무나 유명한 사람이다. 당시 59세였던 그는 후진양성에 힘을 쏟고 있었다. 전국에서 모여든 유망한 소년들을 맡아 합숙시키면서 가르치고 있었는데 대문에는 '기원棋院'이란 이름 대신 '도장道場'이란 이름의 간판을 내걸고 있는 것이 이채로웠다. 바둑은 기技가 아니라 도道라는 뜻이다. 때마침 그가 길러 낸 제자들의 바둑 단수段數를 합치면 100단이 넘었다. 그래서 제국호텔에서 「기타니 문하생 100단 돌파 경축 축하연」이 대대적으로 열려 총리대신이 출석해 축사까지 한 일이 있었다. 그만큼 기타니 씨는 일본의 유명 인물이었다.

나는 이때의 인연으로 귀국 후에도 조치훈과 관계를 이어 왔을 뿐 아니라 바둑에 큰 관심을 갖게 되었다. 일본은 방송 특히 TV를 통해 그들의 고유한 문화를 소중히 지키고 보급하는 데 힘쓰는 나라였다. 그 대표적인 것이 씨름과 바둑의 TV중계방송이라 할 수 있다. '스모相撲'라 불리는 일본 씨름은 두 달에 한 번씩 도쿄와 지방 도시(大阪, 名古屋, 福岡)로 장소를 번갈아 옮겨 가면서 열리는 국민적 스포츠인데 보름 동안 계속되는 경기 전부를 NHK는 빠짐없이 생방송으로 중계하고 있다. 또 큰 타이틀이 걸린 바둑은 한 판을 이틀에 걸쳐 두는 지루한 경기인데 이것 또한 생방송으로 처음부터 끝까지 중계하는 것이 상례였다. 나는 1976년 KBS의 방송총괄 이사가 되었을 때 우리도 일본처럼 한번 해 보고 싶었다. 우리나라에도 예부터 추석이나 단오 등 명절 때에는 황소를 상품으로 내놓고 장사씨름판이 곳곳에서 벌어졌고 시골 장날이면 한쪽 구석에서 순장順丈바둑이 두어진 전통이 있었다. 그런데 이것을 가꾸지 못한 채 방치한 탓으로 그만 쇠락의 길을 걷게 되었다. 그래서 나는 방송을 통해 이것을 한번 새롭게 일으켜 보고 싶었다. 좋은 민속놀이로 키울 만한 가치가 있다고 생각했다. 씨름협회와 한국 기원을 찾아가 관계자들을 만나 여러 번 협의했다. 그래서 생겨난 것이 KBS의 「장사 씨름대회」와 「KBS 바둑왕전」이다. 그리고 조치훈을 초청해 국내 프로기사들과의 친선대국을 TV로 방송하기도 했다. 그래 그런지 젊은이들 사이에 바둑 붐이 일고 있다는 얘기가 심심찮게 들려왔다. 또 바둑이 보급됨에 따라 직장마다 동호회가 많이 생겨났다. 이런 일들이 있은 후 1981년 8월 어느 날 한국 기원에서 전화가 왔다. 조남철趙南哲 씨가 나를 만나러 오겠다는 것이다. 그는 바로 조치훈의 숙부인데 우리나라 바둑계의 대부가 되는 원로였다. 약속한 시간에 찾아온 사람은 조남철 씨뿐 아니라 김인金寅, 윤기현尹奇鉉 씨도 함께 왔다. 이분들은 나를 만나자마자 잘 표구된 액자 하나를 내놓으면서 선물로 가져왔다고 했다. 내용을 보니 바둑 아마추어 3단의 인허증이었다. 나는 바둑을 좋아하지만 실력은 대단치 않은 편이다. 잘해야 5급 정도인데 '아마추어 3단'이라니 너무 지나친 대우여서 극구 사양했다. 그랬더니 조남철 씨 하는 말이 우리나라 바둑을 방송에서 이렇게 높이 대접해 주고 보급해 주니 그 공로는 9단을 주어도 되는데 안 받을 것 같아 3단으로 낮추었으니 잔소리 말고 받으라는 것이다. 그래서 나는 한국 기원에서 정식으로 발행한 제4769호 3단 인허증을 받았다. 지금 가보처럼 집에 모셔 놓고 있다.

나와 조치훈 씨와의 관계는 더 계속되었다. 1989년, 내가 코리아헤럴드와 내외경제신문 사장이 되었을 때 신문 보급을 위해 경제신문 지면에 바둑을 연재하고 싶었다. 프로기사들의 타이틀전은 이미 다른 신문들이 하고 있어 큰 매력이 없는 데다 돈도 많이 들었다. 특히 경제신문은 기업에 종사하는 젊은 샐러리맨들이 많이 보는 신문이어서 직장 대항 아마추어 바둑전이 좋을 것 같았다. 당시 각 직장에는 저마다 바둑 동호회가 있어 유단자에 가까운 1급 실력자들이 많이 포진하고 있었다. 직장 대항전을 붙인다면 프로기전 못지않은 수준이 될 것 같았다. 그러나 이것이 화제가 되려면 어떤 권위 같은 것이 있어야 했다. 생각 끝에 나는 조치훈을 끌어들이기로 했다.

그때 마침 우리나라에는 '조치훈후원회'라는 조직이 있었다. 처음에는 그 회장을 롯데그룹 총수인 신격호辛格浩 씨가 맡았는데 그 후 대농그룹의 박영일朴泳逸 회장이 그 자리를 이어 받았다. 그런데 대농그룹이 마침 신문사의 소유주가 되었기 때문에 조치훈 씨를 동원하는 데 좋은 명분이 생겼다. 당시 조치훈은 일본의 바둑 최고봉인 기성전 타이틀을 갖고 있었고 우리나라 바둑 팬들에게는 우상이 되어 있었다. 나는 도쿄의 조치훈 씨에게 전화를 걸었다. 그의 이름을 빌려야 하겠다는 사정을 자세히 설명한 다음 1년에 한 번 한국에 나와서 우승자에게 직접 컵을 수여하는 세리머니에 참석해 줄 것과 결승전까지 올라온 아마추어들과 지도대국으로 다면기多面棋를 한 번 두어 주면 좋겠다는 조건도 얘기했다. 그런데 조치훈은 고맙게도 좋다고 했다. 이렇게 해서 「조치훈배 직장인 바둑대회」가 내외경제신문(지금은 헤럴드경제)에 실리게 되었고 이 바둑대회는 많은 인기를 끌었다.

조치훈 씨는 오랜 인연을 소중히 생각했던지 좋은 바둑판을 하나 나에게 선물로 보내왔다. 바둑판 뒷면에는 '고운孤雲'이라는 그의 아호가 붓글씨로 쓰여 있었다. 외로운 구름—. 그는 일본에서 대성공을 거둔 거인이지만 마음은 언제나 떠도는 외로운 구름인 모양이다. 바둑도棋道에 통달해 그런지 그는 매사에 신중하고 겸손했다. 나는 그와 한 번도 바둑을 두어 본 일은 없지만 골프는 같이 해 본 일이 있다. 그는 볼을 치기 전 주변의 지형지물과 볼이 놓여 있는 컨디션을 꼼꼼히 확인하고 한 타 한 타를 어찌나 정성들여 치는지 배울 점이 많았다. 나는 그의 플레이하는 모습을 보고 골프를 바둑 두듯 한다는 느낌을 받았다. 들리는 소식에 의하면 요즈음의 그는 골프광이리 할 만큼 골프를 즐긴다는 것이고 실력도 만만찮은 수준에 이르렀다고 한다. 그의 끊임없는 정진을 빈다.

올림픽 노트

신금단辛今丹 사건과 스포츠 뒤안길

2008년 8월에 있은 중국 베이징올림픽에서 우리나라는 금메달 13개를 땄다. 지난 1976년 캐나다 몬트리올올림픽에서 양정모梁正模 선수가 처음으로 금메달 딴 것을 생각하면 32년 만에 금메달 획득이 열 배를 넘었다는 얘기가 된다. 스포츠 발전은 국력 발전에 정비례한다는 말이 딱 들어맞았다. 나는 언론에 종사하는 동안 올림픽과 아시안게임 등 큰 국제스포츠행사를 몇 번 취재해 본 경험이 있다. 어떤 경우에는 스포츠를 이용하는 정치의 힘을 보기도 했고 어떤 때에는 약소국의 비애를 맛보기도 했다. 그러면서 스포츠를 통해 많은 사람을 감동시키는 인간승리의 드라마가 펼쳐지고 있다는 것도 알게 되었다. 특히 올림픽은 온 세계의 젊은이가 한자리에 모이는 최대행사여서 많은 화제, 많은 사건이 생긴다. 그 가운데는 내가 직접 취재에 뛰어들었던 것도 있어 올림픽이 열릴 때면 그때의 정경들이 쉽게 잊히지 않는다. 북한의 육상선수 신금단辛今丹에 관한 얘기, 올림픽 역사에서 처음 금메달을 따 낸 양정모 선수 얘기, 중계방송에서 생긴 잊지 못할 에피소드 등이다. 당시를 증언하는 뜻에서 그때 그 사건을 써 보기로 하겠다.

북한의 여자육상선수 신금단이 화제에 오른 것은 1964년 일본 도쿄올림픽 때 일이다. 그해 여름 나는 하노이폭격으로 시작된 베트남전쟁을 취재하기 위해 사이공에 가 있었다. 9월 말쯤 "빨리 일본으로 가서 도쿄올림픽을 취재하라."는 본사 지시를 받았다. 이렇게 해서 나는 올림픽이라는 것을 처음으로 취재해 보게 되었다.

도쿄에 도착해 보니 각 사마다 취재선발팀이 벌써 와 있었고 내가 속해 있는 경향신문에서도 어임영魚王泳 사회부장을 비롯해 백동주, 김동명, 이성희李盛熙 기자 등 그리운 얼굴들이 나를 기다리고 있었다. 그런데 도쿄올림픽은 우리에게 처음부터 정치적 대결을 요구하는 특별한 행사가 되어 있었다. 왜냐하면 북한이 처음으로 올림픽에 참가하기로 되어 있었기 때문이다. 우리나라는 정부수립 후, 1948년의 런던올림픽을 시발로, 52년 헬싱키, 56년 멜버른, 60년의 로마올림픽까지 빠짐없이 참가해 왔다. 그러나 북한은 한 번도 참가하지 않고 있다가 도쿄올림픽에 처음 나오게 되었다.

북한으로서는 일본이 지리적으로 가까울 뿐 아니라 그들을 지지하는 '조총련朝總聯'이라는 막강한 재일동포조직을 가지고 있는 등 여러 여건으로 볼 때 이번 올림픽을 이용해 마음껏 정치선전을 한번 펴 보고 싶을 만했다. 우리 한국은 그때 마침 일본과 국교정상화를 마무리 지어 갈 무렵이어서 북한 측의 정치공세와 반한책동에 강력히 대처해야 할 처지에 놓이게 되었다. 말하자면 도쿄올림픽은 우리 남북한에게 있어서는 스포츠의 대결장소가 아니라 정치의 대결장이 될 수밖에 없었다. 이런 배경에서 불거져 나온 것이 바로 신금단 사건이다. 북한의 신금단은 여자 400m에 51초40, 800m에 1분59초10이라는 기록을 가진 선수였다. 그녀의 이 기록은 공인

■ ■ 도쿄 올림픽 때 이루어진 신금단 선수 부녀의 상봉 모습. 14년만의 만남이었지만 그 시간은 딱 7분이었다. 가운데 왼쪽이 심금단, 오른쪽이 그의 아버지(1964년 10월 9일 도쿄)

되지는 않았으나 당시로서는 세계신기록이었다. 올림픽에 출전한다면 이변이 없는 한 금메달감이었다. 그러나 그녀는 올림픽에 출전할 자격이 없는 것이 문제였다. 바로 1년 전 인도네시아 자카르타에서 열린 '제1회 신생국 경기대회(Games of the New Emerging Forces)'에 출전한 것이 화근이었다. '가네포GANEFO'로 불리는 이 경기는 2차대전 후 식민지로 있다가 독립한 신생국끼리 4년마다 갖기로 한 경기로서 대부분 반서방反西方 노선을 표방하는 좌경국가들이 그 멤버였다. 따라서 올림픽경기에 반기를 드는 꼴이 되었다. 이에 국제올림픽위원회IOC는 스포츠를 정치에 이용한다는 이유로 이 대회를 인정하지 않았다. 이에 IOC의 산하 국제경기연맹에서는 모든 회원국에 대해 가네포 출전을 금지시켰다. 그러나 북한은 이를 무시하고 신금단 선수를 출전시켜 우승을 하게 했다. 이렇게 되자 국제육상경기연맹에서는 가네포에 출전한 모든 선수들에게 벌칙으로 선수 자격을 정지시키는 징계를 내리게 되었다. 신금단을 비롯한 6명의 북한 선수가 이 징계에 포함되었다. 따라서 이 징계처분이 취소되지 않는 한 신금단은 도쿄올림픽에 출전할 수 없게 된 것이다. 북한 측은 이 문제에 대해 만약 신금단의 출전이 허용되지 않는다면 올림픽 출전을 전면 보이콧하겠다는 태도를 이미 밝혀 놓고 있었다. 그래서 올림픽이 열리기 전에 벌써 많은 신문은 신금단 출전 문제를 뉴스로 다루기 시작했다. 그런데 이런 신금단 선수에게 이번에는 더 큰 뉴스거리가 될 만한 사건이 생겼다. 신 선수의 참가 문제가 뉴스로 연일 보도되자 "신금단은 14년 전 1·4후퇴 당시 북한에 두고 온 내 딸"이라고 주장하는 아버지가 나타났다. 서울 세브란스병원 경비원으로 근무하는 48세의 신문준辛文濬 씨가 바로 그 사람이었다. 신씨는 신문, 방송에 나타난 신금단의 모습과 또 보도된 여러 자료들을 맞추어 본 결과 틀림없는 자기 딸이라는 것이었다. 그래서 그는 정부와 언론기관 그리고 올림픽 관계기관에 그 사정을 호소하면서 딸을 만나 보겠다고 도쿄로 왔다. 이렇게 해서 '신금단'이라는 아직 일본에 오지도 않은 북한의 여자육상선수는 우리뿐 아니라 많은 나라 매스컴의 스포트라이트를 받는 화제의 주인공이 되었다.

올림픽 개막을 닷새 앞둔 64년 10월 5일 북한 선수단 144명은 소련 여객선 '야쿠치아'호를 타고 일본 서북쪽 항구 니가타新潟로 입국하게 되었다. 나는 북한 선수들의 일본 도착을 취재하기 위해 니가타로 갔다. 니가타는 말할 필요도 없이 재일동포 약 10만 명을 북한으로 보낸 그 북송선이 왕래했던 항구다. 니가타에 도착해 보니 항구 주변은 완전히 북한 땅처럼 되어 있었다. 사방에 내걸린 조총련의 북한 선수 환영 현수막이 물결을 이루고 있었는가 하면 팔뚝에 완장을 두른 조총련 청년단원들이 살기등등한 모습으로 항구 주변을 통제하고 있었다. 뿐만 아니라 일부 극성분자들은 헬리콥터와 경비행기까지 전세 내 바다 상공을 선회하면서 정치적 쇼를 유감없이 연출하고 있었다. 하도 분위기가 살벌해 취재차 이곳에 온 한국 특파원들은 모임을 가졌다. 개별행동은 위험할 수 있으므로 될 수 있는 대로 단체로 움직이기로 하고 만일의 경우 일본 경찰에 신변보호도 요청키로 했다. 이때 함께 취재했던 기자로는 동아일보의 권오기權五琦, 조선일보의 김윤환金潤煥, 합동통신의 이상권李相權, 동양통신의 문도상文道祥 씨 등이 있었다.

북한 선수들이 항구에 도착한 것은 오전 10시였다. 북한의 고등교육상 겸 올림픽위원회 부위원장인 김종항金鐘恒 단장이 인솔하고 온 북한 선수들은 일본 법무성과 도쿄올림픽조직위원회TOOC가 마련한 큰 텐트 속에서 입국수속을 했다. 우리 한국 기자들은 텐트 속으로 들어가 북한의 김 단장에게 회견을 요청했다. 건장하게 생긴 조총련의 완장부대가 우리 잎을 기로막는 등 행패를 부려 회견은 하지 못했으나 북한 선수들이 입국수속을 하는 모습은 자세히 볼 수 있었다. 그때 가까이에서 본 신금단 선수는 큰 키에 바싹 마른 체구로 흡사 남자 같았다. 가네포대회 때 성별 검사를 받았다는 보도가 새삼 생각날 만큼 그녀는 여자다워 보이지 않았다. 우리 한국 기자들은 북한 선수들이 나가타 역에서 도쿄행 열차를 탈 때 함께 탔다. 그렇게 해서 같은 열차로 도쿄 우에노上野 역까지 동행했으나 철저한 통제 때문에 열차 안에서 꾀해 본 북한 선수들과의 접촉은 하나도 성사되지 못했다. 도쿄에 도착한 북한 선수들은 올림픽선수촌이 아닌 조총련계 학교인 조선대학 기숙사를 숙소로 정해 그곳으로 들어갔다. 올림픽에 참가하는 선수들은 올림픽선수촌에 들어가는 것이 원칙이다. 그러나 도쿄올림픽조직위원회가 출전 자격에 문제가 있는 6명의 선수는 선수촌에 들어갈 수 없다고 하자 이에 항의하는 뜻에서 선수 전원이 입촌을 거부, 조선대학 기숙사로 가게 된 것이었다.

우리나라 언론을 떠들썩하게 만든 신금단 부녀의 상봉은 북한 선수들이 일본에 도착한 4일 후인 10월 9일에 이루어졌다. 북한은 신금단의 올림픽 출전이 끝내 좌절되자 도착 3일 후인 10월 8일 올림픽 보이콧 결정을 발표하고 귀국준비를 서둘렀다. 딸을 만나게 해 달라고 여러 곳에 호소했던 신문준 씨는 북한 선수들이 돌아간다는 소식에 허탈해하고 있던 바로 그때 도쿄올림픽조직위원회로부터 딸을 만나 볼 수 있게 해 주겠다는 연락을 받았다. 장소는 도쿄 후지미조(東京都千代田區富士見町)에 있는 조총련의 '조선회관'으로 결정되었다. 나중에 들은 얘기지만 일본은 인도주의와 평화의 제전이라는 기치를 내건 올림픽에서 헤어진 부녀의 만남이 만약 이루어지지 못한다면 온 세계의 비난을 면할 수 없을 것 같아 부녀상봉이 이루어질 수 있도록 온갖 힘을 기울였다는 것이다. 그래서 10월 9일 오후 4시 45분 신문준 씨는 도쿄올림픽조직위원회의 야마모토山本 경비과장과 재일한국인

올림픽후원회장 이유천李裕天 씨의 입회 아래 딸 금단이를 14년 만에 극적으로 만나게 되었다. 한국 기자들의 현장 취재는 허용되지 않았다. 신문준 씨는 함경남도 이원利原에 살다가 6·25전쟁이 일어나자 아내와 자식들을 남겨둔 채 흥남부두에서 남으로 가는 배를 탔다. 잠시 있으면 돌아오려니 하는 생각으로 남쪽으로 왔다. 모든 월남 피란민이 다 그런 것처럼 휴전선이 고착되는 바람에 그들은 생이별을 하게 된 이산가족이 되었다.

부녀상봉이 이루어지고 있는 조선회관 밖에서 사태를 지켜보고 있었던 나는 얼마 안 있어 그만 아연실색하고 말았다. 나만 그런 것이 아니고 모든 기자, 모든 사람 들이 다 그랬다. 딸을 만나러 갔던 아버지 신문준 씨가 10분 만에 도로 나오는 것이 아닌가. 14년간 헤어져 있었던 부녀상봉 치고는 너무나 짧은 시간이었다. "세상에 이럴 수가……." 모든 기자들이 분개했다. 최소한 1시간쯤은 함께 있게 해 주어야지 이럴 수가 있는가!? 취재를 해 보니 부녀상봉의 시간은 정확히 7분간이었다고 한다. 다음 날 아침, 우리나라 신문에는 「눈물 속의 상봉 7분, 14년을 말하는 응결」 등의 표제로 이 사실이 크게 보도되었으나 내용은 아무 것도 쓸 것이 없는 공허한 것이었다. 7분 동안 안부 이외에 무슨 말을 했겠는가. 말끝마다 인도주의를 내세우는 북한 측이 무엇이 두려워 이다지도 인색하고 냉혹한지 도무지 알 수가 없었다. 이 사건은 북한 선수들이 귀국하기 위해 우에노 역에서 기차를 탔을 때 다시 한 번 재연되었다. 떠나는 딸을 다시 보기 위해 역으로 뛰어온 아버지에게 허용된 시간은 고작 3분이었다. 언제 다시 만날 수 있을지 모르는 이별이었는데도 시간은 3분밖에 주어지지 않았다. 기차가 떠난 다음 아버지 신 씨는 "금단아, 금단아……." 하면서 플랫폼에 주저앉아 울던 모습이 지금도 잊혀지지 않는다. 신문준 씨는 딸과의 재회를 끝내 다시 못 이룬 채 83년에 세상을 떠났다. 북한에 있을 신금단은 그때 헤어진 아버지가 세상을 떠난 사실을 알고 있는지 또 지금 어떻게 살고 있는지 나는 올림픽이 열릴 때면 이 부녀의 그때 그 모습을 잊을 수가 없다.

도쿄올림픽에서 거둔 우리나라 성적은 은메달 2개와 동메달 1개로 27위를 달성했다. 장창선張昌宣 선수가 레슬링에서 은메달, 정신조鄭申朝 선수가 복싱에서 은메달, 김의태金義泰 선수가 유도에서 동메달을 따 내 태극기가 올라갔으나 축구가 큰 망신을 당해 씁쓸했다. 조별 예선에서 우리나라 축구는 체코슬로바키아에 6대 1, 브라질에 5대 0, 통일아랍공화국(이집트)에게 10대 0이라는 치욕적인 참패를 당했다. 올림픽 역사상 10대 0이라는 스코어는 우리가 런던올림픽에서 스웨덴에 12대 0으로 참패한 데 이어 두 번째로 맛본 치욕이었다. 꽹과리를 들고 응원에 나섰던 교포응원단이 징 한 번 제대로 쳐 보지 못하고 물러나던 모습은 지금 생각해도 낯이 뜨거워지는 일이었다. 이것도 올림픽 때면 늘 생각나는 내 비망록의 한 추억이다.

내가 두 번째로 올림픽을 취재해 본 것은 1976년 캐나다에서 열린 몬트리올올림픽이다. 당시 KBS 방송이사였던 나는 방송 각 사가 공동으로 결성한 합동방송단요원 20여 명을 이끌고 20여 일을 몬트리올에서 보냈다. 팀 구성은 KBS가 기간방송으로서 경비와 인원의 50%를 담당하고 나머지를 MBC, TBC, DBS 등 민방이 적절히 분담하는 것으로 꾸며졌다. 몬트리올 현지에 가 보고 놀란 것은 그곳에 이민 와 사는 우리 교포들의 헌신적인 도움이었다. 김치, 깍두기, 된장국을 끓여 선수단에 공급하는 것은 말할 것도 없고 사방에 흩어져 있는 경기장을 왕래해야 할 방송요원들을 위해 몇몇 교포청년들은 아예 생업을 잠시 접어 두고 자기 차를 몰고 나와 자원봉사를 하는 정성에 우리는 모두 감격했다. 교포들의 이러한 봉사를 받을 때마다 우리 선수들과 취재중계 방송단은 금메달을 꼭 따 내 보답하고 싶은 생각이 절실했다. 한국은 건국 후 처음 참가한 48년의 런던올림픽 이후 그때까지 은메달 5개, 동메달 7개를 땄을 뿐 아직 금메달을 하나도 따 보지 못했다. 다시 말해 세계에서 1등을 해 본 종목이 아직 하나도 없는 실정이었다. 1936년의 베를린올림픽에서 손기정孫基禎 선수가 마라톤에서 1등을 했으나 그때 그는 일본 선수로 출전했기 때문에 해당이 되지 못한다.

그런데 8월 1일 올림픽 폐막을 불과 몇 시간 앞둔 바로 그때 레슬링 자유형 페더급 마지막 경기를 마친 우리나라 양정모 선수가 마침내 금메달을 따 냈다. 이 소식은 곧바로 서울로 생중계되었다. 그때 한국은 전국이 폭염에 시달리던 때였다. 대구의 기온이 35.8도까지 치솟고 열대야가 계속되고 한 달째 비가 내리지 않는 가뭄까지 겹쳐 있던 때였다. 서울본사에서는 몬트리올에서 보낸 최초의 금메달 소식을 접하자 "전국의 무더위를 단번에 날리는 시원한 빗줄기와 같다."는 코멘트를 붙여 방송했다. 지금은 우리나라가 올림픽에 나가면 열 개가 넘는 금메달을 획득하기 때문에 당시의 상황이 잘 이해되지 않을지 모르지만 올림픽사상 처음으로 금메달을 땄던 당시는 온 나라가 흥분의 도가니였다고 해도 과언이 아니었다. 당시 우리 방송단은 레슬링경기의 복잡한 규칙 때문에 처음에는 양정모 선수가 결승전에서 패배해 은메달이 된 줄 알았다가 나중에 금메달인 것을 확인하고 법석을 떤 일이 있다.

몬트리올올림픽 당시의 레슬링경기는 예선을 거쳐 벌점이 적은 세 명이 결승리그에 진출하는 대진방식을 취했다. 양정모와 결승리그를 한 선수는 미국의 진 데이비스와 몽골의 오이도프였다. 그런데 마지막 경기에서 양정모는 당시 세계선수권대회 우승자인 오이도프에게 8대 10으로 역전패했다. 승자 우승인 줄 알았던 우리는 양정모 선수가 2등인 줄 알았는데 벌점 합산을 해 보니 양 선수가 1등이었다. 양정모는 첫 경기에서 데이비스를

'폴Fall'로 꺾어 벌점이 없었던 반면, 오이도프는 데이비스에게 판정패해 벌점 3점을 안고 결승에 올랐다. 그래서 마지막 경기에서 비록 오이도프가 양정모를 이겼지만 8대 10, 2점 차밖에 이기지 못해 벌점 1점이 추가되어 4벌점이 되었다. 양정모의 1점차 승리였다.

몬트리올올림픽은 이 밖에도 우리나라 여자배구가 3등을 해 동메달을 얻었다. 구기종목에서 우리가 메달권에 든 것은 이것이 처음이었다. 조혜정曺惠貞 선수가 '나는 작은 새'라는 애칭을 받게 된 것이 바로 이때였다. 먼 이국땅에 이민 와서 온갖 고생을 해 가며 살고 있는 동포들이 경기장에서 우리 애국가가 울려 퍼지고 태극기가 높이 올라가는 것을 보고 눈물을 흘리던 그때 그 모습도 잊을 수 없는 올림픽 뒤안길의 한 장면이다.

나는 올림픽뿐 아니라 1974년 이란의 테헤란에서 열렸던 제7회 아시안게임도 합동방송단을 이끌고 취재해 본 일이 있다. 현장을 그대로 생생하게 보여 줘야 할 스포츠는 그 속성상 활자매체인 신문은 방송을 당할 수 없다는 것을 체험했다. 따라서 경기실황을 중계해야 할 방송 관계자는 신문보다 몇 배 힘이 든다는 사실도 경험했다. 올림픽이나 아시안게임의 경우 가장 힘든 것은 입장식 중계방송이다. 각국 선수들이 국기를 들고 입장하게 되면 중계 아나운서는 최소한 입장하고 있는 나라의 위치, 면적, 인구, 참가선수의 숫자와 특징 등을 자세히 소개해 줘야 한다. 다른 자료는 쉽게 구할 수 있으나 선수들이 가지고 있는 각 종목별 우열의 기록과 신상정보를 자세히 알기는 아주 어려웠다. 우리 체육회가 갖고 있는 각국 선수들에 관한 정보는 그 당시 아주 빈약했다. 따라서 어떻게 방송하느냐에 앞서 무엇을 방송해야 할지 각국 선수들에 대한 최신 정보취재에 모두들 진땀을 뺐다.

각 경기장으로 흩어져 벌어지는 종목별 경기의 중계방송에는 더 많은 어려움이 뒤따랐다. 방송 중계석이 따로 마련되어 있는 경기장은 문제가 없었으나 그런 시설이 없는 곳에서는 아나운서가 일반관중석에 앉아 큰 소리로 방송을 해야 했다. 몬트리올올림픽과 테헤란아시안게임 때 경기 중계방송을 담당했던 아나운서는 KBS의 최계환崔季煥, MBC의 이철원李哲遠, TBC의 원종관元鍾寬 씨 등이었다.

나는 서울을 떠날 때 중계방송의 1세대 격인 MBC 임택근任宅根 전무에게서 참고삼아 옛날 있었던 일화를 많이 들었다. 56년의 멜버른올림픽 때였다고 한다. 역도경기를 중계하게 된 임택근 아나운서는 일반관중석에 앉아 마이크를 잡고 방송을 시작했다.

> 고국에 계시는 동포 여러분!
> 가슴에 선명한 태극 표지를 단 대한의 건아 김창희金昌熙 선수의 등장입니다. 위아래 짙은 감색 유니폼을 입고 널찍한 가죽벨트를 허리에 매고 있습니다. 가볍게 심호흡을 하면서 바벨 앞으로 한 발 한 발 다가서고 있는 대한의 아들······.

이런 식으로 방송을 했는데 얼마나 목소리가 컸는지 모든 관중이 자기를 쳐다보게 되었고 급기야 경기본부로부터 조용히 해 달라는 주의를 받았다는 것이다. "그러나 우리 선수가 등장할 때마다 자연히 커지는 목소리를 나는 어쩌지 못했다."라고 임택근 씨는 회고했다.

우리나라 방송의 올림픽 중계는 이런 어려운 과정을 겪으면서 발전해 왔다. 스포츠 중계방송을 개척한 1세대 아나운서인 강찬선康贊宣, 장기범張基範, 임택근, 이광재李光宰 씨 등의 공로를 높이 평가해야 한다. 그러나 오늘의 아나운서들은 꼭 한 가지 고칠 것이 있다. 이번의 베이징올림픽 중계를 보고 이 생각이 더 간절해졌다. 그것은 스포츠의 중계방송은 스포츠의 응원방송이 되어서는 안 된다는 점이다. 1세대 선배들이 중계에 나섰던 당시는 우리나라가 태극기를 들고 국제무대에 나서는 것만으로도 눈시울이 뜨거워지는 그런 시대였다. 그래서 중계마이크를 잡으면 저도 모르게 감정이 복받쳐 애국자가 되고 응원꾼이 되었다. 그러나 이런 방송은 정도正道라 할 수는 없다. 중계방송은 냉정하게 게임 자체를 있는 상황 그대로 알기 쉽고 정확하게 묘사하고 전달하는 데 주안점을 둬야 한다. 우리의 국제적 지위가 이제는 어른스러워져야 할 만큼 커졌기에, 스포츠 중계방송에서 지나친 애국주의와 응원꾼 노릇을 이젠 하지 않아도 된다. 이것 또한 올림픽 뒤안길에서 느껴 본 하나의 소견이다.

베트남의 비극

그 현장에서

베트남전쟁을 취재하기 위해 사이공에 모여든 외국 특파원은 줄잡아 3 백 명에 이르렀다. 베트남이 공산화되기 전 1960년대 후반의 이야기다. 3 백 명의 기자 중 절반가량이 미국 기자였고 나머지는 세계 각국에서 모여 든 기자였다.

나도 이 중의 한 사람으로 매일 땀을 흘리고 있었다. 나는 기자 초년병 때 국방부 출입기자를 했던 이력 때문인지 정치부 기자로 있으면서 베트남 에 여러 번 특파되었다. 전쟁상황과 베트남의 정정政情을 함께 취재하라는 취지에서였다. 맨 처음 베트남에 간 것은 1964년 여름, 우리나라 군대가 참 전하기 전의 일이다.

통킹 灣東京灣에서 미국 군함이 월맹越盟의 공격을 받았다 하여 미공군이 처음으로 하노이를 폭격했을 때였다. 이른바 통킹 만 사선인데 이것은 곧 미국의 베트남전 개입을 알리는 공식적인 선포였다. 이때를 시발로 베트남

■ ■ 월남전 취재 당시, 주월 한국군 사령부에서(가운데가 필자, 1966년 3월)

이 망할 때까지 나는 세 번 사이공에 특파되었다. 지금 회고하면 아득한 옛일이지만 한 나라가 망해 가는 과정을 지켜 본 꼴이 되어 모든 것이 어제 있었던 일처럼 기억이 생생하다. 그리고 그때 보고 겪고 느꼈던 일들은 언제나 타산지석他山之石의 교훈이 될 것 같아 몇 가지만은 꼭 기록해 남겨 두고 싶다.

우선 통킹 만 사건이 일어나 처음으로 사이공에 특파되었을 때 일이다. 내가 맨 먼저 맞닥뜨린 것은 전쟁보다도 군부쿠데타와 학생데모였다. 구엔 칸Nguyen Khanh이라는 육군소장이 쿠데타를 일으켜 국가원수인 두옹 반 민 Duong Van Minh을 몰아내고 자기가 대통령이 된 사건이다. 1964년 8월 16일에 있은 일이다. 느닷없이 이런 일이 벌어지자 사이공 거리에는 데모가 일기 시작했다. 주동자는 대학생들이었다. 데모뿐 아니라 뒤이어 불교도와 가톨릭신도 사이에 살육전도 일어났고 승려들의 분신焚身, 자살 항의도 꼬리를 이었다. 베트콩을 앞세운 공산월맹의 침공이 극심해졌고 이것을 막기 위해 미군들이 정글전에 뛰어든 상태인데도 베트남의 현실은 이 모양이었다. 나는 참으로 한심한 나라라는 생각이 들었다.

이때는 우리 국군이 아직 참전하기 전이어서 사이공에 파견된 한국 기자는 동아일보의 정연권鄭然權 씨, 한국일보 이규현李揆現 씨 그리고 나 셋뿐이었다. 이때의 베트남 모습을 차례로 써 보기로 하겠다. 쿠데타에 항의해 일기 시작한 데모가 온 사이공 시내를 뒤덮다시피 한 날은 구엔 칸 장군이 대통령에 취임한 지 9일이 되는 8월 25일이었다. 이날 아침 서울에서 온 우리 셋은 일찌감치 대사관에 가서 데모대가 집결하는 장소 그리고 그들이 최종적으로 몰려갈 대통령궁의 위치 등을 확인한 다음 대사관의 베트남인 통역을 데리고 취재에 나섰다. 이 거리 저 거리에서 구호를 외치던 데모군중이 대통령궁 앞에 모두 집결한 것은 낮 11시쯤 되었을 때였다. 데모군중은 대략 1만 명 정도로 추산되었다. 데모의 총지휘자는 사이공대학교 학생이었는데 이름은 톤 타트 구에였다. 그는 마이크를 들고 시위 자동차 위에 올라서서 대통령과의 면담을 요청했다. 대통령궁에서는 대통령 대신 공보장관을 데모대 앞에 내보냈다. 그러나 데모학생들이 그를 상대하지 않는 바람에 경비에 나선 군경들과 데모학생들 사이에는 아슬아슬한 긴장상태가 빚어졌다. 그러나 우리나라에서처럼 양측 간의 물리적 충돌은 없었다. 최루탄이나 곤봉, 돌멩이 같은 것은 전혀 없었다. 데모군중은 계속 고함만 외쳤고 군인과 경찰은 조용히 길에 늘어서서 구경만 하고 있었다.

이런 대치상태가 한 시간쯤 계속된 후 마침내 구엔 칸 대통령이 데모학생들 앞에 나타났다. 데모 총지휘자가 마이크를 들고 요구조건을 제시했다. 내용은 즉각적인 사임과 민정이양이었다. 그러자 이번에는 칸 대통령이 마이크를 인계 받아 데모대의 요구에 일일이 답변을 했다. 말하자면 공개토론대회 비슷한 모습이었다. 이때 가랑비가 뿌리던 하늘에서는 억수같이 폭우가 쏟아졌다. 대통령도 데모학생들도 취재기자들도 모두 함빡 빗물에 젖었다. 그러나 '공개토론'은 계속되고 있었다. 학생들이 떠드는 요구조건을 들으면서 칸 대통령은 가끔 박수를 치기도 했고 칸 대통령이 답변을 할 때 그 내용이 시원치 않을 때에는 학생대표가 대통령 손에 쥐어 있는 마이크를 가로채 빼앗는 일도 있었다. 한 나라의 대통령으로서의 위신이나 권위는 어디에도 찾아볼 수 없었다. 온 몸이 비에 흠뻑 젖은 대통령의 꼴도 말이 아니었지만 이야기 도중에 마이크를 빼앗기는 대통령을 보았을 때 나는 베트남이 나라가 아니라는 생각이 들었다. 내가 사이공 도착 후 맨 먼저 취재한 사건은 바로 이런 것이었다. 구엔 칸 대통령은 이런 일이 있는 다음 날 취임 10일 만에 자리를 내놓고 말았다.

구엔 칸이 물러나자 베트남 군부는 복잡한 파벌 관계 때문에 후임 대통령을 선출하지 못한 채 혼란을 가중시키고 있었다. 사이공의 탄손낫Tan Son Nhat공항 옆에 자리 잡은 베트남군 사령부에서는 연일 수뇌 회의가 열렸으나 그때마다 새 대통령선출이 유산되곤 했다. 베트남은 국가원수가 없는 글자 그대로의 무정부상태였다. 이런 틈바구니에서 불교신자와 가톨릭신자 사이에 피비린내 나는 싸움이 붙은 종교폭동이 일어났다. 항간에 나도는 소문으로는 정권을 잡으려는 군부의 장군들이 각각 종교 세력을 동원해 비방전을 하다가 물리적 충돌로 이어졌다고 했다. 이때 마침 나는 동아일보 정연권 씨의 요청으로 한국일보의 이규현 씨와 함께 호텔방에서 베트남 정세를 말하는 라디오 좌담 녹음을 하고 있었다. 이 녹음은 서울로 보내져 동아방송을 통해 방송될 예정이었다. 녹음을 끝낸 후 우리 셋은 저녁식사를 하려고 호텔 밖을 나섰는데 그때 손에 흉기를 든 청소년들이 거리에서 패싸움을 하는 것이 눈에 띄었다. 자세히 보니 그들은 죽창, 도끼, 톱, 망치 같은 것을 들고 사정없이 상대방을 찌르고 때리고 하는 것이 아닌가. 나는 머리끝이 쭈뼛해졌다. 정치데모에서는 양처럼 순하던 그들이었는데 종교 싸움에서는 이렇게 잔인해지다니……. 이 난동으로 수백 명이 죽었다.

베트남은 미군이 전쟁에 개입한 초반부터 이와 같이 나라를 이끌어 갈 지도자가 없었다. 그리고 국민은 여러 갈래로 분열되어 있었다. 북위 17도 이북을 차지한 월맹이 호지명胡志明이라는 영도자를 중심으로 일사불란하게 나라를 운영하고 있는 것과 정반대 현상이 17도 이남에서 일어나고 있었다. 64년 당시 사이공 정부는 군부가 릴레이 경주하듯 쿠데타를 연발해 구심점을 완전히 상실한 상태였다.

내가 베트남에 두 번째로 간 것은 우리나라 군대가 참전한 후인 1966년이었다. 2년 전과는 달리 사이공에는 세계 각국에서 보여는 약 300명의 특파원들이 취재에 달라붙어 있었다. 우리나라에서도 10여 명의 기자들이 와 있었다. NBC, CBS, ABC 등 미국의 3대 방송과 AP, UPI 등 2대 통신을 비롯한 뉴욕타임스, 워싱턴포스트 기자 등 100명이 넘는 미국 기자들과 AFP, Reuter, BBC 등 유럽 기자들은 사이공 시내에서 가장 큰 캬라벨호텔에 진을 쳤고 우리나라 기자들은 일본 기자들과 함께 사이공 강江이 내려다보이는 마제스틱호텔에 취재본부를 차렸다.

그런데 일본 기자들은 그들의 국기인 히노마루日の丸 휘장을 모자에도 가슴에도 달고 다녔다. 그 뜻은 자기들이 한국인으로 오인되지 않기 위함이었다. 한국군이 미군을 도와 전쟁에 참가하자 한국인은 베트콩의 공격목표가 되었다. 그래서 일본 기자들은 한국인으로 보일 위험을 피하고자 히노마루를 달고 다녔다. 생각하면 얄밉기는 하지만 살기 위한 자위책인 만큼 우리는 모르는 척했다. 그러나 이 가운데서 오직 한 사람 오카무라岡村昭夫라는 일본 PANA통신 기자만은 히노마루 휘장을 달지 않고 다녔다. 그는 전쟁터에서 총에 맞아 쓰러지는 군인의 모습을 카메라에 담기 위해 위험한 전투지역만 일부러 찾아다니는, 목숨을 내놓고 덤비는 용감한 명물기자였다. 유명한 영화「킬링필드」에 등장하는 뉴욕타임스의 시드니 셴버그 특파원을 연상시키는 기자였다. 그는 "테러가 무서워 히노마루를 달고 다니려면 집에 가만히 앉아 있지 뭣 때문에 이곳에 왔느냐."라고 일본 기자들을 비판하는 것이 그의 소신이었다. 나는 그와 가끔 맥주를 함께 마셨다.

미군 사령부에서 발행한 프레스카드가 있는 기자들은 매일 오후 4시가 되면 사이공시청 옆에 있는 유시스USIS라는 곳에 모였다. 이곳에서 미대사관 대변인이 주관하는 브리핑에 참석해 그날의 전황 설명을 듣는 것이 일과였다. 이 자리에는 웨스트 모랜드 주월 미사령관의 부하 참모들이 직접 나와 그날의 상황을 설명했다. 그러나 이곳의 전황 설명만으로는 베트남사태를 알 수가 없었다. 그만큼 이곳 사태는 외환外患보다는 내우內憂가 심각

■■ 주월 비둘기 부대장 이범준 장군(오른쪽)과 함께 (1966년)

했기 때문이다. 나는 좀 더 상황을 종합적으로 파악하기 위해 베트남전쟁에 참가하고 있는 우리나라 군대를 차례로 찾아 취재를 했다. 당시 이곳에는 3만 명 가까운 우리 군이 와 있었다. 사이공에는 주월 한국군 사령부가 있고 중부베트남의 퀴논에 맹호부대가 있었다. 그리고 남지나 해海를 면한 동쪽 바닷가 투이호아에는 해병청룡부대, 붕타우에는 비둘기부대가 각기 주둔하고 있었다. 나는 이곳을 찾아다니면서 베트남전쟁이 왜 어려운가 하는 것을 절실히 알게 되었다. 우선 맹호부대에서 다음과 같은 실화를 들었다. 얼마 전에 있은 베트콩과의 전투에서 우리 군은 많은 무기와 장비를 노획했는데 놀랍게도 그 속에는 아직 넘버도 적혀 있지 않은 최신형 지프차가 몇 대 있었다는 것이다. 이 차량은 미군이 최근에 도입해 아직 일선 부대에 배치하지 않은 것으로 어느 부두 군수창고에 있어야 할 물건이었다. 신형차량이 부두에 닿자마자 미군 부대로 간 것이 아니라 차량번호도 매기기 전에 곧바로 빼돌려져 베트콩 쪽으로 밀송되었다고 볼 수밖에 없다는 것이 맹호부대 장병들의 한결같은 감탄사(?)였다. 또 한번은 수상한 여자 한 사람을 발견해 조사를 해 보았더니 바구니 속에 수류탄이 가득했다는 것이다. 이 여인은 베트남군의 고급장교 부인이었는데 베트콩 쪽에 정기적으로 수류탄을 팔아 왔다는 것이다. 베트남 군대의 장교가 무기를 몰래 빼내면 그것을 그의 처가 베트콩 쪽에 팔고 있었다는 얘기다. 이런 얘기들을 종합해 볼 때 베트남 군대와 베트남 국민들의 현황은 내가 2년 전 처음 이곳에 왔을 때보다 훨씬 더 나빠져 있다는 것을 알게 되었다. 베트남 정부, 베트남 군대의 최고위급에 베트콩이 침투해 있다는 항간의 소문이 뜬소문이 아니라는 생각이 들었다.

당시 4개 군단으로 편성된 베트남 육군은 중부, 사이공, 메콩 3각주에 각각 퍼져 그곳을 담당하고 있었다. 그런데 지난 2년 동안 여덟 번에 걸친 쿠데타가 일어나는 바람에 어느덧 이 4개의 군단 중 몇은 중앙정부에 필적하는 독자적 정권의 형태를 띠기 시작했다는 것이다. 봉건시대의 제후諸侯, 1920년대 중국의 군벌軍閥처럼 군단이 통괄하는 지역은 그 군단 사령관의 개인 왕국을 이루고 있다는 것이 많은 사람의 얘기였다. 특히 중부베트남의 군사령관인 구엔 찬 티 장군이 그런 대표적인 군인으로 모두 그를 일컬어 '베트남의 장작림張作霖'이라 했다. 미국이 대 주는 최신 장비로 무장된 26만의 육군, 이것이 베트남군인데 그 내부는 이 모양이었다. 맥을 쓸 수 없는 군대였다.

나는 베트남이 망하기 전 세 번째로 잠시 사이공에 가서 취재를 한 일이 있다. 이때의 베트남 모습은 더욱 암담한 실정이었다. 중앙정부는 통치능력이 없는 명목상의 정부였다. 고위관리들은 대부분이 가족들을 프랑스나 미국에 피란시켜 놓고 여차하면 도망갈 궁리만 하고 있다는 것이 기자들 간에 퍼져 있던 소문이었다. 베트콩과 싸워 치안을 안정시켜야 할 장군들은 정권 잡기에만 혈안이 되어 있고 희망을 잃은 국민들은 베트콩에 동조해 데모와 난동으로 지새우는 판국이었다. 내가 두 번, 세 번 사이공에 가보고 느낀 베트남 패망의 원인은 그런 것이었다. 총체적으로 평가한다면 이때의 베트남은 나라라고 할 수가 없었다. 통치기능이 마비되고 공동체의식이 없는 사람들이 모인 집단을 어떻게 나라라고 할 수 있겠는가. '전투에 이기고 전쟁에 진다.'라는 말이 있다. 베트남전쟁은 이 말이 딱 들어맞는 케이스라 할 수 있다. 베트콩 게릴라와의 전쟁에서 미군과 한국군은 개별 전투에서는 대부분 이기고 있었다. 그러나 전투가 아닌 전쟁의 주체는 바로 베트남 군대와 베트남 국민들이었는데 이들은 '이겨 보겠다'는 의지도 의욕도 없었다.

휴전선을 사이에 두고 남북한이 대치하고 있는 우리로서는 베트남의 비극을 몇 번이고 되씹어 보아야 한다. 오늘의 남북한과 과거의 남북베트남과는 물론 다르다. 그러나 나라가 왜 망하는가 하는 데 대해서는 베트남이 좋은 교재가 된다. 강 건너 불구경 하듯 하지 말고 타산지석으로 삼아 명심할 필요가 있다. 역사의 교훈을 외면하면 역사의 보복을 받는다는 말을 늘 잊지 말아야 한다.

마지막 취재

북한 땅 평양을 가다

　나의 마지막 일선 취재는 1973년 3월에 있었던 북한 땅 평양 취재였다. 당시 경향신문 편집부국장으로 있던 나는 남북조절위원회 회의를 취재하기 위해 평양을 다녀오게 되었다. 겨울에서 봄으로 접어드는 계절이었지만 아직 한식이 지나지 않아 그런지 그해 3월은 날씨가 몹시 쌀쌀했다. 오랜 기자생활을 통해 나는 많은 나라를 다니면서 많은 사건을 취재해 보았지만 이때만큼 가슴이 설렌 경우는 없었다. 흔히 동토凍土의 나라 또는 가장 폐쇄된 절해絶海의 고도孤島로 표현되는 북한 땅을 간다고 생각하니 공연히 가슴이 뛰었다. 북한을 대상으로 하는 취재는 이때가 처음은 아니었다. 50년대 말 국방부 출입기자 때 판문점 또는 휴전선 비무장지대에서 군사회담이 열렸을 때 북한 기자들과 실랑이를 벌이면서 취재한 일도 있고 64년의 도쿄올림픽과 74년의 테헤란아시안게임 때에는 북한 선수들을 찾아 취재를 해 본 경험도 있었다. 그러나 이런 것은 모두 북한 땅 밖에서 있은 일이고 북한 땅을 직접 찾아가 취재를 하게 된 것은 이번이 처음이었다.

판문점을 지나 개성-사리원-황주-평양에 이르는 여정은 그야말로 무엇이라 표현할 수 없는 감회에 젖게 했다. 같은 산천, 같은 동포를 찾아가는데도 마음은 머나먼 어느 이국異國을 갈 때보다 더 긴장되고 흥분되었다. 북한측이 제공해 준 자동차(벤츠)를 타고 개성을 거쳐 사리원으로 접어들었다.

차창으로 바라본 황해도 일대의 풍경은 겨울이라 그런지 쓸쓸하기 그지없어 보였다. 논밭에는 간간이 사람들이 늘어서서 개토작업을 하고 있었고 길옆에 보이는 작은 야산의 비탈은 모두 개간하여 과수밭을 일구어 놓은 것이 눈에 띄었다. 평양으로 뻗은 국도는 2차선도로였는데 전부 아스팔트 대신 시멘트로 포장되어 있었다. 그런데 개성에서 사리원을 거쳐 황주까지 가는 동안 이 도로를 달리는 자동차는 한 대도 보지 못했다. 또 나중에 알게 된 일이지만 산비탈의 과수원은 식량 문제를 해결하기 위해 김일성의 특명으로 전국의 산비탈을 대부분 그렇게 만들었다는 것인데, 오히려 이것이 큰 재앙이 되었다고 한다. 왜냐하면 비만 오면 산비탈에서 생긴 토사가 온 논밭으로 흘러들어 많은 농경지를 오히려 황폐화시켰기 때문이라는 것이다. 환경 문제를 고려하지 않은 명령 일변도의 독재정권이 빚은 화근이라 할 수 있다.

이런 바깥 풍경을 보면서 생각에 잠겨 있을 때 나는 상상도 못했던 놀라운 일을 경험하게 되었다. 운전석 옆자리에 앉아 있던 북측 안내원이 나한테 불쑥 이렇게 말했다.

"최 선생! 일본 특파원 때 쓰셨던 몇 가지 기사와 사상계 잡지에 발표했던 남조선과 일본 관계의 글이 퍽 좋더군요."

나는 깜짝 놀랐다. 3년 전까지 내가 일본 특파원으로 있었던 사실을 이 사람이 어떻게 알고 있다는 말인가. 더구나 나도 까맣게 잊어버리고 있었

■ ■ 남북조절위원회가 열린 평양의 모란봉 초대소(1973년 3월)

■ ■ 남북조절위 취재차 평양에 간 기자 들. 평양 모란봉 초대소에서(1973년 3월)(맨 왼쪽
   에서 두 번째가 필자, 그 옆으로 조동오, 서병현, 박현태, 송두빈 씨 등)

던 오래 전에 잡지에 쓴 글까지 읽어 보았다니 놀랄 수밖에 없었다. 취재차 같은 차에 동승해 가고 있던 중앙일보의 조동오趙東午 부국장이 하도 기가 막혀 "선생은 정보요원입니까?" 하고 물었다. 그의 대답은 "아니오."였다. 이번에는 내가 나섰다.

"선생은 어떻게 그런 글을 읽게 되었습니까?"

"뭐 그런 걸 꼭 아셔야 합니까?"

"그럼 고향은 어딥니까?"

"우리는 그런 거 따지지 않습니다."

아무튼 평양까지 가는 동안 우리와 북한 안내원과는 이런 유의 주파수가 안 맞는 대화만을 줄곧 계속하게 되었다. 결론적으로 말하자면 그들은 평양으로 오는 우리 기자들의 신상을 소상히 조사해 알고 있을 뿐 아니라, 우리들이 던지는 질문에는 엉뚱한 답변으로 일체의 정보를 차단하자는 것이 분명했다. 아! 이것이 30년 만에 만나는 동포끼리의 대화란 말인가. 정치적 입장은 다르다 하더라도 고향은 어디며 직업은 무엇이고 가족은 몇인데 아이들의 근황은 이러이러하다는 정도의 따뜻한 이야기들이 오고가야 하는 것이 아닌가. 같은 동포끼리 오랜만에 만나 이런 종류의 안부조차 교환하지 못한다면 이게 무슨 동족이란 말인가? 나는 이런 실망과 서글픔을 경험하면서 평양에 도착했다. 평양에서 겪게 된 일은 더 실망스러웠다. 당시 우리 측 대표는 이후락李厚洛 중앙정보부장, 최규하崔圭夏 대통령 고문, 장기영張基榮 전 경제부총리였고 북측에서는 박성철朴成哲 부수상, 류장식柳章植 노동당부부장이었다. 우리 측 대표 숙소와 회담장은 부벽루浮碧樓가 있는 모란봉 기슭의 잘 가꾸어진 초대소였다. 취재기자들은 보통강변의 호텔(보통강려관)에 묵었다. 다음 날 아침 우리 기자들은 일찍이 식사를 끝내고 회담이 열리는 모란봉 초대소로 갔는데 여기서 예기치 못한 쇼가 한바탕 벌어졌다. 회담이 열리기 전 기자들이 응접실에서 우리 측 대표들과 이런저런 얘기를 하고 있는데 북측 대표들이 불쑥 문을 열고 들어왔다. 서로 인사를 나눈 다음 자리에 앉자마자 박성철 대표가 이후락 씨를 보고 말했다.

"기자 선생들 있는 데서 얘기 좀 합시다. 남북이 멀쩡한 젊은이들을 수십만 명씩 무장시켜 휴전선에 배치해 놓고 있으니 이거 어디 되겠습니까? 우리 서로 감군減軍을 합시다. 젊은 애들을 집으로 보내 장가도 들게 하고 일터도 마련해 주고 그렇게 합시다. 어떻습니까?"

우리 측으로서는 전혀 예상치 못했던 공개토론이었다. 이에 이후락 씨가 답했다.

"좋지요. 그렇게 하기 위해 남북 간에 가로놓인 여러 문제를 정리하기 위해 우리가 여기 온 것 아닙니까?"

"복잡하게 따질 것 뭐 있습니까. 하며 되는 거지……."

이번에는 류장식이 나섰다.

"남북 관계가 그렇게 아무렇게나 되는 문젭니까?"

우리 쪽에서는 장기영 씨가 맞받았다. 이런 설전이 20분가량 공개리에 오갔다. 고성高聲이 튀어나오기도 했다. 이날의 이 해프닝은 북측이 기선을 제압하기 위해 의도적으로 짜 가지고 나온 전략인 것 같았다.

이 회담을 취재하기 위해 그때 평양에 같이 갔던 기자는 중앙일보의 조동오 부국장, 한국일보의 박현태朴鉉兌 부국장, 동화통신의 송두빈宋斗彬 부장, 동아방송의 서병현徐炳鉉 부장 등이었는데 우리는 회담보다는 평양거리 취재가 더 하고 싶었다. 그러나 그것이 끝내 허용되지 않았다. 북측은 그들이 짜 놓은 스케줄대로 행동할 것을 요구했다. 회담 내용은 발표문만 기사화할 수밖에 없었는데 그것은 참는다 하더라도 그 밖의 것에 대해서는 조금은 자유로운 취재가 허용될 줄 알았다. 그러나 그렇지 않았다. 북측은 김일성 생가와 만경대만 구경시켜 주고 나머지 시간은 숙소에서 그들의 선전영화만 계속 보도록 강요했다.

"안내원 선생, 한 번이라도 좋으니 자유시간을 좀 주세요. 평양에 모처럼 왔는데 거리구경이라도 좀 하고 가야 되지 않겠소."

"조금만 참으시라요. 통일 되면 얼마든지 구경할 수 있지 않겠소."

"당신들이 자랑하는 밥공장이라는 곳 구경 좀 시켜 주세요. 그래야 선전 기사라도 쓸 게 아니요."

"다음번에 오시면 모시고 갈 테니 이번은 참으세요. 왜들 그리 성급합니까."

모든 것이 이렇게 참으라는 것이었다. 나는 '지상낙원'이라 선전하는 그들 치하에 살고 있는 동포들의 생활상이 어떤 것인지 아무 집이나 한번 들어가 보고 싶은 충동이 솟구쳤으나 불가능했다. 모란봉 기슭의 초대소 마당에 서 있는 부벽루에서 대동강과 능라도를 내려다보는 것과 모란봉 중턱에 자리 잡은 을밀대乙密臺를 바라보는 것이 고작이었다.

보통강려관에서 모란봉 초대소까지 왔다 갔다 하면서 자동차 창문을 통해 내다본 평양거리는 전투적인 구호가 적힌 선전탑과 현수막으로 가득 차 있었다.

미국 놈의 각을 뜨자.
수령님의 교시 높이 받들고…….
우리는 세상에 부러울 것이 없네.

이런 종류의 구호들이었다. 내가 느낀 평양의 인상은 선전문구로 뒤덮인 박람회장 같기도 했고 어버이수령에 대한 개인숭배가 극도에 달한 광신도들의 사교邪敎 집단의 굿판 같기도 했다. 그리고 그들이 쓰는 용어 가운에 "각을 뜨자"는 '각'이니 남새상점의 '남새'니 하는 것은 우리 남쪽에서는 잘 쓰지 않는 말이라는 것도 발견했다. 특히 나는 '여기가 바로 지상낙원, 세상에 부러울 것이 없네.'라고 쓰여 있는 현수막을 보면서 이런 허황된 말을 내걸지 않으면 그들의 체제가 유지될 수 없는가 하는 한심한 생각이 들었다. 그리고 눈에 잘 띄도록 꾸며 놓은 전시물을 보면서 북한이 자랑하는 그들의 체제 수준이 이 정도로 유치한가 하는 서글픔이 생겼다. 나뿐 아니라 그때 평양에 함께 갔던 취재기자들이 모두 보고 느낀 북한의 실상은 바로 이런 것이었다.

그런데 그때만 해도 김일성 주석이 살아 있을 때였고 동유럽의 공산국가들이 망하기 전이었는데도 이러했으니 지금은 오죽하랴 하는 생각이 들어 정말 답답하고 가슴이 아프다. 수많은 인민이 굶어 죽고 수많은 인민이 국제거지가 되어 외국을 떠돌고 있는데도 어버이수령 타령이나 하고 선군先軍정치만 외치고 있으니 참으로 한심한 생각이 든다. 나는 평양으로 갈 때 웬만하면 절친했던 친구 한 사람의 안부를 좀 확인할 수 있지 않을까 하는 기대를 가졌었다. 방준方埈이라는 내 대학 동기생이 한 사람 있었다. 서울 사대부고를 수석으로 졸업하고 서울대학교 문리대 정치학과에 들어온 수재였다. 그는 대학 3학년 때 프랑스로 유학을 떠났다. 파리 소르본대학교에서 공부를 했는데 이른바 '동백림 사건'에 연루되었다. 많은 유학생이 여기 연루되어 한국으로 붙잡혀 오는 과정에서 그는 도망해 행방불명이 되었다. 그 후 대학의 불문학 교수였던 그의 형(方坤 씨)이 파리로 가서 동생의 행방을 여러 모로 추적해 보았으나 알 길이 없었다. 여러 가지 정황으로 보아 북한으로 도망간 것이 확실한 것 같았으나 그것을 입증할 만한 증거는 없었다. 나는 평양에 가면 그가 북한에 있는지, 있다면 지금 어디에서 무슨 일을 하고 있는지 알아보고 싶었다. 그런데 평양에 와 보니 그런 부탁을 꺼낼 만한 분위기가 전혀 아니었다. 또 설혹 그 부탁을 한다 해도 성실히 알아봐 줄 것 같지도 않았고 내 친구에게는 오히려 화가 미칠지도 모른다는 생각이 들었다. 그래서 나는 생각 끝에 아무 말도 꺼내지 않았다. 사정이 이와 같이 뒤틀렸기 때문에 다른 안부확인도 포기하고 말았다. 내 친구의 소식을 물을 수 있었다면 조선일보의 이기양李基陽 기자 얘기도 해 보고 싶었다. 그는 67년 체코의 프라하에서 열린 세계여자농구선수권대회를 취재하러 프라하에 갔다가 행방불명이 되었다. 당시는 냉전시대여서 공산국가 여행은 위험천만했는데도 그것을 무릅쓰고 취재여행을 갔다가 변을 당했다. 여러 가지 상황으로 보아 그는 북한에 끌려와 있는 것이 확실했다. 그의 안부도 몹시 궁금했으나 말을 꺼내지 않았다. 그리고 또 한 사람의 안부도 궁금했다. 그는 바로 내가 속해 있던 경향신문의 도쿄 지국장이었던 윤우현尹宇鉉이라는 재일교포였다. 그는 64년 도쿄올림픽 때 나와 함께 올림픽 취재에 힘을 보태며 가까이 지냈는데 그해 연말에 니가타에서 떠나는 북송선을 타고 북한으로 가 버렸다. 일본 와세다대학을 다닌 인텔리 교포로서 서울에도 자주 왕래했던 사람인데, 그가 왜 갑자기 북한으로 갔는지 그 이유를 아무도 몰랐다. 아무리 내 개인과 얽힌 사람들이라고는 하지만 신문기자로서 이런 사람들에 관한 안부는 훌륭한 기삿거리가 될 수 있었다. 그리고 기삿거리를 떠나 하나의 인간으로서도 이들의 안부를 확인해 보고 싶은 것이 인간의 도리이기도 했다. 그런데 그것을 못하다니……. 북한이 이렇게 숨 막히게 답답한 곳인 줄은 정말 몰랐다. 나는 평양에 올 때 꿈같은 취재계획도 가졌었다. 그것은 월북 인사들에 관한 소식을 캐 본다는 생각이었다. 내가 고등학교 시절 문학에 눈떴을 때 읽었던 시, 소설의 작가 중 많은 사람이 월북했다. 이태준李泰俊, 한설야韓雪野, 이기영李箕永,

김남천金南天, 박태원朴泰遠, 안회남安懷南, 임화林和, 김기림金起林, 오장환吳章煥, 이원조李源朝, 김동석金東錫, 설정식薛貞植 등 생사를 알고 싶은 인물들이 수두룩하게 많다. 이 가운데는 남조선노동당 숙청 때 미국 스파이로 몰려 처형된 문인도 있다. 분위기가 자유스러웠다면 "그들이 정말 미국 스파이였는가?"라고 물어볼 생각도 가지고 왔다. 그러나 평양에 와 보고 내가 얼마나 순진한 얼간이였는가를 알게 되었다. 취재는 고사하고 말도 못 꺼낼 분위기임을 알게 되자 나는 부아가 치밀기도 했고 정이 뚝 떨어지는 허탈감에 젖기도 했다. 도대체 나는 이곳에 무엇 하러 왔는가? 절로 탄식이 나왔다.

평양을 떠나기 전날, 우리 취재기자들은 외국인들만 이용하는 상점 shopping center에 갈 기회가 주어졌다. 서울을 떠날 때 북한에서 물건을 살 경우가 있을지 모르니 미화 200달러 정도 준비하라는 얘기가 있어 모두 준비하고 왔다. 상점에 들어가 보니 말이 상점이지 살 만한 물건이 없었다. 당시 우리나라도 백화점에 가 보면 우리 국산품은 초라하기 짝이 없던 시절이었지만 평양의 상점은 더했다. 다섯 종류의 담배를 한 갑씩 샀다. 그리고 금강산 폭포가 그려진 도자기 꽃병과 개성 인삼술을 하나씩 사고 나니 더 살 것이 없었다. 이날 밤 기자들이 묵고 있는 보통강려관 식당에서 북한 측 안내원들이 우리를 위해 송별연을 베풀어 주었다. 특별한 행사는 아니고 모든 기자, 모든 안내원이 한자리에 모여 앉아 술잔을 교환하며 담소하는 것이었는데 이때 나는 처음으로 뱀술을 한 잔 마셔 보았다. 나를 줄곧 담당했던 안내원은 징그럽다고 마시지 않았다. 그래서 나는 그에게 "아니 선생같이 독한 공산당원도 뱀을 보면 징그럽습니까?" 했더니 "최 선생은 끝까지 반동적 언사를 버리지 못하는군요." 하면서 웃었다.

아무튼 가슴 설레면서 기대와 욕심을 가지고 어렵게 찾아갔던 나의 마지막 취재 평양탐방은 이렇게 허망하게 끝났다. 3일간의 평양여행을 마치고 갔던 길을 되돌아 판문점을 통해 서울로 돌아왔다. 판문점에 이르기 직전 개성에서 점심을 대접받았는데 그곳이 마침 유명한 선죽교善竹橋가 있는 옆이어서 점심 후 다리를 잠시 구경한 것이 그나마 소득이라면 소득이었다. 북한이 언제쯤 그 광태狂態를 버리고 상식이 통하는 정상적인 상태가 되려는지 가슴만 답답한 채 돌아왔다.

생각나는 사람들

권력자와 그 주변

언론계생활을 한 덕에 나는 많은 사람을 만나 볼 수 있었다. 특히 그 가운데는 내가 언론인이라는 신분이 아니었으면 접근해 볼 수 없는 사람들도 많이 있었다. 예를 들면 역대 대통령과 그 주변 사람들이다. 회상해 보면 비정한 권력의 속성 속에 많은 인물이 명멸해 갔다. 나에게 있어 어떤 사람은 인생의 좋은 교사가 된 일이 있는가 하면 또 어떤 사람은 반면反面교사가 된 경우도 있다. 그 가운데는 이미 고인이 된 분도 많고 또 정치가 어지럽고 나라 형편이 꼬일 때면 가끔 생각나는 사람들도 있다. 회고해 보면 모두 소중한 만남이었다. 그러면 기자생활을 하는 동안 나는 어떤 사람을 어떤 관계로 만났고 또 지금 어떤 생각이 나는지 써 보기로 하겠다. 우선 나라의 통치권을 쥐었던 권력자 대통령에 관한 얘기부터 시작하겠다.

초대 대통령을 지낸 이승만李承晚 박사는 내가 신문기자가 된 시 3년 만에 권좌에서 물러났기 때문에 단 한 번도 직접 대화를 나누어 볼 기회가 없었다. 다만 내가 자유당 말기 국방부 출입기자였던 때, 이 대통령이 육군의 기동훈련을 참관, 열병하기 위해 중동부 전선의 3군단 본부에 갔을 때 바로 옆에서 그 거동을 취재해 본 일이 있었을 뿐이다. 그런데 선배기자와 당시 대통령 측근들로부터 들은 얘기에 의하면 이승만 대통령이 사용하는 일상 용어 가운데는 지금은 쓰지 않는 19세기 말 개화기開化期 때의 것이 자주 등장한다고 했다. 공군참모총장을 지낸 장지량張志良 장군한테 들은 말인데 6·25전쟁 때 이 대통령은 "군법을 어긴 자는 포살砲殺하라."는 지시를 내린 일이 있다고 한다. 그래서 "포살을 하라니 대포로 사람을 쏴 죽이라는 말인가?" 하고 의아해 했다는 것이다. 그런데 이 대통령이 이때 말한 포살의 '포砲'는 대포를 뜻하는 포가 아니라 육혈포六穴砲(pistol)의 '포'를 의미하는 말이었다. 1890년대(舊韓末)에 발행된 우리나라 초창기신문(독립신문, 제국신문 등)을 보면 오늘날 우리가 사용하는 '총살銃殺'이라는 말 대신 그때는 모두 '포살'로 표현했다는 것을 알 수 있다. 따라서 이 대통령이 말한 포살은 총살을 의미했던 19세기 때의 용어이다.

이승만 대통령은 그 당시(19세기 말) 신문기자를 했던 개화청년이었다. 그는 서양 선교사가 세운 배재학당에서 신식 교육을 받으면서 급진적인 개화청년으로 자라났다. 그때 발행되었던 협성회보協成會報 1898년 3월 19일자를 보면 '니승만'이라는 이름으로 24세 때 쓴 기명논설이 남아 있다. 내용은 아라사(러시아)가 조선 정부에 땅을 빌려 달라고 한 문제에 대해 그 부당성을 논박하면서 국민의 경각심을 촉구한 글이다.

이승만 대통령은 그 후 매일신문 기자 노릇을 하다가 우리나라가 망하자 곧바로 미국으로 망명했다. 그리고 34년 만에 귀국했으므로 그의 한국어는 19세기 말의 우리말이 그대로 냉동 보관되었던 것이 재생된 셈이었다. 그가 한글맞춤법에 익숙지 못해 "소리 나는 대로 쓰라."라고 지시해 한글파동이 일어난 것도 따지고 보면 이승만 대통령이 기자생활을 했던 조선 말기에는 아직 맞춤법이라는 것이 생기기 전이었기 때문이다. 모두 소리 나는 대로 글을 썼다. 그래서 이름도 '이승만'이 아니라 '니승만'으로 표기했다. 오늘 우리가 사용하는 한글맞춤법은 1933년에 만들어졌으므로 노인이 된 이승만 대통령에게는 많이 불편했을 것으로 짐작이 된다. 아무튼 건국의 아버지가 된 이 대통령은 대한민국을 탄생시킨 위대한 공로자였으나 이와 같이 국민들이 사는 시대와 몇십 년이나 간격이 있는 세대 차가 큰 대통령이었다. 그의 말로가 비극적이었던 것도 원인이 여기 있지 않았나 생각된다.

■ ■

이승만 박사 다음에 대통령이 된 윤보선尹潽善 씨는 기자들과 접촉이 많았던 정치인이다. 특히 안국동 8번지에 있는 그의 대저택은 정치부 기자들의 단골 취재장소였다. 1,500평 대지 위에 세운 아흔아홉 칸짜리 조선 양반집 사랑채는 당시 야당의 회의장소였기 때문이다. 나도 이 집 대문을 수없이 드나들었다. 그만큼 그곳은 늘 정치의 산실 노릇을 해 왔다. 윤보선 씨 집안은 근현대에 걸쳐 많은 인물을 배출시킨 가문家門으로 유명하다. 그의 종조부從祖父 되는 윤웅렬尹雄烈이 고종황제 때 군부대신을 지냈는데 그 아들이 유명한 윤치호尹致昊다. 윤보선 씨의 당숙이 되는 윤치호는 우리나라 사람으로 미국 유학을 한 첫 번째 사람이고 구한말 때 독립협회장을 지냈는데 그때 청년 이승만이 그 밑에 있었다. 「윤치호일기」로 불리는 유명한 기록을 남기기도 한 윤치호는 지금 우리가 부르고 있는 애국가 '동해물과 백두산이……'의 작사자로 알려져 있다. '한·일 합병' 후 그는 진일파 서두로 변신해 2차대전 말기에는 온갖 친일단체의 중심인물이 되었고 조선총독 중추원의 고문직을 지냈다. 8 · 15광복되던 해 12월에 경기도 개성에서 사망했는데 자살한 것으로 전해진다. 우리나라 초대 대통령이 된 이승만 박사는 친일파가 되기 이전의 윤치호를 기려 그의 아들 윤영선尹永善 씨를 농림부장관으로 기용하기도 했다. 또 초대 내무부장관을 지낸 윤치영尹致暎 씨는 윤보선 씨의 숙부가 되고 서울대학교 총장을 지낸 윤일선尹日善 박사는 윤보선 씨와 종형제 사이다.

이런 가문의 탓인지 안국동 윤보선 씨 댁에서는 기자들에게 커피나 홍차 같은 것을 대접하는 일이 없었다. 행랑채에서 취재하고 있는 기자들에게 내오는 음식물은 대개 쑥떡, 식혜, 유과, 강정 등 순수한 우리 음식들이었다. 윤보선 씨는 이런 가문과 가풍에서 자란 탓인지, 영국 유학을 해 그런지 좀처럼 귀족적 취향을 버리지 못했다. 선거유세로 시장바닥을 돌아다닐 때에도 손에 장갑을 낀 채 악수하는 것이 보통이었고 짚고 다니는 단장으로 사람을 가끔 툭툭 치는 버릇도 끝내 고치지 못했다. 그가 대통령이 되자 관계가 깊은 기자들을 청와대로 초청해 집구경을 시켜 주고 대통령 휘장(봉황)이 그려진 은수저 두 벌씩을 선물로 주었다. 나는 이것이 대통령에게서 무엇을 받아 본 첫 케이스였다. 그 후 윤보선 씨는 대통령으로 있을 때 기자들과 별로 만나지 않았다. 내각책임제 정부의 대통령이라는 자리는 아무 실권이 없는, 다시 말해 뉴스가 생산되지 못하는 상징적 존재였기 때문이다.

윤 대통령은 '5 · 16혁명'이 일어나자 "올 것이 왔다."라고 탄식하면서 10개월간 대통령 자리에 계속 머물고 있다가 62년 3월 하야했다. 그가 10개월 동안에 보인 행위에 대해 이러쿵저러쿵 말이 많았다. 윤 대통령은 민주당 구파舊派의 보스였다. 그래서 같은 파의 김도연金度演 씨를 국무총리로 지명했는데 국회에서 민주당 신파新派에게 패배했다. 정권은 윤보선 씨의 반대파인 신파의 장면張勉 씨가 잡게 되었다. 올 것이 왔다고 한 윤 대통령의 코멘트가 군사쿠데타의 불가피성을 인정한, 헌정을 부인하는 당파적 발언이 아니냐는 시비가 이래서 생겼다. 어쨌든 5·16이 나자 윤 대통령은 주한 미국 대리대사 마셜 그린이 매그루터 8군 사령관 겸 유엔군 사령관을 대동하고 청와대를 찾아와 무력을 동원해서라도 군사쿠데타를 즉각 진압하라는 미국 정부의 요구를 거부했다. 뿐만 아니라 자신의 공보비서 김준하金準河 씨를 1군 사령관 이한림李翰林 장군에게 보내 야전군이 동요하지 않도록 친서를 전달하기까지 했다. 친서를 들고 1군 사령관을 찾아갔던 김준하 씨는 동아일보 기자 출신으로 3·15부정선거 계획을 사전에 특종 보도해 파문을 일으켰던 왕년의 민완 기자였다. 당시 상황에 대해 그로부터 내가 직접 들은 얘기는 이러했다.

> 장면 정권을 지지하라는 본국 지시를 받고 윤 대통령을 찾아온 마셜 그린 대사는 대통령에게 일선의 야전군을 출동시켜서라도 쿠데타군을 진압하라고 했다. 그러나 윤 대통령은 두 가지 이유로 미국 측의 이 요구를 거부했다. 하나는 한국군끼리 총질을 하게 해서는 절대로 안 된다는 것이었고 또 이 틈을 이용해 북한군이 남침할지 모른다는 염려였다. 두 번째는 어지러운 정국을 수습한 다음, 길어야 6개월 이내에 쿠데타군이 원대 복귀할 것으로 윤 대통령은 판단했다.

따라서 1군 사령관에게 전달된 윤 대통령의 친서내용은 북한군이 정세를 오판해 남침하지 못하도록 야전군은 철통같은 경비태세를 더욱 강화하라는 것이었다고 했다. 김준하 씨는 이때의 상황을 그의 회고록 『대통령과 장군』에 자세히 써 놓고 있다.

5·16군사쿠데타의 성격을 너무 단순히 생각했던 윤 대통령은 점차 군정이 길어지고 또 군인들이 정치를 하려는 낌새를 보이자 하야하기에 이른다. 그리고 정면에서 군사정권을 비판하면서 여기 맞서기로 결심했다. 5대 대통령선거를 앞둔 63년 가을이었다. 윤보선 씨한테서 아침을 같이하자는 연락이 왔다. 그래서 나는 약속된 날 아침 일찍 안국동을 찾아갔다. 오랜만에 만난 윤보선 씨가 그날 아침 나에게 한 말은 이런 것이었다. 자기가 가진 정보와 여론조사에 의하면 이번 선거에서 자기의 당선이 확실해 보인다는 것이다. 이에 초조해진 군사정부는 윤보선 지지표를 분산시키기 위해 온갖 술책을 동원하고 있는데, 그 대표적인 예가 이름 있는 구정치인들을 충동질해 내세우려 한다는 것이다. 그런데 그 수법이 해괴하다고 했다. 중앙정보부가 사람들을 고용해 몇 정치인에게 매일 유권자 이름으로 출마하라는 편지를 수백 통씩 보낸다는 것이다. 순진한 몇 사람은 이것이 정말 민심인 줄 알고 우쭐대고 있으니 신문이 이런 흑막을 보도했으면 좋겠다고 했다. 나는 있을 수 있는 일이기는 하지만 신문기사는 확실한 증거가 있어야 사실보도를 할 수 있는데 그 증거를 잡을 수 있겠느냐고 대답했다. 이 선거는 박정희朴正熙 대통령이 전력투구를 했는데도 15만여 표라는 근소한 차이로 가까스로 이겼다. 윤보선 씨가 패배를 자인하지 않고 "정신적 대통령은 바로 나다."라고 발언해 파문이 인 것이 바로 이때의 일이다. 윤보선 씨는 완고하고 귀족적이어서 대중 속을 누비며 밭을 일구는 그런 민주적 인물은 아니지만 명예와 품위를 지킬 줄 알고 부패하지 않았던 깨끗한 정치인이었다.

■ ■

'군사혁명'으로 집권하게 된 박정희 대통령을 내가 알게 된 것은 5·16

이전부터였다. 국방부 출입기자였던 탓으로 나는 당시 6관구 사령관이던 박정희 육군소장을 만나 본 일이 있기 때문이다. 따라서 알게 된 지 오래되었다면 그렇다 할 수 있다. 현역 군인 시절의 박 대통령은 깔끔하고 단정한 장군으로 평가받던 사람이다. 가끔 좋은 책이 있으면 그것을 부하 참모들에게도 권할 만큼 지성적인 면도 갖고 있던 군인이었다. 대통령이 된 후 계엄령을 여러 번 선포하고 10월 유신을 하는 등 초법적인 철권통치를 한 때문에 비정하고 웃음을 모르는 냉혈한으로 보는 사람이 있으나, 박정희라는 인물은 절대 그런 사람이 아니다. '혁명' 직후 최고회의의장 때 가끔 지방 순시를 나섰는데 그때 수행취재를 했던 내 경험으로 보아서도 비정한 사람은 절대 아니었다. 그는 농촌현장을 시찰했을 때에는 논두렁에 앉아 김매는 농부를 불러 막걸리를 함께 마시는 소탈함이 있었는가 하면 또 어떤 때에는 동행한 기자들이 묵고 있는 허름한 시골 여관을 불쑥 찾아와 소주를 나누며 세상 얘기를 자유롭게 주고받은 일도 많았다.

또 대통령이 된 후에는 여러 사람 앞에서 눈물을 흘린 일도 있는 대통령이었다. 1964년 12월, 서독을 방문했을 때였다. 루르지방 함보른 탄광지대의 한 공회당에서 5백여 명의 한국인 광부와 간호원을 앞에 놓고 박 대통령은 그들을 위로하는 연설을 했다.

> 여러분 저는 지금 몹시 부끄럽고 가슴 아픕니다. 대한민국 대통령으로서 무엇을 했나 가슴에 손을 얹고 반성합니다. 저에게 시간을 주십시오. 우리 후손만큼은 결코 이렇게 타국에 팔려 나오지 않도록 하겠습니다. 반드시……, 정말 반드시…….

박 대통령은 목이 메어 끝까지 연설을 못했고 손수건을 꺼내 눈물을 닦았다. 이 자리에 있던 모든 사람이 함께 울었다. 당시 우리나라는 경제개발에 필요한 돈을 어느 곳에서도 꾸어 오지 못했다. 담보가 없었기 때문이다. 그래서 마지막으로 생각한 방법이 서독에 광부 5천 명과 간호원 2천 명을 파견해 그들이 받을 3년간의 급여를 독일 코메르츠은행에 매달 예치시켜 그것을 담보로 돈을 꾸는 것이었다. 대통령으로서는 참으로 가슴 아픈 결정이었고 울고 싶은 심정이었을 것이다. 그래서 광부, 간호원 들 앞에서 눈물을 흘렸고 목이 메어 말을 못했던 것이다.

박 대통령은 공적인 면에서만 그런 것이 아니라 사적인 생활 면에서도 다정했던 사람이었다. 박 대통령의 좋은 참모였던 엄민영嚴敏永 주일 대사가 일본에서 작고한 후 일이다. 나는 생전의 고인과 각별했던 관계로 추석 명절 때 약수동에 있는 고인의 집을 인사차 방문한 일이 있었다. 응접실에 앉아 무심히 탁자 위에 놓인 편지 봉투를 보니 엄 대사 부인(李慶昌 여사)에게 보낸 박 대통령의 친필 편지였다. 부인이 편지를 보여 주기에 읽어 보았다. 단정한 필치로 쓴 편지내용은 고인에 대한 추모, 명절을 맞은 유족에 대한 위문이었는데 아이들 이름을 하나하나 열거하면서 건강하게 잘 있느냐, 공부는 잘 하느냐, 집안에 어려운 일은 없느냐 등 그렇게 자상하고 친절할 수가 없었다. 옛날에 소학교 교사생활을 해 그런지 박 대통령의 편지는 담임선생이 학부모에게 보내는 통지문처럼 정성이 담긴 글이었다. 나는 그때 박 대통령의 인품에 다시 한번 감복했다.

내가 KBS에 있을 때 일이다. 박 대통령은 매년 연초에 연두기자회견을 했다. 국무위원들이 모두 배석한 가운데 출입기자들과 회견을 하는데 이것을 KBS가 전국으로 생중계했다. 그런데 대통령은 꼼꼼히 적은 메모지를 들추어 보면서 회견을 했는데 이 장면이 시각적으로 좀 보기 나빴다. TV방송에서 뉴스 앵커들은 프롬프터 스크린Prompter Screen이라는 유리판을 이용한다. 하고자 하는 말을 미리 써서 기계장치 속에 넣으면 그 유리판에 하고자 하는 말이 글자로 나타나기 때문에 그것을 보고 읽으면 된다. 유리판 반대쪽에는 글자가 나타나지 않기 때문에 TV시청자는 물론이고 배석한 기자들도 대통령이 글자판을 보고 읽는 줄 모르게 하는 장치다. 미국 대통령이 우리나라에 와서 국회에서 연설한 일이 있는데 그때도 연단 좌우에 이 스크린 막대기를 세워 놓고 거기 떠오르는 글자를 보고 그대로 연설을 했다. 이런 장치가 있는 것을 모르는 사람들은 미국 대통령이 얼마나 머리가 좋은지 연설문을 몽땅 외워 한 자도 더듬지 않고 물 흐르듯 한다고 감탄을 했는데 이것은 감탄할 일이 못 된다. 기계가 그렇게 만들어 준다. 그래서 나는 청와대 공보실에 박 대통령도 이 프롬프터 스크린을 사용토록 하는 것이 어떻겠느냐고 방송차원에서 의견을 한번 내 보았다. 그랬더니 얼마 후 청와대에서 회답이 왔다. 박 대통령을 모시고 프롬프터 실험을 해 보았는데 마음에 안 든다고 퇴짜를 맞았다는 것이다. 남 보기 좋도록 무엇을 꾸며야 한다는 것은 마치 남을 속이려는 것과 같다는 생각이 들었던 모양이다. 여기에서도 연출되는 것을 싫어하는 그의 성격의 일단을 알 수 있다. 그래서 끝내 박 대통령은 방송에서는 어디서나 널리 쓰고 있는 이 장치를 한 번도 사용하지 않았다.

나는 박정희 대통령을 현역 군인 시절부터 알게 되어 최고회의의장을 거쳐 대통령으로 있다가 비극적으로 생을 마칠 때까지 여러 각도에서 접촉해 본 기자에 속한다. 그래서 이런 일련의 만남을 통해 알게 된 박 대통령의 모습은 태평시대보다는 난세亂世에 적합한 지도자라는 생각이 든다. 우선 그의 성격과 통치철학이 그랬다. 우리나라처럼 국토가 남북으로 분단된 가난한 나라는 어떤 희생을 무릅쓰고라도 경제개발에 국력을 모아야 하고 국가의 지도자는 인기가 없더라도 채찍을 들고 국민을 이끌어야 한다는 것이다. 예를 들면 산림녹화의 경우 식목일에 나무를 심는 것만으로는 안 된다는 것이다. 산림을 훼손하는 짓을 엄격히 처벌해야 목적을 달성할 수 있다고 보았다. 그래서 농림부 소속으로 있던 산림청을 내무부 소속으로 옮겨 경찰을 동원해 산림훼손을 막게 했을 뿐 아니라 산불이 나면 감독 소홀을 이유로 해당 시장, 군수 등 행정책임자를 처벌하는 지나친 채찍정책까지 동원했다. 이때 산림청장이던 손수익孫守益 씨는 매주 한 번씩 KBS에 출연해 산림녹화정책을 설명하느라 진땀을 뺐다.

또 박정희 대통령의 시책 중에는 그의 개성이 돋보이는 몇 가지 특이한 것이 있었다. 국무회의가 끝나면 장관들을 그냥 해산시키는 것이 아니라 역사학자인 이선근李瑄根 박사로 하여금 역사 강의를 시켰다. 예를 들면 임진왜란을 테마로 해서 그때 왜 전쟁이 났으며 우리 조정은 어떻게 대처했으며 그 결과는 어떻게 되었는가 하는 것을 공부하도록 만들었다. 또 정부의 장·차관, 지도급 공직자, 언론계 지도자 등 각계의 지도급 인사들을 수원에 있는 새마을지도자연수원에 입교시켜 고된 합숙연수를 받게 했다. 나도 이 틈에 끼게 되어 75년 9월 1일에서 6일까지 '사회지도자새마을교육'을 받았는데 통산 60기에 해당되었으니 연인원으로 치면 엄청나게 많은 사람이 연수를 받게 되는 셈이다. 엘리베이터를 타지 않고 12층에 있는 숙소까지 매일 아침저녁 걸어서 오르내렸고 가끔 밭에서 김매기, 거름주기 등 농사일도 했고 2㎞를 구보행진을 하기도 했다. 강의실에서는 새마을운동의 성공사례를 당사자들인 농부나 농촌부녀자 들로부터 직접 듣는 등 현장교육을 받았는데 장관이고 대학총장이고 신문사사장이고 간에 여기서는 모두가 평등했다.

또 이런 일도 이었다. 하루는 청와대 정무수석으로 있던 류혁인柳赫仁 씨한테서 저녁이나 같이하자는 연락이 왔다. 류 수석은 나와 대학동창인 데다 같이 기자를 했던 친구여서 허물없이 대하는 사이였다. 무슨 일이 있느냐고 했더니 의논할 게 있다고 했다. 만나 보았더니 이런 얘기였다. 그날 청와대에서 국토개발에 관한 회의가 있었는데 경부고속도로를 건설하고 서울의 지하철 공사를 하는 데 있어 거기 동원된 기술자를 분석한 자료가 제시되었다는 것이다. 거기 보면 서울대학교 공과대 출신은 거의 없고 사립학교인 H대학교 공과대학 졸업생들이 다수를 차지했다는 것이다. 이 자료는 대통령 지시로 만들어졌기 때문에 이날 박 대통령은 이 자료를 보고 몇 가지 코멘트를 한 것이 있어 그것을 어떻게 했으면 좋겠느냐는 것이다. 박 대통령이 말한 코멘트의 내용은 전국의 수재들을 모아 국가의 기간요원으로 길러 놓은 서울대학교 공과대 출신들을 조사해 보니 그들은 대부분 미국으로 유학 가 거기 눌러앉아 편하게 살 생각만 하고 귀국치 않으니 이럴 수가 있느냐는 것이고 그에 비해 사립대학교 출신들은 피땀 흘려 나라 건설에 이바지하고 있으니 이들의 사기를 높여 줄 방도를 강구했으면 좋겠다는 내용이었다. 국정을 꼼꼼히 챙기는 박 대통령의 성품이 여기에도 나타나 있다. 그래서 나는 류 수석이 전해 주는 자료를 바탕으로 「건설의 현장」이라는 보도 특집프로그램을 만들어 방송했다.

박 대통령은 사적으로 만나 얘기를 해 보면 정치인에 대한 불신감이 강하게 느껴졌다.

"연설 잘하면 나라를 잘 이끌 수 있는가?"

"제대로 된 직업을 한 번도 가져 보지 못한 소위 정치꾼이라는 사람들은 무위도식배無爲徒食輩와 어디가 다른가?"

"아무리 민주주의가 어떠니 해도 나라가 잘 되려면 애국심과 경륜이 있는 우수한 지도자가 국민을 이끌어야 한다. 우중愚衆에게 이끌려서는 안 된다."

이것이 박 대통령의 통치철학이었다. 유세장에 나가 온갖 제스처를 써 가며 대중의 박수를 받기 위해 인기발언을 골라 한다는 것은 정치가 아니라 사기행위로 여겼다. 내가 보기에 박 대통령은 교도教導 민주주의의 철저한 신봉자였다. 그는 긴급 조치령을 통한 철권통치, 지나친 정보정치, 그리고 장기집권 때문에 비판도 많이 받고 있다. 그러나 역대 대통령 가운데서 상대적으로 평가한다면 나라의 미래를 설계하고 그것을 실현할 줄 알았던 지도자였다.

2차세계대전 이후의 신생독립국가에는 산업화와 민주화라는 두 가지 과제가 있었다. 이것을 실현하기 위한 방법에는 세 가지 길이 있었는데 산업화를 먼저 하느냐, 민주화를 먼저 하느냐 그렇지 않으면 이 두 가지를 함께 하느냐 하는 것이었다. 그런데 어느 길을 택했는가에 따라 명암이 엇갈렸다. 하버드대학교의 경제학 교수 로버트 배로Robert Joseph Barro는 94년에 발표한 「민주주의는 성장을 위한 처방인가」라는 논문에서 산업화를 먼저 한 나라만이 성공했다고 밝혔다. 그는 이것을 증명하기 위해 100여 개 신생국을 대상으로 실증조사를 했다. 그 결과 1인당 국민소득이 해마다 늘어난 나라는 민주화로 발전했고 국민소득이 낮아지는 나라는 갈수록 자유를 잃어간다는 사실을 입증했다. 한국, 대만, 싱가포르가 성공한 나라로 꼽혔다. 나라 형편이 어려워지면 박정희라는 인물을 그리워하는 사람들이 자꾸 늘어나고 있는 이유를 생각해 보아야 한다.

■ ■

내가 전두환全斗煥 대통령을 처음 만난 것은 그가 대통령이 된 다음 해인 1982년 장영자張玲子 사건이 터졌을 때였다. 청와대로부터 각 언론사 책임자들에게 대통령이 점심을 내겠다는 통보가 왔다. 언론사사장들이 비상소

집을 당한 셈이다. 그때 있었던 메모를 보면 정오 12부터 오후 2시 10분까지 오찬 모임이 계속되었는데 전두환 대통령이 발언한 시간이 무려 1시간 50분으로 되어 있다. 말하자면 언론사 책임자들을 불러 놓고 혼자 떠들었다는 얘기다. 그때 전두환 대통령이 한 말은 '장영자'라는 여인이 자기 처족妻族과 무슨 관계가 있는 듯 보도되고 있으나 그렇지 않다는 해명이었다. 대통령은 구변口辯이 아주 좋았다. 이것저것 거리낌이 없었다. 어찌 보면 일선 기자들이 기자실에 모여 앉아 취재터의 얘기를 마음대로 코멘트하는 그런 화술로 얘기가 이어졌다. 퍽 친근감이 있고 솔직함이 돋보이는 대통령이었다. 그러나 국가의 최고통치자로서의 말 치고는 부작용이 염려되는 말을 함부로 하는 경향이 있었다. 예를 들면 미국에서 무엇을 사 오는데 누구는 이렇게 했고 또 누구는 저렇게 했다고 하면서 이렇게 한 사람은 애국자라 할 수 있고 저렇게 한 사람은 멍청이라 할 수 있다는 식이었다. 그런데 여기에 거론된 사람들이 모두 공직에 있는 현역 관리들이었는데 그 실명을 거리낌 없이 공개했다. 전두환 대통령은 재임 중 동남아순방에 나섰다가 당시 버마(現 미얀마) 수도 랑군에서 북한의 테러로 많은 장관을 희생시킨 대통령이었다. 귀국 후 언론인들이 모인 자리에서 "까딱 했으면 고故 전두환 대통령이 될 뻔 했다."라고 말해 좌중을 웃길 만큼 어디서나 늘 다변多辯이고 능변能辯이었다. 자기 속내를 잘 드러내지 않고 상대방의 얘기를 주로 듣는 스타일이었던 박정희 대통령과는 퍽 대조되는 인물이라 할 수 있다. 솔직하고 대범한 성품 때문에 그의 주변에는 늘 사람들이 모였다. 부하들을 잘 챙기고 돌보는 보스 기질에 있어서도 평판이 높았다. 그러나 너무 쉽게 통치자가 된 탓인지 너무 쉽게 부패해 버렸다. 대통령자리를 물러나자 구속되어 법정에 서게 된 처지가 되었다. 불행한 대통령이었다고 할 수밖에 없다.

■ ■ ■

　노태우盧泰愚 대통령은 언론인들을 잘 대해 준 대통령으로서는 으뜸이라
할 만했다. 옛 청와대를 헐어 내고 지금의 청기와 현관으로 우뚝 선 청와대
건물을 새로 지은 다음 언론인들을 줄줄이 초청해 집들이행사를 벌인 사람
이 바로 노태우 대통령이다. 나는 91년 여름, 새로 지은 청와대 대통령 접
견실에서 노태우 대통령과 마주하고 앉았다. 코리아헤럴드 창간 38주년 기
념 특별회견 때문이었다. 대통령은 신문사의 창간기념일에 특별회견을 가
져 주는 것이 관례처럼 되어 있었다. 이런 회견은 질문서가 미리 제출되고
대통령의 답변도 이미 서면으로 나와 있어 일문일답식 회견은 하지 않는
다. 다만 회견 장면을 보도하기 위한 사진 찍기로 대면이 이루어진다. 예의
상 대통령의 인터뷰어는 편집국장이 맡게 되고 신문사사장이 배석을 해야
한다. 그래서 이날 나는 민병일閔丙一 편집국장을 데리고 청와대로 갔다. 노
태우 대통령은 김학준金學俊 대변인을 배석시킨 가운데 인터뷰에 응하는 형
식을 취했다. 이 자리에서 노 대통령이 나에게 한 말은 이런 것이었다.

　　　나는 사관학교에 입학했을 때의 꿈이 육군참모총장 되는 것이었다. 그
　　　런데 참모총장을 못 하고 대통령이 되었다. 꿈을 이룬 사람이라 할 수
　　　는 없다. 그런데 최 사장은 견습기자로 입사하여 편집국장 지내고 사
　　　장까지 되었으니 꿈을 이룬 사람이라 할 수 있지 않겠는가. 사람이 일
　　　생 동안 한 가지 일에 전념한다는 것은 높이 평가할 일이다.

　노태우 대통령은 그 후 남성대 골프장으로 언론사 사장들을 초청해 골프
를 함께 치기도 했고 명절 때면 친필로 사인을 한 차완도 몇 개 보내 주는
등 언론인에게 많은 배려를 했다. 그러나 막상 글을 써 보려고 그를 여러

모로 떠올려 보았으나 이것이다 할 만한 특징을 찾지 못했다. '물태우'라는 별명이 있었던 것처럼 그는 '평범한 대통령, 보통사람 노태우'였다.

　민주화운동의 심벌처럼 되어 있던 김영삼金泳三, 김대중金大中 두 대통령은 두 사람이 모두 거리에서 데모까지 하면서 정치판에서 잔뼈가 굵은 사람들이어서 언론과의 관계가 특히 깊다. 나도 양 김兩金 씨와는 여러 인연이 있다. 특히 김대중 대통령과는 많은 사연이 있다. 4·19혁명으로 자유당이 무너지고 7·29선거가 있었을 때 일이다. 그때 나는 경향신문 정치부 기자였는데 고향이 강원도여서 나는 강원도 수복지구의 선거 취재를 맡았다. 당시 수복지구에는 철원에 출마한 김준하 씨를 빼면 나머지는 모두 민주당 신파(張勉 씨 계열)가 당공천을 독차지했었다. 화천의 신기복申基福, 양구의 김재순金在淳, 인제의 김대중金大中, 고성의 최계명 씨 모두가 민주당 신파였다. 경향신문을 가톨릭에서 경영하던 때였고 송원영宋元英 정치부장이 장면 씨 직계였던 때라 나는 아무래도 이 신파 출마자들을 봐 줘야 할 처지에 있었다.

　60년 7월은 유난히 무더운 여름이었다. 포장도 안 된 북부 강원도의 꼬불꼬불한 산길을 버스를 타고 취재를 다녔다. 해가 저물 무렵 강원도 인제에 도착했다. 김대중선거사무소를 찾아갔다. 그런데 김대중 씨가 없었다. 10리 밖 어느 마을을 돌고 있다고 했다. 나는 메모용지에 내가 묵게 될 여관이름을 써 놓고 돌아왔다. 그랬더니 그날 밤 자정이 넘어 김대중 씨가 소주 한 병과 오징어 몇 마리를 들고 내가 묵고 있는 여관으로 찾아왔다. 희미한 전등불에 비친 그의 얼굴은 석탄가루처럼 검고 피곤에 지쳐 보였다. 나는 한밤중에 그와 마주 앉아 소주를 마시며 선거 이야기를 주고받았다.

전라도 태생인 김대중 씨가 강원도 산골에 와서 표를 얻는다는 것은 쉽지 않은 일이었다. 특히 그의 대항마인 무소속 후보자는 이 고장에 뿌리가 깊은 사람이어서 파고들기가 쉽지 않아 보였다. 나는 다음 날 아침 인제를 떠나 양구로 갔는데 선거결과 화천, 양구에서는 신기복, 김재순 씨가 모두 당선되었으나 인제에서는 김대중 씨가 낙선의 고배를 마셨다. 그 후 김대중 씨는 이곳에서 실시된 재선거에서 가까스로 당선이 되었으나 국회의원으로 등원하기 전날 5 · 16군사쿠데타가 일어나 국회의원 배지를 달아 보지 못하는 불운을 겪기도 했다. 나는 이때의 인연으로 해서 그 후 김대중 씨와 자주 만났다. 5 · 16 후 정치활동이 금지되었던 기간에 김대중 씨는 매일 명동에 나타나 그때 막 새로 문을 연 사보이호텔을 근거지로 증권에 손을 댔다. 조금 재미를 보는 날이면 가끔 나에게 전화를 걸어 왔다. 밥을 사겠다는 것이다. 그래서 나는 명동에 나가 김대중 씨한테서 심심찮게 점심을 얻어먹었다. 지금 생각하면 꿈같은 옛날 일이다.

김영삼 씨는 제2공화국 때 국회의 민주당 구파 소장의원들로 구성된 〈청조회淸朝會〉 멤버였다. 박준규朴浚圭, 김영삼, 김용성金龍星, 이상신李尙信 의원 등이 중심이었는데 나는 이 정치그룹의 취재를 담당했던 기자였다. 낡은 악습을 버리고 생산적인 정치를 해 보겠다고 나섰던 이 〈청조회〉 운동은 5 · 16쿠데타로 무산되었다. 그 후 제3공화국 출범을 앞두고 〈청조회〉는 쪼개졌다. 박준규 씨는 공화당 쪽에 참여했고 김영삼 씨는 "군정 물러가라."라고 거리에서 데모를 하면서 전통야당을 고수했다. 그는 그 후 복잡하게 전개된 정치상황에서 김대중 씨와 때로는 협력하고 때로는 싸우면서 김종필 씨와 더불어 이른바 '3김시대'를 주도해 나갔다. 오랫동안 취재해 본 결과를 가지고 두 김씨를 평가한다면 김대중 씨는 계산한 다음 덤비는 사람이고 김영삼 씨는 덤빈 다음 계산하는 사람이다. 다시 말해 DJ는 행동하기 전에 치밀하게 전략을 짜는 사람이고 YS는 행동부터 하고 나서 전략을 다듬는 사람이다. 국회의원 시절의 두 사람을 보면 김대중 씨는 본회의에서 대정부질문을 할 때에도 자기의 발언시간과 신문의 마감시간과의 관계를 저울질 해 가장 유리한 시간을 골라 발언대에 섰던 사람이고 김영삼 씨는 신문의 마감시간이 어떤 것인지도 잘 모른 채 발언대에 서기가 일쑤였다. 따라서 기자들이 보기에는 김대중 씨는 치밀한 전략가인 것은 틀림없지만 매사에 책략이 지나쳐 늘 성실성과 정직성에 의심이 갔던 사람이고 반대로 김영삼 씨는 동물적 본능이라고 표현할 수밖에 없는 정치적 직관력直觀力과 행동성은 아주 뛰어났으나 지적知的 알맹이가 늘 부족했던 사람이다. 양 김씨의 이런 특성은 대통령이 된 다음에도 그대로 나타났다. DJ의 햇볕정책은 쉽게 말하면 엄청난 뒷돈을 주고 평화를 구걸한 정책이다. 돈으로 산 평화가 얼마나 오래갈지 많은 사람이 의아해했다. 왜냐하면 2차대전을 막아 보려고 당시의 영국수상 체임벌린이 나치스 독일의 히틀러에게 베푼 유화정책이 오히려 전쟁의 불씨를 더 키운 것을 역사가 보여 주고 있기 때문이다. 우리나라의 경우에 있어서도 북한의 김정일 정권은 김대중 대통령이 퍼 준 돈으로 핵개발을 중단한 것이 아니라 더욱 기세를 올리게 한 꼴이 되었다. 그래서 김대중 씨는 대통령을 물러난 지금도 호된 비판을 받고 있다. 그런데도 DJ는 마치 햇볕정책이 평화의 담보인 것처럼 보이게 해 노벨평화상을 거머쥐었다. 그의 술수에 모든 사람이 그저 놀랄 뿐이었다.

김영삼 씨는 대통령이 되자마자 '피는 물보다 진하다.'는 식의 취임사를 내놓더니 무턱대고 비전향 장기수를 북한으로 보내 주었다. 투철한 반공주의자인 YS의 행동치고는 좀 엉뚱한 행보였다. 이것도 따지고 보면 그가 줄곧 보여 왔던 전략 부재의 정치였다. 그래서 국민들은 다시 한번 한숨을 내

쉬게 되었다.

■ ■

3김 가운데 또 다른 축을 담당했던 JP 김종필 씨는 2인자가 밟을 수밖에 없었던 숙명 탓인지 대권을 쥐어 보지 못하고 시들어 버린 파란 많았던 정치인이다. 신문이 정치 실력자를 부를 때 쓰는 호칭에서 영어 머리글자 Initial로 불린 최초의 인물이 아마 김종필 씨가 아닌가 생각된다. 5·16 이전까지 정치 지도자는 모두 아호雅號로 불렀다. 신익희申翼熙 씨는 해공海公, 조병옥趙炳玉 씨는 유석維石, 이기붕李起鵬 씨는 만송晩松으로 칭했다. 그런데 5·16이 일어나자 당시 30대 중반이던 김종필 씨에 대해서는 호도 몰랐으려니와 설혹 있다 하더라도 새파란 젊은이를 호로 표기할 수 없어 'JP(JONG-PIL)'로 부르기 시작했다. 이것을 시작으로 HR(李厚洛), SK(金成坤), DJ(김대중), YS(김영삼) 등 옛날의 아호 대신 영문이니셜이 유행되어 지금도 'MB(李明博)'로 부르는 관행이 생겼다.

5·16쿠데타를 주도했던 육군중령 JP가 중앙정보부장 자리를 내놓고 민주공화당 의장이 되었을 때 모든 기자들은 그가 어떤 인물인지 몹시 궁금했다. 공화당 출입기자였던 나도 마찬가지였다. 사람이 서로 가까워지는 데는 여러 계기가 있는데 내가 김종필 씨와 가깝게 된 것은 기자회견이 계기가 되었다. 당시 민정이양을 앞둔 공화당은 앞으로 있을 국회의원선거에서 과반수 의석을 차지해야 하는데 사태가 여의치 않아 큰 고민에 빠져 있었다. 군사정권 배척을 내걸고 나온 민주당계의 구정치인과 싸우기 위해서는 공화당에도 지명도가 높은 인물이 많아야 했다. 그런데 그렇지 못한 것이 고민거리였다. 그래서 궁여지책으로 민주당한테 밀려났던 이승만시대의 자유당 인물들을 대량으로 포섭, 공천을 주기 시작했다. 나는 이 행태에

크게 실망했다. 그러던 차에 마침 김종필 당 의장의 기자회견이 열렸다. 날아가는 새도 떨어뜨린다는 막강한 권력을 행사했던 중앙정보부장 김종필 씨가 군복을 벗고 정치인이 된 후 당 의장으로서의 첫 기자회견이었다. 나는 여기서 가슴속에 있던 분노가 치밀어 겁 없이 질문을 퍼부었다.

"5·16혁명이 4·19정신의 계승 발전에 있다고 하면서 4·19의 타도 대상이었던 자유당 인물들을 끌어들인 것은 혁명공약의 위반이 아닌가?"

"사색당쟁적인 파벌싸움의 구각을 타파하고 새로운 정치를 하겠다고 공약했는데 지금 벌어지고 있는 혁명 주체들의 분열과 파쟁을 보면 옛날이 무색할 판인데 이를 어떻게 설명할 것인가?"

질문은 대강 이런 것이었다. 회견장 분위기가 싸늘해졌다. JP 옆에 배석해 있던 김동환金東煥 사무총장, 신윤창申允昌 사무차장, 오학진吳學鎭 정책실장 등 이른바 '김·신·오'로 불리던 육사 8기생 주체들은 얼굴 표정이 파래졌다. 그런데 JP는 의외였다. 활짝 웃으면서 나에게 어느 신문의 누구냐고 물었다. 그러면서 '정치는 이상理想 70%, 현실 30%의 혼합물'이라는 그의 유명한 어록을 이때 답변으로 내놓았다. 신문사로 돌아와 기사를 쓰고 있는데 당 대변인 윤주영尹冑榮 씨한테서 전화가 걸려 왔다. 저녁이나 같이 하자는 것이었다. 그래서 그날 밤 나는 윤주영 대변인을 따라 처음으로 워커힐이라는 곳을 가 보게 되었다. 그런데 놀란 것은 워커힐 언덕의 어느 조그마한 빌라에 도착해 보니 JP가 기다리고 있었다. 나는 대변인과 둘이서 가볍게 술 한잔하는 것으로 알았는데 그것이 아니었다. JP가 나를 데리고 오라고 해 이루어진 저녁식사였다. 나는 좀 당황했으나 JP와 한번 부딪쳐 보기로 했다.

"오늘 기자회견 때 우리 당의 아픈 곳을 사정없이 지적해 주었는데 어떻게 하면 되겠는지 지혜를 빌리고 싶어 오게 했다."라는 것이 JP의 말이었다. 솔직히 말해 그때 나는 '김종필'이라는 일면식도 없었던 젊은 '혁명' 주역에 대해 커다란 매력과 정치인으로서의 어떤 가능성 같은 것을 느낀 게 사실이다. 그래서 나는 JP에게 기왕 '혁명'을 했으면 한번 멋진 나라를 만들어 보라고 했다. 이것이 내가 JP와 가까이 지내게 된 인연이었다. 그후 윤주영 씨를 중심으로 몇몇 기자들이 가끔 모여 시국에 관한 여러 얘기를 나누는 모임을 가져 왔는데, 40년이 지난 오늘까지 모두 70세가 넘는 노인들이 되었지만 이 모임은 계속되고 있다. 특히 나는 JP를 생각할 때면 박정희 대통령이 궁정동 안가에서 시해된 79년 10월 26일 밤을 잊을 수가 없다. 당시 나는 KBS 방송이사로 있었는데 윤주영 씨한테서 전화가 왔다. JP가 술 한잔하자는 연락을 전해 온 것이었다. 만난 지도 오래되어 보고 싶기도 했다. 그래서 이태원에 있는 영화배우 K씨의 부인이 경영하는 살롱으로 갔다. 그날 밤 나는 거기에서 김종필 씨, 윤주영 씨, 장동운張東雲 씨, 이덕주李德柱 씨와 함께 늦도록 술을 마셨다. 그 시간에 궁정동에서 사건이 난 것을 나중에 알게 되었다.

JP는 5·16의 주체 세력인 육사陸士 8기생 가운데서는 단연 으뜸이었다. 여러 가지 면에서 발군의 존재였다. 못하는 것이 없는 다재다능한 재사였다. 글도 잘 쓰고 그림도 잘 그리고 음악도 잘했다. 책도 많이 읽어 얘기를 해 보면 거침이 없었다. 그러나 박 대통령 치하의 18년간을 보면 그는 늘 제2인자로 꼽히면서도 한 번도 실권을 쥐어 보지 못했다. 그가 1963년 군정 내분에 휩싸여 잠시 외국으로 나돈 일이 있었다. '자의 반 타의 반自意半他意半'이라는 유명한 말이 생긴 것이 바로 이때의 외유外遊였다. 귀국한 후 나는 JP에게서 다음과 같은 말을 들었다.

서양 역사를 보면 신성로마제국이라는 나라가 있었는데 이름만 거창

했지 알맹이가 없었고 특히 황제라는 사람은 아무런 실권도 없는 명예에 불과한 존재였다.

유럽여행을 하고 와서 하필이면 실권 없는 명예직을 굳이 강조한 데는 자기 신세를 빗댄 것 같아 무슨 뜻이 있는 듯했다. 아무튼 그는 박 대통령 밑에서 많은 기복을 겪었다. 당에서는 이른바 반김反金 세력에게 시달렸고 10월 유신 때에는 국무총리로 있으면서도 그 낌새를 전혀 몰랐던 허수아비 신세였다. JP는 언젠가 사석에서 이런 얘기도 했다.

> 김형욱金炯旭이 정보부장으로 있을 때 청구동의 우리 집을 이중 삼중으로 감시했다. 구두수선공, 군밤장사로 가장한 요원들이 집 주변을 늘 맴돌았는가 하면 배관공, 전기공으로 가장한 사람들이 수시로 집을 들쑤시는 바람에 한번은 대통령을 만나 이런 짓 그만두도록 정보부장에게 지시 좀 해 달라고 요청한 적이 있었다. 그랬더니 박 대통령은 못 들은 척 아무 반응이 없었다.

대단히 서운했던 것 같다. 그러면서 JP는 "박 대통령에 대해 나도 할 말이 많다."라고 했다. 그래서 나는 "한번 시원하게 털어놔 보시지요." 하고 선동(?)해 보았으나 그는 "그만둡시다." 하면서 더 이상 아무 말도 하지 않았다.

박정희 대통령의 통치 스타일은 철저한 디바이드 앤드 룰Divide and rule이었다. 자기 이외의 누구에게도 권력이 집중되지 않도록 서로 견제시키는 분할 방법을 썼다. A가 강하다 싶으면 B를 키워 A를 누르고, B가 지나치다 싶으면 다시 A를 편들어 주는 용의주도한 수법을 썼다. 말하자면 분단통치였다. 이런 측면만 확대해 본다면 박 대통령은 틀림없는 마키아벨리스트라 할 수도 있다. 박 대통령이 그 많은 공적을 남겼음에도 불구하고 비극적 최후를 맞은 것도 이런 디바이드 앤드 룰의 속성이 극단으로 치달아 생긴 불행이었다고 할 수 있다. JP는 박 대통령의 이와 같은 통치수법 때문에 늘 시달림을 받아 온 것이 사실이다. 그래서 박 대통령이 갑자기 서거하게 되자 그 유산을 온전하게 물려받은 상속자가 되지 못하고 오히려 후배 군인들에게 청산 대상으로 몰리게 되었다.

그러나 JP에게는 이때부터가 문제였다. 그를 추종하는 세력이 비록 얼마 되지는 않았으나 한국 정치판도에서 그는 충분히 캐스팅보트를 쥘 만한 위치에 있었다. 그런데 그는 김대중 세력과 손을 잡았다. 그리고 김대중 대통령 밑에서 국무총리를 했다. 애초 출발 당시의 명분은 집권 후기에 내각책임제 개헌을 하는 것이었다. 그런데 때가 되자 제대로 된 설명 한마디 없이 공약을 자진 철회하고 말았다. 싸워 보지도 않고 투항을 한 꼴이 되었다. 뿐만 아니라 김대중 대통령이 햇볕정책을 폈을 때 누가 보아도 이런 대북 유화정책은 JP노선에 맞지 않는 것이 확실한데도 JP는 여기 대해 한마디도 비판의 소리를 내지 않았다. 시이불견視而不見하는 방관자의 태도였다. 김종필이라는 인물에게 그래도, 그래도 하면서 기대를 걸었던 많은 사람이 등을 돌렸다. 뿐만 아니라 지금껏 JP를 너무 과대 포장해 실체와는 동떨어진 허상을 받들었던 것이 아니냐 하는 허탈감에서 많은 비난이 쏟아졌다. 그동안 JP는 사람관리가 소홀하고 보스 기질이 약하다는 비평은 받아 왔지만 정치노선이 갈팡질팡하지는 않았었다. 그랬던 그가 말년에 이르러 지난날의 지지 세력마저 잃고 시들어 버린 것은 정말 안타까운 일이다. 날아가는 새도 떨어트릴 것 같던 출발 때의 위풍이 말년에 이르러서는 너무나 무기력하게 끝나는 것을 보면 불현듯 『사기史記』에 적혀 있는 글 "찌를 듯이 부는 매서운 바람도 끝에는 기러기 털 하나도 띄울 힘이 없게 된다.衝風之末力不能漂鴻毛"라는 구절이 자꾸 생각난다.

■■

이번에는 박정희 대통령을 죽게 만든 직접적인 원인 제공자 차지철車智澈 경호실장에 관한 얘기를 써 보기로 하겠다. 궁정동에 있는 안가에서 박 대통령을 향해 권총을 쏜 중앙정보부장 김재규金載圭는 차지철이라는 인물에 대해 '버러지 같은 놈'이라 욕을 했다. 그리고 그러한 사람을 편애하면서 정보부장인 자기를 짓눌렀다 하여 차지철뿐 아니라 대통령까지 살해하고 말았다. 청와대 경호실장 차지철은 이렇게 해서 역사를 바꾸게 만든 원인 제공자가 되었다.

내가 차지철이라는 사람을 알게 된 것은 생각할수록 이상한 인연으로 시작되었다. 5·16이 일어난 61년 가을이었다. 박정희 최고회의의장이 처음으로 초도순시를 나가게 되어 나는 거기 따라가게 되었다. 그날 일정은 충북 청주를 거쳐 충남 대전으로 가는 것이었는데 박 의장이 탄 특별기동차가 앞에 가고 그 뒤를 기자들이 탄 기동차가 따라갔다. 그런데 청주에서 대전으로 갈 때에는 기자들을 태운 차가 먼저 가고 박 의장이 탄 기동차는 뒤에 가는 것으로 그 순서가 바뀌었다. 나는 그런 변경사항을 모르고 어물거리다 그만 기동차를 놓치고 말았다. 기차역에 가 보니 이미 취재기자들을 태운 차는 떠나고 없었다. 낭패를 당한 나는 쩔쩔매고 있는데 마침 대전철도국장으로 있던 홍성복 씨를 만났다. 그는 내가 교통부 출입기자였을 때 서울역장으로 있었던 관계로 잘 아는 사이였다. 내가 딱한 사정을 얘기했더니 그는 박정희 의장이 타고 갈 기동차를 가리키면서 빈자리가 많으니 타라는 것이다. 기동차가 대전철도국 소속이어서 박 의장을 모시기 위해 철도국장이 직접 나온 케이스였다. 홍 국장도 그렇고 나도 그렇고 경호 관계는 서로 잘 몰라서 괜찮을 것으로 알고 그는 나보고 타라 했고 나는 고맙다고 그냥 타게 된 것이었다. 그런데 문제가 생겼다. 기동차가 출발해 어느 철교 위를 달리고 있을 때였다. 우락부락하게 생긴 젊은 공수부대 대위 한 사람이 차내 순찰을 돌더니 나를 보고 누구냐고 했다. 기자라고 했더니 갑자기 큰 소리로 누구 맘대로 이 차를 탔느냐고 하면서 당장 내리라고 했다. 옆에 있던 홍성복 국장이 자기가 타라고 했다면서 사정을 설명했다.

"당신이 뭐야! 여기 경호책임자는 나란 말이야! 당신 한번 혼나 볼래."

나이가 지긋한 홍 국장에게 새파란 육군대위가 펄펄 뛰면서 소리를 질러댔다. 나는 정말로 홍 국장께 미안했다. 나 때문에 이 곤욕을 치르게 하는구나 생각하니 정말 죄송스러웠다. 결국 홍 국장이 백배사죄하는 것으로 사건은 간신히 가라앉았으나 나는 언젠가는 이 버릇없는 육군대위를 한번 손볼 기회가 왔으면 하는 앙심이 생겼다. 이때의 젊은 대위가 바로 차지철이었다.

그로부터 2년 후 민정이양을 앞두고 국회의원선거 때문에 각 정당이 분주하게 움직일 때였다. 하루는 공화당 기자실로 신윤창 사무차장이 어떤 젊은이 한 사람을 데리고 들어와 나를 찾았다. 내가 그때 기자단 대표(간사)였기 때문이다. 기자들에게 인사를 좀 시켜 달라는 것이다. 그런데 그 젊은이가 바로 차지철이었다. 앞으로 국회의원이 되어 정치활동을 하고자 하니 잘 봐 달라는 것이다. 나는 기자들과 상견례가 끝난 다음 차지철 씨에게 "당신은 나를 모르겠지만 나는 당신을 잘 안다. 그것도 그냥 아는 것이 아니라 꼭 앙갚음을 해야 할 원한표적 1호로 꼽고 있다."라고 했다. 모든 사람의 눈이 둥그레졌다. 왜 그러느냐고 했다. 그래서 나는 2년 전 청주에서 대전으로 가는 기동차 속에서 있었던 사건을 얘기했다. 차지철 씨는 전혀 기억에 없는 일이지만 사실인 것 같으니 백배사죄하겠다고 했다. 옆에서 나와 차지철 씨와의 얘기를 듣고 있던 신윤창 차장은 "그냥 말로 사죄해서는 안 되겠구먼, 한잔 내라우……." 강한 평안도 사투리로 술 한잔 내라면서 차지철 씨 어깨를 툭툭 쳤다. 이런 곡절로 말미암아 나와 차지철 씨는 그 후 친해졌다. 그가 국회의원에 당선된 후 개인 사무실을 덕수궁 옆 대한일보사 부근에 마련했는데 문을 여는 날 몇몇 사람을 초대한 자리에서 축사를 해 달라기에 나는 듣기 좋은 덕담으로 축사를 해 주었다. 그 후 차지철 의원은 국회 외무위원장이 되었다. 그는 외교에는 잘 안 맞는 사람이었다. 업무를 수행하는 데 고충이 많은 것 같았다. 특히 그는 서양 사람들이 즐겨 갖는 칵테일파티가 질색이라 했다. 아무하고나 너스레를 떨면서 얘기를 나눠야하는 파티에는 가고 싶지 않다고 했다. 그는 독실한 크리스천인 데다 성격이 외골수였다. 나는 가끔 그와 만나 이러한 그의 고충을 많이 들었다.

내가 KBS로 자리를 옮긴 다음 육영수陸英修 여사의 비극이 있은 지 얼마 뒤의 일이다. 차지철 의원에게서 연락이 있어 만났더니 오프더레코드라고 하면서 자기가 박종규朴鐘圭 씨 후임으로 청와대 경호실장으로 가게 될 것 같다고 했다. 국회 상임위원장을 지낸 사람이 경호실장으로 간다는 것은 좀 이상하다고 얘기하는 친구들도 있으나 자기는 박정희 대통령을 측근에서 모시는 일이 무엇보다 더 좋아 그 자리를 맡기로 결심했다는 것이다. 이제 정치는 끝냈다고 했다. 그러면서 그는 청와대에 가면 자주 만날 기회가 없겠지만 필요하면 이곳으로 연락을 하라고 하면서 전화번호를 하나 적어 주었다. 그 후 상당한 시일이 지났다. 나는 한 번도 차지철 실장에게 전화를 걸지 않았다. 따라서 경호실장이 된 후 그를 한 번도 만나지 못했다. 그러던 차 KBS가 여의도에 새 청사를 짓고 이사를 했다. 최신 장비를 도입해 새로 지은 이 방송센터 준공식에 박 대통령이 참석하게 되었다. 모든 사원들은 행사준비에 바쁜 나날을 보냈다. 나는 준공식에서 대통령과 내외 귀빈들에게 보일 KBS의 발자취를 다큐멘터리 영상물로 만드는 데 정신이 없었다. 그런데 준공식이 있기 전날 밤 청와대 경호실에서 안전점검을 하러 오겠다는 연락이 왔다. 사장을 비롯한 임원들과 각 실 국장 등 간부 사원들은 퇴근을 하지 못하고 대기했다.

이날 밤 나는 오랜만에 차지철 경호실장을 만났다. 나도 반가웠지만 그도 무척 반가워했다. 그는 홍경모洪景模 사장의 안내로 대통령이 테이프 커팅을 하고 순시할 코스와 식장인 공개홀을 구석구석 훑으며 검사했다. 그런데 그의 태도를 보니 옛날의 그가 아니었다. 모든 것이 명령조였고 위압적으로 보였다. 옛날의 차지철은 그 성격이 직선적이고 비타협적이기는 했으나 모르는 것은 애써 배우려 했고 남의 사정을 민감하게 알아차릴 줄 아는 사람이었는데, 이날 밤의 그에게서는 그런 옛 체취가 하나도 없었다. 권력의 속성이 저런 것인가 하는 것을 새삼 느끼게 하였다. 그런데 이날 밤의 안전검사에서 뜯어고치라는 것이 너무 많이 지적되었다. 깨끗하게 칠까지 해 놓은 칸막이를 뜯어내라는 것도 있고 조명이 너무 밝아 대통령이 눈이 부시면 안 되니 그것도 쓰지 말라는 등 주문이 너무 많았다. 지적사항을 다 고치려면 밤샘을 해도 물리적으로 불가능했다. 그런데도 사장 이하 모든 간부들이 차지철 실장의 위압적 태도에 눌려 아무도 의견을 말하는 사람이 없었다. 할 수 없이 내가 나서 볼 수밖에 없다는 생각이 들었다.

"경호상 다 이유가 있어 지적하시는 줄 압니다만 이쪽에도 그렇게 할 만한 이유가 있어 한 것이니 이쪽 사정도 좀 참고해 주셨으면 합니다."

대충 이런 투로 내가 지적사항에 대한 의견을 몇 개 설명했다. 모두들 긴장했다. 반응이 어떻게 나올지 몰랐기 때문이다. 그런데 의외였다. 내 얼굴을 한참 보더니 빙긋 웃으면서 "좋습니다. 그럼 몇 가지는 빼고 이것만 고쳐 놓으세요." 하면서 순순히 내 의견을 받아 주었다. 옛정을 생각해 내 체면을 한껏 세워 주려는 듯 느껴졌다. 나는 고마웠다. 이렇게 해서 KBS의 준공식은 무사히 잘 끝났다. 대통령과 차지철 실장이 변을 당하기 불과 3년 전 일이다. 그 후 나는 차지철 실장을 다시 만나지 못했으나 그가 행정부는 말할 것도 없고 공화당과 국회의 요직까지도 좌지우지할 만큼 권력을 휘두르고 있다는 악평을 여러 곳에서 들었다. 그리고 마침내 궁정동의 그 비극이 일어났다. 차지철이라는 사람은 경호실장으로 있으면서 대통령의 목숨을 노리는 적敵이 외부에 있는 것이 아니라 바로 가까운 내부에 있다는 사실을 몰랐다. 그것도 자기 때문에 생긴 적인데 그것을 모르고 그 적의 소굴로 대통령을 모시고 갔으니, 참으로 아이러니한 역사의 교훈이라 할 수밖에 없다.

그렇다면 차지철은 왜 그렇게도 권력을 탐했고 또 그 권력을 겁 없이 휘둘렀을까? 나는 그가 불우하게 자라면서 갖게 된 굴절된 심성, 다시 말하면 세상에 대한 복수심 같은 것이 혹시 있지 않았나 하는 생각이 든다. 차지철은 경기도 이천군 마장면 태생이다. 그의 어머니는 주막집을 했고 그의 아버지는 차윤염이라는 사람인데 일제식민지 때 경찰이었던 것으로 알려져 있다. 차지철에게는 어머니가 다른 차희철이라는 형이 있고 지池씨 성을 가진 누나도 셋이 있었다. 아버지는 차지철이 태어나자 형 희철을 데리고 어디론가 떠나 버려 그의 어머니가 자식 넷을 키웠다. 엄청나게 가난한 삶이었다. 어린 차지철이 좋아한 놀이는 기찻길 놀이었다고 한다. 친구들과 기찻길에 서 있다가 맨 마지막에 내려오는 사람이 이기는 놀이었는데, 어린 지철이 항상 1등이었다고 한다. 기차가 달려오는 것을 보면서 아슬아슬한 순간에 그 기차를 피하는 이 게임은 죽음과 맞서는 게임이었고 두려움을 극복하는 게임이었다. 차지철은 세상에 대한 불만, 원한, 두려움 같은 것을 어릴 때 이 기차놀이를 통해 발산하고 극복했는지도 모른다.

그가 5·16에 가담한 것도 수류탄을 가슴에 주렁주렁 달고 '혁명군' 사령관인 박정희 소장의 호위병으로 앞장선 것도 그가 자라온 불우한 소년 시절과 무관하지 않은 것 같다. 출세한 다음 차지철은 어머니에 대해서는 둘도 없는 효자였다. 그는 결혼하자마자 아내와 이혼을 하고 독신으로 살았는데 들리는 말로는 아내가 어머니에게 버릇없이 군 것이 이혼의 한 원인이었다고 했다. 언제인가 그는 나에게 "어머니만 생각하면 고생했던 옛날이 떠올라 늘 가슴이 아프고 목이 멘다."라고 했다. 차지철이 죽은 후 나는 그의 어머니는 어찌 되었을까, 궁금했다. 그런데 2003년 9월 3일자 중앙일보에 「나쁜 놈과 도둑놈」이라는 칼럼이 실렸는데 거기에 차지철 어머니에 관한 얘기가 자세히 쓰여 있었다. 이연홍李年弘 정치부장이 쓴 글인데 그 내용은 대충 다음과 같다.

차지철이 죽은 뒤 그의 어머니는 나름대로 결심을 했다는 것이다. 지철이 비록 '나쁜 놈' 소리는 들을지언정 절대로 '도둑놈' 소리를 듣게 해서는 안 된다고 생각한 듯했다. 그것을 죽은 자식에 대한 최소한의 명예로 여긴 것이다. 도둑놈이 나쁜 놈보다 더 나쁘다고 보았기 때문이다. 배운 것은 없지만 자식 사랑은 남다른 여자였다. 언제나 "돈을 탐하지 말라."라고 가르쳤던 그의 어머니였다. 그래서 죽은 자식을 위해 그녀가 택한 길은 '밑바닥' 삶이었다. 그녀는 차지철과 함께 살던 동교동 집을 비웠다. 대문에 못을 박고 몸만 나왔다. 그러고는 서울 강동구 끝자락의 8평짜리 아파트에 들어갔다. 교회 사람들이 주는 1천 원짜리 한두 장이 유일한 생계원이었다. 김칫국물이 묻은 남루한 한복 한 벌만 입고 살았다. 길거리의 구걸하는 할머니와 다를 게 없었다. 그녀는 누구의 도움도 마다했다. 그러면서 "우리

아들 도둑질은 안 했다."라는 말을 입에 달고 살았다. 끼니까지 굶어 가며 그렇게 살다가 갔다. 때문에 '도둑놈' 소리만은 면한 차지철이다.

나는 이 글을 읽고 차지철의 어머니는 참으로 훌륭한 우리나라의 전형적 어머니였구나 하는 생각을 했다. 그러한 어머니 탓인지 숱한 권력자가, 심지어 대통령을 지낸 사람 그리고 그 자식 들까지 도둑질을 하다가 쇠고랑을 차게 된 것을 많이 보아 온 우리로서는 차지철이 부정한 재산을 남겼다는 뒷말은 하나도 듣지 못했다. 그나마 다행한 일이다.

■ ■

우리 헌정사상 국회가 민의원民議院과 참의원參議院 양원제로 운영된 때가 있었다. 제2공화국 때 일이다. 양원의 기능은 비슷했으나 의원을 뽑는 선거구가 조금 달랐다. 민의원은 시, 군郡 단위의 소선거구였고 참의원은 특별시, 도道 단위의 대선거구였다. 나는 처음 생긴 참의원의 출입기자가 되었다. 의사당은 애초 민의원과 마주 보는 태평로(지금의 프레스센터 자리)에 있었으나 나중에 퇴계로로 옮겼다. 5·16으로 참의원이 없어질 때까지 그 존속기간은 10개월 미만이었지만 참의원 의원 가운데는 광복 직후의 정국을 움직인 거물이 많았다. 항일투사로 제1공화국의 초대 국무총리를 지낸 철기鐵騎 이범석李範奭 장군, 초대 문교부장관으로 학도호국단을 만든 안호상安浩相 박사, 독립운동을 한 재야변호사이자 초대 법무부장관을 지낸 이인李仁 씨, 연희대학 총장과 문교부장관을 지낸 교육계의 원로 백낙준白樂濬 박사, 한민당의 중진 소선규蘇宣奎 씨 등이 이때의 참의원 의원이었다.

그러나 나는 이런 거물급 명사들을 위주로 하는 틀에 박힌 취재보다 새로운 시도를 한번 해 보고 싶었다. 참의원 당선자를 조사해 보니 그 가운데는 대학교수 출신과 시인, 화가 등 색다른 문화계 인사가 몇 명 있었다.

이것은 직업적인 '정치꾼'이 아닌 각계의 지식인이 정치에 참여하게 된 새로운 시작이라 볼 수 있었다. 교수 출신 의원으로는 이효상李孝祥, 엄민영, 백남억白南檍 씨 등이 있었고 예술인으로는 화백 고희동高義東 씨, 시인 설창수薛昌洙 씨가 있었다. 교수 출신 3인은 후일 박정희 대통령 치하에서 요직을 맡게 되는 TK(대구, 경북)의 대부들이 되었지만 이때는 아직 이름 없는 정치 초년병에 불과했다. 지금은 국회의원을 뽑는 데 비례대표제를 활용하는 탓으로 각계의 다양한 사람들이 의회활동에 참여할 기회가 주어지고 있으나 과거에는 그런 제도가 없었다. 지역구에서 혈투를 해야 당선되는 소선거구제에 있어서는 직업적인 정치꾼이 아니고는 당선되기 어려웠다. 그래서 국회의원의 수준이 늘 비판의 도마 위에 올랐다. 그런데 참의원은 그 수준이 조금 높았다. 이것은 선거구를 대선거구로 넓힌 결과가 아닌가 생각되었다. 그래서 나는 과거의 유명 인사보다는 새로 등장한 학자 출신 의원들을 취재 대상으로 기사를 쓰는 실험을 해 보았다.

당시 제2공화국은 극심한 혼란 속에 있었다. 경찰관까지 데모를 하는 데모 공화국이었다. 각 신문에서는 정국수습의 방안을 찾는 여러 가지 특집 기사를 썼다. 나는 이때 정치적 거물보다는 이름이 알려져 있지 않은 학자 출신 참의원을 등장시켜 인터뷰기사를 썼고 또 좌담기사도 썼다. 그래서 다른 기자들이 거의 무시하고 있는 이 신출내기 교수 출신 의원들과 나는 가까이 지내게 되었다. 특히 엄민영 씨와 가까워졌다. 그가 살고 있는 돈암동 성신여자대학교 앞에 있는 집에도 여러 번 갔다. 만나서 얘기를 해 볼수록 참신한 아이디어가 많은 선비형 국회의원이었다. 그는 경북 출신인데 선거구는 전라북도였다. 일본의 규슈九州제국대학을 나온 후 고등문관시험에 합격한 그는 20대의 젊은 나이로 지방 군수가 되었는데 첫 부임지가 전라북도였다. 무주, 임실 군수를 하면서 선정을 베푼 덕으로 송덕비가 설 만큼 인심을 얻었다는 것이다. 그래서 4·19 후 실시된 선거에서 민주당 소속으로 전라북도에서 출마해 당선된 의원이었다. 경북에서 당선된 백남억 의원과는 김천소학교, 대구고보(오늘의 경북고등학교), 규슈제국대학 등 모든 학교를 같이 다닌 동기동창생이어서 두 사람은 각별히 친숙했다. 아무튼 나는 이렇게 해서 엄민영, 백남억, 이효상, 설창수 씨 등 초선 의원들과 가까이 지내면서 참의원 기자생활을 하다가 5·16군사정변을 맞았다. 국회가 해산되는 바람에 국회의원들은 졸지에 실업자가 되었고 국회 출입기자들도 일거리를 잃은 반실업자가 되었다. 그러던 어느 날 웬 사람이 신문사로 나를 찾아왔다. 엄민영 씨가 보낸 사람인데 메모 쪽지를 보니 좀 만나자는 것이었다. 밖에 나가 보니 검은 지프차가 한 대 있었는데, 나를 찾아온 사람은 바로 그 지프차 운전수였다. 차를 타고 찾아간 곳은 장충동 어느 골목 속에 있는 음식점이었다. 오랜만에 엄민영 씨를 만나게 되니 서로 더 반가운 정이 솟는 듯했다. 저녁을 먹으면서 엄민영 씨는 자기가 박정희 최고회의의장의 정치고문으로 취임했다는 것을 털어 놓았다. 나는 깜짝 놀랐다. 군사정권의 고문이라니 생각도 못했던 일이었다.

"앞으로 어떻게 민정이양 절차를 밟을 것이며 또 그 후의 정국을 어떻게 짜야 할지 많이 도와 달라."는 부탁이었다. 이렇게 해서 나는 엄민영 씨가 작고할 때까지 오랫동안 친숙한 관계를 이어 가게 되었다. 그는 내가 신문기자라는 사실을 잊은 듯 무엇이고 비밀이 없이 다 털어 놓을 만큼 나를 믿는 눈치였다.

"내가 기사라도 쓰면 어쩌시려고 그런 것까지 얘기해 줍니까?"

이렇게 내가 반문하면 "그럴 사람이 아니라고 믿기 때문에 다 털어 놓고 의논하는 것이지……. 비밀이 샌다면 둘이 다 망하는 것이시 뭐……." 하는 것이 그의 대답이었다. 엄민영 씨는 그 후 민정이양이 되면서 내무부장관을 두 번이나 했고 관에서 물러나 주일 대사로 갈 때까지 재야에서 한국정경연구소를 만들어『정경연구政經研究』라는 월간잡지를 발행하면서 박정희 대통령의 사설 씽크탱크 노릇을 했다. 나는 성의를 다해 그를 도왔다. 내무부장관 때에는 유능한 보좌관이 필요하다기에 함께 일하던 좋은 동료 한 사람을 요직에 천거한 일이 있고『정경연구』잡지를 만들 때에는 그 편집을 많이 거들기도 했다.

특히 민정이양 전해인 62년, JP가 중심이 되어 만들고 있던 새 정당의 색깔이 좀 이상하다는 얘기가 박정희 최고회의의장에게 몇 갈래로 보고된 일이 있다. 서울대학교 교수로 있던 황성모黃性模 씨가 중심이 되어 만든 것으로 알려진 정강정책의 내용이 유럽의 사회주의 정당을 본뜬 것이라는 소문이 항간에 퍼졌다. 그리고 그것을 입증하듯 그해 11월 28일자 한국일보가 1면 톱기사로 이런 사실을 보도했다. 군사정부에서 만들려는 새 정당의 이름이 '사회노동당'이며 그 모델이 영국 노동당이라는 기사였다. 이 기사는 엄청난 파문을 불러왔다. 기사를 쓴 한남희韓南凞 기자와 장기영張基榮 사장, 정치부장 김자환金子煥이 즉각 구속되고 신문은 3일 동안 자진 휴간을 하면서 근신을 표명하는 등 큰 파란이 생겼다. 이어 신당작업에서 소외된 '혁명' 주체들이 반기를 들었고 박정희 의장이 진상조사를 엄명하는 등 민정이양을 앞두고 군사정부는 분열과 갈등을 나타내기 시작했다. 이런 사태 때문에 JP가 타의 반 자의 반의 외유를 하게 되었다. 또한 정치활동이 금지되었던 구정치인에 대한 규제가 풀리자 이른바 '증권파동' 등 4대 의혹 사건이 터지는 등 정국은 걷잡을 수 없이 소연해졌다. 엄민영 씨는 이때 박정희 의장의 특명을 받아 공화당이 아닌 새 정당을 만드는 일에 나서게 되었다. 세상에 알려진 범국민적 정당을 창당한다는 이른바 '범탕' 운동이 바로 이것이었다. 나는 엄민영 씨에게 공화당조직에 문제가 있다면 그 잘못된 것을 고치면 되는 것이지 지금까지의 노력을 백지화하고 새로 정당을 만들어 대체한다는 것은 더 복잡한 문제를 낳을 것이라고 얘기했다. 그리고 언론계가 알고 있는 세간의 여론도 그러하다는 점을 역설했다. 아무튼 이 파동은 새로운 정당의 태동 없이 '민주공화당民主共和黨' 창당으로 낙착이 되었고 엄민영 씨도 신당운동을 포기하게 되었다. 그 후 엄민영 씨는 제3공화국 출범과 함께 내무부장관을 맡았으나 김형욱金炯旭 중앙정보부장의 심한 견제를 받았다. 경찰조직을 통해 올라오는 내무부 친안국의 정보가 장관에게 보고되기 전에 이것이 중앙정보부로 새나간다는 사실을 엄민영 씨가 알게 되었다. 그래서 치안국장을 갈아 치우는 등 경찰 간부에 대한 대대적인 인사 조치를 단행했다. 정보기관끼리 사전에 정보를 단합한다는 것은 정보조작과 진상왜곡의 온상이 되고 이것은 곧 국정을 그르치게 된다고 판단해기 때문이다. 김형욱 정보부장이 엄민영 내무부장관을 견제하고 괴롭힌 것은 이에 대한 보복이었다. 엄민영 씨는 젊을 때 간肝 디스토마를 앓았다. 그 탓으로 간이 나빴다. 그래서 일본 대사로 재직 중 간경변증으로 69년 겨울 도쿄 자혜병원에서 작고했다. 향년 55세였다. 한창 일할 나이에 타계한 그를 많은 사람이 애석해 했다. 특히 그와 죽마고우였던 공화당의 백남억 의장은 "이제 누구와 세상살이를 함께할 것인가." 하면서 탄식했다.

■ ■

18년 동안 계속된 박정희 정권을 흔히 '경상도 정권'이라 했다. 박 대통령이 경상북도 출신인 데다 정권의 주요 실세들이 대부분 경상도 출신들이었기 때문이다. 특히 경상도 가운데서도 경북, 대구를 중심한 인맥들이었다. 그래서 이들을 'TK(대구, 경북)'라 부르기도 한다. 그런데 경상도 징권이라는 말을 맨 먼저 사용하면서 경상도 사람들에게 박정희 정권의 지지를 호소했던 사람은 바로 국회의장을 지낸 한솔 이효상 씨였다. 그는 71년에 있었던 7대 대통령선거에서 경북지방 유세를 통해 "솔직히 말해 지금 정권은 경상도 정권 아닙니까. 그러니 경상도가 안 밀어 주면 누가 밀어 주겠습니까!?" 하면서 압도적 지지를 호소하고 다녔다. 이때 박 대통령은 3선을 금지한 헌법을 고쳐 가면서 출마했기 때문에 여당 안에서도 반대파가 생겼고 야당들이 3선 출마에 일제사격을 하고 있어 고전을 면치 못할 때였다. 이효상 씨는 '경상도 정권'이라는 말이 지방색을 자극해 국민을 분열시킨다는 비판을 인정하면서도 인구비율로 보아 경상도에서 몰표만 나온다면 선거에 이길 수 있다고 계산한 듯했다. 이 전략은 단기적으로 보아 성공을 거둔 것은 사실이지만 그 후유증은 지금까지도 우리나라 정치를 괴롭히는 골칫거리가 되고 말았다. 어떤 책략가는 이것을 역이용해 '전라도 푸대접'을 들고 나와 호남표를 싹쓸이했는가 하면 또 어떤 사람들은 '충청도 핫바지'론을 외치면서 지역당을 만드는 데 성공하는 등 지방색은 이제 불치의 한국 정치병으로 악화되었다. 과거 제1공화국과 5·16 이전까지는 이런 일이 없었다. 전라도 사람이 경상도에서 출마해 당선된 일이 있었고 반대로 경상도 사람이 전라도에서 당선된 일도 있었다. 또 정당 지지자가 지방별로 편중되는 일은 상상도 할 수 없는 일이었다.

　우리나라가 경상도와 전라도로 편 가르기가 생긴 것은 물론 어느 한 사람의 말이나 행동 때문에 일어난 것은 아니다. 6·25전쟁 때 정부가 피란 다니면서 의지했던 지방이 경상도였고 그 뿌리에서 자라난 가지들이 줄곧 중앙정계를 지배한 데서 나온 결과였다. 그러나 이효상 씨의 발언은 정치하는 사람은 농담으로라도 말을 함부로 해서는 안 된다는 것을 뼈저리게 일러 준 교훈이라 할 수 있다.

　내가 참의원 의원 때부터 알고 지낸 이효상 씨는 남을 속이거나 무슨 계략을 꾸미거나 하는 그런 사람은 절대 아니었다. 그는 독실한 가톨릭신자였고 동경제국대학을 나온 수재였고 대학에서 독일 문학을 가르쳤던 교수요, 시인이었다. 만나 얘기를 해 보면 그 위트와 재담은 가히 일품이라 할 만큼 멋지고 순박했다. 그가 독일 유학 때 풍토병을 앓은 후유증으로 얼굴이 좀 얼룩졌는데 이에 스스로 '얼룩소'라고 별명을 붙여 부를 만큼 소탈했다. 그가 제3공화국의 국회의장이 된 것은 기막힌 행운의 결과였다. 그때 박정희 대통령은 국회의장에 윤치영 씨를 생각하고 있었다. 그런데 공화당 내의 많은 사람은 정구영鄭求瑛 씨를 지지했다. 고민에 빠진 대통령은 공화당 원내총무로 내정된 김용태金龍泰 의원에게 상의했다. 이에 김 총무는 "잘못 하면 당이 분열할 수 있으니 두 사람을 모두 배제하고 제3의 참신한 인물로 대체하는 것이 좋겠다."라고 대답했다는 것이다. 그리고 대구에서 당선된 이효상 의원이 국회의 문공위원장을 희망하고 있는데 이 사람을 의장으로 앉히면 어떻겠느냐는 건의까지 했다고 한다. 그래서 참의원 의원을 10개월밖에 한 일이 없는 정치신인 이효상 씨가 국회의장이라는 생각치도 않았던 행운을 얻게 되었다. 그러한 이효상 씨가 재담이 넘친 탓인지 경망했던 탓인지 그만 '경상도 정권'이라는 발언 하나 때문에 지역분열을 선동, 조장한 사람으로 취급받게 되었다. 안타까운 일이다.

이효상 씨를 국회의장으로 추천했던 김용태 씨는 보스 기질이 강해 김두목頭目으로 불린 정치인이었다. 기자들이 'YT(용태)'라는 호칭으로 부른 그는 '5 · 16군사혁명'에 가담했던 유일한 민간인이었고 박 대통령의 장기집권(3선 개헌)을 반대하다 공화당에서 제명된 풍운아요, 비운의 정치인이다. 충남 대덕이 고향인 그는 서울대학교 사범대학을 다닌 후 시골에서 여학교 교사로 있다가 충무공기념사업회에서 일을 했다. 그가 5 · 16에 가담해 첫 번째로 한 일은 거사 전날(1960. 5. 15) 밤 종로 화신 뒤에 있던 광명인쇄소에서 '혁명' 후에 쓰일 「혁명공약」, 「포고령 1호」 등 인쇄물을 제작하는 일이었다. 내가 그에게서 직접 들은 그날의 정황을 소개하면 밤 12시 통행금지를 알리는 사이렌이 길게 우는 것을 신호 삼아 광명인쇄소에 모인 사람은 김종필, 이낙선李洛善, 김용태 세 사람이었다고 한다. 문서의 원고를 문선공에게 넘겨주었는데 처음에는 멋모르고 활자를 고르다가 그의 손이 점차 덜덜 떨리더라는 것이다. 포고문의 내용이 너무나 무시무시했기 때문이다. 인쇄가 끝난 후 새벽녘에 인쇄소로 온 박정희 장군이 작전계획이 성공했으니 빨리 방송국으로 가라고 지시하기에 그는 군인들과 함께 KBS로 달려가 당직 아나운서인 박종세朴鍾世 씨를 협박해 「혁명공약」과 기타 여러 문건들을 방송하게 했다는 것이다. 성격이 호탕하고 선이 굵은 그는 63년 11월 26일에 실시된 6대 국회의원에 당선되어 공화당 원내총무가 되었다. 그는 출입기자들과의 상견례 석상에서 기자들을 '시어머니'로 비유하면서 "갓 시집온 며느리로 생각하고 모자라는 점이 있더라도 잘 봐 달라."라고 했다. 그는 기자들과 친해지려고 수첩에 출입기자들 이름을 깨알같이 적어 영어단어 외우듯 열심히 외운 사람이기도 했다. 예스, 노가 분명해 기자들에게는 인기가 좋았다.

내가 특파원으로 일본에 나가 있는 동안 3선 개헌 문제 때문에 공화당은 큰 내분에 휩싸였다. JP와 같은 충남 출신이고 서울 사대 동문이라는 특수 관계에 있었던 YT는 집중포화를 맞았다. '국민복지연구회'라는 단체를 만들어 박 대통령의 장기집권(3선 개헌)을 저지하고 JP를 추대하려는 당내의 분파행동을 했다는 이유로 그는 68년 5월 공화당에서 제명 처분을 당했다. 중앙정보부에 끌려가 지난날의 '혁명' 동지였던 김형욱 부장에게 조사를 받는 등 수모를 맛보아야 했다. 나는 일본에서 귀국 후 경향신문 편집부국장으로 있을 때 가끔 김용태 씨를 만났는데 그는 두 가지 얘기를 하면서 한

숨을 내쉬었다. 하나는 김형욱, 길재호吉在號 씨 등이 공화당 안의 구정치인들의 하수인이 되어 박 대통령의 영구집권을 추진하고 있는데 길게 보면 이것은 비극으로 끝날 것이라 했다. 그리고 또 한 가지는 경부고속도로 개통식이 70년 7월 7일 대전에서 있었는데 그 고장 출신으로 국회의원을 했고 또 목숨 걸고 '혁명'에 가담했던 자기가 그 준공식에 초청받지 못했으니 정치가 이렇듯 비정하게 흐르면 되느냐는 탄식이었다. 박정희 대통령이 서거한 후 그는 JP를 위해 이리저리 뛰었으나 그 꿈이 실현되지 못하자 깨끗이 정치를 포기, 조용히 칩거하면서 자서록自敍錄 두 권을 집필했다. 그가 세상을 떠나기 얼마 전 한남동에 있는 조용한 음식점에서 그와 친숙했던, 지금은 퇴역한 왕년의 공화당 출입기자 몇 명이 함께 식사를 했다.

"나도 늙었지만 그 팔팔하던 왕년의 독종들도 지금 보니 많이 늙은 것 같다."는 것이 그때 그의 코멘트였다.

"김 두목! 자서전을 쓴다는데 모든 얘기 숨기지 말고 다 쓰세요. 그리고 책이 나오면 보내 주시구요."

그 후 나는 두툼한 그의 자서록을 택배로 받았다. 그리고 얼마 있다가 그의 부음을 접했다. 지금도 가끔 생각나는 정치인의 한 사람이다.

■■

정치인 가운데서 신문기자와의 관계를 늘 소중히 여겨 마지막까지 그 유대를 지켜 온 사람을 꼽으라면 민관식閔寬植 씨가 으뜸이 아닌가 생각된다. 그는 서울 동대문갑구가 선거구였다. 나는 제기동에 오래 살았기 때문에 늘 그의 선거구민이었다. 따라서 그와 맺어진 관계는 40년이 넘는다. 밤 12시가 넘거나 새벽 5시 이전 잠자는 시간인데도 그는 불쑥 불쑥 전화를 걸어오는 일이 많았다. 그만큼 그는 볼일이 있으면 뒤로 미루지 않고 그때그때 그 자리에서 해결하려는 직결주의자였다. 그러면서 자주 밥을 샀다. 내가 도쿄 특파원 시절 민관식 씨는 문교부장관을 맡기 전 대한체육회장을 하고 있을 때였는데 일본을 자주 왔다. 그런데 한 번도 그냥 왔다 가는 일이 없었다. 꼭 전화를 걸어와 밥이라도 한 끼 같이하자고 했다. 그는 도쿄에 오면 으레 묵는 호텔이 정해져 있었다. 궁성 바로 건너편에 있는 팔레스호텔이었다. 그는 교토제국대학 출신이어서 그런지 일본인 친구가 많았다. 일본 정계의 몇몇 실력자를 나에게 소개시켜 준 일도 많았다. 내가 특히 민관식 씨를 잊지 못하는 것은 그가 국회부의장으로 있을 때 KBS 예산을 국회에서 심의할 때면 자기 일처럼 앞장서 늘 도와준 일이다. 그리고 세월이 흘러 그가 정계에서 물러난 이후에도 현역 시절에 친숙했던 기자들, 그들도 모두 현역에서 물러나 놀고 있는 퇴역기자들을 자주 불러 모아 밥을 산 일이다.

2005년 민관식 씨는 미수米壽(88세)를 맞았다. 늘 그에게서 식사대접을 받아 오던 옛날부터 친숙했던 기자(퇴역)들은 그를 초청해 간소하게나마 미수축하를 해 주기로 했다. 신문기자들의 나쁜 버릇 중 하나가 속된 말로 '얻어먹을 줄만 알았지 대접할 줄 모르는 것'이었다. 따라서 모두 생각해 보니 수십 년에 걸쳐 민관식 씨에게서 얻어먹은 일만 있지 한 번도 술이건 밥이건 사 본 일이 없었다. 그래서 2005년 12월 조용중趙庸中 선배를 필두로 나를 비롯 이종식李鍾植, 김동익金東益, 김종하金鍾河, 김영수金榮洙, 노철용盧哲容, 동훈董勳 등이 이화여자대학교 뒷문에 있는 음식점 마리로 민관식 씨를 초청, 미수를 축하하는 모임을 가졌다. 이때 민관식 씨는 정말 감격한 듯 "신문기자들에게 이렇게 초청되어 음식대접을 받아 보는 사람은 아마 대한민국에서 민관식이 처음일 것"이라고 고마워했다. 우리들은 정말 부끄러웠다. 신문기자들의 인간성이 나빠서 남을 대접할 줄 모르는 것이 아니라 직업상 속성이 그렇게 물들어 버렸으니 양해해 달라는 말로 우리는 변명했다. 이 모임이 있은 지 한 달 만인 2006년 1월 민관식 씨는 잠을 자다 깨어나지 못하고 세상을 하직했다. 천수를 누렸으니 가장 행복한 최후였다고 할 수 있겠으나 감정상으로는 인생무상을 알리는 허망한 죽음으로도 생각되었다. 지금 돌이켜 보면 그때 우리가 식사라도 한 번 대접했으니 망정이지 그런 것도 없었더라면 정말 후회될 뻔한 일이었다.

유적지와 사건현장

재미있는 역사기행

　기자생활을 한 덕에 나는 많은 취재여행을 했다. 국내에서는 선거철만 되면 「격전지 탐방」을 연재하느라 전국을 돌아다녔다. 또 국방부를 출입한 탓으로 155마일 휴전선 부근의 격전지와 먼 절해고도絶海孤島인 독도에도 가 보았다. 그리고 북한 땅 평양에도 가 보고 금강산도 구경했다. 외국도 많이 다녀 보았다. 세계의 자동차산업을 취재한답시고 50여 일 동안 유명한 자동차회사와 공장을 찾아 미국, 일본, 유럽은 물론이고 심지어 이스라엘의 아이젠버그회사까지 가 보았다. 또 우리 국군의 참전상황을 취재하느라 베트남에 가서는 사이공, 퀴논, 붕타우 등 많은 곳을 돌아다녔고 올림픽과 아시안게임을 보도하러 캐나다 몬트리올, 일본 도쿄, 이란 테헤란에도 가 보았다.

　이런 여행 버릇이 그만 몸에 밴 탓인지 언론현업에서 물러난 후에도 나는 기회만 있으면 여행을 즐겨 했다. 특히 냉전체제가 붕괴된 후 그동안 가

볼 수 없었던 곳을 갈 수 있게 되자 러시아, 동유럽, 중국 등지로 여행을 많이 했다. 여행을 인생의 자극제로 생각하는 사람이 많다. 판에 박은 듯한 일상생활을 잠시 떠나 생소한 환경을 맞이해 본다는 것은 여러 가지 뜻이 있다. 세상을 배우게 하는 인생의 훈련수단으로서도 여행은 한몫을 한다. 그래서 일본에는 "귀여운 자식에게는 여행을 시키라."는 잠언이 있다. 또 산천초목이 다르고 세시풍속이 다른 낯선 땅에 가서 거기 사는 사람들의 모습을 구경한다는 것은 참으로 좋은 학습이 되기도 한다. 이와 같이 여러 가지 의미가 있는 여행 가운데서 특히 나는 역사적 사건이 있었던 장소를 찾아가 '그때 그 사건'을 이리저리 현장에서 재구성해 보는 것이 여행의 으뜸가는 재미가 아닌가 생각한다.

일본의 시모노세키下關에 갔을 때 일이다. 한반도의 지배권을 둘러싸고 청국과 일본 간에 있은 싸움이 청·일 전쟁인데 이 전쟁에서 일본이 이겼다. 그래서 중국은 조선의 지배권을 포기했다. 이런 내용이 조약문으로 만들어져 청·일 양국 간에 조인된 곳이 바로 시모노세키였다. 이곳 바닷가 조그마한 언덕 입구에 '춘범루春帆樓'라는 오래된 건물이 하나 있다. 여기가 바로 1895년 일본 총리대신 이토 히로부미伊藤博文와 청국의 북양대신 이홍장李鴻章이 마주 앉아 「시모노세키 조약下關條約」을 체결했던 곳이다. 방 안을 들여다보면 그때 그들이 앉았던 의자, 사인을 했던 테이블이 그대로 보존되어 있다. 나는 이곳을 구경하면서 만약 그때 전쟁에서 일본이 졌더라면 우리나라 운명은 어떻게 되었을까? 역사에는 가정假定이 있을 수 없다지만 역사적 장소에 가게 되면 누구나 이런 가정을 한 번쯤 해 보게 된다.

역사의 물줄기를 뒤바꾸게 한 큰 사건은 때에 따라서는 우연한 기회에 생기는 경우가 많다. 1936년에 있은 중국의 '서안사변西安事變'도 이러한 예의 하나다. 중국의 서안이라는 곳은 세계적인 관광명소로 되어 있다. 진

秦·한漢·당唐의 수도로 옛 이름이 장안長安이었던 이곳은 진시황秦始皇의 능陵과 그의 지하군단 병마용兵馬俑 등으로 너무나 잘 알려진 곳이다. 그러나 나는 서안에 갔을 때 가장 먼저 가 본 곳은 서안사변이 있었던 역사적 장소인 화청지華淸池였다. 서안 동북쪽 여산驪山 기슭에 있는 이곳은 진시황 때부터 이름난 온천지였는데, 특히 당나라 현종玄宗이 양귀비楊貴妃를 위해 온천궁을 지어 놓고 즐겼던 곳으로 유명하다. 그런데 1936년 12월, 중국의 장개석蔣介石 총통이 이곳을 방문했다. 목적은 연안延安에 본거지를 만들고 무력투쟁을 하고 있는 모택동毛澤東의 중국 공산군 토벌을 독려하기 위해서였다. 당시 이곳에는 만주滿洲 출신의 장학량張學良이 이끄는 13만의 동북군과 양호성楊虎城이 지휘하는 4만의 서북군이 비적匪賊(中共軍) 토벌군을 형성해 주둔하고 있었다. 그러나 이 토벌군은 공산군을 토벌하기보다는 중국을 침략하고 있는 일본군과 싸워야 한다는 생각에 더 기울어져 있었다. 그때 중국 전역에는 일본 침략군을 격퇴하는 것이 공산군을 토벌하는 것보다 급선무라는 여론이 비등하고 있었다. 내전內戰을 정지하고 국공(國民政府＋共産黨) 합작으로 항일抗日 전선을 구축하자는 주장이었다. 특히 토벌군의 선봉에 서 있던 장학량의 동북군은 고향인 만주가 일본군에 점령되어 있기 때문에 일본에 대해 싸우지 않고 동족인 중공군과의 싸움만 독려하는 정부방침에 은근히 저항하고 있었다. 장개석으로서는 궁지에 몰린 공산군을 이제 조금만 조이면 숨통을 끊을 수 있다고 판단, 후환을 없앤 다음 항일전을 하겠다는 방침이었다. 그래서 토벌군에게 그 방침을 설명할 겸 전쟁을 독려하기 위해 이곳을 방문하게 되었다. 그러나 결과는 거꾸로 되고 말았다. 동북군 사령관 장학량은 화청지에 머물게 된 장개석 총통에게 3시간에 걸쳐 눈물을 흘리면서 내전을 정지하고 항일전의 결행을 호소했다. 하지만 장 총통은 그의 방침을 바꿀 수 없다고 단호히 거부했다. 이렇게 되자 장학량은 예하 군인을 동원, 장개석과 국민정부 수행원들을 전원 감금시키는 쿠데타를 일으켰다. 이것이 이른바 서안사변이다. 이 사건은 온 중국을 발칵 뒤집어 놓았을 뿐 아니라 역사의 물줄기를 엄청나게 바꾸어 놓았다. 연안에서 중공군 대표로 주은래周恩來가 달려왔고 남경의 국민정부에서는 송자문宋子文, 송미령宋美齡이 서안으로 왔다. 며칠에 걸쳐 이들이 협상한 결과 내전 정지와 국공 합작에 의한 항일전선의 구축이라는 대결정이 이루어졌다. 나는 서안의 화청지에서 장 총통이 도주해 보려고 올라갔던 산등성과 거기서 붙잡혀 감금되었던 숙소의 침대와 책상 등을 구경하면서 만약 장개석 총통이 그때 서안에 오지 않았더라면, 또 장학량이 반역을 하지 않았더라면 어찌 되었을까 하는 가정을 다시 한번 해 보았다. 만일 서안사변이 없었더라면 중국의 공산화는 불가능했을지도 모른다는 것이 많은 전문가의 의견이다.

중국 여행을 해 보면 역사를 음미해 볼 만한 곳이 너무 많다. 낙양洛陽을 갔을 때 일이다. 황하黃河 문명의 발상지인 이곳은 아홉 왕조九朝의 도읍터였던 곳이라 대단한 유적들이 즐비하리라는 생각을 갖고 찾아갔다. 그런데가 보니 아무 것도 없었다. 옛 왕조의 영화를 알리는 아무런 흔적도 찾아볼수 없었다. 궁궐도 없고 성곽도 없었다. 다만 낙양 동편에 있는 중국 최초의 절이라는 백마사白馬寺와 낙양 남쪽 약 13㎞ 지점에 있는 용문석굴龍門石窟만이 옛 역사를 말해 주는 유일한 유적이었다. 낙양 시내에 유물이 없는 것은 수백 년에 걸쳐 온갖 싸움이 이곳을 중심으로 일어났고 그때마다 파괴와 약탈이 되풀이되었기 때문이다. 유일하게 남아 있는 용문석굴을 가보면 이 고을의 약탈상이 어떠했는가를 생생하게 느낄 수 있다. 이 석굴은 5세기 말 북위北魏가 낙양으로 수도를 옮긴 후 동위東魏, 북제北齊, 서위西魏, 수隋, 당唐, 송宋으로 이어지는 여섯 왕조, 400여 년 동안에 걸쳐 이루어진 유적인데 크고 작은 굴을 모두 합치면 2,300여 개, 그 속에 조각된 불상佛像이 10만 여 개, 비각碑刻 · 제기題記가 2,800여 개, 불탑佛塔이 40여 개에 이르는 어마어마한 규모로 되어 있다. 이 석굴은 돈황敦煌의 막고굴莫高窟, 대동大同의 운강석굴雲崗石窟과 더불어 중국이 자랑하는 3대 불교예술의 보고寶庫로 불리는 문화재다.

특히 용문석굴을 대표하는 석굴로는 당나라 고종高宗 때 완성되었다는 봉선사奉先寺를 꼽는데, 거기에 조형된 노사나불상盧舍那佛像은 높이가 무려 17미터를 넘는 거상으로 그 미목수려眉目秀麗함은 조각예술의 극치로 평가받고 있다. 그런데 이 석굴들을 자세히 들여다보면 약탈되고 도굴盜掘된 곳이 곳곳에 보인다. 거듭된 전쟁과 관리부실이 빚어낸 대표적인 문화재 훼손이다. 이 석굴 가운데는 '신라新羅'라 새겨진 석굴도 하나 있다. 말할 것도 없이 이것은 당시 낙양에 사절로 왔던 신라의 귀족이 나라의 융성을 기원하기 위해 석굴을 하나 조성했던 것으로 추측이 되는데 굴속을 들여다보면 조각을 안치했던 불상은 누가 가져갔는지 없어지고 휑하니 비어 있었다.

낙양뿐 아니라 그 동편에 위치한 정주鄭州, 개봉開封 등 황하문명의 발상지인 중원 일대의 고도古都들은 가 보면 모두 옛 흔적이 없다. 왕조의 끊임없는 흥망과 전쟁으로 인한 파괴와 약탈은 이렇게 모든 것을 빼앗고 황폐화시킨다는 것을 이곳은 역사 앞에 증언하고 있다.

역사유적지와 한 나라의 국민감정이 직접 관계가 있는 현장도 있다. 예를 들면 상해上海와 중경重慶에 있는 우리 임시정부 자리가 그런 곳이다. 다른 나라 사람이면 아무 감흥도 없을 그저 초라한 뒷골목의 오래된 건물 한 구석일 뿐이다. 그러나 우리나라 사람이면 다르다. 나는 상해 임시정부 자리를 두 번, 중경 임시정부 자리를 한 번 찾아보았는데 그때마다 느낀 것은 이곳에서 언제 이루어질지도 모르는 기약 없는 조국 광복의 그날을 위해 애썼을 선열들의 숭고한 애국정신이었다. 이곳을 방문하는 한국 사람이면 누구나 같으리라 생각된다. 중국의 역사유적지에서 이런 국민감정을 가장 잘 나타내고 있는 곳이 항주杭州라 할 수 있다. 이곳은 춘추春秋 말기 월越나라가 있던 곳으로 '오월동주吳越同舟'니 '와신상담臥薪嘗膽'이니 하는 고사성어故事成語를 낳게 한 오랜 역사를 지닌 곳이다. 특히 남송南宋의 수도로 150여 년간 번성했던 곳이어서 비교적 많은 유적이 있다. 중국에서 가장 아름다운 호수라는 서호西湖에는 이곳의 행정책임자로 있었던 당나라 때의 시인 백낙천白樂天과 북송 때의 문인 소동파蘇東坡가 쌓았다는 백제白堤와 소제蘇堤라는 뚝이 있고『수호지水滸誌』에 등장하는 육화탑六和塔이 있고 남송의 충신 악비岳飛의 묘가 있다.

　이 가운데서 악비 묘를 가 보면 묘 앞에 철책을 처 놓고 그 속에 손을 뒤쪽으로 포박하여 꿇어앉힌 쇠로 만든 부부 조형물이 눈에 띈다. 이 죄인 상의 주인공은 남송의 재상을 지낸 진회秦檜 부부인데 어떻게 해서 이 부부를 죄인으로 만들어 죽은 악비 앞에 꿇어앉히게 되었는가? 이것을 알리면 송나라 역사를 조금 설명해야 한다. 당唐나라가 망한 후 60년간 10여 개 나라(五代十國)로 분열해 항쟁했던 중국을 통일한 조광윤趙匡胤이 송宋나라를 세운 것은 960년이었다. 우리나라 고려 광종光宗 때 일이다. 그 후 송나라는 중국 역사를 통틀어 화려했던 문화를 꽃피우면서 잘 운영되어 왔으나 160여 년 후인 1126년 만주지방에서 일어난 여진족女眞族의 나라 금金에게 정복되어 멸망했다. 그때 황족 중의 왕자 한 사람이 양자강 이남으로 도망해 항주(당시 이름은 臨安)에서 송나라를 계승하게 되었다. 이것이 남송이다. 남송은 양자강 이북을 점령하고 있는 금나라와의 관계에 있어 강경파와 온건파로 분열이 생겼다. 오랑캐를 몰아내고 옛 송나라 땅을 수복하자는 강경파의 중심인물이 악비였다. 그는 빼어난 무인으로 금과의 국지전에서 여러 번 승리를 거둔 장군이었다. 이에 비해 금나라에 돈을 퍼 주면서 그들을 달래 평화 공존을 해야 한다는 온건파의 중심인물이 당시의 재상 진회였다. 이 싸움에서 진회가 이겼다. 그리고 그는 매년 은銀 25만 냥과 비단 25만 필을 바치기로 하고 금나라와 굴욕적인 강화를 했다. 그리고 악비를 죽였다.

1141년, 우리나라 고려 인종仁宗 때 일인데 김부식金富軾이 『삼국사기三國史記』를 완성하기 4년 전의 사건이다. 악비를 죽인 진회는 온갖 부귀영화를 누리다 편안히 죽었다. 그런데 이 사건이 있은 후 몇백 년을 내려오면서 중국의 국민감정은 이를 용서하지 않았다. 악비는 국민적 영웅이 되었고 진회는 죽일 놈이 되었다. 그래서 주철제鑄鐵製의 진회 부부 죄인 상을 만들어 악비 무덤 앞에 꿇어앉힘으로써 국민들은 죽은 악비를 위로했고 진회를 두고두고 모욕하고 있다. 나는 악비 묘를 찾아보고 그 앞에 놓인 진회 부부 상을 구경했는데 하도 많은 사람이 이곳에 와서 진회 부부 상에 침을 뱉는 탓으로 철책 앞에 침을 뱉지 말라는 푯말도 세워져 있었다. 세상을 다스리는 나라의 지도자들은 꼭 이곳에 와 보고 역사 앞에 떳떳해야 한다는 교훈을 얻었으면 한다.

유적지와 사건현장을 찾는 여행을 하다 보면 큰 의문에 사로잡히는 경우도 생긴다. 나는 몽골Mongol(蒙古) 여행을 하면서 그런 경험을 했다. 내가 일본 특파원으로 있었을 때 일본의 국민작가로 우리나라에도 널리 알려진 시바 료타로司馬遼太郎 씨를 인터뷰한 일이 있었다. 그는 신문기자 출신의 작가였는데 학교는 오사카외국어대학 몽골어과를 다녔다. 그래서 그의 글에는 몽골 평원과 중국 동북부에서 일어난 여진족, 거란족契丹族, 말갈족靺鞨族 등 중국에서 오랑캐로 지칭하는 유목민족들의 얘기가 많이 등장한다. 시바 료타로 씨는 나에게 몽골에 꼭 가서 그 끝없는 초원에 서서 아시아를 내다보고 세계를 생각해 보라는 말을 한 적이 있다. 그러나 기회를 잡지 못해 미처 가 보지 못하고 있다가 2008년 여름, 관훈클럽 몽골세미나에 참가해 그곳을 가 보게 되었다. 수도 울란바토르를 벗어나 칭기즈칸成吉思汗이 태어나 자라난 그의 고향을 탐방했고 잠시 동안이지만 몽골 조랑말을 타고 초원을 달려 보기도 했다.

몽골이 배출한 영웅 칭기즈칸은 중앙아시아를 중심으로 북으로는 러시아, 서쪽으로는 폴란드, 헝가리, 남쪽으로는 페르시아, 인도에 이르기까지 엄청난 지역을 정복해 일대제국을 건설했다. 그가 정복한 땅은 마케도니아의 알렉산더 대왕이 정복한 땅과 로마의 시저가 정복한 땅을 합친 것보다 더 큰, 유사 이래 최대의 넓이였다. 그렇다면 커다란 의문이 하나 생긴다. 칭기즈칸은 1167년에 태어나 1227년에 죽었는데 그가 생존했을 당시 몽골의 인구가 얼마였는지는 알 수 없으나 어쨌든 적은 인구로 어떻게 그 넓은 땅을 정복했으며, 그 많은 민족을 어떻게 통치했을까? 하는 의문이다. 여기 대해 연구한 학자들이 많다. 그리고 현대자본주의 체제하의 기업운영에 '칭기즈칸 경영법'이라는 것이 도입되기도 했다. 그러나 모든 것이 확실하게 해명된 것은 없다. 다만 이러이러했을 것이라는 가설假說에 따라 역사를 풀이할 수밖에 없는데, 그 대표적인 것을 소개하자면 일본의 평론가 사카이야 다이치堺屋太一의 설명을 들 수 있다. 그에 의하면 칭기즈칸은 지구력이 강한 몽골 말을 주축으로 한 기마군단을 조직해 질풍노도 같은 신속성으로 기동작전에서 늘 대승했다는 것이다. 그리고 '채찍과 당근'이라는 양면작전을 아주 유효적절하게 구사했는데, 항복하지 않고 저항한 적敵에게는 어린아이까지 모조리 죽이는 대학살로 공포심을 일으키게 했고 항복한 적에게는 모든 것을 자치에 맡기는 큰 관용의 포용정책을 썼다는 것이다. 그래서 칭기즈칸의 군대가 공격해 오면 저항하기보다는 항복하는 경우가 자꾸 늘어나게 해 그 넓은 땅을 정복할 수 있었다고 한다.

또 미국의 인류학자 잭 웨더포드Jack Weatherford는 8년간 몽골을 직접 답사하며 칭기즈칸의 생애와 몽골이 인류역사에 끼친 영향을 연구했다. 그에 의하면 칭기즈칸의 최대 성공 비결은 '위대한 전략'이 아니라 '신속하고 실용적인 실행'이었다고 한다. 허황한 명예보다는 실속 있는 실리를 철저하게 추구한 지도자가 칭기즈칸이었다고 한다. 소수가 다수를 지배한 데 대해서도 좋은 연구서가 있다. 정치학자 데이비드 길모어David Gilmour가 쓴 『지배계급The Ruling Caste』이라는 책을 보면 19세기 말 영국이 3억이 넘는 인도를 다스릴 때 그곳에 상주시킨 6만 명의 군인을 빼면 1천여 명에 불과한 영국인 행정관리가 인도 전국을 통치했다는 것이다. 영국 관리 1명이 인도 사람 30만 명을 관리한 셈이다. 이런 연구가 어디에나 적용되는 공식이라고 할 수는 없으나 길모어의 연구에 의하면 지배자의 몸가짐만 훌륭하다면 극소수의 인원으로도 많은 식민지를 관리할 수 있다는 얘기다. 특히 칭기즈칸 옆에는 당시 희대의 정치가로 평가받는 야율초재耶律楚材 같은 참모가 있어 그의 세계 지배가 가능했던 것으로 보인다. 대만 국적의 중국인 작가로 일본에서 필명을 날리고 있는 진순신陳舜臣이 쓴 『중국 걸물전中國傑物傳』을 보면 칭기즈칸이 죽을 때 그의 자손들에게 이르기를 "야율초재는 하늘이 우리 가문에 보낸 사람이다. 앞으로 모든 정치는 그에게 맡기라."라고 했다는 인물 야율초재는 유목민족으로서의 몽골이 갖고 있는 어쩔 수 없는 야만성을 고치고 문명화시키는 데 일생을 바친 큰 정치가였다. 이것을 보면 몽골제국은 무력만으로 통치했다고 할 수는 없다.

내가 여행을 통해 잊지 못할 충격을 받았던 또 하나의 역사현장은 아우슈비츠Auschwitz였다. 2차대전 중 수백만의 유태인들이 참혹하게 학살당했는데 그 대표적 장소가 바로 이곳이기 때문이다. 폴란드의 옛 수도 크라쿠프에서 반나절이 걸리지 않는 그곳을 찾아갔을 때 나는 빅터 프랭클Victor E.

Frankl의 체험기 『죽음의 수용소에서Man's Search for Meaning』를 자꾸 떠올렸다. 아우슈비츠 수용소에서 3년간의 수용생활을 마치고 극적으로 살아남은 프랭클은 세계적인 심리학자로 명성을 떨쳤던 사람이다. 자기가 겪었던 수용소생활을 통해 극한 상황에서의 인간심리를 직접 체험해 보고 그것을 토대로 연구한 그의 심리분석학은 미국에서만 52개 강의가 개설되었을 만큼 큰 인기를 끌었던 분야였다. 아우슈비츠에 끌려갔을 때의 정황을 그는 체험기에 다음과 같이 썼다.

> 겁먹은 듯한 기적 소리가 기분 나쁘게 울렸다. 마치 파멸에 빠질 운명에 처해 있는 이 불행한 짐꾸러미들을 불쌍히 여겨 도움을 청하는 울부짖음을 하늘로 올려 보내는 것 같았다. 잠시 후 기차가 덜컹거리며 옆 선로로 들어갔다. 종착역이 가까워진 것이 분명했다. 바로 그때 불안에 떨고 있던 사람들 틈에서 울부짖는 소리가 들려 왔다.
> "아우슈비츠야. 저기 팻말이 있어."
> 그 순간 모든 사람들의 심장이 멈췄다. 아우슈비츠! 가스실, 화장터, 대학살. 그 모든 공포를 불러일으키는 이름, 아우슈비츠! 기차는 망설이는 것처럼 천천히 움직였다.

나는 아우슈비츠 옛 기차정거장을 보면서 프랭클 박사가 덜컹거리는 소리를 들었다는 선로가 여긴가 저긴가 착잡한 마음으로 둘러보았다. 그런데 죽음의 공포가 가득 찼던 그 선로가 지금은 관광객들이 모여 서서 웃으며 기념사진을 찍는 곳이 되었으니 참으로 무정한 것이 세월이라는 생각이 들었다. 한 번에 수천 명씩을 죽였던 가스실, 시체를 불쏘시개나 장작처럼 마구 처넣어 태웠던 화장화로, 학살당한 수용자들의 일상용품(안경, 면도솔,

신발, 지갑, 시계 등)을 모아 놓은 전시실, 수용소 내부시설들을 차례차례 둘러보았다. 오늘날 이스라엘이 왜 그리 악착같은지 이곳을 찾아가 유태인들이 어떤 박해를 받았는지 현장을 보면 이해가 간다. 다시는 이 꼴을 당하지 않으려면 어떻게 해야 하는지 자기 안전을 위해서는 어떤 대가도 서슴지 않겠다는 처절한 결의, 그런 것을 지금 이스라엘은 보여 주고 있는 것 같다. 유적지와 사건현장을 찾는 역사기행의 의미는 바로 이런 데 있다고 할 것이다.

3

일본 이야기

근대화의 길

메이지유신明治維新 축제

　내가 신문사 특파원으로 일본 도쿄에서 근무하던 1968년은 마침 일본이 메이지유신明治維新을 이룩한 지 꼭 100년이 되는 해였다. 일본의 모든 신문, 방송 등 매스컴들은 그들이 이룩해 낸 지난 백 년간의 업적을 되돌아보는 특집으로 1년 내내 법석을 떨었다. 그래서 나는 일본 매스컴들이 다루는 특집기사와 방송프로 들을 빠짐없이 볼 기회를 가졌다. 아시아의 거의 모든 나라가 서구열강西歐列强의 식민지로 전락해 가는 시대 물결 속에서 유독 일본만이 근대화혁명에 성공했다는 자랑이 밑바탕에 깔려 있었다. 뿐만 아니라 온 국민이 단결해 부국강병에 매진한 결과 서양의 대강국인 러시아와 싸워 이겼는데 이것은 칭기즈칸成吉思汗 이후 아시아인으로서는 처음 있는 일이라는 등 국가적 자긍심을 한껏 뽐내는 분위기였다. TV에서는 백 년 전 미국인이 가져다 준 모형기차를 보고 그것이 무엇인지 몰랐던 일본이 지금은 시속 200㎞ 이상으로 달리는 초고속전철(新幹線)을 갖게 된 나라가 되었다는 것을 자랑했다. 그런가하면 메이지 정부 초기 유럽과 미국을 시찰했던 고관대작들이 귀국할 때 기념으로 가져온 호텔의 식단표(Menu list), 대륙을 횡단한 기차표 등을 비싼 값으로 경매하는 행사까지 중계하기도 했다.

나는 일본 언론의 이러한 특집프로들을 보면서 그동안 내가 가졌던 일본에 대한 지식이 얼마나 피상적이었던가를 크게 깨닫게 되었다. 어느 한 나라를 제대로 안다는 것이 쉬운 일은 아니다. 그러나 그동안 내가 가져 왔던 일본에 대한 인식은 한국인이면 누구나 가질 수 있는 너무나 편협한 감정적인 관점에서 출발한 지식이었음을 자인하지 않을 수 없었다. 하나는 우리에게 있어 일본은 미워해야 할 가해자라는 점, 둘째는 우리의 불행을 기회 삼아 잘살게 된 얄미운 나라라는 인식이다.

나는 기자가 된 다음 해(1958년), 3·1운동 특집기사를 쓰기 위해 경기도 수원의 제암리堤岩里를 찾아간 일이 있다. 악명 높은 제암리 학살 사건이 있었던 현장 취재였다. 3·1운동 당시 일본 헌병대가 동리 주민을 모두 교회당에 가두어 놓고 총칼로 학살한 뒤, 증거를 남기지 않기 위해 불을 지른 것이 바로 제암리 사건이다. 서양 선교사들에 의해 세상에 알려지게 된 이 학살 사건은 일본이 저지른 대표적인 만행으로 꼽는다. 취재 당시 아직도 생존해 있던 현장 목격자 몇 명과 인터뷰를 하면서 일본인의 잔학성에 말문이 막힌 일이 있다. 식민지시대를 산 한국인들은 이런 유형의 혹독한 총독통치 탓에 일본에 대한 인식이 극도로 감정적이 되고 말았다.

또 우리가 겪은 불행을 기회로 일본이 잘살게 되었다는 것은 6·25전쟁을 두고 하는 말이다. 2차대전의 참혹했던 피해를 벗어나 일본이 다시 일어난 요인에 대해서는 세계적으로 많은 연구 저서가 있다. 그 가운데 하나를 고르자면 영국 학자 로저 버클리Roger Buckley와 언론인 윌리엄 호슬리William

Horsley가 함께 쓴 『새로운 강국 일본Nippon New Superpower』이라는 책을 꼽을 수 있다. 이 책에는 다음과 같은 내용이 쓰여 있다.

한국에서 일어난 6·25전쟁은 일본 경제의 모습을 완전히 바꾸어 놓았다. 요시다 시게루吉田茂 일본 수상은 이 전쟁이 일본에게는 천우天佑라고 했다. 한반도는 아메리카 서해안으로부터 9천 마일이나 떨어져 있으나 일본으로부터의 최단거리는 바다를 격해 1백 마일에 불과하다. 1950년 6월 북한군의 T34 탱크부대가 유엔이 정한 경계선을 넘어 한국으로 침공하자 미군이나 유엔군이 필요로 하는 대량의 군수물자나 보급품은 일본으로부터 조달하지 않으면 안 된다는 것이 곧 밝혀졌다. 도쿄 남쪽 구릉지대의 동굴 속에 있던 일본제국 육군의 탄약창을 비롯, 1천 개 이상의 군수공장이 미국의 명령으로 문을 다시 열었다. 총기, 지뢰, 조명탄 등 군수품의 주문이 잇따라 공장은 그에 응해 즉각 생산을 시작했다. 미군은 시멘트, 철, 강철 등의 건재나 섬유제품과 군용 트럭도 필요했다. 야하다八幡 제철은 한국에 가장 가까웠기 때문에 24시간 조업하지 않으면 안 될 정도로 일이 밀려들었다. 용광로 근로자들은 앞 다투어 철도용 레일이나 교량 펜스 등에 쓰이는 강철 생산에 땀을 쏟았다.

위에 인용한 내용이 설명하듯 한국전쟁 때문에 일본이 큰 덕을 본 것은 틀림없는 사실이다. 당시 '도요타' 자동차의 가미야 쇼타로神谷正太郎 사장은 신문기자와의 인터뷰에서 한국전쟁이 불러온 특수特需를 '도요타의 구세주'라고 하면서 "회사를 위해 기뻐하는 기분과 타국의 전쟁으로 덕을 보는 죄악감이 뒤섞인 복잡한 기분을 갖게 되었다."라고 그 심정을 솔직히 고백한 일도 있다. 아무튼 당시의 통계를 조사해 보면 일본의 군사특수가 연

1억 달러까지 올라간 사실을 알 수 있다. 그래서 한국의 6·25전쟁은 일본 부흥에 결정적 찬스를 가져다주었다고 모든 사람들이 말하게 되었다.

내가 일본에 대해 가졌던 인식 그리고 그 바탕이 되었던 지식은 대개 이와 같은 것이 골자였다고 할 수 있다. 그렇기 때문에 일본은 오리지널이 없는 나라, 남의 것을 약삭빠르게 베껴만 먹는 나라라는 생각과 또 약자 앞에 강하고 강자 앞에 약한 교활한 국민이라는 인식이 늘 있어 왔다. 그러나 메이지유신을 통해 일본을 근대화시키는 데 피를 흘렸던 많은 지사志士의 이야기 또 명분에 사로잡히지 않고 실사구시實事求是하는 합리성을 추구한 정치의 역동성, 그리고 새로운 문명을 받아들이기 위해 눈물겨운 노력을 기울였던 일본 지식인들의 업적을 알게 되면서 나는 내 짧은 지식이 부끄러워졌다. 그래서 나는 도쿄대학에 유학을 하는 등 일본을 본격적으로 공부하기 시작했다.

■ ■

메이지유신은 말할 필요도 없이 오늘의 일본을 있게 한 출발점이다. 3백 명에 가까운 지방 영주領主들이 분할통치하던 봉건체제를 타파하고 천황 중심의 중앙집권적인 통일국가를 만든 이 혁명은 일본을 세계열강 대열에 끼게 했다. 아시아 대다수 국가들이 식민지로 전락한 것과는 반대되는 현상이다. 어째서 일본만이 그렇게 성공했는가? 이것부터 규명해 보아야 한다. 19세기 후반의 우리나라와 일본을 비교해 보면 여러 가지가 달랐다. 우선 우리는 중국을 종주국으로 섬기는 속방屬邦이었는 데 비해 일본은 어느 나라에도 예속되지 않은 독립된 나라였다. 남북 2,800㎞에 이르는 네 개의 섬으로 구성된 이 나라는 한 번도 외부의 침략을 당해 보지 않은 지리적 행운을 얻은 나라였다. 아시아대륙의 동쪽 끝에 붙어 수없이 외침을 당해 국토가 유린되었던 우리나라와 이런 점에서 큰 차이가 난다. 또 우리나라는 무武를 극도로 억제하는 문치文治 국가였는 데 비해 일본은 무사가 지배하는 철저한 무치武治 국가였다. 무사계급이 정권을 잡고 천황을 유명무실한 존재로 만든 것은 12세기 후반 가마쿠라 바쿠후鎌倉幕府 이래의 오래된 전통이다. 여러 번 싸움이 있었지만 일본은 한 번도 문文이 무武를 이기고 통제해 본 일이 없는 나라였다. 그리고 무엇보다도 차이가 나는 것은 우리나라는 철저한 쇄국주의였는 데 비해 일본은 나가사키長崎라는 주요한 도시 하나를 개방해 외국의 문물을 조금씩이나마 꾸준히 받아들일 줄 알았던 제한적 쇄국주의 나라였다. 그래서 일본의 일부 개명된 지배 세력은 세계정세를 내다볼 줄 알았고 우리는 여기 비해 몽매한 은둔자로 머물러 있었다.

이러한 여러 가지 역사적 여건의 차이 때문에 서구열강들이 포함외교砲艦外交를 통해 문호개방을 요구해 왔을 때 우리나라와 일본은 이에 대응하는 방법과 능력에서 큰 차이를 보이게 되었다. 미국 동인도함대 사령관 페리 제독Matthew C. Perry이 군함(黑船) 네 척을 이끌고 1853년 7월, 도쿄 앞바다에 처음 나타났을 때 일본은 큰 충격을 받고 요동치기 시작했다. 일본을 통치했던 당시의 정권 도쿠가와 바쿠후德川幕府는 밀려드는 서양 강국의 힘을 일본으로서는 막아 내기 어렵다는 것을 알고 있었다. 이미 몇 년 전에 천하의 주인이라던 중국이 아편전쟁에서 영국에게 참패했다는 사실을 알고 있었고 홍콩을 식민지로 내주지 않을 수 없는 굴욕을 당한 것도 알고 있었다. 그러나 개국開國을 반대하는 교토京都의 천황과 그 측근의 귀족 세력 그리고 많은 지방 영주와 양이攘夷 사상에 물들어 있는 젊은 무사들을 설득할 힘이 없었다. 그래서 이러지도 저러지도 못하는 우유부단한 정책으로 약점을 드러냈으나, 서구열강의 힘을 알았기 때문에 할 수 없이 문호를 개방하고 말았다. 이렇게 되자 바쿠후체제의 취약점을 알게 된 많은 지방 영주가 바쿠후의 정책을 비판하기 시작했고 외국 세력을 적대시하는 국수주의에 물든 젊은 무사들이 소란을 일으키게 되었다. 특히 바쿠후정권의 주체인 도쿠가와 가문에 대해 역대로 반감을 가져 왔던 조슈長州와 사쓰마薩摩 두 지방 영주는 바쿠후를 비판하는 이런 정세를 교묘히 이용해 바쿠후 타도에 나서게 되었다. 이것이 바로 메이지유신의 태동이다. 이때 일본을 실질적으로 통치했던 바쿠후의 수장을 '쇼군將軍'이라 호칭했고 지방을 분할해 다스렸던 영주를 '다이묘大名' 또는 '한슈藩主'라 했으며 영주들이 다스리던 지방의 영토를 '한藩'이라 했다.

외국에 대한 문호개방을 계기로 바쿠후를 비판하고 반대하는 움직임이 거세지자 바쿠후로서도 가만히 있을 수 없게 되었다. 이에 바쿠후정권은 총리 격인 다이로大老 자리에 강경파인 이이 나오스케井伊直弼라는 인물을 기용해 반대파를 탄압하기 시작했다. 완고한 보수주의자인 이이 나오스케는 무자비한 철권통치를 했다. 체제 비판자를 모조리 체포, 처형하고 지방 영주들을 압박, 통제했다. 이것을 일본에서는 '안정대옥安政大獄'이라 부른다. 그러나 아무리 강력한 철권을 휘둘러도 노쇠할 대로 노쇠해 버린 바쿠후체제를 지탱하기는 어려웠다. 마침내 바쿠후 실력자가 암살되고 조슈 한長州藩과 사쓰마 한薩摩藩이 주축이 되어 바쿠후를 타도하는 혁명이 일어났다. 오랫동안 유명무실했던 천황을 구심점으로 근대적 중앙집권체제의 새로운 나라를 만들었다. 이것이 1868년에 있었던 메이지유신이다. 그런데 이 일련의 복잡한 혁명 과정을 통해 일본은 현실에 적응하는 유연성과 국제정세를 내다보는 안목이 뛰어나다는 것을 보여 주었다. 이것이 바로 일본만이 근대화에 성공할 수 있었던 열쇠라 할 수 있다. 이것을 우리는 일본의 장점으로 인정해야 한다. 우리가 여기에서 무엇을 배워야 할 것인가를 알기 위해 우선 메이지유신에 등장했던 3대 세력(長州, 薩摩, 幕府)을 살펴보겠다.

남북으로 길게 뻗은 일본 열도의 서남쪽에 야마구치山口라는 현縣이 있다. 여기가 바로 도쿠가와 바쿠후를 타도하고 메이지유신을 성공시킨 주역인 옛날 조슈 한長州藩이다. 이곳 한슈藩主는 모오리毛利라는 가문인데, 그 시조는 원래 도쿠가와 바쿠후를 세운 도쿠가와 이에야스德川家康보다 훨씬 세력이 강했던 센고쿠戰國시대의 장수였다. 그 영토가 지금의 히로시마廣島에서 시모노세키下關에 이르는 10개 지방 150만 석을 차지했던 대세력가였다. 그런데 도요토미 히데요시豊臣秀吉가 죽은 다음 1600년에 후계자를 다투는 싸움(세키가하라 결전)이 일어났을 때 당시의 한슈였던 모오리 데루모토毛利輝元는 도쿠가와 이에야스에 적대하는 편의 총수가 되었다가 패전했다. 이 바람에 영토의 5분의 4를 몰수당하고 오늘의 야마구치지방 늪지대로 쫓겨 가 숨을 죽이고 살게 된 것이 조슈 한의 내력이다. 한슈가 살았던 조슈의 수도는 하기萩라는 고을인데 우리나라 부산 쪽과 멀리 마주 보고 있는 한적한 해변도시다.

이곳은 일본 전체에서 보면 벽촌에 속한다. 인구 4만3천 명 정도의 이 시골 도시는 현지에 가 보면 더욱 한촌으로 느껴진다. 일본 열도를 남북으로 관통하는 고속전철도 다니지 않는 곳이고 시내에 교통신호등이 딱 한 군데밖에 없는 한적한 곳이다. 나는 이곳을 찾아가는 데도 많은 불편을 겪었다. 시골길을 버스로 갈 수밖에 없었다. 일본은 태평양에 면한 쪽을 겉일본表日本, 동해(한국) 쪽에 면한 곳을 뒷일본裏日本이라 하는데 뒷일본은 낙후지역의 대명사처럼 불린다. 도쿠가와 바쿠후정권은 모오리 가문이 영원히 힘을 못 쓰도록 도쿄에서 멀리 떨어진 뒷일본 쪽의 궁벽한 바닷가로 내몬 셈이다. 그런데 이 보잘것없는 지방에서 어떻게 바쿠후정권을 타도하는 힘이 생겼을까? 뿐만 아니라 지난 100여 년 동안 수상을 8명이나 배출했고 특히 우리나라와 관계가 깊은 이토 히로부미伊藤博文, 이노우에 가오루井上馨, 민비閔妃 암살을 지휘했던 일본 공사 미우라 고로三浦梧樓, 초대 조선총독을 지낸 데라우치 마사타케寺內正毅 등이 모두 이곳 출신이다. 그만큼 이곳은 근대 일본을 움직여 온 고장이 되었다. 현지 사람들의 얘기를 들으면 이곳 사람들은 조상 대대 잠잘 때에는 발을 바쿠후가 있던 에도江戶(도쿄의 옛 지명) 쪽을 향해 뻗고 잤다고 한다. 바쿠후정권에 대한 원한이 그만큼 골수에 사무쳤다는 증거다.

조슈가 바쿠후 타도의 힘을 기르게 된 것은 지리적 조건을 유리하게 이용한 데 있다고 보는 것이 정설이다. 비록 영토가 외진 구석이기는 하지만 시모노세키라는 좋은 항구와 많은 섬을 가지고 있어 외국과의 밀무역이 가능했을 뿐 아니라, 외국 정세도 알게 되어 농업경제의 한계를 일찍이 벗어나 무역과 상업을 중심으로 상품경제를 통해 부富를 축적하는 데 성공했다는 것이다. 특히 이곳 바닷가 염전에서 생산되는 소금은 전국적으로 소문난 특산품이어서 다른 지방으로 비싸게 팔려 나갔다. 살기 위해 절치부심切齒腐心해 온 핍박의 역사가 지리적 조건에 눈을 뜨게 하고 농업경제에서 상업경제로 새로운 비약의 모델을 창출하게 한 셈이다. 그리고 그것이 가능하도록 많은 인재가 길러지게 되었다. 하기에는 쇼카손주쿠松下村塾라는 조그마한 옛날 서당이 지금도 옛 모습 그대로 잘 보전되어 있다. 이곳을 찾아가 보면 다다미 8장의 넓이, 우리 평수로 4평 남짓한 아주 작은 글방이 있을 뿐이다. 그런데 그 옆에 '메이지유신 태동의 땅明治維新胎動之地'이라는 글귀가 새겨진 어마어마한 돌비석이 세워져 있다. 이곳은 지금 일본뿐 아니라 외국에서도 찾아오는 사람이 끊이지 않을 만큼 유명한 관광명소가 되어 있다.

이 서당을 세우고 한藩의 유망한 청년들을 모아 학문을 가르친 사람은 요시다 쇼인吉田松陰이라는 사상가였다. 그는 젊은이들에게 "분할되어 있는 각 지방정권을 뛰어넘어 일본 전체를 생각해야 하고 세계로 웅비하는 미래를 지향해야 한다."라고 가르치면서 천황을 중심으로 통일국가를 세워야 한다는 이른바 '존황토막尊皇討幕' 사상을 고취했다. 그는 불온한 사상을 퍼트렸다는 죄목으로 바쿠후에 체포되어 참형을 당했으나 그의 가르침을 받은 사람들이 뒷날 메이지유신이 주역이 되었다. 이토 히로부미도 이 서당 출신이다. 일본은 그의 공로를 기려 그를 모시는 신사神社를 세웠고 그의 서당이 곧 메이지유신의 태동지가 되었다는 비석을 세웠다.

조슈 한의 젊은 사무라이武士들은 바쿠후 타도에 앞서 바쿠후정권이 얼마나 외국에 약한 정권인가를 천하에 알릴 목적으로 자기 영토에 들어온 영국과 프랑스 함대에 대해 싸움을 걸었다. 이것이 유명한 1863년의 시모노세키 양이전下關攘夷戰이다. 그러나 이 싸움은 조슈의 참패로 끝났다. 영국, 프랑스, 미국, 네덜란드의 연합 함대는 조슈군의 포대砲臺를 모조리 궤멸시켰을 뿐 아니라 육지에 상륙해 조슈 사무라이들을 살육했다. 이 전쟁을 치르고 나서 조슈의 태도는 달라지기 시작했다. 전투를 통해 서양 열강의 막강한 힘을 알게 된 조슈의 청년무사들은 서양을 오랑캐라 배척할 것이 아니라, 서양을 배우고 서양 무기를 사오고 힘을 길러야 나라를 지킬 수 있다는 사실을 뼈저리게 깨닫게 되었다. 말하자면 "무찌르자. 오랑캐!"에서 "배우자. 오랑캐!"로 정책을 바꾼 셈이다. 유연한 현실적응이라 할 수 있다. 우리나라와 관계가 깊은 이토 히로부미, 이노우에 가오루가 바쿠후 몰래 한藩의 유학생으로 영국에 보내졌던 것도 이때의 일이다.

그리고 조슈 한은 내정개혁에 착수했다. 그 가장 대표적인 것이 군대의 개혁이었다. 당시 일본은 엄격한 신분제가 확립되어 있던 봉건체제였다. 이 체제에서는 군인이 될 수 있는 사람은 무사계급에 국한되어 있었다. 말하자면 양반계급만이 군인이 될 수 있다. 그러니 서양과의 전쟁을 통해 신분을 위주로 구성된 군대가 얼마나 무능하고 전투에 약한 체질인가 하는 것이 드러났다. 그래서 조슈는 다카스기 신사쿠高杉晉作라는 지휘관이 중심이 되어 신분제도를 과감히 타파하고 농민, 상민, 어민 들의 자식들도 자질만 있으면 군인이 될 수 있게 해 새로운 편제의 군대를 만들었다. 기존의 정규군과 구별시키기 위해 이 새로운 군대는 '기병대奇兵隊'라는 이름을 붙였다. 이 군대가 뒷날 메이지유신을 이루어 낸 조슈군의 주력부대가 되었고 메이지유신 후 일본 육군의 아버지라 불리게 된 육군원수 야마가타 아리토모山縣有朋가 바로 이 기병대 출신이다.

조슈가 이와 같이 시대변화에 유연성을 가지고 기민하게 대처한 것이 메이지유신을 이루어 내게 한 힘의 원천이 되었다. 필요하다면 적敵에게서도 배워야 하고 살기 위해서는 명분에 사로잡히지 않는 실리實利 추구에 대담했던 이런 것이 같은 시기에 우리나라가 갖지 못했던 일본의 장점이었다. 주자학朱子學이라는 유일 사상, 이것을 벗어나면 사문난적斯文亂賊으로 몰렸던 명분 위주의 이데올로기 절대주의, 이런 틀 속에 갇혀 꼼짝달싹하지 못했던 우리와 크게 대조되는 당시의 일본 모습이었다. 이것은 조슈뿐 아니라 다른 유신 세력, 심지어 바쿠후정권에서도 찾아볼 수 있는 당시 일본의 시대정신이었다.

바쿠후정권을 타도하고 메이지유신을 이룩하는 데 조슈 한과 쌍벽을 이룬 세력이 사쓰마 한薩摩藩이다. 일본 규슈九州의 동남단을 차지하고 있는 오늘의 가고시마鹿兒島 현이 바로 그곳이다. 태평양에 면한 해양성 영토 사쓰마를 다스리던 한슈는 시마즈島津라는 가문이었는데 이 집안은 당시 일본에 존재했던 300여 명의 다이묘 가운데서 가장 역사가 오래된 명문가로 꼽힌다. 도쿠가와 바쿠후의 조상이 아직 세력가가 되기 훨씬 전인 12세기 때부터 시마즈 일족은 규슈지방 동쪽 대부분을 차지할 만큼 남쪽의 큰 토

호로 군림하고 있었다. 그런데 이 가문도 천하를 다투던 '세키가하라' 결전에서 도쿠가와에 맞서 싸우다 패전했다. 그 탓으로 천신만고 끝에 가까스로 영토를 보전하면서 숨을 죽이고 살아왔다. 그 처지가 조슈와 별로 다를 게 없었다. '사쓰마'라는 고을 이름이 우리나라에 많이 알려진 것은 임진왜란 때 이곳으로 끌려간 도공陶工들 때문이다.

내가 메이지유신의 진원지도 살피고 조선 도공들이 대를 이어 발전시킨 사쓰마야키 도자기도 취재할 겸 가고시마를 처음 찾아간 것은 1968년 메이지유신 100년 축제가 열리고 있을 때였다. 잔잔한 바다 긴코오 만錦江灣과 그 한가운데 떠 있는 화산 사쿠라지마櫻島의 풍경은 정말 아름다웠다. 특히 화산에서 내뿜는 흰 연기가 푸른 하늘로 구름처럼 피어오르는 모습은 한 폭의 그림 같았다. 사람들이 이곳을 '일본의 나폴리'라고 부르는 이유를 알 만했다. 우리나라에서 끌려간 도공들과 그들이 만들어 낸 도자기 얘기는 뒤에 별도로 쓰기로 하고 메이지유신 탐구를 계속해 보겠다.

역사적으로 사쓰마를 말할 때 한슈 시미즈 가문에 암군暗君이 없었다는 것과 한藩의 외교력이 능수능란했다는 점이 높이 평가받는다. 일본은 가마쿠라鎌倉시대부터 무로마치室町와 센고쿠戰國시대를 거쳐 도쿠가와시대에 이르기까지 전쟁을 통해 수많은 호족과 명문거족이 흥망을 거듭했으나, 시마즈 일족만은 늘 위기를 잘 넘기면서 오랫동안 그 지위를 유지해 왔음을 칭찬하는 말이다. 이것을 입증이라도 하듯 일본이 개국 문제로 요동치기 시작한 19세기 중엽 사쓰마를 다스린 한슈는 시마즈 나리아키라島津齊彬라는 인물이었다. 이 사람은 당대 일본의 한슈 가운데서 가장 개명되고 유능한 현군賢君으로 평가된 인물이다. 그는 바로 이웃해 있는 나가사키長崎와 또 그의 세력하에 있던 류쿠왕국琉球王國(現 오기나와)을 통해 외국 정보를 입수, 국제정세에 통달했을 뿐 아니라 몰래 서양 기술을 받아들여 제련소,

반사로反射爐 등을 설치해 철강 생산을 꾀하는 등 식산흥업殖産興業에 진력했다. 사쓰마는 한슈의 이와 같은 개명정책으로 영국 플랫Platt 회사 제품의 각종 방적기계 28대를 직접 구입해 공장을 건설했는가 하면, 서양인 기술자를 초빙해 오고 또 바쿠후의 금지규제를 무시하고 몰래 19명의 젊은이를 영국에 유학시켜 서양 문명을 배워 오게 했다. 뿐만 아니라 내정을 개혁해 하급무사라 하더라도 재능이 있으면 발탁해 쓰는 인사 쇄신에도 힘을 기울였다. 뒷날 메이지유신의 일등공신이 된 사이고 다카모리西鄉隆盛, 오쿠보 도시미치大久保利通와 일본 해군의 주역이 된 해군원수 도고 헤이하치로東鄉平八郎, 총리대신 야마모토 곤노효에山本權兵衛 등이 모두 이때 길러진 사쓰마의 하급무사들이다. 말하자면 사쓰마는 이때 이미 근대국가의 틀을 갖춘 지방정권이 되었으며, 바쿠후정권은 전래의 국법을 어기고 외국과 교류하는 지방정권을 통제할 통치력을 잃어버린 상태였음을 보여 준다. 지금 가고시마에는 당시의 개명 한슈 나리아키라가 남긴 공장 등 개화유적들이 잘 보존되어 있다.

사쓰마의 정책은 처음부터 도쿠가와 바쿠후를 타도하는 데 있지 않고 개혁하는 데 있었다. 이런 노선 때문에 타도를 내건 급진적인 조슈와 충돌이 일어나 처음에는 서로 피를 흘리며 싸우기까지 했다. 사쓰마 한슈 나리아키라는 도쿠가와 일문 가운데 가장 개명된 인물로 꼽히는 도쿠가와 요시노부德川慶喜를 바쿠후 통치자인 쇼군 자리에 앉히고 유력 한슈들과 공동협의체를 구성해 격변기의 나라를 이끌 구상을 가지고 있었다. 그러나 이 구상은 바쿠후 보수파들과 지방 한슈 급진파들 때문에 큰 진전을 보지 못하고 있던 중 나리아키라가 콜레라 병으로 갑자기 죽는 바람에 무산되고 말았다. 나리아키라가 죽은 후 사쓰마는 바쿠후 개혁에서 바쿠후 타도로 방향을 바꾸게 되었고 이에 따라 노선차이 때문에 서로 싸웠던 조슈와 손을 잡게 되었다. 사쓰마가 역대로 큰 변환기를 맞을 때마다 변신과 외교에 능했다는 사실을 여기에서 다시 한번 보여 준 셈이다. 사쓰 · 조 동맹薩長同盟으로 일컬어지는 사쓰마와 조슈의 합작은 시코쿠四國 동쪽지방의 도사土佐(現高知縣)가 중간에 들어 양쪽의 이해관계를 조정해 이루어졌는데 사카모토 료마坂本龍馬가 그 주동인물이었다.

서양 문명에 눈을 뜬 남쪽의 웅번雄藩 조슈 · 사쓰마가 힘을 합쳐 바쿠후 타도의 깃발을 올렸을 때 도쿠가와 바쿠후의 입장은 어떠했는가? 이번에는 바쿠후 쪽 사정을 살펴보겠다. 어느 나라를 막론하고 하나의 왕조나 정권이 무너질 때는 몇 가지 공통점이 나타난다. 하나는 그 체제가 지탱되기 힘들 만큼 내부모순으로 병들어 있다는 점, 다른 하나는 그 체제를 이끌 중심인물이 없어진다는 점이다. 도쿠가와 바쿠후도 마찬가지였다. 농경 사회를 기반으로 엄격한 신분제도와 봉건적 분할통치로 나라의 틀을 만든 지 250여 년이 지나는 사이 화폐경제와 상품경제가 발달해 점차 낡은 틀이 흔들리고 있을 때 시장개방을 강요하는 외국 세력이 밀어닥쳤다. 이것이 바쿠후 말엽의 일본 정세였다. 엎친 데 덮친 격으로 이때 바쿠후에는 최고통치자인 쇼군들이 후사後嗣 없이 요절하는 바람에 늘 후계자 문제로 정쟁이 일어나는 형편이었다. 이것은 마치 우리나라의 경우 조선왕조가 그 말엽, 왕위를 이을 후계자가 없어 몰락한 왕손인 강화도의 시골 나무꾼을 끌어다 임금(哲宗)으로 등극시킨 것과 흡사한 일이다. 도쿠가와 바쿠후는 초대 이에야스부터 시작해 15대 요시노부에 이르러 끝나게 되는데, 13대 이에사다家定가 34세에 후사 없이 죽고 그 뒤를 이은 14대 이에모치家茂 또한 시국이 어지러운 속에서 조슈 정벌전長州征伐戰을 치르다가 20세의 젊은 나이로 세상을 떠나고 만다. 종가에 자손이 끊기고 지류支流 가운데서 후계자를 골라

와야 하는 복잡한 정쟁을 거쳐 15대 쇼군이 된 인물이 도쿠가와 요시노부였다. 이 사람을 일복 역사는 '마지막 쇼군'이라 부른다. 29세의 한창 나이에 방계로 있다가 종가에 들어와 바쿠후 통치자가 된 그에게는 세 가지 길이 있었다. 첫째는 바쿠후의 권한을 강화하여 전국을 통제하고 나라의 질서를 잡는 방법, 둘째는 유력 한슈들과 연합정권을 만들어 통치하는 방법, 셋째는 모든 기득권을 포기하고 바쿠후체제를 종식시키는 방법이다. 그런데 요시노부라는 마지막 쇼군은 여러 엇갈리는 평가를 낳게 하는 다면성을 지닌 인물이었다.

　우선 모든 사람이 공통으로 인정하는 점은 그가 당대 제1의 개명된 지식인이었을 뿐 아니라 누구도 당할 수 없는 당당한 이론가요, 능변가라는 사실이다. 그는 국제정세 특히 서구 열강의 아시아 침략상황을 자세히 알고 있었고 지금의 바쿠후정권이 이 정세에 대응하기에는 너무나 낡고 무력한 체제라는 것을 잘 알고 있었다. 바쿠후체제라는 것은 쉽게 말하면 바쿠후의 권력을 강하게 하려면 상대적으로 지방 한슈들의 힘을 약화시켜야 하는 강본약말주의強本弱末主義였다. 그래서 역대로 바쿠후는 지방 한슈들이 부를 축적하고 병력을 기르지 못하도록 온갖 규제를 만들어 압박했다. 서구 열강들의 침략을 막아 내려면 이런 체제로는 절대 안 된다는 것은 지각 있는 사람이면 누구나 알 수 있는 일이었다. 그래서 새로 집권자가 된 요시노부는 첫 번째 방법 바쿠후 독재는 애초부터 생각하지 않았다. 더구나 그가 쇼군이 되기 이전에 독재의 철권을 휘둘렀던 강경보수파 이이 나오스케井伊直弼가 반대파에 의해 암살되는 등 정변이 일어나 바쿠후로서는 독재를 하고 싶어도 그럴 힘이 없었다. 그래서 그는 두 번째의 방법을 선택했다. 집권하자 곧 정권을 천황에게 돌려주겠다고 선언한, 이른바 '대정봉환大政奉還' 정책은 이런 배경에서 나오게 되었다. 정부 꼭대기에 천황을 앉히고 그 밑에 전국 영주들의 연합체인 한슈협의회藩主協議會를 두어 국정을 담당하게 한다는 구상이었다. 이렇게 되면 바쿠후의 총수였던 쇼군이 한슈협의회의 의장이 되고 지방 한슈에게도 힘이 생기게 되어 지금까지의 체제가 급격한 변혁 없이 점진적 방법으로 개선될 수 있다는 복안이었다.

그러나 쇼군 요시노부의 이런 정책에 대해 바쿠후 타도를 통해 새로운 나라 건설을 꾀하는 세력, 특히 그 가운데서도 조슈, 사쓰마를 비롯해 천황 측근의 공경公卿 귀족들이 반대했다. 천황을 꼭두각시로 만들어 실권은 여전히 봉건제후들이 가지고자 하는 술책에 불과하다는 것이 그들이 반대하는 이유였다. 바쿠후 타도 세력들은 많은 지방 영주가 요시노부의 정책을 지지하려는 분위기에 젖어 들자 궁정宮廷 쿠데타를 결행키로 했다. 교토의 천황 주변에서 변란이 일어난 것은 벌써 몇 년 전부터였다. 고메이孝明 천황의 변사 사건이 그 시초였다. 메이지明治 천황의 아버지인 고메이 천황은 정치적 야심이 크지 않은 사람이었다. 정권을 쥐고 있는 바쿠후를 없애고 그 권한을 모두 가져와야 한다는 토막討幕 혁명에 찬성하지 않았다. 오히려 바쿠후가 통치를 잘 할 수 있도록 그 개혁을 도와야 한다는 좌막파佐幕派를 지지했다. 그래서 누이동생 가즈노미야和宮를 14대 쇼군의 아내로 시집보내 황실과 쇼군가가 서로 혈연을 맺도록 했다. 이것을 일본 역사에서는 '공무합체公武合體'라 부른다. 바쿠후 타도를 꾀하는 세력에게 있어 천황의 이런 태도는 큰 장애요소였다. 요시노부가 쇼군이 되는 것과 때를 같이 해 고메이 천황이 갑자기 죽었다. 공식적으로 발표된 사망원인은 포창疱瘡이었다. 그러나 독살설이 널리 퍼졌다. 그런데 근래에 이르러 당시 고메이 천황의 주치의(伊良子光順)가 남긴 일기가 공개되었는데 거기에는 '급성 독물중독'으로 사망원인이 기록되어 있다. 천황을 독살한 음모의 주역은 천황 측근의 귀족 이와쿠라 도모미岩倉具視와 사쓰마 혁명파의 참모 격인 오쿠보

도시미치大久保利通로 알려져 있다.

　유신 혁명파들로서는 쇼군 요시노부가 한슈 연합 세력을 업고 통치를 계속하려는 정책을 무슨 수를 써서라도 막아야 했다. 그들은 새로 등극시킨 15세의 어린 메이지 천황을 마음대로 조종해「왕정복고王政復古의 대호령」이란 것을 발표케 했다. 천황을 마음대로 조종해 바쿠후정권을 의도적으로 도발하도록 하는 이것이 바로 궁정 쿠데타였다. 어린 천황을 장악한 혁명파들은 더 나아가 바쿠후의 쇼군에게 사관납지辭官納地를 하도록 명령했다. 이것은 글자 그대로 쇼군(征夷大將軍)이라는 조정이 내린 관직을 사임하고 그가 가지고 있는 영토록 반납하라는 것이다. 말하자면 바쿠후를 없앤다는 것이다. 사태가 이렇게 되자 바쿠후정권의 역대 가신家臣들과 직계 한슈들이 분개해 들끓기 시작했다. 당시의 바쿠후 지지 세력과 타도 세력을 단순 비교해 보면 인력이나 무기 등 전력에 있어 바쿠후 쪽이 우세했다. 이때 만약 쇼군 요시노부가 선두에 나서서 군사력을 총동원해 유신 세력과 싸웠더라면 바쿠후 쪽이 이겼을 것이라는 것이 역사학자들의 결론이다. 그런데 역사는 그렇게 흐르지 않았다. 동원 가능한 막강한 군사력이 있었음에도 불구하고 쇼군 요시노부는 그렇게 하지 않았다. 뿐만 아니라 교토, 오사카 일대에서 양쪽 사이에 국지적인 전투가 벌어지고 있는 상황인데도 그는 부하들 몰래 밤중에 배를 타고 오사카에서 도쿄로 돌아오고 말았다. 싸움을 지휘해야 할 총사령관이 전장을 이탈해 야반도주를 하고 만 꼴이다. 지휘관을 잃은 군대가 전쟁에 이길 수 없는 것은 뻔한 일이다. 그 후 유신혁명 세력은 승승장구했고 바쿠후군은 힘이 있었음에도 불구하고 쇼군이 계속 전쟁을 피하거나 전장을 이탈하는 바람에 변변히 싸워 보지도 못하고 각개 격파되어 메이지유신의 성공을 가져오게 하였다.

　요시노부가 쇼군이 되었을 때 선택할 수 있었던 세 가지 방법 중 바쿠후

붕괴라는 세 번째 길을 결과적으로 선택하고 만 셈이다. 그러면 그는 왜 이런 행동을 취했을까? 이 때문에 그에 대한 평가가 여러 개로 엇갈린다. 그를 높이 평가하는 쪽에서는 그의 개명성을 든다. 세계의 흐름을 널리 볼 줄 아는 그의 안목에서 보면 바쿠후체제로는 일본을 끌고 갈 수 없다는 생각에서 그런 행동을 했다는 것이다. 한슈들과의 연합정권 수립이 불가능하다면 천황에 맞서 싸우는 조적朝敵이 되기보다는 공순恭順의 태도를 보여 가문의 존속만이라도 보장받는 편이 좋겠다는 생각에서 그런 행동을 취했으리라는 것이다. 그러나 그를 비판하는 쪽에서는 고생과 치열한 경쟁을 모르는 귀공자로 태어나 자란 탓에 위기에 처했을 때 보여야 할 과단성이 없었고 머릿속에서 정세분석에만 골몰해 행동하지 못하는 우유부단한 성품 때문에 모든 행동이 타임을 놓쳐 버린 결과로 그렇게 되었다는 것이다. 특히 도쿠가와 일문에서는 그를 가문을 버린 배신자로 규탄하는 일까지 있었다.

어찌 되었건 일본이 메이지유신을 이룩한 데는 힘이 있었는데도 저항하지 않고 순순히 정권을 내준 요시노부 쇼군의 공이 큰 것만은 사실이다. 만약 그가 끝까지 바쿠후를 지키려 저항했더라면 일본은 온 나라가 걷잡을 수 없는 내란상태가 오래 계속되었을 것이고 유신 세력을 영국이, 바쿠후 세력을 프랑스가 후원하게 되어 일본이 서구 열강의 각축장이 되었을 것이라 보는 사람도 많다. 그래서 유신이 성공한 다음 메이지 정부는 요시노부의 공로를 인정하여 그에게 귀족서열의 맨 윗자리인 공작公爵의 작위를 주어 품위를 유지시켜 주었다. 요시노부는 조상의 옛 땅인 시즈오카靜岡에 은거해 살다가 76세의 나이로 1913년에 사망했다.

일본의 메이지유신은 지금까지 살펴본 바와 같이 조슈, 사쓰마, 바쿠후라는 3대 세력이 주축이 되어 전개된 정치드라마였다. 그깃을 우리 입장에서 평가해 본다면 어떤 이데올로기에 갇혀 명분이나 의리에 얽매이지 않고 필요에 따라 정책을 바꿀 줄 아는 정치의 유연성이 돋보인다는 점이다. 처음에는 서양 오랑캐를 물리쳐야 한다고 봉기했던 세력이 나중에는 서양 문물을 모두 받아들여야 한다는 쪽으로 대담하게 변신한 것이 유연성의 대표적 예라 할 수 있다. 또 적대 세력으로 맞서 싸우더라도 나라 전체를 살리기 위해서는 타협할 줄 아는 대국적 안목이 있었다는 점도 눈여겨볼 만한 일본의 장점이다. 당시 영국은 사쓰마와 조슈에게 바쿠후 쪽의 모든 정보를 제공해 주었을 뿐만 아니라 무기武器까지도 주선해 주었다. 이에 대항해 프랑스는 특히 당시의 프랑스 대사 레옹 로슈Leon Roches는 쇼군 요시노부의 고문 격이라 할 만큼 수시로 만나 조언을 해 주는 가까운 관계였다. 그런데도 유신 쪽이나 바쿠후 쪽이나 어느 쪽도 외국이 일본 내정에 직접 관여하는 것을 다 같이 피했다. 이 점은 외국에 의지하여 자기 목적을 이루어 보려 애썼던 한말의 우리 처지와 잘 비교되는 모습이다.

특히 메이지 정부를 이끈 유신의 주역들이 국가를 개조하는 데 보여 준 합리성은 높이 평가할 만한 그들의 정치기술이었다. 예를 들면 중앙집권적인 정부를 만들려면 한藩과 한슈藩主를 없애고 대신 행정단위로서의 현縣을 설치해 그 책임자로 지사를 정부가 직접 임명해야 했다. 이 정책을 '폐번치현廢藩置縣'이라 한다. 메이지 정부는 이 정책을 실시하는 데 있어 한슈와 그 가신들에게 그들이 수백 년에 걸쳐 조상 대대로 가져왔던 영토와 계급적 특권을 빼앗는 대가로 그에 상응할 만한 사회적 신분과 녹봉을 보장해 주는 등 세심한 배려를 했다. 급격한 변화를 피하고 점진적 개혁을 통해 사회적 고통을 최소화하려는 합리성을 추구했다. 일본의 이와 같은 타협과 합리성은 먼 옛날부터 그들이 지녀 왔던 유전인자로 볼 수도 있다. 7세기 때 중국(唐)으로부터 새 문물을 받아들였을 때에도 그들은 율령제도律令制度를 취택하면서도 현실에 맞지 않는다는 이유로 과거科擧시험제도만은 끝내 받아들이지 않았다. 그리고 유교를 받아들였으면서도 주자학朱子學 하나만을 절대시하는 유일 사상에 빠지지 않고 양명학陽明學 등 다른 사상도 폭 넓게 수용했다. 종교를 받아들이는 데 있어서도 불교라는 외래 종교를 자기들의 고유 종교인 신도神道와 적당히 융합해 받아들였다. 이것을 그들은 '신불습합神佛習合'이라 말한다.

일본, 한국, 중국이 서양 문물을 받아들이는 데 있어 내건 슬로건은 모두 같았다. 자기 것을 잃지 않으면서 외래의 앞선 기술을 배운다는 것이었다. 이것을 일본은 '화혼양재和魂洋才', 한국은 '동도서기東道西器', 중국은 '중체서용론中體西用論'이라 표현했다. 그런데 결과를 보면 한국과 중국은 모두 이 정책이 실패했고 일본만이 성공했다. 왜 그렇게 되었는가? 그것은 앞에서 본 바와 같이 정치를 하는 데 있어 일본만이 타협과 합리성을 잘 발휘했기 때문이다. 미국의 저명한 인류학자인 루스 베네딕트는 『국화와 칼The Chrysanthemum and The Sword』이라는 일본을 분석한 책에서 메이지유신 주역들에 대해 다음과 같이 쓰고 있다.

> 그들은 그들의 임무를 결코 이데올로기적인 혁명으로 생각하지 않았다. 그들은 메이지유신을 하나의 사업으로 취급했다. 그들이 머릿속에 그리고 있던 목표란 일본을 세계열강의 대열에 서게 하는 것이었다. 그들은 무모한 우상 파괴자가 아니었다.

메이지유신 후 일본이 추구한 정책은 급속한 서구화西歐化였다. 봉건제도를 대신해 자본주의제도를 도입하는 데 있어 그들이 당면했던 문제는 모든 것이 생소하고 어려웠다. 서양의 여러 제도를 일본에 옮겨 오기 위해 기울인 그들의 노력은 참으로 놀랄 만했다. 외래 문물을 받아들이는 데 있어 천재라는 칭송을 받을 만큼 그들은 놀라운 재주를 보여 주었다. 우선 외국으로 유학생을 보내 앞선 문물을 배워 오게 하는 한편 각 분야마다 서양인 전문가를 초빙해 지도를 받기도 했다. 메이지 6년(1873년) 당시 일본이 구미 각국에 보낸 유학생은 모두 373명에 이르렀고 여기 소요된 비용은 문무성 연간 예산의 18%가 되었다고 당시의 자료는 밝히고 있다. 또 연간 150만 달러를 지불하면서 300여 명의 외국인을 초빙, 고용했는데 이들에게 지급한 최고 월급은 800엔이었다. 당시 화폐가치로 1엔이면 쌀 40kg을 살 수 있었으므로 엄청난 월급이라 할 수 있다.

그러나 이런 모든 것에 앞서 가장 시급하고 중요했던 것은 서양 문명을 받아들이기 위해서는 그 기초가 되는 서양 지식을 일본말로 옮겨야 하는데 그 용어들을 새로 만들어 번역해야 하는 것이었다. 예를 들면 우리가 지금 자연스럽게 일상용어로 쓰고 있는 은행, 회사, 보험, 사회, 개인, 자유, 권리, 철학, 경제, 주의主義 등의 용어가 처음부터 수월하게 정해진 것이 아니라 많은 고심과 숱한 곡절을 겪은 끝에 오늘과 같이 정착된 것이다. 가령 'Bank'의 경우를 보면 일본에도 서양처럼 이것을 설립해야 하는데 그 명칭을 무엇이라 해야 할지 난감한 일이었다. 당시의 기록을 보면 메이지 초기 일본은 뱅크를 처음에는 '회사'로 번역해 썼다. 'Bank of Exchange'를 '위체회사爲替會社', 'Bank of Deposit'를 '예금회사預金會社'로 번역해 사용했다. 그러나 이것이 'Company'라는 단어와 혼란이 생겨 어떤 때에는 '뱅크'라는 원어를 그대로 쓰기도 했고 또 때로는 '양체좌兩替座', '금은위체소金銀爲替所'로 표기하기도 했다. 그래서 정부는 고명한 학자들에게 널리 자문을 구해 메이지 5년에 가서야 비로소 'Bank'라는 서양말을 '은행銀行'이라는 이름으로 그 용어를 굳혔다. 그렇게 된 이유는 '행行'은 중국『강희자전康熙字典』을 참고하면 큰 상점을 의미했다. 차茶를 파는 큰 상점을 '차행茶行’, 소금을 취급하는 상점을 ‘염행鹽行’, 서양인의 상점을 ‘양행洋行’ 이라 한 것 등이 그 예다. 또 ‘은銀’ 은 Silver만은 뜻한 것이 아니라 돈Money, 부Wealth, 재산Property이라는 의미도 포함되어 있었다. 그래서 ‘Bank’를 ‘은행’ 이라 정했다.

메이지유신 초기 일본 지식인들에 의해 어렵게 만들어진 이 한문용어는 오늘날 우리뿐 아니라 한문의 원산지인 중국에서도 수입해 쓰고 있다. 이런 예는 학문 분야에서 더 많이 나타났다. 서양 학문을 공부하는 데 있어 개념을 규정하는 용어의 선택은 보통 어려운 문제가 아니었다. 특히 서양 자본주의 사상의 기초가 되는 ‘Individual’ 이나 ‘Society’ 라는 개념은 일본에는 없었던 것이어서 그 뜻을 전달하는 용어의 선택은 아주 힘든 일이었다. 일본은 오랫동안 엄격히 통제된 신분제도의 틀 속에서 살아왔다. 봉건 체제를 유지시킨 이 신분제도는 모든 사람을 여러 계층으로 나누어 지위, 권한은 말할 것도 없고 거주, 복장, 예절, 말씨에 이르기까지 각기 다르게 차별화하여 복잡한 상하 관계를 이루어 온 제도였다. 따라서 평등한 권리, 의무를 가진 사회 구성의 궁극적 단위가 되는 ‘개인’ 의 개념은 일본에는 존재해 본 일이 없었다. 그렇기 때문에 어떤 용어를 통해 그것을 표현해야 할지 참으로 지난한 일이었다. ‘Individual’ 이라는 단어는 각개各個, 각인各人, 일단一單, 인별人別 등으로 번역되었다가 메이지유신 17년 후에야 오늘날 우리가 쓰고 있는 ‘개인’ 으로 굳어졌다. ‘Society’ 가 ‘사회’ 라는 용어로 낙착되는 데도 많은 시간이 걸렸다. 바쿠후 말엽 사절단의 일원으로 유럽을 시찰했던 후쿠치 겐이치로福地源一郎가 1875년 마이니치每日 신문에 글을 쓰면서 이 용어가 일본 언어로 정착되었다. 또 ‘Philosophy’, ‘~ism(이즘)’ 이니 하는 것은 어떤 말로 옮겨야 하는가? 메이지 초기 일본 지식인들은 서양 문명을 받아들이는 데 있어 상상을 초월할 만큼 악전고투했다. 중국 문헌에 나타난 용례用例를 참고하기도 했고 서양 사회를 직접 가 보고 그 상황을 표현하는 글자를 고르기도 하여 주조어鑄造語(coined word)를 만들 수밖에 없었다. 'Philosophy'는 중국에서 이학理學, 현학玄學, 지학智學 등으로 표현한 예가 있었으나 일본에서는 이 모두가 부적절하다고 판단해 '철학哲學'이라는 용어를 새로 만들었다. '~ism'에 관해서는 중국에서 사용한 예를 보면 'Socialism'을 '공용지리公用之利', 'Communism'을 '대공지도大公之道'로 일정하지 않게 불렀는데 일본에서는 사상을 포현하는 이런 용어는 일정한 틀이 있어야 한다고 생각해 '~ism'을 '주의主義'로 번역했다. 그래서 'Social+ism'을 '사회주의'라는 용어로 일정한 틀에 넣어 주주했다. 오늘날 우리가 서양 학문을 배우는 데 있어 편리하게 쓰고 있는 모든 학술용어들은 그 번역 루트를 더듬어 올라가면 이와 같이 일본 지식인들이 고심하면서 몇 년씩 걸려 만들어 낸 피땀의 결정체라는 것을 알 수 있다. 이 점에 있어 우리는 일본 지식인들에게 감사해야 한다. 서양 용어를 일본 용어로 번역하는 데 얼마나 애를 먹었던지 당대 일본의 일류 지식인이었던 모리 아리노리森有禮, 마에지마 히소카前島密, 도야마 마사카즈外山正一, 니시 아마네西周 등은 일본어에는 학술용어로 쓸 만한 적당한 단어가 없으므로 외국어를 원어 그대로 쓰든가 아니면 차라리 일본어를 폐지하고 영어를 상용어로 바꾸는 혁명적 변혁이 불가피하다는 극단론을 주장하는 일까지 있었다. 해외 유학파인 이들이 용어 번역에 얼마나 고심했으면 이런 주장을 했겠는지 그 고충을 알 만하다.

　한문의 원산지인 중국에서도 그들이 쓰고 있는 외래 철학용어 75개 가운데 61개가 메이지 정부 초기에 만들어진 일본 제품이라는 것을 공인하고 있다. 일본은 이런 밑천을 쌓아 왔기 때문에 외국 문물을 받아들여 자기 것으로 만드는 데 천재적인 나라라는 평가를 받게 되었다. 독일 철학자 프리

드리히 니체Friedrich Wilhelm Nietzsche의 전집 출판이 독일보다 일본이 앞섰고 최고의 한문사전으로 평가받는『대한화사전大漢和辭典』도 중국 사람이 아니라 일본 사람에 의해 만들어졌다. 모로하시 데쓰지諸橋轍次라는 일본 한학자가 삼십여 년의 세월을 쏟아 만든 이 사전은 전 13권 총 1만4천 페이지에 이르는 방대한 것인데 여기에는 5만3백54 자의 한자와 수천 년 동안 그 한자들이 쓰였던 엄청난 용례들이 정확히 정리되어 있다. 자존심 상한 중국인들이 이 모로하시 사전을 능가하는 한문사전을 만들기 위해 안간힘을 쏟고 있지만 아직도 세계 최고는 모로하시 사전이라는 데 이의가 없다.

일본 사람의 이와 같은 노력과 업적은 오랜 봉건체제 속에서 길러진, 직업을 고귀하게 생각하는 장인匠人정신에서 유래된 것이 아닌가 생각된다. 일본 대사를 지낸 미국의 동양학자 라이샤워는 역사를 연구해 보면 아시아 여러 나라 가운데서 가장 서양적 사회구조를 가졌던 나라가 일본이라고 했다. 일본에 대한 이런 평가는 16세기에 일본에 왔던 서양 신부들이 로마 교황청에 보낸 보고서에도 언급되어 있다. 그래서 일본의 유명한 평론가 야마모토 시치헤이山本七平는『일본 자본주의의 정신』이라는 책을 통해 일본이 아시아에서 유일하게 서구화하게 된 원인을 일본 사회구조의 서양 유사성에서 찾고 있다. 혈연血緣을 크게 중요시하지 않는 능력주의, 절약과 근면정신, 그리고 소명召命의식이 강한 점 등이 막스 베버Max Weber가 말하는 프로테스탄트의 윤리와 비슷하다는 것이다.

일본 사람들의 멘털리티가 구체적으로 반영된 사례를 하나 소개해 보겠다. 메이지 18년(1885년) '도쿄 경제잡지사'라는 언론기관에서 일본인의『인명사전人名辭典』을 만든 일이 있다. 사회적 업적을 남기고 고인이 된 인물들을 그 대상으로 삼았는데 여기에 실린 인물들의 경력을 보면 참으로 다양하다. 나라를 통치했던 사무라이계급뿐 아니라 농업, 광업, 토목업은 물론이고 양조업, 미곡상, 해운업, 금융업에 이르기까지 다양하다. 그런데 한 가지 특색은 혈연血緣에 관한 기록이 거의 없다는 사실이다. 그의 경력을 소개하는 데 있어 아버지가 무엇을 했던 사람이라는 것이 간단히 적혀 있을 뿐 대부분이 본인이 언제 어디서 어떤 일을 했다는 것이 구체적으로 적혀 있다. 그런데 이와 비교되는 사전이 하나 있다. 그것은 우리나라가 일본에 병탄당한 지 3년 후(1913년) 서울에서 발행된 『조선신사대동보朝鮮紳士大同譜』라는 1,350여 쪽짜리 인명사전이다. 이 사전은 구한말 고관을 지낸 운양雲養 김윤식金允植이 서문을 썼는데 거기 보면 조선 전역의 공경대부公卿大夫, 유림, 효자, 열부, 신진, 신사를 총망라한다고 되어 있다. 수록 인원은 대략 1만 명인데 모두 생존해 있는 인물들이었다. 말하자면 당시 우리나라 방방곡곡에 살고 있는 유지들을 총망라한 당대의 인물사전이라 할 만했다. 그런데 인물들을 소개한 내용을 보면 당사자의 업적이나 직업은 거의 없고 대부분이 혈연의 가문家門 소개로 일관되어 있다. 18대 조상이 무슨 벼슬을 했느니, 외가의 조상 중에 영의정이 있었느니 하는 것이 일반적인 내용이고 그 가운데는 심지어 38대 조상 자랑까지 늘어놓은 경우도 있다. 38대라면 본인으로부터 1천 년이 넘는 아득한 옛날 일인데 그때 자랑을 장황하게 늘어놓고 있다. 28년이나 앞서 발행된 일본인의 인명사전과 너무나 극명하게 대조되는 인물 소개 내용이다. 당사자가 어떤 분야에서 어떤 일을 했다고 자랑하는 일본 사람과 몇백 년 전 조상들이 무슨 벼슬을 했다고 자랑하는 한국 사람의 멘털리티 비교라 할 수 있다. 이런 사고방식의 차이가 19세기 말엽, 일본과 우리의 운명을 갈라놓게 한 원인의 하나가 아닌가 생각되기도 한다.

Bushido 武士道

일본 우파右派의 빛과 그림자

1969년의 일이다. 당시 경향신문 논설위원이었던 성균관대학교의 이명영李命英 교수가 일본에 왔다. 그는 내가 있는 신문사에 소속되었을 뿐 아니라 대학 선배여서 가까이 지내 온 사이였다. 그가 일본에 온 목적은 북한의 김일성金日成이 가짜라는 것을 밝혀내고 전설처럼 남아 있는 진짜 '김일성 장군'이 누구인지 찾아내기 위해서였다. 이 교수는 6개월을 도쿄에 머물면서 이 작업을 위해 여러 도서관과 자료실을 찾아다니며 조사하느라 땀을 흘렸다. 특히 일본 국회도서관 헌정자료실에는 과거 조선총독부에서 본국 정부에 보고한 항일抗日 유격대에 관한 자료가 더러 있었다. 나는 틈틈이 이 교수와 동행해 자료 열람을 돕기도 했고 관계자와의 면담을 주선하는 데 거들어 주기도 했다. 이 교수는 이때의 조사를 토대로 그 후 귀국하여 중앙일보에 「김일성 열전」을 썼고 『4인의 김일성』, 『북한의 근대사 위조』, 『권력의 역사』 등 많은 저작을 남겼다.

나는 이명영 교수의 이 작업을 거드는 과정에서 일본 군부軍部의 계보, 특히 일본 육군사관학교를 졸업한 한국인의 사정 등을 알게 되었고 나아가 일본 우파右派 세력의 사상적 흐름 등을 공부하게 되었다. 메이지유신 후 2차대전 패전 때까지 70여 년간 일본을 지배했던 세력은 우파, 그 가운데서도 극우極右에 속하는 군국주의자들이었다. 그리고 그 세력의 중심은 군부였고 군부를 움직인 인물들은 모두 일본 육군사관학교 출신의 군인들이었다. 이명영 교수는 만주벌판에서 일본군을 상대로 게릴라작전을 벌인 진짜 김일성은 일본 육사를 나온 한국인일 것이라 확신하고 이것부터 조사를 시작했다. 이 교수를 도우면서 알게 된 일본 군부의 사상적 원류源流인 이른바 일본의 부시도(武士道의 일본 발음)와 일본 육군사관학교를 졸업한 한국인의 관계는 내용을 파고들수록 흥미진진했다. 여기에는 당시를 살았던 무인武人들의 인생관, 윤리관과 그들의 기개 같은 것이 많이 깃들어져 있다.

1910년, '한·일 합병'이 선포된 얼마 후 도쿄 아오야마靑山 공원묘지에 한국인 청년 30여 명이 모여들었다. 일본 육사 23기생인 김광서金光瑞를 비롯해 26기생 홍사익洪思翊, 지대형池大亨(일명 李靑天), 이응준李應俊 등 13명과 27기생 김석원金錫源, 김인욱金仁旭 등 20명 도합 34명이었다. 이들은 모두 고종황제의 특명으로 일본 사관학교에 유학을 하게 된 대한제국의 청년 무관들이었다. 이들은 일본에서 신식 군사학을 공부한 다음 귀국하면 대한제국 군대의 기간장교가 될 인재들이었다. 그런데 '한·일 합병'으로 대한제국이 없어지고 말았다. 이렇게 되자 이들은 망연자실茫然自失, 그 앞날을 걱정하기에 이르렀다. 학업을 계속할 것인가 즉각 귀국할 것인가. 그래서 그들은 이날 공원묘지에서 모임을 가진 것이었다. 비분강개 속에서 격론이 벌어졌다고 한다. 토론 끝에 우선 학업을 계속키로 하고 서로 돕고 행동을 같이하기 위해 친목회를 만들기로 했다. 그렇게 해서 생긴 것이 1911년에 발족한 〈전의회全誼會〉라는 모임이다. 회장은 가장 선배인 김광서가 맡았는데 이명영 교수 주장에 의하면 바로 이 사람이 뒷날 만주로 탈출해 항일 유격전을 벌인 진짜 김일성이라는 것이다. 김광서는 육사 졸업 후 일본군에서 기병으로 근무하던 중 3·1운동을 맞았다고 한다. 이때 그는 육사 3년 후배인 지대형(이청천)과 함께 만주로 탈주, 항일 무장투쟁을 시작했는데 그는 기병 출신이어서 기동성이 뛰어난 기마전으로 동에 번쩍 서에 번쩍 만주벌판을 달리면서 신출귀몰의 게릴라 영웅 김일성의 신화를 만들어 냈다는 것이다.

일본 육군사관학교 출신 한국인 가운데서 계급이 가장 높이 올라간 사람은 26기 졸업생 홍사익이었다. 그는 2차대전 종전 시 일본의 육군중장이었다. 일본군은 장군이 되기 위해서는 반드시 일본 육군대학을 거쳐야 했는데 그는 육대를 졸업한 유일한 한국인이었다. 2차대전이 끝날 때 홍사익 중장이 맡았던 마지막 직책은 남방군南方軍 총사령부 병참총감兵站總監이었다. 병참의 주요 업무는 군대가 필요로 하는 모든 물자를 보급, 관리하는 것이었지만 전시하여서 포로수용소 관리도 그 업무에 포함되었다. 이 전쟁포로 관리 때문에 패전 후 그는 필리핀에서 열린 연합군의 군사재판에서 포로 학대죄로 기소되어 사형당한 비운의 주인공이 되었다. 그런데 그가 죽고 난 후 야마모토 시치헤이山本七平라는 이름 있는 일본의 평론가 한 사람이 여러 곳에 흩어져 있는 자료들을 알뜰하게 추적, 조사한 것을 토대로 홍사익이라는 한국 출신 군인의 생애를 책으로 펴냈다. 『홍사익 중장의 처형洪思翊中將の處刑』이 바로 그것이다. 지금은 고인이 된 저자 야마모토 씨는 당시 조그마한 출판사를 경영하면서 종교 문제를 연구하는, 색다른 평론가로 유명했다. 『일본인과 유태인日本人とユダヤ人』이라는 책을 출판해 일본 사회를 들끓게 한 베스트셀러가 되었는데 저자가 이사야 벤다산으로 되어 있으

나 사실은 야마모토 본인이 쓴 것으로 알려져 있다.

그러면 야마모토 씨는 왜 홍사익이라는 한국 출신 장군에 관해 관심을 갖게 되었는가? 이유는 두 가지였다. 하나는 그가 2차대전 당시 하급장교로 필리핀에서 군복무를 했는데 그때 사령관이 홍사익 중장이었다. 창씨개명創氏改名도 하지 않은 한국인이 어떻게 중장으로까지 출세했을까? 이것이 첫째 관심사였다. 둘째는 군사재판에서 어떤 일본 장군보다도 홍 중장이 보여 준 태도가 가장 군인다웠다는 것이다. 미군 검찰관이 홍 중장이 한국인임을 알고 그를 살려 보려고 변명의 기회를 여러 번 주었으나 홍 중장은 법정에서 끝까지 묵비권을 행사, 불리한 판결을 각오하면서까지 변명을 한마디도 하지 않았다고 한다. "패장敗將은 말하지 않는다."는 일본의 무사도를 한국인이 일본인보다 더 당당하게 보여 주었다는 것이다. 그래서 야마모토 씨는 한국으로 미국으로 왔다 갔다 하면서 자료를 조사해 홍사익 중장에 관한 책을 내게 되었다. 야마모토 씨는 책을 쓰기 위해 서울을 여러 번 다녀갔다. 홍 중장의 일본 육사 동기생인 이응준 장군을 비롯해 훨씬 후배인 김정렬, 이형근, 유재흥, 이종찬, 신응균 장군 등을 모두 만나 옛날 상황을 자세히 취재했다.

야마모토 씨가 쓴 홍 중장 전기를 보면 김광서가 지대형을 데리고 만주로 탈주한 후 〈전의회〉 회장이 된 홍사익은 회지 『전의全誼』를 통해 김광서와 지대형의 가족 생계를 돕기 위한 모금 캠페인을 벌인 것으로 되어 있다. 일본제국의 육군 현역 장교들이 아무리 동창이고 동족이라 하더라도 일본군을 탈주해 적군이 된 사람의 가족을 돕는 행위는 있을 수 없는 일이었다. 그러나 일본 군부는 이것을 알았으면서도 눈감아 주었다는 것이다. 뿐만 아니라 야마모토 씨는 다음과 같은 얘기도 덧붙였다. 이응준 씨가 일본 육군장교 시절의 일인데 하루는 낯모르는 사람의 방문을 받았다고 한다. 그 사람은 당시 연해주지방에서 독립운동을 하고 있던 이응준 씨 장인(李甲)이 보낸 밀사였다. 권총을 한 개 급히 구해 보내라는 것이 용건이었다. 이응준 씨는 할 수 없이 자기 권총을 그 밀사에게 주고 말았는데 공교롭게도 그 사람이 국경을 넘다가 일본 헌병에게 체포되었다는 것이다. 조사 결과 권총의 소유자가 이응준으로 밝혀졌다. 그런데 이상한 것은 헌병대에서 이응준 씨에게 귀띔하기를 권총을 도난당했다고 신고하라는 것이다. 상식적으로 생각하면 이 사건은 이응준 씨가 군법회의에 넘겨져 처벌을 받아야 할 불온 사건이었다. 그런데 일본 군부는 이 사건을 단순한 도난 사건으로 만들어 그냥 덮어 버리고 만 셈이다. 왜 그랬을까? 당시 상황을 종합적으로 조사했던 야마모토 씨가 내린 결론은 일본 군부의 무사도정신武士道精神이 그때까지만 해도 많이 살아 있었기 때문이라는 것이다. 메이지시대를 살아온 일본인들은 그들의 전통윤리인 무사도를 지킬 줄 알았다는 것이다. 국사國士를 대우할 줄 알았고 적敵을 대할 때에도 예의를 갖출 줄 아는 무사의 정情이 있었다는 것이다. 일본에도 개망나니가 많지만 적어도 일본 군부의 상층부만은 사무라이의 예절이 있었다는 것이다. 일본군의 장교가 조국을 위해 싸우는 장인에게 권총을 전했다는 이유로 처벌을 받는다면 일본 육군의 체면이 어떻게 될 것인가. 이것을 고민한 끝에 내려진 군 상층부의 결정이 바로 사건을 덮어 버리기로 했다는 것이다. 야마모토 씨는 이와 같은 해석을 근거 없이 한 것이 아니라는 것을 밝히기 위해 여러 옛 군인들의 증언을 소상히 소개하기까지 했다.

그렇다면 일본의 지배계층이 생활윤리로 자랑하는 '무사도'라는 것은 어떤 것인가? 우리나라 과거를 이해하려면 주자학朱子學의 윤리를 꼭 알아야 하듯 일본의 지난날을 알기 위해서는 이 무사도를 꼭 알아야 한다. 일본은 무武가 중시되고 문文이 경시되었던 전통적인 무사국가武士國家였다. 따라서 심오한 학문이나 철학적 사유가 상대적으로 빈약했다. 다만 오랫동안 전쟁을 겪으면서 그 속에서 생겨난 서로의 이해관계 등이 얽혀 자연히 어떤 규범 같은 것이 생겼다. 그런 위에 도쿠가와 바쿠후 설립 이래 전쟁이 없게 되자 통치 이데올로기로서 유교를 받아들이게 되었다. 그래서 전래되어 오던 고유한 윤리와 새로 도입된 유교의 윤리가 서로 섞여 하나의 지배 윤리, 생활규범으로 탄생한 것이 무사도라 할 수 있다. 그런데 이것이 일본을 대표하는 윤리로 세계 여러 나라에 알려지게 된 것은 니토베 이나조新渡戶稻造라는 일본의 뛰어난 선각자 한 사람이 『Bushido(武士道의 일본 발음)』라는 책을 영문으로 쓴 데서 비롯되었다. 메이지유신 후 청·일 전쟁에 승리하는 등 일본이 세계무대에 떠오르자 구미歐美 여러 나라들은 도대체 일본이란 나라가 어떤 나라인지 궁금증이 커져 갔다. 이때 출판된 책이 바로 니토베가 쓴 『Bushido – The Spirit of Japan』이었다. 이 책을 쓰게 된 니토베라는 인물은 일본 돈 5천 엔짜리 지폐에 그의 초상화가 실릴 만큼 국민의 존경을 받는 역사적 인물이다. 메이지유신이 일어났을 때 그는 여섯 살 소년이었다. 서양 문물이 들어오고 학교가 생기자 그는 농학자農學者가 되기를 결심하고 새로 생긴 북해도 삿포로 농학교札幌農學校에 입학했다. 이 학교는 "청년들이여 야심을 가져라Boys be ambitious."는 유명한 말을 남긴 미국인 교육가 클라크William Smith Clark가 세운 학교인데 입학 동창생 가운데는 뒷날 무교회주의 기독교인으로 국제적 명사가 된 우치무라 간조內村鑑三가 있다. 클라크 교장의 영향으로 기독교인이 된 니토베는 졸업 후 도쿄제국대학을 거쳐 미국과 독일 유학을 한 후 귀국해서는 일고一高 교장, 도쿄제국대학 교수, 도쿄여자대학 초대학장 등 교육자의 길을 걸었다. 그 후 국제무대에 진출해 당시의 UN이라 할 수 있는 국제연맹의 사무차장을 지내기도 하는 등 일본인으로서는 보기 드문 국제인이 되었다. 그는 서양 저명인사들의 일본에 대한 지식이 너무 빈약한 것이 안타까워 일본인의 윤리관과 생활규범을 정리해 구미 사회에 알리고자 이 책을 썼다. 그가 37세 때인 1899년의 일이다. 니토베는 일본인의 무사도를 서양인들에게 이해시키기 위해 해박한 지식을 종횡무진으로 폭 넓게 활용했다. 서양의 기사도騎士道, 노블레스 오블리주Noblesse oblige와 비교하기도 했고 희랍·로마 신화를 인용하기도 했으며 어떤 경우에는 셰익스피어 등 문학작품을 또 어떤 경우에는 헤겔, 니체 등 철학 사상을, 심지어 칼 마르크스의 자본론까지 인용하면서 무사도의 원천源泉과 의義, 용勇, 인仁, 예禮, 성誠, 명예名譽, 충의忠義, 극기克己 그리고 죽음(切腹), 칼刀 등을 자세히 설명했다. 영문으로 쓰인 책은 곧 독일어, 이태리어, 러시아어, 스웨덴어로 번역되어 서양 지식인사회의 베스트셀러가 되었다. 특히 당시의 미국 대통령 시어도어 루스벨트Theodore Roosevelt가 이 책을 일고 미국 육·해군 사관생도들에게 읽기를 권유한 일화를 남기기까지 했다.

일본 무사계급의 이 윤리규범 'Bushido'가 현실로 전시된 사건이 일어났다. 그것은 1905년에 있었던 러·일 전쟁에서 여순旅順의 러시아 진지를 공격한 일본군 사령관 노기 마레스케乃木希典 육군대장이 보여 준 행동이었다. 그는 이 전투에서 두 아들을 잃었다. 일선 돌격부대 맨 앞에 아들을 배치했다. 러시아와 일본 간에 벌어진 육상전에서 가장 치열했던 이 203고지 전투는 150여 일 동안에 일본은 누계 13만의 장병을 동원해 5만 9천 명의 사상자를 낼 만큼 엄청난 희생을 치렀다. 가까스로 승리한 일본의 노기 사령관은 항복 조인식에 나타난 러시아군 사령관 스테셀 장군과 인사를 교환한 다음 용감하게 싸운 러시아군 장병에게 정중히 경의를 표했다. 그리고 세계 각국에서 모여든 신문기자 앞에서 항복한 적장敵將의 명예를 지켜 주기 위해 최선을 다했다. 항복 조인 장면을 꼭 촬영하고 싶다는 서양 카메라

기자들의 요청에 대해 그는 "패장敗將에게 두고두고 치욕으로 남을 사진을 찍게 하는 것은 일본의 무사도가 허락하지 않는다."라는 이유로 거절했다. 그리고 꼭 사진이 필요하다면 항복 절차가 끝난 후 자기와 스테셀이 동등한 양군의 사령관 자격으로 함께 서 있는 장면을 촬영하라고 했다. 노기 대장의 이런 태도는 그 자초지종이 서양 언론에 자세히 보도되었다. 이렇게해서 서구 각 나라의 신문에는 'General Nogi'에 관한 기사가 일본의 Bushido를 보여 준 살아 있는 현실로 대서특필되었다. 노기 대장은 동양고전에 친숙한 선비형 장군으로 한시漢詩를 많이 남긴 다소 고풍스러운 사무라이였다. 메이지 천황이 죽자 부인과 함께 1912년 자결로 생을 마감했다. 일본 정부는 순사殉死한 그를 '군신軍神'으로 받들었다. 지금 도쿄 아카사카赤坂에는 그를 모시는 신사가 있다.

세계적으로 칭송을 받게 한 이런 무사도가 일본 우파의 사상 발원지라할 수 있다. 그러나 세월이 지나면서 무사도가 갖고 있는 윤리성과 합리성이 점차 퇴색하고 천황숭배의 편협한 국수주의로 흘렀는가 하면, 일본 전래의 고유신앙인 신도神道의 극단적 광기狂氣가 보태지기 시작했다. '신도'라는 국수國粹 사상은 일본을 신국神國으로 보고 일본을 지배하는 것은 신의후손인 천황이어야 한다는 것이다. 천황을 신성시하고 절대시하는 왕권신수설 사상이다. 메이지유신을 일으켰을 때 유신 주체 세력들은 봉건 할거체제를 타파하고 강력한 중앙집권체제를 굳히기 위해서는 나라의 구심점을 천황에 둘 수밖에 없었다. 그래서 천황을 신성시하고 절대시하는 존황尊皇 사상을 의도적으로 고취시켰다. 그런데 편의상 써먹은 이 존황 사상은점차 합리성을 잃고 배타적인 주술呪術로 변하면서 일본 우파의 사상적 흐름을 국수주의, 대외침략주의로 줄달음치게 했다. 일본에 역사상 처음으로헌법이 공포된 날(1889년 2월 11일) 메이지 정부의 문부대신 모리 아리노리森有禮가 살해되었다. 해외 유학파인 그가 지나친 서구화를 서두르고 전래의 풍습을 경시한 데 대한 반감으로 국수주의자인 한 젊은이가 대신을 자살刺殺한 것이다. 이 사건을 계기로 점점 더 국수주의 광기가 무사도의 관용성과 합리성을 좀먹는 우파 사상의 독버섯으로 자라났다. 미라 잡이가 미라가 되는 형국이 벌어진 셈이다. 일본의 우파 사상이 이렇게 변질된 배경에는 천황의 군통수권을 방패 삼아 문관文官 지배를 견제한 군부 세력이 천황을 업고 정치를 주도코자 한 야심도 함께 작용했다고 볼 수 있다.

천황숭배의 국수주의 사상이 얼마나 극단적인가 하는 것을 보여 주는 광란극이 하나 있다. 1891년 5월, 당시 러시아 황태자(후일의 니콜라이 2세)가 일본을 친선방문했을 때의 일이다. 군함 7척을 이끌고 가고시마, 나가사키를 거쳐 오사카, 교토, 도쿄, 아오모리青森, 블라디보스토크로 귀국하는 코스의 이 황태자 방문은 큰 뉴스거리였다. 외국의 황태자가 일본을 찾은 최초의 케이스가 되었을 뿐 아니라 위풍당당한 해군의 위용은 일본인의 러시아 공포증을 더욱 부채질하는 것이어서 온 나라가 떠들썩했다. 그런데 큰 사고가 생기고 말았다. 니콜라이 황태자가 교토에 들려 일본 최대의 담수호인 비와코琵琶湖 구경을 마치고 돌아가는 길에 연도 경비를 하고 있던 순경 쓰다 산조津田三藏가 갑자기 차고 있던 칼을 빼 황태자를 습격한 사건이 돌발했다. 일본은 온 나라가 발칵 뒤집혔다. 천황이 직접 상처를 입은 황태자를 위문했는가 하면 군대가 비상소집되는 등 법석이 났다. 러시아 황태자는 다행히 생명에는 지장이 없었으나 사건은 꼬리를 이었다. 범인을 조사해 보니 그의 범행동기는 러시아 황태자가 일본 천황을 먼저 예방하고 시찰에 나서야 하는데 그렇게 하지 않았으니 이는 천황을 무시한 행동으로 용서할 수 없다는 것이었다. 아무튼 이 습격 사건은 더 확대되지 않고 잘 마무리되어 러시아 황태자가 일본을 떠나려 할 즈음 이번에는 교토부 청사 앞에서 웬 여자 한 사람이 날카로운 칼로 배와 목을 찔러 자결한 사건이 일어났다.

하타케야마 유코畠山勇子라는 26세의 여인이었다. 그녀는 일본 정부와 국민 그리고 러시아 관리와 자기 가족에게 각각 유서를 남겼는데 그 내용은 러시아 황태자에게 사죄한다는 것, 천황에게 큰 심려를 끼쳤으니 그 죄를 자기가 대신 죽음으로 용서를 빈다는 것이었다. 일본 신문들은 유서 내용을 보도하면서 그녀를 열녀烈女로 치켜세웠다. 연도 경비를 섰던 순경은 러시아 황태자가 천황을 무시했다고 칼을 뽑았고 이와 반대로 또 한 여인은 천황에게 큰 걱정을 끼치게 했으니 죽음으로 사죄한다는 것이다. 두 사건 모두가 정상인으로서는 생각하기 힘든 국수주의자의 광기 발로로 볼 수밖에 없다.

일본의 우파 사상이 천황을 신격화하는 국수주의, 대외침략의 국가주의로 변질된 것은 청·일 전쟁이 계기가 되었다. 일본이 청국의 항복을 받아낸 곳은 시모노세키下關였다. 일본 혼슈本州의 서남단에 있는 이 도시에 가보면 항복 문서에 도장을 찍게 한 장소가 지금도 그대로 보존되어 있다. 바다가 내려다보이는 작은 언덕에 서 있는 '춘범루春帆樓'라는 곳인데 여기에는 1895년 4월 당시 일본 총리대신 이토 히로부미伊藤博文와 청국의 북양대신 이홍장李鴻章이 마주 앉아 강화조약 문서에 도장을 찍던 책상, 의자가 그때 그대로 보전, 전시되고 있다. 일본은 여기에서 맺은 조약으로 대만 및 펑후제도澎湖諸島와 만주의 요동반도遼東半島를 식민지로 얻었고 한국에서 청국이 물러나도록 만들었다. 일본은 세계의 중심국가라 자랑해 오던 중국을 전쟁으로 이겼다는 자신감과 방대한 영토를 얻은 것에 온 국민이 뛸 듯이 기뻐했다. 일본을 개화시키는 데 앞장섰던 선각자 후쿠자와 유키치福澤諭吉는 일본의 승리는 야만에 대한 문명의 승리라는 글을 썼고 일본의 양심으로 존경받던 무교회주의 기독교인 우치무라 간조는 일본 군부의 주장을 대변하는 「의로운 일·청 전쟁」이라는 글을 영문으로 써서 국제사회에 일본을 대변했고 심지어 유럽 문명의 기본이 자유, 평화 등 박애에 있다고 평민주의를 주창해 왔던 언론인 도쿠토미 소호德富蘇峰까지 일본이 청국을 이긴 것은 유럽 문명의 지식을 동양적 원기로 운용한 일본의 힘이 바탕이 되었다고 군국주의를 예찬했다.

이렇게 일본이 승리에 도취해 있을 때 러시아, 독일, 프랑스 3국이 여기에 쐐기를 박았다. 일본이 청국에서 얻어 낸 보상이 아시아에 있어서의 각국의 세력균형을 깨트릴 만큼 지나치다는 이유를 들어 요동반도를 도로 청국에 돌려주라고 일본을 압박했다. 역사에서 말하는 이른바 '3국 간섭'이다. 전쟁에 이겼다고는 하지만 서구 열강을 대항하기에는 아직 일본은 약한 나라였다. 할 수 없이 압력에 굴복해 일본은 요동반도를 청국에 돌려주고 말았다. 온 국민이 비분강개해 데모하는 등 분노가 들끓었다. 일본 군부는 3국 간섭에 분개하는 국민감정을 교묘히 선동, 이용했다. 와신상담臥薪嘗膽을 내걸고 힘을 길러 복수하자는 부국강병富國强兵 쪽으로 국론을 몰고 갔다. 이렇게 해서 일본이 자랑하던 무사도는 일부 사람의 가슴에만 남은 생활윤리가 되었을 뿐 점차 소멸해 갔다. 그리고 일본은 국수주의, 군국주의 쪽으로 변질하면서 군비확장, 러·일 전쟁, 한국 병탄이라는 대외침략, 영토확장의 길로 줄달음치게 되었다.

애초 일본이 메이지유신으로 근대화혁명에 성공했을 때 아시아의 많은 사람은 여기에 큰 희망을 걸었다. 특히 나라가 무너지고 있던 중국의 선각자와 젊은이 들은 유신일본의 도움으로 나라를 개혁할 수 있으리라는 기대를 가졌었다. 그래서 강유위康有爲, 양계초梁啓超, 손문孫文 능이 일본을 찾았고 많은 젊은이가 일본으로 유학을 했다. 중국 근대혁명의 아버지로 불리는 손문은 이때 일본에 망명해 있으면서 혁명운동을 했는데, 그의 호가 중산中山이 된 것은 일본 망명 때 일본인으로 가장해 사용했던 '나카야마中山'라는 일본 성을 그냥 사용하게 된 것이다. 또 후일 국민정부의 총통이 된 장개석蔣介石은 이때 일본 육군사관학교에 유학했고 공산중국의 수상이 된 주은래周恩來도 일본에 유학한 젊은이였다. 우리나라에서도 개화파 지도자인 김옥균金玉均, 박영효朴泳孝, 유길준兪吉濬 등이 일본에 망명해 있으면서 나라의 개혁을 꾀했다. 뿐만 아니라 영국 식민지로 있던 인도의 수바스 보스Subhas Chandra Bose, 스페인 식민지 필리핀의 에밀리오 아기날도Emilio Aguinaldo 등 먼 아시아인들도 서구 세력에 대항해 아시아의 독립을 찾기 위해서는 일본과 손잡아야 한다는 생각으로 일본을 찾았다. 그러나 일본은 아시아를 버리고 서구 열강의 하나가 되자는 이른바 '탈아입구脫亞入歐' 노선을 택하면서 아시아인의 기대를 배반했다. 뿐만 아니라 서구 열강 못지않은 악랄한 방법으로 아시아의 이웃 나라들을 침략하기 시작했다.

일본이 자랑하던 무사도가 얼마나 타락하고 변질되었는가를 알려주는 대표적 사건이 하나 있다. 1932년 3월, 이른바 상해사변上海事變이 일어났을 때 일이다. 교민보호라는 구실로 일본군이 중국 상해를 침략한 사건이다. 이때 구가 노보루空閑昇라는 일본 육군소좌(소령)가 전투 중 부상을 당해 의식을 잃었다. 그를 중국군이 발견해 치료를 해 주고 소속 부대로 돌려보냈다. 이것은 누가 보아도 칭송할 만한 휴먼스토리에 해당된다. 아름다운 진중미담陣中美談이다. 그런데 살아난 일본군 소령은 이것을 참을 수 없는 수치로 생각했다. 그래서 권총자살로 스스로 목숨을 끊었다. 적군에게 경의를 표할 줄 알았던 메이지시대 노기乃木 대장이 보여 준 일본 군인의 품격과는 천지차이가 나는 천박한 행동이었다. 그런데 더 가관인 것은 일본 군부가 이 사건을 대대적으로 선전, 자살한 구가 소령을 '일본 무사도의 꽃'이라고 해괴한 군신軍神 신화를 만들어 냈다. 당시 일본에는 어린 학생들을 대상으로 하는 『소년 구락부少年俱樂部』라는 소년 잡지가 있었는데 그 잡지 1932년 6월호에는 다음과 같은 내용이 크게 실렸다.

> …… 구가 소령은 먼 동쪽을 향해 천황폐하께 절을 했습니다. 그리고 조용히 땅에 앉아 허리에 찬 피스톨을 꺼내 입 안에 넣고 방아쇠를 당겼습니다. ……
> 일본의 소년 제군! 구가 소령이 자결한 3월 28일을 기억해 둡시다. 이 날 일본의 무사도는 찬란한 빛을 내게 된 것입니다.

이와 같은 터무니없는 무사도 예찬과 전쟁찬양 선전으로 세뇌되고 교육받은 일본의 청소년들은 1945년 일본이 패망할 때까지 만주, 중국, 필리핀, 인도네시아, 베트남, 말레이시아, 버마 등 아시아 전역의 전쟁터로 내몰려 국수주의, 군국주의의 하수인으로 동원되어 죽어 갔다.

일본 군부가 얼마나 패륜아로 타락했는가 하는 것은 1937년에 일어난 남경南京 학살 사건에서도 나타났다. 중국 남경을 점령한 일본군이 수많은 무고한 주민을 집단적으로 살육한 이 사건으로 당시 사령관이었던 마쓰이 이와네松井石根 육군대장은 패전 후 극동군사재판에서 사형선고를 받고 처형되었다. 그때 기록을 보면 마쓰이 대장은 옥중에서

> 남경 사건은 생각할수록 부끄러운 일이다. 나는 러·일 전쟁 때 육군대위로 참전했었는데 그때의 사단장과 오늘의 사단장을 비교해 보면 오늘의 일본군은 옛날에 비해 밀힐 수 없이 타락해 버렸다. 내 통솔하에 있던 사단장들의 불찰로 사건이 생겨 부끄럽다. 나 한 사람이나마

책임을 지게 되었으니 그나마 다행으로 생각한다.

라는 유언을 남겼다. 일본이 자랑하던 무사도정신이 터무니없이 타락해 버린 현실을 자인하고 탄식한 말이다.

일본 군부는 침략전쟁을 추진하는 과정에서 조금이라도 방해가 된다고 생각하면 좌파 세력은 말할 것도 없고 우파에 속하는 사람까지도 가차 없이 숙청했다. 만주사변滿洲事變이 일어난 다음 해인 1932년 이른바 '5·15 사건'으로 불리는 군사반란을 일으켜 민간인 출신 수상 이누카이 쓰요시犬養毅를 비롯해 정부 요인들을 죽였는가 하면 극우단체인 혈맹단血盟團은 재벌과 군부비판 세력을 암살하는 테러행위를 계속했다. 천황을 업고 정권을 전단하게 되면서는 군부 내에 황도파皇道派와 통제파統制派라는 파벌이 생겨 암투가 일어나기도 했다. 1936년 2월에 일어난 소위 '2·26사건'은 수도 경비사단이 일으킨 최대 규모의 쿠데타였다. 이 군사정변은 성공하지 못하고 3일 만에 끝났으나 전쟁확대에 제동을 걸었던 정부 요인들이 대부분 살해된 사건으로 이때부터 군부의 독주를 막을 수 있는 세력은 존재할 방법이 없었다. 이렇게 해서 일본은 2차대전으로까지 전쟁을 확대시켜 결국 패망에 이르게 되었다. 그래서 전쟁이 끝난 다음 일본의 국민작가 기쿠치 간菊池寬은 "메이지유신 후 중·일 전쟁과 태평양전쟁을 일으킨 일본 군부의 폭주暴走를 보면 그것은 옛날 천황을 꼭두각시로 만들어 놓고 무인武人들이 마음대로 나라를 통치했던 바쿠후幕府 정권처럼 또 하나의 쇼와바쿠후昭和幕府였다고 할 수밖에 없다."라고 했다. 이것이 바로 일본 우파의 족보요, 사상의 흐름이었다. 합리성과 윤리성과 관용성을 지녔던 원래의 Bushido가 일본의 빛이었다면 편협하고 비합리적이고 침략적이고 광란적으로 변질된 가짜 Bushido는 나라를 망친 일본의 그늘이라 할 수 있다.

그런데 1945년 패전 후 오늘까지 일본을 지배한 세력은 여전히 우파였다. 우리 입장에서 전후의 일본 우파를 평가하자면 그들은 천황을 신성시하고 절대시하는 광신적 신비주의에서 벗어난 것은 사실이다. 하지만 그들이 저질렀던 과거의 제국주의적 대외침략과 군국주의적 식민통치에 대해서는 근본적인 자기 성찰이나 반성이 없는 구태의연한 세력이라 할 수밖에 없다. 한·일 국교가 정상화되기까지 양국 간의 회담이 무려 14년이라는 긴 세월이 걸린 것과 또 국교수립 이후에도 심심찮게 일본 측의 망언과 사과 문제가 시빗거리로 등장한 것 등은 모두 그 원인이 일본 우파의 변함없는 낡은 사고방식 때문이다.

일본이 패전한 다음 해에 경성제국대학 교수로 서울에 와 있었던 스즈키 다케오鈴木武雄라는 경제학자가 「조선통치에 대한 반성」이라는 글을 잡지에 발표한 일이 있다. 『조선경제朝鮮の經濟』라는 책을 쓴 일도 있는 그는 일본 지식인 가운데서는 비교적 양심파로 알려진 학자였다. 그런데 그가 쓴 글을 읽어 보면 그 밑바닥에 깔린 논조는 반성이 아니라 오히려 식민지 지배의 타당성을 해설한 변명으로 가득 차 있다. 가령 일본이 내건 내선일체內鮮一體, 일시동인一視同仁 같은 동화정책은 졸속 행정 등 방법상의 잘못으로 실패한 것이지 그 목표는 좋았다는 것이다. 그 예로 일본인과 한국인을 같은 학교에 공학共學시킨 케이스를 들면서 "이런 선의의 식민통치는 다른 식민지에서는 찾아볼 수 없는 것"으로 평가했다. 그리고 더 나아가 '합병' 당시(1910년) 한국의 국민총생산GNP이 일본 화폐로 3억8천1백만 엔円에 불과했으나 1943년에는 64억8천5백 엔으로 늘어났으며 1920년부터 34년까지 실시한 쌀 증산운동으로 한국은 식량 문제를 완전히 해결하게 되었다는 것이다. 그리고 조선 말기에는 한국의 인구人口가 감소 추세에 있었으나 일본이 통치한 후 34년간의 조사통계를 보면 인구가 약 2배로 늘어났는데 이것은 경제발전에 따른 결과라고 단정했다. 패전 후 최초로 발표된 일본 지식인의 글이 이와 같이 자기합리화로 가득 차 있다. 이런 주장은 지금도 일본 우파들이 가지고 있는 공통된 생각이라 할 수 있다. 1953년 열린 한·일 회담 도중에 나온 구보타 간이치로久保田貫一郎 망언을 비롯해 무수히 많은 일본 우파 정객, 지식인이 내비치는 한국에 대한 식민통치 시혜론은 앞서 인용한 스즈키 교수의 주장과 같은 인식에서 나온 현상들이다. 그런데 최근 들어 일본 우파 논객 가운데는 태평양전쟁에 대해서도 하야시 후사오林房雄라는 평론가가 주장한 '대동아전쟁 긍정론' 쪽으로 그 논리를 확대해 가고 있다. "일본의 자위상自衛上 불가피했다."는 것이다. 과거에 대한 죄의식이 없는 색맹인色盲人 군상—이것이 내가 겪어 보고 느끼는 일본의 우파들이다.

한恨 많은 북송선

일본 좌파左派의 죄악

　북한의 특수부대로 알려진 124군부대의 무장 게릴라 31명이 청와대를 습격하려고 서울에 나타난 것은 1968년 1월 21일이었다. 이날 일본 도쿄에 있던 나는 평소 잘 알고 지내던 일본 기자한테서 전화를 받았다. 철통같은 군사분계선이 남북 간에 가로놓여 있는데 어떻게 이런 사건이 일어날 수 있느냐는 것이다. 나는 사태의 정확한 내용을 알 수 없어 우리 대사관으로 달려갔다. 기자실에는 동료 특파원들이 벌써 몇 명 나와 있었고 대사관 직원들도 서둘러 출근하고 있었다. 외국에 나가 있으면 누구나 본국 소식이 늘 궁금해진다. 더군다나 뉴스를 직업으로 삼고 있는 기자들로서는 더욱 그렇다. 그런데 대통령의 목숨을 노리는 북한의 게릴라부대가 서울에 나타났다니 정말 기막힌 소식이 아닐 수 없었다. 일본 신문, 방송 들이 온 종일 톱뉴스로 서울 소식을 전하는 어수선한 분위기 속에서 나도 바쁘게 하루를 보냈다. 속칭 '1·21사건'으로 불리는 이 무장 게릴라의 습격 사건은 김신조金新朝가 생포되는 바람에 그 진상이 밝혀졌다. 조사결과 북한 특수부대원들은 청와대 습격을 목표로 여러 특수훈련을 받았으며 침투 방법은 한국군으로 철저히 위장해 서울까지 왔다는 것이다. 그런데 이 사건을 두고 일본의 일부 언론들은 박정희 정권이 정치적 난국을 타개하기 위해 마치 사건을 조작한 듯이 의심하는 태도를 보였다. 일본의 좌파左派 그리고 여기 부화뇌동하는 이른바 진보적 지식인이라는 사람들이 이런 논조를 펴는 장본인들이었다.

일부 언론의 이런 시각에 대해 한국 특파원들이 대체로 분개하고 있을 때 마침 일본 민방民放 가운데서 가장 대표적인 방송인 TBS에서 한국 관계 특집좌담프로를 만들겠으니 한국 특파원 한 명을 출연시켜 달라는 요청이 왔다. 대사관과 특파원들 간의 협의로 내가 대표로 TV에 출연하게 되었다. 나는 좀 망설여졌다. 일본 시청자들에게 분단된 한국의 오늘을 제대로 이해시킬 만한 식견과 능력이 없다고 생각되었기 때문이다. 그래서 사양했다. 그랬더니 만약 내가 출연하지 않으면 방송사에서 제멋대로 교섭해 이상한 사람을 출연시킬지도 모르니 그렇게 되면 한국 사정이 더욱 왜곡될 것이 확실한데 그렇게 하면 되겠느냐고 사방에서 다그쳤다. 그래서 나는 어쩔 수 없이 방송에 출연키로 했다. 나는 방송에 나서지 않으면 모를까 기왕 출연할 바에는 평소 하고 싶었던 몇 가지 논점만은 꼭 밝혀 보기로 작정했다. 나와 대담을 하게 된 일본 측 출연인사는 TBS의 해설위원, 동북아 문제를 다루는 평론가, 그리고 데라우치寺內―라는 도쿄대학 국제법 교수였다. 나는 이 방송을 통해 남북한을 대하는 일본의 편향된 태도부터 따졌다. 당시 일본의 좌파 세력, 특히 진보를 자칭하는 지식인들이 가지고 있는 생각은 '남한=악惡, 북한=선善'이라는 괴상한 인식이었다. 말도 안 되는 이런 편향성에 대해 일본 우파마저 알고도 모르는 척하는지 그렇지 않으면 우파들도 그렇게 믿고 있는 것인지 일본인의 한국 인식은 크게 잘못 되어 있었다. 나는 이러한 편향된 인식이 시정되지 않는 한 1·21사태가 보여 주는 북한의 테러리즘을 제대로 이해하기 어렵다는 점부터 역설했다. 그리고 일본 측 출연자들에게 다음과 같은 질문을 했다.

"북한에 자유가 있는가?"

"언론, 출판, 집회, 직업선택, 주거이전 등 인간이 가져야 할 보편적 자유가 북한에 있는가?"

"일본의 일부 논객들은 북한을 '지상낙원' 이라 찬양하는데 인간이 가져야 할 보편적 권리, 기본적 자유가 없는 곳을 어떻게 낙원이라 할 수 있는가?"

이러한 나의 질문에 대해 아무도 명쾌하게 답변을 하지 못했다. 그 대신 평론가라는 사람은 나한테 게릴라부대가 북한에서 온 것이 아니라 박정희 정권이 독제체제를 강화하기 위해 혹시 조작해 낸 자작극이 아니냐고 질문을 해 왔다. 나는 어이가 없어 그에게 과거 일본 사람들은 그런 모략극을 연출해 전쟁의 구실을 삼은 일이 있지만 오늘의 한국은 그런 악랄한 음모를 꾸밀 줄 모르는 나라라고 역습적으로 답변했다. 내가 이때 일본의 과거를 얘기한 것은 만주사변滿洲事變이 떠올랐기 때문이다. 1928년 일본 군부는 중국을 침략하기 위해 관동군關東軍의 주도로 만주의 지배자 장작림張作霖을 폭사시킨 데 이어 1931년 만철滿鐵 선로를 폭파하고 이를 중국 측이 한 것처럼 뒤집어씌워 전쟁을 일으킨 사례가 있었다. 나의 TBS 방송출연은 몇 가지 후일담을 낳았다. 내 발언을 듣고 조총련계로 의심되는 어떤 청년이 대사관으로 전화를 걸어 나를 가만히 두지 않겠다고 협박을 해 왔다. 그래서 나는 전창희소昌熙 공사로부터 당분간 외출을 삼가 달라는 권유를 받았다. 그런가 하면 그 반대로 일본출판협회라는 곳에서는 나에게 연사 초청이 오기도 했다. 내친김에 나는 일본 출판인들에게 한반도 정세를 자세히 설명하는 강연을 했다.

　나는 지금도 일본 좌파, 특히 진보적이라 자칭하는 학자, 평론가, 언론인 등 일본 지식인들이 한국에 대해 보였던 일련의 작태는 씻을 수 없는 죄악이라 생각한다. 그 가운데서도 우리 재일동포들을 온갖 거짓말로 속여 지옥의 땅 북한으로 보낸 일은 용서할 수 없는 비인륜적 만행으로 규탄한다. 나는 특파원생활을 하는 동안 재일동포들의 북송 문제에 관해 많은 취재를 했고 북송선이 떠나는 항구도시 니가타新潟에도 여러 번 가 보았다. 니가타시 중심부에서 북송선이 떠났던 항구까지 그리고 옛날 적십자센터가 있었던 곳에서 니가타공항으로 이어지는 도로에는 지금도 '버드나무 거리' 라는 퇴색한 안내판이 서 있다. 이 거리는 1959년 첫 북송선이 떠난 것을 기념해 버드나무 305그루가 심어졌다고 해서 붙여진 이름이다. 지금은 그 옛날 이곳에서 벌어졌던 비극의 현장을 찾아볼 만한 흔적은 그때 심어진 버드나무 이외에는 아무 것도 없다. 따라서 이제는 이곳이 많은 사람을 지옥으로 보낸 한 많은 항구였다는 사실을 기억하는 사람도 드물다. 그러나 나는 이곳을 떠나 생지옥으로 실려 간 10만에 이르는 사람들의 운명을 생각할 때면 눈물이 날 때가 많다.

　재일한국인의 북송 문제는 1959년 8월 13일, 인도 캘커타에서 일본 적십자사와 북한 적십자사 사이에 조인된 귀환협정에 의해 시작되었다. 1959년 12월부터 1967년 11월까지 155회에 걸쳐 8만8천6백11명이 북송된 후 잠시 중단되었다가 1971년 5월에 재개되어 1984년 완전히 끝나기까지 총 9만3천3백44명이 일본에서 북한으로 보내졌다. 이 가운데는 일본인 처 1천8백여 명과 그들의 아이들을 합쳐 일본인 국적 6천6백여 명이 포함되어 있다.

■ ■ 북송취재(1967년, 재일동포를 북송한 일본 니가타 항구에서)

당시 일본 정부는 인도적 차원에서 거주지 선택의 자유를 인정해 교포들을 북송한다는 명분을 내세웠다. 그리고 일본의 좌파들은 학자, 언론인, 시사평론가 등 지식인들을 총동원해 북한을 지상낙원이니 노동자의 천국이니 하면서 찬양, 선동했다. 그러나 그때 일본 정부의 본심은 '가난하고 범죄율이 높은 골치 아픈 재일조선인들을 일본 영토 밖으로 몰아내는 추방사업이었다.'는 것이 뒷날 밝혀졌고 북한은 '6·25전쟁으로 파괴된 나라를 재건하는 데 노동력이 필요해 재일동포를 끌어갔다.'는 것이 드러났다. 오스트레일리아 국립대학 교수로 있는 테사 모리스 스즈키Tessa Morris-Suzuki 박사는 이 북송 문제를 집요하게 추적해 숨겨졌던 당시의 문서들을 검토한 결과를 토대로 최근 『북한행 엑소더스Exodus to North Korea』라는 책을 냈다. 그는 그럴듯한 명분 속에 감춰진 정치적 흑막을 폭로하면서 그 책 속에서 다음과 같이 쓰고 있다.

비극적인 북송에 대한 책임을 정확히 누구에게 어떻게 배분해야 할 것인가에 관한 논란은 영원히 끝나지 않을 것이다. 하지만 지금 더 중요한 것은 그 역사적 유산에 똑바로 맞서 두 번 다시 똑같은 일이 반복되지 않게 하는 일이다. 가장 주목할 일은 일본과 북한의 정부, 양국의 적십자사, 조총련, 일본의 야당과 언론, 국제적십자사, 그리고 옛 소비에트 정부와 미국 정부 이 모든 단체와 국가가 잘못을 바로잡아야 할 책임을 함께 지고 있다는 사실이다.

사태가 이러한데도 불구하고 그때 북한을 천국으로 미화해 숱한 사람들이 북송선을 타도록 만들었던 일본 좌파들은 지금껏 일언반구一言半句 말이 없다. 후안무치한 역사의 죄인들이라 하지 않을 수 없다. 지상낙원이란 선

동에 북송선을 탔던 사람들의 운명이 어찌 되었는지 그들도 알 것이다. 1960년 열세 살의 어린 나이로 조선인 아버지와 일본인 어머니의 손에 이끌려 북송선을 탔던 소년이 하나 있었다. 미야자키 슈운스케宮崎俊輔라는 일본 이름을 가졌던 이 소년은 그로부터 36년 후인 1996년 49세의 나이가 되어 죽을 고비를 몇 번 넘긴 끝에 마침내 북한을 탈출했다. 그는 일본으로 되돌아온 최초의 북송인이 되었다. 북한에서의 생활을 온 세계에 고발한 책『북조선 대탈출—지옥으로부터의 생환北朝鮮大脫出—地獄からの生還』을 출간했다. 그는 이 책을 통해 "일본 매스컴과 좌파 지식인들이 사회주의에 대한 환상만 가지고 북한의 실정과 현실을 확인도 하지 않고 그곳이 지상낙원이라고 찬미하는 바람에 당시 가난에 허덕이던 많은 재일동포가 모두 북송을 신청하게 되었다."라고 좌파의 지상낙원 캠페인을 고발했다.

극락정토極樂淨土로 생각하고 찾아간 북송교포를 기다린 북한 실정이 어떠했는가는 그 후에도 속속 밝혀졌다. 재일교포 남편을 따라 북송선을 탔던 스물두 살의 젊은 일본인 처의 얘기도 있다. 2003년 1월, 아사히朝日 신문과 주간신조週刊新潮는 43년 만에 65세의 늙은이가 되어 북한을 탈출한 일본인 처의 애절한 이야기를 보도했다. 가을부터 겨울까지는 야산에서 나무를 거두고 봄부터 여름까지는 산나물과 버섯을 팔아 생명을 연장했으며 주식主食은 강냉이 가루였고 수돗물이 없어 빨래는 냇물에 나가 해야 하는 인간 이하의 비참한 생활이었다는 것이 아사히가 보도한 북송교포의 생활이었다.

이 불쌍한 일본인 처는 당시 일본의 외무대신이었던 가와구치 요리코川口順子에게 구원을 요청하는 탄원서도 냈다.

누이동생을 43년 동안 만나지 못했습니다. 헤어진 것은 16세 때였습니다. 죽기 전 한 번이라도 만나 보고 싶습니다. 돌아가신 부모님의 성묘도 하고 싶습니다. 어떻게든 도와주시기 바랍니다.

　일본 좌파들이 저지른 북한 찬미는 이렇듯 멀쩡한 사람들을 속여 생지옥으로 보낸 범죄를 저질렀다. 그들의 죄는 이것뿐만 아니었다. 남한에 대해서는 있을 수 없는 온갖 모욕을 퍼부었다. 미국의 식민지, 인민을 수탈 억압하는 파쇼, 독재정권, 반통일 비평화 호전 세력 등 북한의 대남선전 문구와 하나도 다를 바 없는 표현으로 한국을 매도한 것이 일본의 좌파였다. 그들이 한국과 북한을 어떻게 대해 왔는지 좀 더 자세히 살펴보겠다.

　내가 도쿄 특파원으로 있었던 1968년은 북한의 테러행위가 다발적으로 발생했던 해였다. 청와대 습격 사건에 이어 동해에서는 미국 정보함 푸에블로Pueblo 호가 피격, 납치되는 사건이 일어났고 그해 11월에는 120여 명의 무장 게릴라부대가 삼척, 울진 지역에 침투한 사건들이 연달아 일어났다. 그런데 이런 일련의 사태에 대해 일본 좌파들은 한결같이 테러를 일으킨 북한을 감싸고 거꾸로 한국과 미국을 비판했다. 예를 들면 도쿄대학의 사이토 다카시齋藤孝 교수는 청와대 습격을 노린 사건을 북한이 저지른 것으로 보지 않고 마치 한국 내에서 일어난 박정희 정권 타도를 꾀한 무장투쟁의 하나인 것처럼 말했다. 그는 "상식적으로 생각해도 북한의 군인이 경계가 삼엄한 휴전선 지역을 돌파했다고 생각할 수 없다. 북조선은 남조선의 반정부투쟁이 각지에서 무장투쟁으로 발전하고 있다고 말하고 있다."라고 하면서 이 사건을 남한에서 일어난 자생적 혁명운동으로 취급했다. 또 북한을 줄곧 대변해 온 외교평론가 오바타 미사오小幡操는 푸에블로 호가 군사정보 수집이라는 스파이행위를 했기 때문에 사건을 일으킨 것은 북한이 아니라 미국이라고 말했다. 좌파 논객들은 신문, 잡지에 이런 견해를 발표하는 데 그치지 않고 한국의 박정희 정권이 이런 사건을 계기로 긴장을 자꾸 고조시켜 강권 파쇼통치를 더욱 강화하고 있다고 비난했다.

1970년대에 들어서는 더 큰 사건이 두 개 일어났다. 하나는 72년의 '10월 유신' 사건이고 다른 하나는 73년 도쿄에서 일어난 '김대중 납치 사건'이다. 이에 덧붙여 75년에는 베트남이 공산화되었다. 반한친북反韓親北거리를 찾고 있던 일본 좌파들에게는 모두가 절호의 재료였다. 베트남처럼 한반도의 적화통일이 멀지 않았다느니, 박정희 정권이 마지막 발악을 하고 있다느니 하면서 악의적인 논평으로 기세를 올렸다. 베트남 반전운동에 앞장섰던 작가 오다 마코토小田實는 일본은 한국에 대한 경제협조를 끊어야 한다고 주장했고 소설가 오에 겐자부로大江健三郎는 "자기 운명을 자유의사로 결정할 수 없는 상황이 한국의 참모습"이라고 함부로 떠들어 댔다. 또 경제평론가 나카가와 노부오中川信夫와 마르크스 경제학자 스미야 미키오隅谷三喜男는 한국의 3차 경제개발 5개년계획에 대해 "한국의 공업화와 수출산업은 한국 경제를 대외종속형으로 전락시키고 말 것"이라 진단했다. 또 김대중 납치 사건에 관해서는 모든 좌파 지식인들이 총동원되어 한국과의 국교를 전면적으로 재검토해야 한다고 떠들면서 일본 국민들에 대해 민중운동을 일으켜야 한다고 선동했다. 이와 같은 정세를 내다보고 있던 북한은 이때를 이용해 일본의 대표적인 친북좌파 인사들을 북한으로 초청했다. 그리고 김일성이 회견에 응해 주는 등 일본을 매개로 하는 대외선전활동에 총력을 기울였다. 일본 좌파 지식인의 기관지 역할을 해 온 월간잡지『세카이世界』가 바로 이때 북한의 완벽한 대변지 노릇을 했다. 『세카이』잡지가 어떤 사람들을 동원해 무슨 주장들을 했는가에 대해서는 국민대학교의 한상일韓相一 명예교수가『지식인의 오만과 편견』이라는 책을 통해 자세히 분석, 비판해 놓은 것이 있다.

북한이 맨 먼저 초청해 간 사람은 당시 도쿄 도지사로 있던 미노베 료키치美濃部亮吉였다. 공산당과 사회당의 공동추천으로 도지사에 당선된 미노베는 유명한 경제학자로 일본 좌파의 심벌 노릇을 하고 있던 인물이었다. 특히 그는 '천황기관설天皇機關說'을 주장한 탓으로 귀족원 의원직과 도쿄 제국대학 교수 자리를 내놓게 된 왕년의 유명한 헌법학자 미노베 다쓰키치美濃部達吉의 아들이라는 점에서도 이름이 나 있던 사람이다.

그는 도쿄 도지사가 되자 68년 곧바로 조총련朝總聯이 북한의 지원을 받아 운영하던 학교를 대학으로 인가해 주었다. 이른바 조선대학라는 것이 바로 이 학교다. 우리 정부와 일본 정부는 미노베 지사의 이 조치에 항의하고 비판했으나 그는 들은 척도 하지 않았다. 이런 사전작업을 해 놓은 다음 1971년, 미노베는 평양에 가서 김일성을 만났다. 잡지(『세카이』)에 실린 그의 김일성 회담기를 보면 미노베는 김일성에게 "평양의 현상을 볼 때 자본주의와 사회주의의 경쟁결과는 명백해졌다. 이 경쟁에서 자본주의의 패배가 확실해졌다."라고 말했다. 그리고 "김일성 수상의 지도에 따라 진행되는 사회주의 건설에 머리가 숙여질 정도로 감동하고 있다."라고도 말했다. 미노베 지사가 죽었으니 망정이지 만약 지금 살아 있다면 오늘의 북한 실정, 수십만 인민이 굶어 죽고 수많은 인민이 살기 위해 국경을 탈출해 국제거지가 되어 떠돌고 있는 참혹한 현실을 보고 무엇이라 할지 궁금해진다. 그는 머리가 숙여질 정도로 감동을 받았다는 북한의 미래가 이렇게 비참해지리라고는 꿈에도 생각하지 못했을 것이다. 미노베 같은 당대의 석학도 편협한 이데올로기에 사로잡히면 이 꼴이 된다는 것을 만천하에 보여 준 큰 교훈이라 할 수 있다. 천하의 미노베가 이 지경이니 일본의 다른 좌파 지식인의 현실인식이 얼마나 얼토당토않은 것인가는 불문가지라 할 수 있다. 몇 가지 예를 더 보기로 하겠다.

미노베 지사가 평양을 다녀온 후 일본 좌파 지식인들의 북한행은 줄을
이었다. 이와나미岩波 출판사의 편집담당 중역 미도리카와 도오루綠川亨, 와
세다대학 교수 니시카와 쥰西川潤, 일본 신문학회 회장을 지낸 원로교수 기
도 마타이치城戶又一, 『세카이』의 편집책임자 야스에 료스케安江良介 등이 그
들인데, 그들이 돌아와 전한 북한 얘기는 모두 지상낙원, 극락정토 기행문
이었다. 특히 야스에 료스케의 글을 보면 북한은 불편함을 모르고 살 수 있
는 유일한 지상의 낙원으로 그려져 있다. 평양은 전체의 25%가 녹지대로
되어 있는 전원도시이고 농촌을 가 보면 어디를 가나 산림이 우거졌고 관
개사업을 대대적으로 실시하여 아무리 가물어도 농업에 지장이 없는, 농업
건설에 성공한 나라라는 것이다. 일본 좌파 지식인의 이와 같은 북한 예찬
이 조금이라도 객관적이고 사실에 근거했다면 오늘날 북한이 당면해 있는
식량기근의 참상은 일어나지 않았을 것이다. 그들의 엉터리 진단은 여기에
서 끝나지 않았다. 북한 정권수립 24주년 행사에 초청된 아사히 신문의 미
야타 히로토宮田浩人 기자는 북한에 대해 천리마의 추세로 발전하고 있다고
전제하면서 "작년의 평양은 오늘의 평양이 아니요, 오늘의 평양은 또한 내
일의 평양의 아니다. 이 나라를 말할 때에는 몇 년 몇 월이라는 시점을 확
실히 밝히지 않으면 알 수 없을 정도로 발전이 눈부시게 이루어지고 있다."
라고 했다. 또 76년 11월 함흥에서 김일성과 회견한 기도城戶 교수는 "세계
가 식량부족으로 곤란을 겪고 있지만 북한은 식량부족 문제가 없다."라는
김일성의 장담을 그대로 선전했다. 또 이와나미 중역 미도리가와는 북한에
대해 "이 나라의 혁명은 사회도 인간도 산하도 변화시켰다. 돌산이 과수원
으로 변했고 어린이는 밝게 쭉쭉 뻗어나가고 있다. 이 나라 사람들에게는
밝은 미래가 약속되어 있을 뿐 일본이나 다른 나라에서 유행하는 '종말론'
이 받아들여질 여지가 없다."라고 했다.

일본 좌파들은 이와 같이 터무니없는 북한 예찬에만 열을 올린 것이 아니라 북한을 비판하는 언론활동을 봉쇄하려는 방해공작도 했다. 우리나라에 와서 6년간이나 특파원을 했던 일본 마이니치每日 신문의 시게무라 도시미쓰重村智計 기자는 최근에 출판한 그의 저서를 통해 그간의 사정을 다음과 같이 쓰고 있다.

> 나는 30년이 넘게 북조선에 관해 취재했고 또 기사를 썼다. 숨겨진 사실을 밝혀내 독자에게 알리려 했다. 그런데 이런 당연한 일이 늘 방해를 받았다. 나의 신문기자 생활은 북조선기사에 관한 한 매일이 보도 방해와의 싸움이었다. 나에 대해 조선담당을 시키지 말라는 압력과 방해는 다반사가 되었다. 내가 한국에서 북조선이 일본인을 납치해 갔다는 사실을 취재해 보냈더니 본사 데스크에서 잘 믿으려 하지 않았고 소위 전문가라는 사람들조차 한국이 납치했다면 모를까 북조선은 절대 그런 행동을 할 나라가 아니라고 했다. 그동안 일본의 미디어들은 6·25를 북조선의 남침으로 쓰지 못했다. 또 북조선의 경제상황이 나쁘다고 쓰면 금방 시끄럽게 항의를 받았다.

그러나 사람을 납치할 나라가 아니라고 했던 북한이 그것도 최고통치자인 김정일이 직접 납치 사건을 시인하게 되자 일본 좌파들은 패닉상태에 빠졌다. 좌파들이 북한을 예찬, 선전하느라 정신이 없었을 때 북한은 일본의 소년, 소녀 들을 몰래 납치해 간 것이 만천하에 드러났다. 자식을 잃고 눈물 흘리는 늙은 부모의 울부짖음을 보고 일본 국민들은 격분하게 되었다. 이러한 거국적 분노 앞에 일본 좌파들, 자칭 진보적 지식인들은 지금 망연자실해 있다. 입이 열 개라도 할 말이 없게 되었다. 미국의 식민지로 전락해 곧 망하리라던 한국은 경제강국이 되었고 식량부족과 종말론이 없으리라던 지상낙원 북한은 지금 먹을 것이 없어 굶어 죽는 생지옥이 되었다. 이에 대해 그 기세 좋던 일본의 좌파들은 다 어디로 갔는지 지금 일언반구 말이 없다.

일본 좌파들이 이제까지 보아 온 바와 같이 역사의 죄인이라는 것은 중국 문제에 있어서도 마찬가지였다. '문화대혁명'이라는 태풍이 중국 대륙을 휩쓸아쳤을 때 일본 좌파들은 한결같이 입을 모아 위대한 실험이니 이상향理想鄕을 향한 거대한 출범이니 하면서 찬양했다. 오늘의 중국 지도자들이 '잃어버린 10년'이라고 문화혁명을 스스로 비판하고 있는데도 일본의 좌파 지식인들은 이것을 위대한 실험이라고 찬양했으니 현실을 잘못 보고 국민들을 오도한 그들은 역사의 죄인이라 할 수밖에 없다.

그러면 일본 좌파들은 왜 이렇듯 현실을 인식하는 데 있어 한심한 사람들이 되고 말았을까? 그들의 잘못된 행태는 과거의 패배주의와 오늘의 무기력증에서 생긴 인피어리오리티 콤플렉스Inferiority Complex(열등감)의 산물이라 생각된다. 일본의 근대화 과정을 보면 좌파 세력은 가장 가혹한 여건에서 출발했다고 볼 수 있다. 우선 가장 큰 난제는 천황을 어떻게 규정하는가 하는 것이었다. 소련 공산당과 코민테른Comintern은 일본 공산당으로 하여금 천황제 폐지를 당강령黨綱領으로 내걸도록 지시했다. 일본 공산당은 이 지시를 거부할 수 없었다. 그래서 이 문제 때문에 초창기부터 일본 좌파는 정부의 혹독한 탄압을 받게 되었고 계파 간의 분열을 겪게 되었다. 일본 정치에 있어 천황제도는 아주 독특한 성격을 띠고 있다. 12세기 이래 수백 년 동안 일본에 있어 천황은 정신적 상징물에 불과했다. 한 번도 직접 백성을 통치한 일이 없었다. 따라서 천황은 가렴주구苛斂誅求의 원천이 아니라 그 반대로 학정虐政을 바로잡아 술 성스러운 어버이로 인식되어 왔다. 그래서 메이지유신을 추진한 세력들은 봉건체제를 타파하기 위해 나라의 구심점으로 천황을 내세웠다. 거기에 또 천황을 신격화하는 전통 종교(神道)가 가세해 일본에 있어 '천황'이라는 존재는 신성불가침하고 국민의 사랑과 존경을 받는 독특한 구심점으로 정착되었다. 이런 현실을 무시하고 공산당이 천황을 폭압과 가렴주구의 핵심적 존재로 규정, 그 폐지를 주장하고 나왔으니 일거에 매국노로 지목되어 혹독한 탄압 대상이 될 수밖에 없었다.

일본 정부는 국체변혁(천황제 폐지)을 꾀하는 사람을 사형시킬 수 있도록 일찌감치 치안유지법을 만들었다. 그리고 경찰에 사상범만을 특별조사하는 '특고(特別高等課)'라는 기구를 신설해 좌익 사상을 갖는 지식인들을 체포, 잔인한 고문을 일삼았다. 1928년에 있었던 이른바 3·15 일제 검거 사건, 32년에 있었던 5·15 검거 사건 등으로 공산당이 궤멸되고 수많은 좌파 인사가 체포, 구금되어 혹독한 고문을 당했다. 공산당 간부 이와타 요시미치岩田義道, 『가니코센蟹工船』이라는 유명한 작품을 쓴 프롤레타리아 작가 고바야시 다키지小林多喜二 등이 모두 이때 붙잡혀 고문으로 죽었다. 사태가 이렇게 되자 일본 좌파들은 심한 내부분열을 보이기 시작했다. 우선 공산당 간부 중 일부가 천황제 타도라는 당강령이 현실에 맞지 않는다는 점에 고민했다. 이 지구상에서 유일한 신권국가神權國家가 되어 버린 일본에 있어 천황제 폐지는 사실상 불가능했기 때문이다. 그래서 나타난 것이 바로 미즈노 시게오水野成夫의 공산당 재출발 의견서였다. 1920년대 후반의 공산당을 이끌었던 미즈노는 3·15검거 때 체포된 후 옥중에서 지금까지의 공산당 강령을 비판한 의견서를 발표했는데 그 내용이 천황제 긍정론이었다. 그의 주장은 일본의 천황제도는 러시아의 짜리즘Tzarism(帝政)과는 다르다는 것이었다. 일본 황실은 고대부터 민족적 신앙의 중심이었을 뿐 아니라 천황을 정점으로 하는 존황 사상의 덕으로 메이지유신이라는 근대혁명을 성공시켰기 때문에 국민 속에 친밀한 정서로서 황실이 존재한다는 것이다.

따라서 천황제 폐지의 슬로건은 인민대중과 당을 분리시켜 당을 스스로 패배시키는 최대의 오류라 주장했다.

이 미즈노의 이론을 더 발전시킨 것이 바로 1933년에 있은 일본 공산당수 사노 마나부佐野學와 당 중앙위원 나베야마 사다치카鍋山貞親의 옥중 전향성명이다. 각 신문에 보도된 이들의 성명 내용을 보면 일본의 천황과 황실은 한 번도 인민을 억압하고 착취한 권력이었던 일이 없었고 오히려 '민족적 통일의 표현'이고 '국내 계급대립의 흉포성을 감소시키고 사회생활의 균형을 유지시키는 중심축'이라고 미화했다. 따라서 인민대중은 황실에 대한 존경과 친화의 감정을 가지고 있으므로 천황제 타도를 내건 공산당은 반인민적이며 대중으로부터 떨어지게 되었다는 것이다. 그러므로 각국이 취할 혁명의 형태는 각국의 특수성 다시 말해 전통적, 민족적, 사회심리적 요인들을 고려해 이루어져야 한다는, 각국 당의 코민테른으로부터의 독립을 주장했다. 이 사노·나베야마 성명은 일본 공산당을 와해시키고 좌익 세력을 분열시키는 큰 폭탄으로 작용했다. 전국 형무소에 수감되어 있던 공산주의자 미결수의 30%(1,370명 중 415명), 기결수의 34%(393명 중 133명)가 이 성명에 찬동, 전향했다. 뿐만 아니라 사회적으로 활동하고 있던 좌파의 각종 외곽단체인 프롤레타리아 작가동맹, 미술가동맹, 문화동맹 등이 차례로 해체되어 버렸다.

국수주의, 군국주의 정부의 혹독한 탄압과 자체 내의 분열, 배반, 전향 등으로 공산당이 와해되자 여타 좌익 세력들도 모두 소멸해 버렸다. 이 가운데는 공산당과 관계없이 독자적으로 싹터 왔던 농민운동, 노동운동, 무산대중 사회운동 세력들이 포함되어 있다. 그래서 1945년 8월 태평양전쟁이 끝났을 때 좌파 지도자로서는 비전향 당원으로 형무소에 수감되어 있던 공산주의자 몇 명과 재야에 숨어 살았던 극소수의 사회주의자가 그 전부였다. 공산당은 옥중생활 18년 만에 석방된 도쿠다 규이치德田球一, 시가 요시오志賀義雄를 주축으로 미야모토 겐지宮本顯治, 하카마다 사토미袴田里見, 가미야마 시게오神山茂夫 등이 가세해 당 재건에 나섰다. 또 비공산당 사회주의자들은 전쟁 전의 옛 일본 노동당을 중심으로 무산운동 각 파의 연합전선 형식의 일본 사회당을 만들었다. 가타야마 데쓰片山哲, 아사누마 이네지로淺沼稻次郎, 니시오 스에히로西尾末廣, 스즈키 모사부로鈴木茂三郎 등이 당 지도부를 구성했다. 그러나 이 좌파 정당들은 과거사 정리와 정강정책 문제를 둘러싸고 분열과 내분을 거듭했다. 우선 공산당은 여전히 천황제 문제 때문에 다른 좌파들과의 연합전선 형성이 불가능해졌고 중·소 분쟁에 휘말려 고참당원들이 대거 제명되는 파동을 겪으면서 당세가 급속히 추락해 갔다. 또 사회당은 한때 바람몰이에 성공해 집권할 듯했으나 복잡한 계파 간의 암투가 끊이지 않았고 노선갈등 때문에 좌우파로 분열되면서 자꾸 쇠락해 갔다.

일본 좌파 세력을 정리해 보면 2차대전 이전에는 혹독한 탄압과 지지기반이 약했던 탓으로 대외침략정책을 막아 내지 못했을 뿐 아니라 오히려 협력까지 하게 된 패배주의의 늪에 빠졌던 세력이다. 또 2차대전 이후에는 잡다한 계파 간의 갈등으로 정강정책이 왔다 갔다 했고 집권할 가능성이 점점 희박해지는, 무기력해진 들러리 세력이 되고 말았다. 그래서 과거의 패배주의와 오늘의 좌절감에서 생기는 인피어리오리티 콤플렉스—이것이 바로 오늘의 일본 좌파 지식인들이 갖고 있는 정신상태가 아닌가 생각된다. 그래서 그들은 그들의 이데올로기가 꽃피고 살아 숨 쉬는 환상의 세계를 머리에서 그리고 싶어 했다. 그 대상이 바로 김일성金日成의 북한, 모택동毛澤東의 중국, 호지명胡志明의 베트남, 피델 카스트로Fidel Castro의 쿠바였다. 그래서 그곳을 지상낙원, 종말이 없는 극락정토로 묘사하는 억지주장을 폈고 그 반대편에 있는 한국을 외세식민지로 폄하한 것이 아닌가 하는 것이 나의 결론이다. 현실에 대한 정확하고 객관적인 관찰을 하지 못하고 주관적이고 편향적인 사고의 결과만 억지로 늘어놓는 것이 얼마나 많은 사람을 불행하게 만드는 죄악인가 하는 것을 일본의 좌파 지식인들은 온 천하에 증명해 주었다. 이것은 모든 나라의 지식인들이 눈여겨보아야 할 귀중한 교훈이라 할 수 있다.

만수천산萬水千山의 흔적

도자기와 통신사

　　일본 남쪽의 규슈九州지방은 도자기 생산지로 유명하다. 우리에게도 잘 알려진 사쓰마야키薩摩燒를 비롯해 아리타야키有田燒, 이마리야키伊万里燒, 가라쓰야키唐津燒, 하사미야키波佐見燒 등이 모두 이 지방에서 나오는 도자기 명품들이다. 특히 나가사키長崎의 하사미波佐見라는 곳에서는 매년 봄이 되면 도조제陶祖祭가 성대하게 열린다. 인구 2만이 채 안 되는 이 조그만 시골 도시에는 도자기와 관련된 업체가 5백 개가 넘고 여기 종사하는 주민이 3천여 명이나 된다. 말하자면 이 고장 사람들은 도자기로 먹고산다 해도 과언이 아니다. 그래서 매년 봄이 되면 그들에게 도자기 만드는 방법을 가르치고 발달시킨 조상에 대한 제사를 요란하게 지낸다. 그만큼 규슈지방은 도자기를 떠나서는 존립할 수 없는 곳이 되었다. 그러면 어째서 일본은 남쪽에 처져 있는 한 지방에서만 이렇게 많은 도자기가 발달한 것인가? 이에 대한 대답은 간단하다. 그것은 임진왜란 때문이다.

16세기 말 일본 천하를 통일한 도요토미 히데요시豊臣秀吉가 우리나라를 침략했을 때 동원한 병력은 대부분이 규슈지방을 분할해 다스리던 봉건영주들의 병사들이었다. 선봉장으로 왔던 가토 기요마사加藤淸正, 고니시 유키나가小西行長를 비롯해 시마즈 요시히로島津義弘, 나베시마 나오시게鍋島直茂, 마쓰우라 시게노부松浦鎭信 등이 모두 규슈지방의 영주들이다. 이들은 조선을 침략했다가 철수할 때 많은 사람을 납치해 끌고 갔다. 얼마나 되는 사람이 끌려갔는지 정확한 기록은 아무 데도 없다. 다만 후세의 연구자들에 의하면 3만 명 전후라는 것이 통설이다. 조선인 포로에 관한 여러 문서와 그들이 끌려가 살았던 장소를 탐방해 조사한 나이토 슈운포內藤雋輔라는 일본인이 쓴 「임진란에 의한 조선인 포로에 관한 연구」에 따르면 2만에서 3만 명으로 추산되지만 아무도 정확히 알 수 없다는 것이다. 그런데 이 포로들은 그냥 평범한 백성들이 아니라 무엇인가 쓸모가 있는 기술자들이었다. 그 가운데서도 도자기 굽는 우수한 기술자가 많이 포함되어 있었다. 우리에게 널리 알려져 있는 사쓰마야키 심수관沈壽官 씨의 조상 심당길沈當吉과 그 동료들은 시마즈군島津軍에게 끌려갔다. 사쓰마 영주 시마즈 요시히로島津義弘는 임진왜란 당시 경남 사천泗川 일대를 점령하고 있었는데 언제나 머리에 붉은 두건을 쓰고 있었다. 얼마나 못된 짓을 했던지 우리나라 기록에 "붉은 머리의 왜놈이 가장 고약하다紅頭倭最惡."라고 쓰여 있는 바로 그 인물이다. 또 아리타야키의 시조 이삼평李參平은 사가佐賀 영주 나베시마 나오시게鍋島直茂에게 붙잡혀 갔다. 나베시마라는 영주는 도자기 기술자뿐 아니라 우리나라 까치까지 잡아 갔다. 일본에는 까마귀(가라스)는 있어도 '까치'라는 새는 원래 없었다. 그런데 규슈 사가현지방에만 지금도 까치가 서식하고 있다. 희소가치가 있는 탓으로 일본은 1923년 천연기념물로 지정해 보호하고 있다. '가치가라스(까치까마귀)'라 부르는데 이 새도 임진왜란 때 붙잡혀 간 까치 후손들이다. 일본 규슈지방에서 일어난 도자기 명품의 역사는 이와 같이 임진왜란 때 일본에 끌려간 우리나라 도공陶工들에 의해 싹이 트고 꽃이 피고 열매를 맺게 된 애절한 스토리를 지니고 있다.

나는 특파원 시절, 일본 속에 남아 있는 한국의 흔적을 찾아 취재여행을 한 적이 있는데 대부분이 도자기 취재였다. 그만큼 일본의 도자기 명품들은 모두 우리 조상들이 남긴 문화유산이라 할 수 있다. 나는 먼저 사쓰마야키의 본고장인 가고시마鹿兒島의 나에시로가와苗代川(現 美山)를 찾아가 보았다. 심수관 씨의 1대조 심당길이 조선에서 끌려올 때 가지고 왔다는 소설책『숙향전淑香傳』과 유품들을 구경했고 심 씨 가문이 자랑하는 역대의 도자기 명품들도 두루 구경했다. 그 후 심수관 씨는 1998년 서울의 일민一民미술관(옛 동아일보 사옥)에서 도예전도 열어 이제는 우리나라 사람 가운데도 사쓰마야키의 명품을 본 사람이 많아 더 이상 설명할 필요가 없게 되었다. 아리타야키의 이삼평도 이제는 많이 알려져 있다. 그러나 내가 이삼평의 흔적을 찾아 현지 취재를 갔던 1960년대만 하더라도 우리나라에서는 아리타야키의 유래를 잘 모르고 있었다. 규슈 사가현의 아리타有田라는 곳은 찾아가 보면 인구 2만이 조금 넘는 한적한 시골 마을이다. 그런데 온 거리에 도자기 가게가 즐비해 있고 해마다 도자기 축제를 열어 일본 전국에서 관광객을 불러 모으고 있다.

좁은 산골짜기를 따라 한일자로 형성된 시가지를 거슬러 오르면 나직한 산이 마을을 굽어보고 있다. 여기에 아리타야키 도자기의 신神을 모셨다는 신사(陶山神社)가 있고 여기에서 화강암으로 된 계단을 더 오르면 산꼭대기에 '도조陶祖 이삼평비李參平碑'가 우뚝 서 있다. 도자기 신사답게 그 입구에 세워 놓은 대문(鳥居)을 청화백자로 구워 만든 것을 비롯해 경내의 여러 기물들이 도자기로 만들어져 있다. 그 가운데서도 청화백자로 구워 만든 석

등石燈은 아름답고 정교하기 그지없다. 주위를 둘러보면 볼수록 과연 도자기 신사라는 감탄사가 절로 나오도록 되어 있다. 그러나 이삼평을 기리는 비석에 쓰인 비문을 읽어 보면 우리를 착잡하게 만드는 대목이 있다. 이 비석은 아리타야키 도자기가 생산된 지 300년을 기념해 1917년에 세워졌다. 우리나라가 일본에 강제로 병합된 지 7년째 되는 해였다. 비문 가운데

> 이삼평 공은 분로쿠文綠 2년(1593년) 호코豊公(豊臣秀吉)의 정한전征韓戰에서 아군我軍을 위해 진력한 몇 안 되는 분으로 번주藩主 나베시마鍋島 공이 개선할 때 휴행携行하여 귀화시켰다.

는 구절이 있다. 남의 나라를 멋대로 침략해 놓고는 정벌했다고 표현한 것과 철수를 개선이라 한 것 등은 이치에 닿지 않는 것이지만 이삼평을 일컬어 '아군을 위해 진력한 몇 안 되는 분'이라 했으니 왜군을 위해 진력한 조선 사람이라면 침략자의 앞잡이 노릇을 한 민족반역자로 해석된다. 이삼평이란 사람은 과연 어떤 사람인가? 정말 왜군의 앞잡이 노릇을 했을까? 나는 여러 갈래로 그의 행적을 조사해 보았으나 자료가 없어 포기하고 말았다. 그런데 얼마 전 역사소설을 쓰는 작가 신봉승辛奉承 씨가 책을 한 권 보내왔다. 신 씨는 나와 국민학교 동창일 뿐 아니라 내가 KBS에 있을 때 방송드라마 관계로 함께 일을 해 본 적도 있는 죽마고우에 속한다. 보내온 책은 그가 쓴 『일본을 답하다』라는 책인데 그 속에 이삼평에 관해 내가 궁금히 생각했던 내용이 쓰여 있었다.

나카지마 히로키中島浩氣라는 일본인이 쓴 도자기 역사논문(「肥前陶瓷史考」)을 인용한 내용인데, 거기에는 이삼평을 일본으로 데리고 간 다쿠多久라는 무장의 후손이 보관하고 있는 옛 문서를 근거로 다음과 같은 내용이 밝혀

져 있었다.

> 나베시마군鍋島軍이 산중에서 길을 잃었을 때 먼 곳에 집 한 채가 있는
> 것을 발견하고 그 집에 살고 있는 세 사람의 조선인에게 길을 안내하
> 라는 엄명을 내렸다. 그중의 한 사람인 스물 대엿 살쯤 되어 보이는 남
> 자 이삼평이라는 자가 이때부터 계속해서 안내역이 되어 군량미 징발
> 에서 우차牛車의 동원에 이르기까지 아군의 편의를 제공해 주었다. 게
> 이초慶長 3년(1598년) 12월 나베시마 나오시게鍋島直茂 공이 귀국하면서
> 다쿠 야스토시多久安順에게 명하여 이삼평을 대동하게 하였다. 만약
> 그를 많은 재물로 포상하고 조선에 두고 오게 되면 일본군을 원조한
> 자로 어떤 위해가 가해질지 모르는 처지였다. 이렇게 되어 이삼평은
> 다쿠의 군사들과 함께 같은 배로 일본에 오게 된 것이다.

이 기록을 보면 이삼평은 전쟁 통에 일본군에게 붙잡혀 적군을 도와준
반역행위를 한 것이 된다. 이것을 우리는 어떻게 해석해야 할까? 나는 될
수 있는 대로 좋게 받아들이기로 했다. 왜냐하면 우리는 6·25전쟁을 겪어
보았기 때문이다. 피란을 가지 못하고 적치하에서 어쩔 수 없이 부역행위
를 하게 되는 처지가 얼마든지 있었고 또 그런 상황을 겪으며 모두 살아왔
다. 그래서 이삼평의 비문에 적힌 '진력행위'가 사실이었다면 나는 그가
살기 위해 저지른 어쩔 수 없는 행위였다고 변명해 주고 싶다. 신봉승 씨가
쓴 책에서 이삼평에 관한 이런 얘기를 읽었을 때 나는 아리타 중심부의 북
쪽 산골, 그가 일본에 와서 최초로 만들었던 덴구다니 가마天狗谷窯와 그 곁
의 공동묘지에 잠들어 있는 그의 묘소를 찾아갔던 옛날이 생각났다. 나는
그때 이삼평의 굴절 많은 삶을 미처 몰랐었다. 만약 내가 앞으로 그곳에 다
시 갈 기회가 있다면 조국에 대한 착잡한 감정을 끝내 삭이지 못한 채 눈을

감았을 그의 영혼을 위로해 주고 싶다.

사쓰마와 아리타 외에도 우리의 흔적을 남긴 도공들은 많이 있다. 특히 하기萩 쪽으로 끌려간 도공들은 그곳을 다스리던 영주 모오리 데루모토毛利輝元의 명령에 따라 조선 막사발을 만드는 데 힘을 기울였다. 일본 사람들이 차茶를 마실 때 쓰는 말차抹茶 그릇으로 안성맞춤이기 때문이다. 이것이 유명한 일본의 하기야키萩燒의 시작이다. 잘 만들어진 조선 막사발을 일본 사람들이 얼마나 귀하게 여겼는지 교토京都에 가 보면 안다. 이곳에 있는 다이도쿠지大德寺라는 절에는 지금 일본의 국보로 지정된 조선 막사발이 하나 보관되어 있다. 기자에몬 오이도喜左衛門大井戶, 줄여서 '이도자완井戶茶碗'이라 부르는 막사발이다. 전문가의 설명에 의하면 조선에서 건너온 막사발(차완)에는 이도井戶뿐 아니라 고모가이熊川, 고키吳器, 도토야魚屋 등 몇 가지가 있고 이도 또한 오이도大井戶, 고이도古井戶, 아오이도靑井戶, 이도와키井戶脇 등 종류가 많은데, 그 가운데서 으뜸 되는 명품이 바로 '이도자완'이라는 것이다. 지금 일본에 등록되어 있는 하기야키의 명품 조선 막사발 '이도'는 모두 26개가 있다. 이도라는 말의 뜻은 설명된 기록이 없으나 발생지의 지명地名일 것이라는 것이 정설이다. 조선말의 '샘'을 일본식 한자로 표기하면 '井'이 되고 조선말의 '고을'을 일본식 한자로 표기하면 '戶'가 된다. 결국 조선말 '샘골(새미골) 막사발'이 일본식 한자로 '井戶茶碗'이 되었다는 것이 통설이다. 이것으로 미루어보면 하기야키를 만들어 낸 조선 도공들은 경상도 어느 지방의 새미골이라는 곳에서 막사발을 굽던 사람들이었던 것으로 생각된다. 일본은 조선 도공들에 의해 도자기가 생산되기 전까지는 대개 나무그릇이 주류를 이룬 기술 후진국이었다. 특히 그들은 차를 마시는 문화(茶道)가 발달해 좋은 차완을 구하는 데 막대한 돈을 써 왔다. 그랬던 일본이 임진왜란 때 끌고 간 조선 도공들에 의해 이 문제를 일거에 해결한 결과가 되었다. 대단히 값진 조선의 흔적이다.

■■

2007년은 임진왜란이 끝난 후 조선통신사朝鮮通信使가 일본에 가기 시작한 지 꼭 400년이 되는 해였다. 이것을 기념하는 다채로운 행사가 많이 열렸다. 일본에서는 학술 세미나, 가장행렬 등이 있었고 우리나라에서도 이에 준하는 행사들이 있었다. 언론인들의 연구, 친목 단체인 관훈클럽에서는 이런 뜻에서 2007년 8월, 회원과 가족 등 73명이 일본 히로시마廣島를 찾아갔다. 조선통신사가 지나간 세토나이카이瀬戸内海 일대의 여로旅路를 한번 답사해 보기 위해서였다. 나는 전에 원폭原爆 관계를 취재하러 히로시마에 가본 일이 있었으나 통신사가 지나간 길을 답사해 보는 것은 처음이었다.

임진왜란 후 우리나라가 일본에 보냈던 통신사의 성격은 좀 애매하지만 요즈음 뜻으로 해석하면 외교사절과 문화사절을 겸한 나라의 특사라고 할 수 있다. 도요토미 히데요시가 죽은 후 일본의 새 통치자가 된 인물은 도쿠가와 이에야스德川家康였다. 바쿠후幕府라는 통치 시스템을 만든 그는 조선과의 화해를 의미하는 통신사 파견을 요청했다. 그래서 조선왕조에서는 1607년 통신사를 처음으로 보내게 되었는데 1811년까지 204년 동안 열두 번에 걸쳐 통신사가 일본에 갔다. 규모는 일정하지 않았으나 대개의 경우 300~500명의 인원으로 구성되었다. 통신사일행이 여행한 주요 코스는 부산-대마도-시모노세키下關-가미노세키上關-가마가리蒲刈-오사카大阪를 거쳐 교토-에도江戸(現 東京)에 이르도록 되어 있었다. 관훈클럽 회원들이 답사한 곳은 이 가운데의 가마가리와 가미노세키 등 통신사 일행이 유숙했던, 바다에 면한 작은 포구浦口들이었다. 우리 조상들이 2백여 년에 걸쳐 왔다 간 흔적을 찾는 첫 코스는 시모카마가리下蒲刈(現 吳市)에 있는 조선통신사 자료관이었다. 히로시마 동쪽 바닷가에 있는 시모카마가리는 인구가 5천도 채 안 되는 조그마한 포구였는데 지난날 통신사 일행이 늘 하룻밤 묵었다는 곳이다. 4채의 옛 저택으로 꾸며진 조선통신사 자료관의 이름은 '쇼토엔松濤園'이라 했다. 통신 3사(正使, 副使, 從事官)의 밀랍인형과 그들을 대접한 당시의 밥상, 그리고 행렬도까지 모형으로 만들어 이해하기 쉽도록 잘 전시해 놓은 것을 볼 수 있었다. 또 3사가 숙소로 썼던 당시의 검문소御番所 건물도 옛 모습 그대로 잘 보존되어 있었다. 이 가운데서 특히 우리의 관심을 끈 것은 밥상에 올려진 식단食單이었는데 국 세 가지와 반찬 열다섯 가지 이른바 '삼즙십오채三汁十五菜'의 메뉴였다. 당시 지방 영주들도 국 한 그릇에 반찬 다섯 가지一汁五菜가 일상식단이었을 만큼 일본은 근검절약을 했던 시절이었다. 이를 생각할 때 조선통신사가 받은 대접은 파격적이라 할 만했다.

우리 일행은 호수처럼 잔잔한 바다의 해안선을 따라 통신사가 묵었던 또 다른 장소인 가미노세키를 찾았다. 이곳에서 우리는 조선통신사를 연구하고 있는 향토 사학자 야스다安田和幸 씨를 만나 그로부터 자세한 설명을 들을 수 있었다.

> 통신사를 태운 배가 이곳 포구에 도착하면 정사, 부사, 종사관 3사는 바로 가마로 이 언덕 위의 숙소로 모셔졌다. 흙을 밟게 해서는 안 된다는 지시를 지키느라 길에는 섶을 엮은 자리를 깔고 숙소 앞에는 붉은 융단을 폈다. 통신사 일행이 6척의 배로 나누어 타고 오는데 이들을 경호하고 접대하는 인원이 기록에 의하면 대략 1,600명쯤 동원된다. 이들이 들어오고 나갈 때는 1천 척이 넘는 작은 배가 또 동원되어 뱃길을 안내한다. 막대한 경비가 들어 통신사가 지나가는 곳의 영주藩主들은 모두 비명을 올렸는데 바쿠후정권은 지방 영주들이 부富를 축적

하면 반란이 일어날 수 있으므로 일부러 조선통신사를 화려하게 접대하도록 지시를 내려 경비지출이 많도록 유도한 면도 있다. 조선통신사가 이곳에서 며칠간 묵게 되면 많은 사람이 찾아와 글을 한 편 얻으려고 법석을 떠는 등 이 고장은 활기에 넘쳤다.

통신 3사가 묵었던 언덕 위의 옛 건물 마당에는 숙종 45년(1719년) 통신사의 제술관製述官(사무총장 격)으로 이곳에 왔던 신유한申維翰의 시詩가 새겨진 기념비가 하나 서 있었다.

조선통신사가 다녀간 길을 좇다 보면 한 가지 의문이 생긴다. 이렇게 어려운 길을 많은 경비를 써 가면서 200년 동안에 열두 번이나 통신사가 왔다 갔는데 그때마다 우리 조상들은 일본에서 무엇을 보고 무엇을 느끼고 갔을까? 하는 궁금증이다. 이에 대한 해답은 서울대학교 총장을 지낸 고병익高柄翊 박사가 써놓은 귀중한 논문 속에서 찾을 수 있지 않을까 생각된다. 역사학자인 고 박사는 조선통신사로 일본을 다녀간 사람들이 귀국한 후 써놓은 기록들을 일일이 찾아 그 내용을 정리해 글을 썼는데 「조선통신사의 일본관 – 群倭와 琪花瑤草」라는 논문이다. 임진왜란 때 우리나라를 침략했던 일본의 병력은 20만을 조금 웃돌았다. 이들이 6년간에 걸쳐 우리나라를 쑥밭으로 만들어 놓았다. 군대 20만 명을 무장시켜 외국으로 출병시킨다는 것은 오늘날에도 보통 국력으로는 실행하기 어려운 큰일이다. 그렇다면 임진란 당시 일본은 이런 일을 해낼 수 있는 국력이 어디에서 생겼을까? 우리가 임진란 같은 국치를 다시 당하지 않으려면 일본에서 어떤 것을 배워 가야 할 것인가? 나라를 대표해 모처럼 일본을 시찰했다면 응당 이런 의문에 대한 해답쯤은 찾아내야 했다. 그런데 고병익 박사의 논문을 보면 조선봉신사들은 이런 데 관해서는 대부분 무관심했다. 개중에는 일본 사람들이 청결하고 정직하다는 사실, 전국적으로 도량형이 통일되어 상품의 규격화가 이루어져 있다는 사실, 문맹자가 의외로 적다는 사실 등이 단편적으로 언급되어 있으나 통신사들이 보고 간 일본 시찰의 중심축은 철저하게 주자학적 윤리관, 그 가운데서도 『주자가례朱子家禮』를 잣대로 삼은 평가였다. 예를 들면 남녀가 목욕을 함께 하는 것, 형이 죽으면 동생이 형수를 아내로 삼는 것 등을 거론 하면서 일본을 '금수의 나라禽獸之國' 또는 "음란하고 더러운 행실이 곧 짐 승과 같았다淫穢之行 便同禽獸."라고 평가했다. 임란 때 당한 치욕과 울분이 앞서 일본인을 못된 놈들로 비하, 하시한 것은 이해가 가지만 나라를 위해서는 좀 더 냉철한 관찰이 있어야 했다는 아쉬움이 남는다.

우리 선인 가운데 통신사의 일본 견문을 비판한 사람이 없는 것은 아니다. 18세기 후반을 살았던 실학파 박제가朴齊家는 "중국을 섬기고 이웃 일본과 사귀기 위해 사신으로 가는 신하의 행렬이 길에 이어지기는 하나, 다른 나라의 훌륭한 법을 한 가지라도 배워 오는 자가 전혀 없다. 그러면서 저들을 비웃어 왜놈이니 되놈이니 떠든다._『北學議』"라고 한탄한 기록이 있다. 이런 선각자가 사신으로 일본을 보고 갔어야 했는데 그렇지 못한 것이 아쉬울 뿐이다. 아무튼 조선통신사가 남긴 흔적은 이와 같이 교훈적이다.

도자기에 얽힌 애사哀史 그리고 통신사에 관한 얘기는 모두 임진왜란과 직접 관계가 있다. 그래서 관훈클럽 회원들은 내친김에 임진왜란 때의 전선지휘부를 가 보기로 했다. 규슈 사가현에는 가라쓰唐津라는 항구도시가 있다. 우리나라 충청도에 있는 당진과 한자로 그 이름이 똑같다. 중국의 당나라를 뜻하는 '당唐'은 우리나 일본이나 옛날에는 모두 외국을 의미했다. 따라서 일본의 가라쓰라는 이곳도 예부터 해외와 교류했던 곳임을 알 수 있다. 가라쓰 시내에서 서쪽으로 자동차로 40분쯤 가면 히가시마쓰우라東松浦 반도의 북쪽 끝에 진세이초鎭西町라는 곳이 나온다. 이곳에 있는, 바다가 한눈에 들어오는 해발 88m의 언덕, 여기가 바로 일본군의 조선침략 총지휘부 나고야名護屋 성이 있던 곳이었다. 도요토미 히데요시는 여기에 큰 성을 짓고 여기 앉아 전쟁을 지휘했다. 우리 일행이 찾아간 날은 마침 나고야 성 박물관이 휴관하는 날이었는데도 다히라田平德榮 관장이 특별히 문을 열게 하고 우리를 직접 맞이해 주었다. "한국에서 모처럼 귀한 언론계 손님이 오신다기에 이렇게 나왔다."라고 인사를 하면서 한국인 직원 안희영 씨를 내세워 이것저것 우리가 궁금히 생각하는 것들에 대해 친절히 설명해 주었다. 일본의 특별 사적史蹟으로 지정된 성터의 옛 덴슈카쿠天守閣 자리에서 보면 한반도 항로의 징검다리인 이키壹岐 섬이 한눈에 들어온다. 날씨가 쾌청한 날이면 그 너머 대마도가 아련히 보일 때도 있다는 것이다. 박물관 안내직원의 설명으로는 이곳에서 이키 섬까지가 40㎞, 우리나라 부산까지가 180㎞라 했다. 한국과 일본의 최단거리에 있는 요충지를 택해 도요토미 히데요시는 성을 쌓게 한 것이다. 당시 그의 권세가 얼마나 강했던지 규슈 지방의 다이묘大名(봉건영주)들을 동원해 이곳에 성을 쌓는 데 채 반년이 걸리지 않았다고 한다. 그런데도 성 규모는 총면적 14만4천㎡에 이르러 히데요시의 본거지인 오사카大阪 성에 버금가는 큰 규모였다고 한다. 지금은 폐허가 된 채 '나고야 성터名護屋城址'라는 비석만 쓸쓸히 서 있지만 임진왜란 당시 지금 내가 서 있는 바로 이 언덕 앞의 바다를 통해 20만이 넘는 대군이 배를 타고 조선으로 떠났을 그때의 모습을 상상해 보니 기분이 씁쓸하고 착잡해졌다. 성터 뒤편에 자리 잡은 박물관에는 규슈를 중심으로 이루어진 한국과의 교류를 주제로 한 전시물이 잘 정리되어 있었으나 대부분이 임진, 정유 왜란에 관련된 것이었다. 그래서 찌는 듯이 무더운 여름날 이곳에서 찾아본 한·일 간의 흔적은 그다지 유쾌한 것이 아니었다.

■ ■

　한국과 일본의 관계를 흔히 '일의대수一衣帶水', '만수천산萬水千山'의 관계라 부른다. 가깝고도 먼 나라라는 뜻이다. 그만큼 두 나라 사이에는 은혜와 원한이 서로 얽힌 복잡한 관계가 맺어져 왔다. 따라서 한국 사람이 일본에 남긴 흔적만 있는 것이 아니라 일본 사람이 한국 쪽에 남긴 흔적도 있다. 이번에는 그 얘기를 조금 써 보겠다.

　우리나라의 안중근安重根 의사가 일본 총리대신을 지낸 이토 히로부미伊藤博文를 죽인 것은 다 아는 사실이다. 그런데 안중근의 인품이 어찌나 훌륭했던지 그에게 머리를 숙이게 된 일본인이 여러 명 생겨났다. 그 첫 번째 사람이 여순旅順 감옥에서 안중근의 담당 간수였던 지바 도시치千葉十七라는 일본 헌병이었다. 그는 안 의사에게서 '위국헌신군인본분爲國獻身軍人本分'이라는 휘호를 받고 크게 감격했다. 지금 서울거리 포스터에도 가끔 등장하는 안중근 의사의 이 글씨는 바로 이렇게 탄생했다. 그 후 헌병 지바는 일본으로 돌아가 고향인 미야기宮城 현의 다이린지大林寺라는 절에 안중근 의사의 위패를 모시고 죽을 때까지 명복을 빌었다.

　또 여순 감옥 소장이었던 구리하라 사다기치栗原貞吉는 안중근 재판을 맡았던 히라이시平石氏人 고등법원장과 마나베 주조眞鎬十藏 재판장에게 안 의사의 선처를 호소하는 탄원서를 내 당시 화제의 인물이 되었다. 이런 것으로 미루어보아 안중근이라는 인물은 주변사람들, 심지어 적국 군인들까지 감화시킨 훌륭한 인품을 지녔던 걸출한 지사였던 것을 알 수 있다.

　또 우리나라가 일본 식민지가 되었을 때의 일이다. 일본은 기회만 있으면 조선의 문화를 말살하려 했다. 그런데 여기 정면으로 맞서 저항하고 나선 일본인이 나타났다. 그가 바로 유명한 일본의 민속학자 야나기 무네요시柳宗悅였다. 그는 조선의 문화유산에 매료되어 미술, 건축, 도자기 등 조선의 미美를 소개하고 계몽하는 데 온 정성을 기울였다. 그 가운데서도 일본이 조선궁궐의 정문이었던 광화문을 헐려고 했을 때 일본 유수의 교양잡지 『개조改造』 1922년 9월호에 발표한 「잃어버리려 하는 조선의 한 건축을 위하여」라는 글은 조선사람 이상으로 가슴을 치는 통곡의 조사弔辭였고 일본을 규탄하는 격문이었다.

> 아! 광화문아! 광화문아! 너의 목숨이 이제 경각에 달렸구나. 네가 이 세상에 있었다는 기억이 차가운 망각 속으로 사라져 가려 하는구나. 아─ 어찌하면 좋겠느냐……. 지금 너를 죽음에서 구해 내려 하는 자는 모두 반역죄에 몰리게 되었고……. 너를 낳은 너의 민족은 지금 아무 말도 못하도록 재갈이 물렸으니, 너를 사랑하고 너를 아끼는 사람이 이 세상에 있다는 사실을 생전의 너에게 꼭 알리고 싶어 이 글을 쓴다.

이런 논조로 되어 있는 애절한 내용이다. 일본 민예民藝운동을 개척한 야나기 무네요시는 일본의 이른바 조선통이라는 지식인들이 입만 열면 조선에는 독자적인 문화가 없다느니. 조선의 모든 것은 중국의 모방에 불과하다느니 하는 야비한 논설들을 일일이 비판하면서 조선이 갖고 있는 아름다운 문화를 일본인들에게 알리는 데 평생토록 노력한 사람이다. 조선을 옹호한 몇 안 되는 일본 지성인이었던 그는 1961년 72세로 타계했다. 그로부터 46년이 지난 2007년 그의 손자가 조부의 유품들을 들고 한국에 와서 민예전시회를 열었다. 나는 일민미술관에서 개최한 그 전시회에 가 보고 우리들이 업신여기고 버렸던 옛날의 고리짝, 등잔받침 등 조선의 서민 생활용품들이 그의 손에 의해 아름다운 민예품으로 보존되어 있는 깃을 보았다. 정말 머리가 숙여지는 일이었다.

한국의 문화를 사랑했던 일본의 지식인이 또 한 사람 있다. 1926년, 경성제국대학 교수로 서울에 온 후지쓰카 지카시藤塚隣라는 일본인이 있었다. 중국철학을 가르치는 학자였지만 그는 서울에 부임해 오자마자 추사秋史(金正喜)에 흠뻑 빠지게 되었다. 가산을 쏟아 붓다시피 돈을 들여 추사의 유품들을 있는 대로 사들였다. 중국 북경에까지 가서 추사 유품들을 수집했다. 1932년, 서울 미쓰코시三越 백화점에서 추사 사후 처음 열린 유품전에 16점을 내놓을 만큼 그는 추사가 남긴 1급 작품들을 많이 소장하게 되었다. 그 유명한 「세한도歲寒圖」도 그의 손에 들어갔다. 후지쓰카 교수는 임기를 마치고 일본으로 귀국할 때 추사의 유품들을 모두 가지고 갔다. 1944년, 태평양전쟁이 막바지를 치닫고 있을 때 전형필全鎣弼(澗松) 씨 등 우리나라의 애국적 유지들이 귀중한 문화재를 도로 찾는 운동을 일으켰다. 이때 서예가 손재형孫在馨이 도쿄에 있는 후지쓰카 교수의 집을 약 100일 동안 매일 찾아가서 추사의 「세한도」를 넘겨 달라고 간청했다. 값은 부르는 대로 지불할 테니 제발 팔라는 것이었다. 비가 오나 눈이 오나 매일 찾아와 간청하는 손재형 씨의 성의에 감복한 후지쓰카는 마침내 돈 한 푼 받지 않고 「세한도」를 내주었다. "제발 잘 보관해 달라."라는 말만 여러 번 했다. 추사의 「세한도」는 이런 곡절을 겪은 끝에 우리 것이 되었다. 이로부터 62년이 지난 2006년, 후지쓰카 교수의 아들이 이번에는 그의 아버지가 가지고 있던 여타의 추사 유품 20여 점을 비롯, 2,700여 점에 이르는 한국 옛 선비들의 편지, 그림 등을 들고 한국을 찾아왔다. 그리고 경기도 과천시에 그것을 모두 기증했다. 참으로 훌륭한 흔적을 우리에게 남긴 일본인들이라 하지 않을 수 없다.

4

사사로운 이야기

젊은 날의 소묘素描

〈신진회新進會〉와 필화 사건

　서울대학교 문리대文理大에서 필화筆禍 사건이 일어난 것은 1957년 12월 14일의 일이었다. 사건의 발단은 『우리의 구상』이라는 학보에 당시 정치학과 2학년 학생이던 류근일柳根一이 쓴 글이 국가보안법에 저촉된다는 데서 시작되었다. 「무산대중을 위한 체제로의 지향」이라는 제목의 이 논문에서 문제가 된 내용은 다음과 같은 부분이었다.

> 한국에 있어서의 무산계급운동의 세력적 기반과 그 이념적 기초는 서구西歐류의 프롤레타리아계급, 잉여 노동가치를 착취당하는 산업노동자군이 뚜렷이 하나의 대계급으로 확립되어 있지 않으므로 한국 무산운동은 그 계급적 기초를 인텔리겐차들에 의해 지도되는 근로소시민과 농민과 노동자 들의 전체 무산대중층과 이에 협력, 합세하는 일부 진보적 프롤레타리아 군중의 총화에 구해야 될 것이다. …… 특권적,

관료적 부르주아 민주주의와 전체적, 억압적 공산주의를 다 같이 경험한 우리의 인민대중들은 새로운 형의 조국을 얼마나 갈구해 마지않는가! 끝으로 한 가지 제시하는 말이 있으니 그것은 '전체 무산대중은 단결하라!'는 외침인 것이다.

여기서 문제가 된 것은 전반적으로 사용된 어휘가 모두 좌익적 표현이라는 것과 '새로운 형의 조국'이라는 것이 현재의 국가체제를 부인하고 있다는 것이었다. 사건 수사를 맡은 당시 동대문경찰서는 글을 쓴 필자 류근일을 구속하면서 그의 배후에 〈신진회新進會〉라는 불온조직이 있어 이것도 함께 수사한다고 밝혔다. 6·25전쟁 이후 처음 생긴 대학가의 필화 사건이었다. 지금과 달리 그때는 학생운동이라는 것이 거의 없던 시대였다. 조용하기만 하던 휴전 후의 대학가에서 그것도 전국 제1의 명문대학이라는 서울문리대에서 이런 용공 사건이 생긴 만큼 큰 뉴스거리였다. 더욱이 일부 신문에서는 문리대 교내에서 학생들이 '적기가赤旗歌'를 부른 일도 있었다고 근거 없이 떠도는 풍물까지 보도했다.

나는 이때 문리대 정치학과 4학년 학생이면서 서울신문 기자로 있었다. 뿐만 아니라 류근일의 배후 불온조직이라는 〈신진회〉의 창립회원이었고 더 나아가 류근일을 이 서클에 가입시킨 장본인의 한 사람이기도 했다. 불똥이 나한테 튀어올 것이 빤히 보였다. 나는 각오를 단단히 하고 대비했다. 당시 문리대 학장이었던 한글학자 이희승李熙昇 선생과 정치학과 주임교수였던 민병태閔丙台 선생이 경찰에 불려 가고 대학에서는 교수회의가 긴급 소집되어 학보 회수와 편집 관계자들에 대한 처벌이 결정되었다. 〈신진회〉에 대해서는 회원 전원에 대해 조사가 시작되었다. 그런데 이때 문교부차관으로 있던 김선기金善琪 씨가 난데없이 "문리대 교수 가운데 좌익적 성향의 인사가 있는 듯하다."라고 말한 것이 신문에 보도되면서 수사범위가 교수진으로 확대될 기미를 보였다. 류근일의 필화 사건이 단순히 글의 내용을 문제 삼는 데 그치지 않고 배후조직과 교수로까지 복잡하게 얽히게 된 데는 이유가 있었다. 그것은 류근일의 아버지(柳應浩 씨)가 문리대 교수로 있다가 6·25 때 월북했는데 함께 교수로 있던 김선기 차관과 사이가 좋지 못했다는 것이다. 거기다 교수끼리 파벌다툼이 있어 문교부와 문리대는 그리 좋은 사이가 아닌 것으로 알려져 있던 시기였다. 그래 그런지 김선기 차관이 자꾸 필화 사건에 끼어들었다. 류근일 배후에 무엇이 있는 것처럼 애드벌룬을 띄웠던 그는 수사 내용이 마음에 들지 않았던지 이번에는 "경찰이 돈을 먹고 수사를 제대로 하지 않고 있다."라고 발언했다. 이에 흥분한 당시 서울시 경찰국장 최치환崔致煥 씨는 "김선기 차관이 그런 말을 했다면 경찰이 돈을 먹고 수사하지 않는 구체적 사실을 지적해야 한다."라고 말했고 치안국장 서정학徐廷學 씨도 "경찰은 묵묵히 수사하고 있으며 사건 규명에 노력 중이다. 항간에 경찰이 매수되어 수사를 태만히 하고 있다는 말이 유포되어 있는데 사실 무근이다."라고 해명하기에 이르렀다.

동대문경찰서 사찰과 형사 들은 매일 학교에 나타나 학생신상카드를 면밀히 조사해 학생들의 교우 관계를 자세히 캐내는가 하면 화장실 벽에 쓰여 있는 하찮은 낙서문구까지 베껴 갔다. 그리고 불온조직으로 지목된 〈신진회〉 회원들에 대해서는 하숙방까지 구석구석 뒤지며 공부하는 책들도 압수해 가는 등 수사를 다그쳤다. 그런데 정치학과 학생들이 만든 〈신진회〉라는 서클은 순수한 연구 모임이었다. 이 모임을 만든 주동자의 한 사람이 바로 나였기 때문에 이 모임을 갖게 된 경위와 그 활동 내용을 나는 누구보다도 정확히 알 수 있는 처지에 있었다. 내가 정치학과 3학년 때였다. 민병태 선생의 서양정치 사상사 강의를 함께 수강했던 4학년 학생인 김지주金志

桂, 하대돈河大敦, 나 그리고 동급생인 류한열柳漢烈, 이자헌李慈憲 등이 강의가 끝난 후 함께 이런저런 얘기를 나누던 중 영국 정치학자 라스키Harold J. Laski의 국가다원론國家多元論이 화제가 되었다. 여러 의견들이 교환되면서 열띤 토론이 벌어졌다. 이것이 계기가 되어 우리는 정치사상과 정치제도를 함께 공부하는 모임을 하나 만들기로 하고 모임의 목적, 연구활동 내용 등을 정하는 규약과 회칙을 내가 맡아 작성키로 했다. 이렇게 해서 탄생된 것이 〈신진회〉였다. 목적은 한국에 알맞은 정치사상과 정치제도의 연구였다. 회원은 정치학과 학생으로서 회원 3인 이상의 추천이 있어야 하고 모임은 한 달에 두 번 갖기로 했다. 모임의 명칭은 '신진회'로 했는데 이것은 새로운 것을 찾아 끊임없이 전진한다는 뜻으로 정했고 옛날 일본 도쿄대학에 있었던 〈신인회新人會〉라는 학생 서클도 약간 참고했다.

이런 과정을 거쳐 회가 창립되었는데 처음 회원은 4학년생인 김지주, 하대돈, 김재현, 3학년생 류한열, 이자헌, 정운학, 최서영이었다. 뒤이어 2학년과 1학년에서 회원을 골랐는데 고등학교를 졸업할 때 전교수석을 했던 수재들을 골랐다. 그래서 선발, 입회시킨 회원이 2학년생 정구호鄭九鎬, 이채진李埰畛, 1학년생 한영환韓瑛煥, 류근인, 고건高建이었다. 이렇게 열 명 남짓한 학생들로 첫 출발을 한 〈신진회〉는 라스키의 정치 사상을 중심으로 영국 노동당과 그 사상적 기둥이 된 페이비언 협회Fabian Society의 정치 사상을 주된 연구 대상으로 삼았다. 고등학교 시절을 6·25전쟁 속에서 보낸 당시 20대 초반의 우리 눈에는 남북한의 정치 모습이 모두 마땅치 않게 보였다. 북한은 사회주의를 내걸고 있으나 그 실체는 봉건적 전제군주체제로 보였다. 사회주의와는 얼토당토않은 김일성 일가에 대한 개인숭배 사상이 판을 치는 우스꽝스러운 정치체제였다. 이에 비해 자유당 치하의 이승만 정권은 친일파와 옛날 지주 세력이 중심을 이룬 체제로 부정부패가 만연해 있는 정권으로 보였다. 그래서 무엇인가 새로운 것을 한번 찾아보자고 모인 것이 〈신진회〉였다. 따라서 그때 우리들 눈에는 합리적인 점진주의로 민주적 방법에 의한 사회개혁의 정치철학을 내놓고 있는 페이비언주의와 영국 노동당이 연구해 볼 만한 좋은 모델로 여겨졌다. 이렇게 해서 〈신진회〉는 라스키뿐 아니라 시드니 웨브Sidney James Webb 부처, 콜G. D. H. Cole 사상을 공부하고 토론하는 데 골몰했다. 그리고 민병태 교수, 성균관대학교의 이동화李東華 교수, 고려대학교의 조동필趙東弼 교수, 조선일보 논설위원 고정훈高貞勳 씨 등을 초청해 특별세미나도 여는 등 활발한 활동을 했다. 그러나 어떤 정치 세력, 어떤 정치인과도 관계를 가진 일이 없었다. 그리고 〈신진회〉 회원들은 데모 한 번 해 본 일이 없는 그야말로 백면서생白面書生들이었다. 따라서 정치적인 시사 문제에 관해서는 회로서의 입장을 밝히는 의견서 하나 내 본 일이 없는 순수한 연구 모임이었다.

문리대 정치학과에 〈신진회〉가 생긴 것과 거의 때를 같이해 서울 법대에도 서클이 생겼다. 나중에 〈사회법학회〉로 발전하게 되는 이 모임의 명칭은 신조회新潮會였다. 당시 이 서클의 중심 학생이었던 김동익金東益, 이채주李採柱, 남재희南載熙, 배병우裵柄宇, 김규현金圭鉉 등은 마침 〈신진회〉 회원과도 교분이 있어 서로 교류를 갖게 되었다. 그 결과 〈신진회〉와 〈신조회〉는 자매 관계로 1년에 한두 번 합동으로 연구발표 모임을 갖기로 합의하는 데까지 이르렀다. 이렇게 타 대학으로 외연을 넓히기 시작한 〈신진회〉는 고려대학교에도 경제학과 학생들이 후진국 경제발전 문제를 공부하는 〈협진회協進會〉라는 모임이 있다는 것을 알게 되었다. 그런데 그쪽에서 연락이 왔다. 고려대 서클의 중심 학생은 이경식李經植, 김정규金禎圭, 이진우李進雨, 정진두鄭鎭斗, 오경희吳景熙, 김낙중金洛中 등이었다. 이렇게 해서 57년 가을에는 고려대 학생회관에서 서울 문리대의 〈신진회〉, 서울 법대의 〈신조회

〉, 고려대의 〈협진회〉 등 3대학 3서클이 합동토론회를 열기까지 했다. 지금 생각해 보면 세 대학의 세 서클이 함께 모여 한국의 현실을 진단하고 미래를 전망하는 토론을 가졌던 이 연구활동이 6·25 후 우리 대학가에 싹튼 학생동아리운동의 시초가 아닌가 생각된다.

〈신진회〉 운동의 전후사정은 내가 여기 쓴 이것이 전부라 할 수 있다. 그런데 당시 이 사건을 수사했던 동대문경찰서는 영국 노동당을 소련 공산당과 같다고 생각하는 차원의 억지조사를 했다. 그런데 이 과정에서 한 가지 실수가 있었다. 〈신진회〉 총무를 맡고 있던 류한열이 사건이 터지자 그동안의 활동내용을 메모해 놓은 회의록을 모두 불살라 없앤 것이 드러났다. 사실은 그것이 압수되었어도 문제될 것이 하나도 없는데도 엉겁결에 태워버린 것이었다. 그래서 류한열은 증거인멸죄로 구속이 되었다. 그리고 회원들을 조사하다 보니 초대회장을 했던 김지주가 병역법을 위반한 것이 밝혀져 그는 병역법위반으로 구속당했다. 그런 상태에서 〈신진회〉 사건은 서울지검으로 송치되었고 이 사건은 이주식李柱植 검사 담당으로 수사가 계속되었다. 나는 사건이 검찰로 송치된 다음 날 이주식 검사를 찾아갔다. 그때 나는 서울신문 기자로 검찰청 담당이었다. 그래서 이 검사와는 잘 아는 사이였다. 나는 〈신진회〉의 성격과 그 활동상에 대해 자진해 설명했다. 불온단체, 비밀조직, 빨갱이 모임과는 거리가 멀다는 것을 얘기하고 류근일이 〈신진회〉 회원이기는 하나 그의 글이 〈신진회〉를 대표하는 글이 아닌 만큼 선입견 없이 사실대로만 조사해 달라는 부탁을 단단히 했다. 내 사정을 알게 된 동료기자들도 서울지검 정보부장 조인구趙寅九 검사를 만나 〈신진회〉 사건의 공정수사를 당부하는 등 나를 도와주었다.

모든 신문이 문리대의 〈신진회〉와 류근일 필화 사건을 연일 보도하자 국회에서도 이 문제가 거론되었다. 57년 12월 21일, 국회예결위원회는 문교부차관과 서울대 총장, 교학국장, 문리대학장, 치안국장을 출석시킨 가운데 의원들의 질의가 벌어졌다. 이 자리에서 이희승 학장은 "문리대에 불온사상을 가진 사람은 없다."라고 분명히 대답했고 김선기 차관은 그의 발언에 대해 "나의 말에 관한 기사는 거두절미되었기 때문에 오해를 산 것이다. 나는 좌익 사상을 가진 교수가 있을지 모르나 사직당국이 알아서 할 일이라 말했다."라고 발뺌을 했다. 세상을 떠들썩하게 했던 이 사건은 58년 1월 10일, 서울지검 이주식 검사에 의해 류근일 한 사람만 국가보안법 위반으로 구속 기소되고 류한열, 김지주는 무혐의로 석방되었다. 불온조직으로 수사를 받았던 〈신진회〉는 아무 위법성이 없는 것으로 판명이 된 셈이다.

그해 4월 3일, 서울지방법원 류병진柳秉震 부장판사 주심으로 류근일에 대한 선고공판이 있었는데 재판부는 검사의 구형求刑(징역 단기 2년~장기 3년)에 대해 무죄를 선고했다. 판결 이유는 ① 평화통일에 관한 논의는 학구적 입장에서 학우들과 토론을 한 것에 불과하며 ② 문제된 논문은 문구에 있어 좀 오해될 만한 과격한 표현이 있으나 북한식 공산주의가 아니라 민주국가에서 용인되는 사회민주주의를 강조, 주장하기 위한 것으로 보며 ③ 〈신진회〉는 학생들의 순수한 연구 모임이라는 것으로 판시되었다. 당시 이 사건을 처음부터 끝까지 소상하게 취재, 보도했던 법조기자의 원로 이종전李鍾소 씨는 그의 회고록 『법이 바로 서야 세상이 바로 선다』라는 책 속에서 그때의 공판 모습을 다음과 같이 썼다.

> 류병진 재판장이 마지막으로 류근일 피고에게 가족(아버지)의 사상이 문제되었던 것으로 아는데 아들로서 그의 이념에 동조한 것은 아닌가 하고 물었다. 이에 대해 류근일은 그분의 이념을 아들이기 때문에 내가 추종한다는 것은 나의 지성이 허락하지 않는다고 또렷한 말씨로 진

술했다. 재판이 진행되는 동안 공판정을 메운 방청객들은 숨소리조차 죽인 조용한 분위기에서 류근일의 진술을 귀담아듣고 있었으며 취재기자들은 노트에 모든 것을 빼놓지 않고 기록했다. 특히 그의 논리정연하고 확신에 찬 진술은 모든 방청객들에게 깊은 인상을 주었다.

　이렇게 해서 조용해진 이 〈신진회〉 사건은 3년 후 5·16군사정변이 일어나자 다시 문제가 되었다. 반공을 국시國是로 내건 '군사혁명' 세력은 민주당 정권 때 세상을 소란하게 했던 좌경 용공 세력을 일소한다는 명분으로 일제 검거를 실시했을 때 〈신진회〉, 〈신조회〉, 〈협진회〉의 옛 멤버들도 그 대상이 되었다. 자유당 정권 때 경찰이 이 3개 서클을 좌익 블랙리스트에 올려놓았던 모양인데 이것이 군사정권에 그대로 인계된 탓이었다. 류근일, 김동익, 김낙중 등이 체포되었고 남재희 등 몇 사람은 지명수배자로 거리에 그 이름이 나붙었다. 나는 신문사에 사정을 얘기하고 약 2주 동안 도피생활을 했다. 소나기는 우선 피하는 것이 상책이기 때문이다. 군사정권이 안정되자 이 사건은 모두 불문에 붙여져 회원들 모두 무사했으나 신원조회 때마다 이 서클운동은 늘 문제가 되어 오랫동안 우리를 괴롭혔다.

　일본인들이 하는 말에 "젊어서 좌익이 되지 않는 사람은 하트가 없는 사람이고 장년이 되어 좌익을 벗어나지 못하는 사람은 헤드가 없는 사람"이라는 비유가 있다. 젊은 때의 뜨거운 정열과 장년기의 냉철한 이성을 비교해 강조한 말이다. 지금부터 50여 년 전의 그 옛날, 페이비언 사회주의에 심취했던 젊은 날의 서클 학우들이 각기 그동안 걸어온 인생행로를 회고해 보면 앞에 인용한 일본인들의 말이 옳다는 생각이 든다. 우선 사건을 일으킨 류근일은 그 후에도 여러 번 용공 분자로 체포되어 도합 8년 1개월이라는 긴 감옥생활을 했으나 지금은 우리나라의 유수한 대논객으로 언론계의 스타가 되어 있다. 조선일보 주필을 거친 그는 "무산대중은 단결하라!"라고 외쳤던 학생 시절이 믿기지 않을 만큼 좌익 이데올로기를 매섭게 비판하는 우파 인물이 되어 있다. 또 〈신진회〉 사건으로 구속되었던 김지주는 재벌회사인 금성반도체의 사장, 류한열은 서울신문 편집국장을 거쳐 올림포스전자 사장 등 CEO로 있다가 두 사람 모두 고인이 되었다. 하대돈은 국회의원과 한국관광공사 사장을, 이자헌은 국회의원과 체신부장관을, 정구호는 청와대 대변인과 KBS 사장을 지낸 후 모두 퇴역했다. 또 고건은 대학 졸업 후 관계로 진출해 최연소 도지사의 기록을 세우더니 농수산부장관, 내무부장관과 서울시장을 거쳐 국무총리, 한때는 대통령 권한대행까지 했다. 이채진과 한영환은 학계로 나가 미국 유학으로 박사가 되었는데 이채진은 미국 대학에서, 한영환은 국내 대학에서 각각 학자로 성공했다.

서울 법대 〈신조회〉 멤버들을 보면 김동익은 중앙일보 편집국장과 대표이사를 거쳐 정무장관을, 이채주는 동아일보 주필을, 남재희는 서울신문 주필을 거쳐 국회의원과 노동부장관을, 배병우는 한국노총 부위원장 등 노동운동가로 활동했다. 고려대학의 〈협진회〉의 이경식은 경제관료가 되어 경제부총리를 지냈고 김정규는 중소기업은행 부행장을 거쳐 동남은행장을, 오경희는 한국은행 이사를 지낸 후 모두 퇴역했다. 다만 김낙중 한 사람만이 줄곧 좌익운동을 계속했는데 북한과 내통한 사실이 드러나 오랜 옥고를 치렀다.

젊은 날의 학창 시절, 함께 어울려 이런저런 사건들을 겪었던 벗들은 이제 모두 노경老境에 이르렀다. 지금 회상해 보면 지적知的 오만과 미숙함이 없지 않았으나 그런대로 값졌던 우리들의 젊은 날 초상화였다. "인생의 끝 가는 길 참말 어려워 깨달으면 모든 일 한바탕 웃음人生末路難 悟來成一笑"이라는 퇴계退溪의 시 한 구가 자꾸 생각난다.

마로니에 향기, 녹음의 오후

〈정문회政文會〉 스케치

1950년대의 서울대학교 문리과文理科대학은 참으로 좋은 학교였다. 교수진이 좋고 학생들이 우수했던 것은 물론이지만 더 좋았던 것은 그 학풍學風이었다. 나는 입학해 보고 나서 더욱 그것을 느꼈다.

50년대의 대학 풍토는 6 · 25전쟁 바람에 무질서하기 이를 데 없었다. 박봉에 시달린 교수들은 먹고살기 위해 이 대학 저 대학 가리지 않고 출강하는 보따리장수 신세였다. 그래서 결강缺講이 비일비재했다. 또 학생들은 스스로 벌어 공부하는 고학생이 많아 결석이 또한 잦았다. 그러나 이런 시대적 분위기 속에서도 서울 문리대만은 달랐다. 마로니에 향기로 상징되던 당시의 문리대 학풍은 암울했던 시대와는 달리 자유분방하면서도 희망에 찬 꿈을 좇는 상아탑 바로 그것이었다. '문리과대학'을 영어로는 'College of Liberal Arts and Sciences'라고 한다. 이것은 인문과학을 폭넓게 연구하는 학문의 전당을 뜻한다. 대학교육에는 두 가지 목표가 있는데 하나는

■ ■ 문리대 정치학과의 정문회 멤버 들(앞 줄 가운데가 노재봉 씨, 그 바로 뒤가 필자,
  그 뒷줄이 신동호, 김질락, 김성우, 1957년 5월 운현동에서)

학문의 연구이고 다른 하나는 직업교육이다. 가령 법과대학, 상과대학, 의과대학은 법관, 기업인, 의사를 길러 내는 직업교육기관인 데 비해 문리과대학은 학문을 연구하는 상아탑이었다. 지금은 시대풍조가 직업교육 쪽으로 많이 기울었으나 1950년대에는 학문 연구가 대학교육의 중심이었다. 그래서 당시 서울대 문리대는 '대학의 대학'으로 불려 전국의 수재들이 다 모여드는 최고 학부였다. 따라서 그 학풍은 군자불기君子不器라 할까, 고소대처高所大處에서 세상을 내려다보고자 하는 그런 고고한 분위기였다.

그 가운데서도 정치학과 학생들의 기개는 대단했다. 전체 서울대학 가운데서 합격점수(커트라인)가 가장 높았던 탓으로 어느 시골에서는 정치학과 합격자가 생기면 거리에 현수막이 걸리고 온 동네에서 잔치를 베푸는 일도 가끔 있을 정도였다. 그래서 그랬는지 지금 돌이켜 보면 정치학과 학생들은 너나없이 모두가 오만이 넘쳤던 엘리트의식의 화신들이었다. 한국일보 주필을 지낸 언론인 김성우金聖佑 씨가 쓴 자전적 에세이 『돌아가는 배』에 보면 그는 당시 정치학과에 입학했던 기분을 다음과 같이 묘사했다.

서울대학교 문리과대학 정치학과는 당시 모든 젊은이들에게 우상偶像의 학과였다. 우러러보아 더 턱이 치켜질 데가 없는 곳, 거기 정치학과가 있었다. 커트라인은 높직이 혼자 독주하고 있었다. 우리나라 전 대학의 전 학과를 통틀어 합격선이 제일 높았다. 정치학과에 응시한다는 것은 구름 위로 솟은 영봉靈峰에의 도전이었다. 수험생들은 반드시 정치학을 전공하기 위해서라기보다는 하늘 아래 첫 봉우리를 정복하는 모험심으로 등반하듯 응시했다. 이 나라에서 가장 들어가기 어려운 대학의 학과는 나를 위해 비워져 있는 자리라는 자신과 자부를 가진 젊은이들만을 위해 정치학과는 문을 열고 있었다. 13대 1. 내가 응시하던 해의 경쟁률이다. 그것도 장삼張三 대 이사李四의 경쟁률이 아니라 준재俊才 대 영재英才의 경쟁률이다. 용호龍虎끼리의 대결장이었다. 아까운 재능끼리의 살생이었다.

　　당시 문리대 정치학과에 입학한 학생들의 기분과 기개는 모두 이러했다. 그래서 이런 오만과 프라이드를 경계라도 하듯 정치학개론을 담당한 민병태閔丙台 선생은 강의 첫 시간에 "여러분은 '정치학과'에 들어온 학생이지 '정치과'에 들어온 정치꾼이 아니라는 점을 명심하라."라는 주의를 주었다. 또 국제정치론을 강의한 이용희李用熙 선생은 "정치학이라는 학문은 아직 어리다. 유년기나 소년기에 있는 것이어서 어른이 되려면 좀 더 있어야 되고 부지런히 노력해야 된다."라는 말을 여러 번 강조했다. 그러나 나는 어쨌거나 즐겁고 신바람이 났다. 학기 초 수강신청을 할 때면 더 좋았다. 필수과목은 어쩔 수 없었지만 마음대로 골라 수강할 수 있는 선택과목을 고르는 데 있어 문리과대학은 그 폭이 엄청 넓고 다양했기 때문이다. 인문학의 기초과목들이 즐비한 탓으로 문리대라는 곳은 온갖 메뉴가 고루 갖추어져 있는 호화식당 같은 곳이라 할 수 있었다. 그래서 입맛에 맞는 음식을 마음대로 골라 먹을 수 있는 그런 즐거움, 그런 학풍이 있는 곳이 바로 문리대였다. 특히 박종홍朴鍾鴻 선생의 철학 강의는 어찌나 인기가 있었던지 다른 대학 학생들까지 들어와 도강盜講을 하는 바람에 강의실은 언제나 초만원이었다.

　　그런데 내가 2학년 때였다. 마침 국문학계의 거두인 양주동梁柱東 선생이 담당하는 'T. S. Eliot 시강詩講'이라는 강좌가 하나 생겼다. 문학전공 학생들을 대상으로 하는 강의였다. 나는 호기심이 발동해 엉뚱하게도 이 강의를 선택과목으로 골라 기웃거려 보았다. 내 딴에는 두 가지 이유가 이었다. 하나는 당대 제1의 고전국문학자가 현대 영시英詩를 강의한다는 것이 너무

신기했고 둘째는 내가 고등학교 시절, 문학에 눈떴을 때 엘리엇의 시 "4월은 가장 잔인한 달……."로 시작되는 「황무지The Waste Land」를 읽고 또 읽었던 일이 있었기 때문이다. 어떤 내용의 강의가 시작될지 궁금한 생각을 가지고 첫 시간에 들어간 나는 다시 한번 놀라고 말았다. 양주동 선생이 말하기를 노벨문학상을 받은 영국 시인 엘리엇의 작품 품격은 서정敍情보다는 지성知性적이라 했다. 그러므로 이 시인의 문학을 강의하려면 영국산 위스키를 절도 있게 마시는 그런 사람이 해야 하는데 자기는 한국의 걸쭉한 막걸리를 사발로 마시고 대성일갈大聲一喝하는 격정의 호걸이므로 어울리지 않는다는 설명이었다. 그런데도 자기가 굳이 자원해 강의를 맡은 것은 베토벤 음악을 바이올린이나 비올라가 아니라 꽹과리와 징으로 한번 연주해 보고 싶었기 때문이라는 것이다.

그러면서 시작된 강의에는 동서고금의 유명한 시구詩句가 종횡무진으로 인용되고 심지어는 신라 때의 향가, 가사까지 동원 비교되는, 그야말로 현란무쌍한 문학 강의였다. 50분 강의의 절반은 자기 자랑이었지만 어찌나 아는 것이 많은지 아무도 불평을 할 수가 없었다. 나는 그만 얼이 빠졌다. 글자 그대로 양주동 선생은 '국보'라는 말이 빈말이 아니라는 것을 비로소 알게 되었다. 강의실을 둘러보니 모든 수강생들이 다 나처럼 얼이 빠진 듯했다. 하도 재미가 있어 나는 이 강의를 될 수 있는 한 빠지지 않고 들었다.

그런데 수강생들을 보니 대부분이 영문학과 학생들인데 나처럼 정치학과 학생들도 몇 사람 끼어 있었다. 개밥에 도토리 격으로 낀 정치학과 이단아異端兒들은 이래서 서로 가까워졌다. 나는 양주동 선생 강의에 흠뻑 빠져버린 나머지 가끔 고석구高錫龜 교수, 송욱宋稶 교수가 강의하는 영문학 특강, 김붕구金鵬九 교수의 불문학 강의 등을 상습석으로 넉 시간씩 도강하는 버릇이 생겼다. 이럴 때에도 여기에서 정치학과 학생들을 뜻하지 않게 만

나는 경우가 있었다. 이런 연유로 서로 알게 된 '개밥의 도토리' 정치학과 학생들은 마침내 1955년 10월, 동호회 모임을 하나 만들기로 했다. '정치와 문학의 융합'이라는 애매하면서도 거창한 목표를 내걸고 탄생한 이 모임이 바로 〈정문회政文會〉였다. 회원은 3학년 학생인 노재봉盧在鳳, 김성우, 신동호申東澔, 김질락金瓆洛, 신정휴申貞休, 2학년 학생 손세일孫世一, 최동진崔東鎭, 최서영, 1학년 학생 양춘우楊春遇, 이문규李文奎 등 10명이었다. 알고 보니 이 멤버들은 모두 고등학교 때 시를 썼거나 소설 평론을 습작해 본 문학청년들로, 각기 교내잡지를 편집하면서 거기 발표한 자기 작품을 한두 개씩 갖고 있는 사람들이었다. 문리대의 문과에 지망할 소질들을 갖고 있으면서도 입학하기 어렵다는 정치학과에 도전해 본 당돌파들이었다. 여담이지만 뒷날 우리나라의 대표적인 영문학자로 대성한 김우창金禹昌 박사는 이때 정치학과에 입학한 나의 동기생이었는데 그는 문학에 몰입해 2학년 때 아예 영문학과로 전과轉科를 해 버린 학생이었다.

〈정문회〉회원들은 매주 한 번씩 빈 강의실을 찾아 모였다. 대표도 없고 지도교수도 없었다. 모여서 서로 떠드는 내용도 일정치 않았다. 지금 기억나는 것으로는 말로Christopher Marlowe의 희곡『몰타 섬의 유태인』이나 셰익스피어의『리처드 3세』에 마키아벨리즘이 어떤 영향을 끼쳤는가? 도스토예프스키의『죄와 벌』이 볼셰비키혁명에 어떻게 작용했는가? 등이 있고 특히 도스토예프스키의 정치논문집『작가일기作家日記』와 조지 오웰의 여러 정치에세이를 놓고 많은 토론을 벌인 일들이 있다. 그리고 신해혁명辛亥革命 후 중국에 관해서는『아큐정전阿Q正傳』,『광인일기』등 노신魯迅 문학이 주로 논의되었다. 이렇게 회합을 거듭하면서 어느 정도 기초가 잡히자 우리는 본격적인 교내활동을 시작했다. 그해 겨울에 발행된『정치학보』창간호에 우선 회활동을 소개했다. 소식란에 "문학의 사회기능화가 현저해 가는 이때 정치학도의 문학적 이해와 정치적 문학의 새로운 분야 개척을 위해 지난 10월에 발족한 〈정문회〉에서는 매주 주례회를 통하여 활발히 움직이고 있는데 다음 학기에는 회지발간과 정치학과 예술제를 개최할 예정이라 한다.”라고 회활동을 알렸다. 그러자 점차 문리대 안에 〈정문회〉 소식이 화젯거리로 번져 나갔다.

〈정문회〉는 이런 여세를 몰아 56년 봄, 문리대 구내식당을 몽땅 빌려 작품발표와 토론회를 개최했다. 이 행사의 이름은 「녹음의 오후」였다. 마로니에나무가 한창 푸른 잎을 자랑하는 교정 게시판에 노재봉이 명필답게 붓글씨로 쓴 행사공시문이 나붙었다.

“'녹음의 오후' 라니 도대체 무슨 뜻이야?”

이런 얘기가 퍼진 가운데 당일이 되자 많은 학생이 모여들기 시작했다. 앉을 자리가 없을 만큼 대성황이었다. 지금 남아 있는 그때 행사표를 보면 이 자리에서 손세일(필명: 孫天)의 장시長詩 「민주주의」가 먼저 낭송되었다.

> 먼 아덴 협곡에서의 역사와 더불어 익어 온 그리움이냐
> 굽이쳐 3천 년에 피어린 백화白花, 사념思念은 조사弔辭처럼 차다.
> 당연히 받을 것을 받기 위하여 얼마만한 낭만이 희생처럼 흘러갔기에
> 선지피 뚝뚝 분통한 만세라 하랴 갈가리 나부껴 청청한 깃발이라 하
> 랴. ……

시는 이렇게 계속되었다. 다음에는 김성우의 평론 「정치와 문학」이 발표되었다. '모든 사회 현상은 인간성의 현상' 이라는 밀J. S. Mill의 말을 인용하면서 “정치성과 예술성은 원시로부터 인간 고유의 본능적 형태로서 역사를 지배해 왔다.”는 것을 여러 예를 들면서 설명해 나갔다. 행사 마지막 무렵

에 내가 쓴 「두꺼비의 변辯」이라는 정치에세이가 낭독되었다. 지금 그때의 원고를 갖고 있는데 읽어 보면 너무 멋을 부리려고 생경한 용어가 두서없이 남용된 흠은 있으나 젊은 날 학생 시절의 내 모습을 볼 수 있어 정답기도 하다.

> ……
>
> 황금의 충실한 노복들인 스크루지나 샤일록을 모소侮笑하던 중세기의 귀족들이 물러간 지구에는 자유와 평등 그리고 어마어마하게도 박애가 찾아왔다고 했다.
>
> ……
>
> 고통과 억압에서 벗어난 8·15를 계기로 이 땅에는 독립과 자유와 행복이 찾아왔다고 했다. 정말인가? 어쩌면 모두 아득한 옛날의 신화이거나 그저 해 보는 레토릭인지도 모른다. 앞으로 탄생할 무수한 우리의 후예들을 위하여 조작된 아름다운 동화인지도 모른다. 모든 권력은 국민으로부터 나온다는 헌법조문도 실체가 없는 한낱 수사修辭가 아닌가. 그리고 왜곡되고 가설된 신앙들을 의젓하게 화장시키는 수법을 일컬어 우리는 '정치학' 이라 부르는지도 모른다.

내가 읽어 내려간 수필은 시종 이와 같이 시니컬한 패러독스로 일관된 것이었다.

〈정문회〉의 첫 학내활동은 큰 성과를 거둔 듯했다. 정치학과 학생들이 설치는 모습에 자극을 받았는지 문리대의 내로라하는 문과 학생들이 이때 〈문리대 문학회〉라는 모임을 만들었다. 그리고 『문학文學』이라는 회지를 창간했다. 문학의 터전을 지키는 것은 우리이지 너희가 아니라는 뜻인 것 같았다. 영문과, 불문과, 국문과, 철학과 학생들의 모임이었다. 이때 나온 회지(『문학』)에는 이어령李御寧의 「사반나의 풍경」, 오상원吳尙源의 「시차視差」, 최승묵崔昇默의 「우계雨季」, 홍사중洪思重의 「'새로움'의 의미」, 박이문朴異汶의 「현대시와 지성」, 이환李桓의 「허무와 신神」, 이태주李泰柱의 「에즈라 파운드와 이매지즘운동」, 류종호柳宗鎬의 「난해성에 대하여」, 성찬경成贊慶의 「개똥벌레의 노래」 등 소설, 평론, 에세이, 시 등 많은 작품이 실렸다. 이 〈문리대 문학회〉 멤버들 가운데는 후일 우리나라 문단을 대표할 만한 대가가 된 사람이 적지 않다. 아무튼 이런 분위기 속에서 〈정문회〉는 학내발표회를 경험 삼아 이번에는 학교 밖에서 타 대학 학생들까지 초청하는 큰 행사를 갖기로 했다. 57년 당시 서울 한복판 명동에 동방문화회관이라는 홀이 있었다. 여기서 〈정문회〉의 교외활동이 처음 열렸다. 행사 제목은 「이것은 노래가 아니다」였다. 이번에도 이것이 화제였다.

"노래가 아니라니 무엇을 하겠다는 것인가?"

모두들 궁금해 했고 많은 학생이 모여들었다. 법대생, 상대생, 연대생, 고대생, 이화여대, 숙명여대 학생 등 타교 학생들도 많이 찾아왔다. 이때의 행사 내용은 자료가 남아 있지 않아 자세히 소개할 수 없으나 첫 학내활동 「녹음의 오후」를 몇 배로 확대한 것이었을 뿐 특별한 것은 없었다.

〈정문회〉 활동에서 한 가지 더 자랑할 것은 서울대학이 발행하는 대학신문의 상賞을 2년에 걸쳐 〈정문회〉 회원이 연이어 받게 된 일이다. 당시 서울대학은 1년 동안 대학신문에 게재된 학생들의 작품 가운데서 가장 우수한 작품을 골라 '대학신문상'이라는 것을 매년 시상하고 있었다. 교수들로 구성된 심사위에서 엄격한 심사를 거쳐 수상자가 결정되므로 이 상은 대단히 권위가 있었다. 그런데 54년도에 〈정문회〉 회원인 김성우가 「구두」라는 단편소설로 이 상을 받은 데 이어 55년도에는 내가 쓴 「동해안」이라는 시詩가 대학신문상을 받게 되었다. 수많은 문과 학생의 우수한 작품을 물리치고 정치학과 학생의 작품이 2년 연속으로 시상 대상에 뽑힌 것은 정말 자랑할 만한 일이고 놀랄 만한 사건이었다. 이때 상을 받은 「동해안」이라는 내가 쓴 시는 1955년 5월 30일자 대학신문에 실린 다음과 같은 시였다.

동해안東海岸

오-랜 세월을 두고
홀로 이어 받은 슬픈 꿈이어서
환락歡樂의 저 창窓을 등지고
허허 망망히 지키는 이 변두리

먹구름 같은 지표地標에
현월弦月을 그리는
고달픈 노을이 어릴 때

줄달음치는 통곡慟哭과
끝끝내 몸부림쳐야 할
거대한 운명에서

어쩌면 왈칵 쏟아질 듯한
편린片鱗을 안고

오늘도
아득한 창륭蒼隆의 빛을 더듬어
맥맥히 지키는 이 변두리

아— 동해안(東海岸)······.

〈정문회〉 회원들은 당시 문리대 앞에 있던 중국집 '진아춘'에 모여 배갈과 자장면을 시켜 놓고 가끔 기염을 토했다. 그리고 그 옆의 '낙산' 다방에 모여 앉아 당시의 인기가수 패티 페이지와 냇 킹 콜의 노래를 듣곤 했다.

이런 추억도 있다. 한번은 낙산 다방에 〈정문회〉 회원들이 모였는데 마침 영화 제목 현상모집 광고가 신문에 난 것이 눈에 띄었다. 미국의 여류작가 올컷Louisa May Alcott의 소설 『작은 아씨들Little Women』을 영화화한 것인데 적절한 제명이 없었던 것 같다. 그래서 우리는 이것저것 떠들다가 김성우가 생각해 낸 「푸른 화원」을 써서 우체통에 넣었다. 그런데 이것이 당선되었다. 당시 서울 단성사에서 상영된 인기영화 「푸른 화원」은 〈정문회〉 멤버가 이름을 붙인 영화였다.

1950년대 동숭동의 낙산 다방과 중국집 진아춘은 문리대와 법대, 의대 학생들의 유일한 휴식처였다. 여기 자주 들락거렸던 학생 가운데는 나중에 가수로 성공한 최희준崔喜準, 배우로 성공한 이순재李順載, 이낙훈李樂薰 등이 있다.

얘기가 나온 김에 학창 시절 에피소드를 좀 더 써 보기로 하겠다. 정치학과 학생 가운데는 정말 엉뚱한 수재들이 많았다. 필수과목으로 수강해야 할 헌법은 법과대학 H교수가 강사로 와서 가르쳤는데 어느 해였던가, 헌법 시험에 「정치행위와 헌법적 규범의 관계를 논하라」는 것이 출제된 일이 있다. 담당 교수는 여러 시간에 걸쳐 칼 슈미트Carl Schmitt의 국가이론과 한스 켈젠Hans Kelsen의 법철학을 설명했는데, 그 이론들을 활용해 답을 내 보라는 취지로 이런 시험문제를 낸 것 같았다. 그런데 칼 슈미트가 히틀러의 나치스체제에 봉사한 학자라는 이유를 들어 어떤 학생이 "헌법적 규범은 보기에는 그럴듯하나 종국에 가서는 정치행위의 첩妾 노릇을 하는 데 불과하다."라는 축첩론을 장황히 써 냈다. 또 행정법 시험문제에 「명령적 행정행위의 한계를 설명하라」는 것이 출제되었는데 이번에는 어떤 학생이 시험문제를 자기 마음대로 바꾸고 거기 대한 글을 제멋대로 썼다. 시험문제 제목을 「휴전선」이라 바꾸어 놓고 "허허히 표백된 피의 무의미 위에 구원과 비원이 완충된 이 부락을 일러 휴전선이라 했다." 운운. 글은 이런 식으로 계속되어 갔다. 위의 두 답안지를 읽어 본 법대의 H교수는 "문리대 정치학과 학생들은 술 취한 수필문장의 천재들"이라고 코멘트를 하면서 학점을 주었다. 또 경제학을 가르쳤던 김두희金斗熙 교수가 그때 케인즈J. M. Keynes의 『(고용 이자 및 화폐의) 일반이론』을 우리나라에서 처음으로 번역, 출판했는데 책이 나오자마자 2학년 학생 하나가 잘못 번역된 오역誤譯 부분을 족집게처럼 집어내 교수에게 가져갔다. 김두희 선생은 그 학생에게 몇 번이고 고맙다고 하면서 정정표를 만들어 책에 첨부하는 등 해프닝이 있었다. 지금 회고해 보면 그때의 서울 문리대는 정말 우수한 학생이 많이 모인 자유분방한 학풍을 지녔던 학교였음이 실감난다.

〈정문회〉 초창기 회원들이 모두 대학을 졸업한 한참 뒤인 1968년, 생각지도 못했던 큰 사건이 터졌다. 이른바 통일혁명당 사건, 속칭 『청맥靑脈』사 사건과 학사주점學士酒店 사건이다. 바로 이 사건의 핵심 주모자 가운데 두 사람이 〈정문회〉 출신이었다. 나보다 한 학년 위의 김질락과 한 학년 밑의 이문규가 바로 그 주모자였다. 〈정문회〉가 수사 대상이 되었다. 당시 나는 신문사 특파원으로 도쿄에 있었는데 서울에서 생긴 뉴스를 듣고 깜짝 놀랐다. 나는 얼른 조선일보 특파원으로 도쿄에 와 있는 신동호 씨에게 전화를 걸었다. 그는 나와 함께 〈정문회〉 활동을 했을 뿐 아니라 김질락과 각별히 친한 사이였다. 대학 재학 시절 신동호의 부친과 김질락의 숙부가 자유당 소속의 국회의원이어서 둘이 더 친했다. 김질락은 대학 졸업 후『청맥』이라는 잡지를 발행하고 있었는데 나와 신동호는 〈정문회〉 인연으로 그 잡지에 몇 번 시평時評을 집필했던 과거가 있다. 또 주모자의 한 사람인 이문규는 서울 광화문 뒷골목에서 '학사주점'이라는 별난 술집을 경영하고 있어 나는 친구들을 데리고 몇 번 술을 팔아 준 일이 있었다. 나는 김질락, 이문규 두 사람과 지낸 과거를 아무리 반복해 보아도 그들을 의심할 만한 것이 떠오르지 않았다. 신동호 씨도 마찬가지라 했다. 특파원으로 오기 전 나는 경향신문 정치부장이었고 신동호 씨는 조선일보 사회부장이었다. 그래서 우리는『청맥』잡지에 나는 정치 문제, 신동호 씨는 사회 문제에 대해 몇 번 시평을 썼는데 지금껏 원고료를 한 번도 받아 보지 못했다. 그만큼 잡지 경영이 어려움을 겪고 있었다. 중앙정보부 발표를 보면 북한에서 보내온 공작금으로 잡지를 발행했다는 것인데 그렇다면 왜 김질락은 우리에게 원고료도 주지 못할 만큼 돈이 없어 쩔쩔맸을까? 도무지 납득이 가지 않았다.

　나는 신동호 씨와 함께 대사관에 나와 있는 중앙정보부 책임자를 만났다. 그에게 김질락·이문규 사건을 물어보았으나 별로 아는 것이 없는 듯했다. 우리는 대학 시절 〈정문회〉 활동을 설명했다.『청맥』잡지에 글을 쓴 사실도 얘기했다. 틀림없이 우리가 소환당해 서울로 조사받으러 가게 될 듯하니 그런 연락이 오거든 먼저 좀 알려 달라는 부탁도 했다. 그러나 이 사건은 그 후 여러 사람이 체포되고 재판이 진행되고 형벌이 선고되고 했으나 일본에 있는 나와 신동호 씨에게는 아무런 조사도 조치도 없었다. 사건의 주모자였다는 김질락과 이문규는 결국 사형선고를 받고 형장의 이슬로 사라졌다. 그들이 죽은 뒤인 1991년, 행림출판사에서『어느 지식인의 죽음』이라는 책을 출판했는데 이것은 김질락의 옥중수기를 엮은 내용이다. 사형을 선고받고 쓴 것으로 보이는 수기 속에는 다음과 같은 구절이 있다.

나는 역사에의 참여자도 아니며 역사의 증인은 더욱 아니다. 다만 인간 대열에서 떨어져 나간 한 낙오병임을 스스로 자인하며 부끄럽게 생각한다. 있을 수 있었던 일과 있었던 일은 모두 되찾을 수 없는 것. 이제는 다만 사색의 세계에서만 영원한 가능성으로 남아 있을 뿐이다. 영영 되찾을 수 없는 그 모든 것들을 영원히 매장해 버리려는 나의 이 작업에 대해 산 자들은 나를 고발할 것이요, 죽은 자들은 나를 증언할 것이다.

나는 집안도 괜찮은 그가 어째서 북한을 찾아가 노동당 비서 허봉학許鳳學을 만나고 남한에 지하당을 건설하려 했는지 그 심정을 이해할 수 없었다. 또 독실한 크리스천이었던 모범생 이문규가 무엇에 절망해 북한을 찾아가 그들의 지령을 받고 행동했는지 그것 역시 알 수가 없다. 김질락의 옥중수기를 읽어 보면 그는 북한에 가 보고 크게 실망한 심경이 절절히 쓰여 있는데 그렇다면 그를 굳이 죽일 필요가 있었겠는가 하는 의문도 생긴다. 국토가 분단되고 이데올로기가 상극이 된 나라에 태어난 지식인의 비극이라 할 수도 있으나 생각할수록 가슴 아픈 일이다. 지금도 창덕궁이 있는 돈화문 앞을 지날 때면 그 바로 길 건너 운니동 골목에 있던 김질락의 하숙방에 〈정문회〉 회원들이 모여 정치와 문학을 논하던 일이 자꾸 생각난다.

문리대 정치학과에 있었던 〈정문회〉는 내가 졸업한 후에도 송복宋復, 이수정李秀正, 이영일李榮一, 이종률李鍾律 등으로 이어지면서 맥을 이어 갔으나 서울대학이 구조를 바꾸어 문리대를 분해하여 인문대, 사회대, 자연대로 나누는 바람에 흐지부지 없어지고 말았다. 그래서 옛날 〈정문회〉의 멤버들은 마치 망국亡國의 유신遺臣 같은 신세가 되어 버렸다.

국무총리를 지낸 노재봉 씨가 좌장 격이 되어 가끔 모이고 있는데 그 면면들을 보면 노년의 나이가 무색할 만큼 지금도 왕성한 활동들을 하고 있다. 특히 손세일 씨는 정계를 은퇴한 후 『이승만과 김구』 평전을 쓰는 데 전력투구하고 있다. 전체 10권으로 짜일 이 평전은 6권까지 출판되었고 앞으로 3년간의 집필을 마치면 10권 전부를 마무리 짓겠다고 한다. 『월간 조선』에 연재된 후 책으로 출판되고 있는 이 평전을 읽어 보면 그 많은 자료 인용과 물 흐르듯 써 내려간 필치를 볼 때 그는 저널리스트의 천품을 타고났다고 할 만하다. 영국 대사를 마지막으로 외교관 생활에서 퇴역한 최동진 씨는 간간이 신문에 국제 문제 칼럼을 써 왕년의 솜씨를 자랑하고 있다. 또 연세대 교수를 퇴직한 송복 씨는 시사 칼럼니스트 스타가 되었으나 지금은 다시 연구생활로 복귀, 그 첫 작품으로 임진왜란 때의 정치가 류성룡柳成龍을 연구한 『위대한 만남―서애 류성룡』을 내놓았다. 이 저작은 우리나라 정치사학의 새로운 지평을 열었다는 평가를 받고 있다. 한편 한국일보의 파리 특파원과 주필을 역임한 김성우 씨는 『세계의 문학기행』에 이어 자전적 에세이 『돌아가는 배』를 써 출판했다. 글이 어찌나 아름다운지 문장의 전범典範으로 인기를 모으고 있다. 또 조선일보 편집국장과 주필을 거친 후 스포츠조선의 사장으로 있었던 신동호 씨는 스포츠 저널리즘 개척에 큰 업적을 남기고 퇴역했다.

마로니에 꽃향기가 그윽했던 동숭동의 옛 문리대 교정, 그리고 그곳에서 싹텄던 정치학과 학생들의 〈정문회〉 활동, 철학적 사유와 문학적 감성에 젖었던 이 모임은 길이 남을 만한 청춘의 낭만이며 지성의 잔치였다.

할머니의 서울 구경

강릉의 여인

2006년 가을, 나는 강원도 춘천에서 걸려 온 전화 한 통을 받았다. 강원도민일보의 편집부국장 박미현朴美賢 씨의 전화였다. 내용은 내 할머니에 관해 취재를 좀 했으면 좋겠다는 것이다. 아닌 밤중에 홍두깨 격이었다. 내 할머니는 이미 65년 전(1941년) 내가 아홉 살 때 돌아가신 분이다. 그런데 새삼 그 옛날 분에 관해 취재를 하겠다니 대체 무슨 영문인가? 나는 어리둥절했다. 무엇 때문에 그러느냐고 물었더니 강원여성연구소 소장을 겸하고 있는 박미현 씨는 다음과 같이 그 이유를 설명해 주었다.

영남대학교 국문학 교수로 있는 서인석徐仁錫이라는 분이 한국정신문화연구원에서 펴낸 자료집 『한국 고소설 목록』에서 「서유록」이라는 필사본이 있는 것을 발견하고 그것을 찾아 읽어 보았다고 한다. 그런데 그 내용이 1910년대 서울을 구경한 강릉 어느 집 부인의 생생한 여행기록이었다는 것이다. 서 교수는 그 필사본을 자세히 읽어 보니 혼자만 읽고 말기에는 내용이 너무 좋았다고 했다. 아까운 생각이 들어 논문으로 학계에 꼭 소개해야 겠다는 생각이 들어 2001년 12월에 발행된 학회지 『우리말글』(23집)에 그 내용을 발표하게 되었다는 것이다. 논문 제목은 「1910년대 강릉 여자의 서울 구경」이었다. 강원도의 여성활동에 큰 관심을 가져 왔던 강원도민일보의 박미현 부국장은 우연한 기회에 이 논문을 보자 정신이 번쩍 들었다고 한다. 도대체 강릉의 어떤 여인이 이런 훌륭한 여행기를 썼을까? 호기심이 발동한 그는 즉각 서인석 교수에게 전화를 걸어 「서유록」의 내용을 자세히 취재했다. 그리고 그 여행기 속에 적혀 있는 동리와 가족상황 등을 근거로 강릉에 가서 필자 찾기에 나서게 되었다. 「서유록」에 나오는 동리 이름이 '장현마을'로 되어 있어 그곳부터 가 보았다고 한다. 그랬더니 그곳은 이미 오래 전에 저수지 속에 수몰되어 없어진 동리임을 알게 되었다. 할 수 없이 박미현 씨는 없어진 장현마을에 관련된 모든 옛 기록, 옛 집, 옛 사람들을 뒤지고 찾고 만나고 대조해 가면서 조사를 해 보았다는 것이다. 그 결과 「서유록」이라는 서울 여행기를 쓴 필자가 바로 나의 할머니라는 것을 밝혀냈다고 한다. 나를 만나 내 할머니에 대해 취재를 하겠다는 이유는 이런 것이었다.

나는 박미현 씨로부터 이런 그간의 곡절을 듣게 되자 참으로 부끄럽고 면구스러웠다. 내 할머니의 글을 남을 통해 알게 되다니 생각할수록 면목 없고 부끄러운 일이었다. 나는 어릴 때 할머니가 늘 책을 읽고 계시는 걸 보고 할머니는 글을 좋아하는 것으로 생각했지 그런 기행문을 쓴 일이 있다는 것을 까맣게 모르고 있었다. 뿐만 아니라 집안의 어느 누구에게서도 그런 말을 들어 본 일이 없었다. 우리 집안 얘기를 하자면 할머니는 아들 다섯을 두었는데 내 부친은 그 넷째였다. 생각건대 할머니가 써 놓은 글은 맨 위의 아들인 나의 백부에서 그 아들인 내 종형從兄으로 물려 이어졌을 터인데 나는 어린 시절의 일이라 그것을 몰랐다. 우리 집안은 8·15광복 전 행정구역으로 강릉군江陵郡 성덕면城德面 장현리長峴里라는 마을에 집성촌 集姓村을 이루고 대대로 살아왔다. 그런데 태평양전쟁 중인 1943년 수리水利 사업 때문에 마을이 몽땅 물에 잠기게 되었다. 강릉에 생긴 최초의 수몰지 구라 할 수 있다. 모든 일가친척들이 할 수 없이 쥐꼬리만 한 보상금을 받아 들고 사방으로 흩어졌다. 나의 큰댁도 이때 건넛마을로 집을 새로 지어 이사를 하게 되었는데 이때 내 종형이 집안에 대대로 내려오던 골동품과 고문서 들을 몽땅 처분해 버렸다. 할머니의 여행기도 아마 이때 함께 뒤섞여 처분된 것으로 짐작된다. 그 후 그 여행기가 어떤 경로로 지금 한국학중 앙연구원(옛 한국정신문화연구원) 자료실에 보관되었는지는 알 길이 없다. 나는 박미현 씨에게 이러한 그동안의 우리 집안 내력과 사정을 설명하고 할머니에 관한 어린 시절의 기억을 더듬어 생각나는 대로 얘기해 주었다.

강원여성연구소에서는 2006년 12월 11일, 강원개발공사 회의실에서 내 할머니의 서울 견문록(「서유록」)을 중심으로 「근대 강원 여성 생활사 정립을 위한 공개토론회」를 열었다. 그리고 뒤이어 12월 27일에는 『1910년대 강릉 장현마을 최씨 댁 할머니의 서울 구경』이라는 이름으로 책을 출간했다. 할머니가 붓으로 썼던 기행문은 이런 곡절을 겪어 91년 만에 깨끗한 활자로 인쇄되어 세상에 나오게 되었다. 할머니의 기행문을 테마로 논문을 쓴 서인석 교수가 면밀히 조사한 데 의하면 이 기행문은 1913년, 할머니가 남편과 함께 딸을 데리고 서울 구경을 하고 나서 크게 느낀 바 있어 2년 뒤인 1915년에 붓으로 쓴 한글 기행문이라는 것이다. 형태는 필사본, 표제는 「셔유록」이라 되어 있고 별명은 「경성유록」인데 글자는 한 면당 25~25자 씩 평균 9행, 총분량은 56장 110면인데 글씨는 비교적 달필의 깨끗한 궁체로 구성되어 있다. 그리고 그 내용에 대해 서 교수는 총괄적으로 다음과 같이 평가하고 있다.

> 이 글에는, 강릉에서 서울로 가는 여정과 1910년대 초 서울의 모습이
> 아주 사실적으로 그려져 있다. 그뿐 아니라 어느 정도 개명한 양반집
> 부녀로서 '반일反日', '애국계몽' 의식이 상당한 정도로 드러나 있다.
> 따라서 이 기행문은 한국 근대 여성 산문의 소중한 성과이면서 아울러
> 서울이 아닌 지방 여성의 근대에 대한 인식을 보여 주는 좋은 작품이
> 라 평가할 수 있다.

나는 학자로부터 이런 평가를 받게 된 할머니의 서울 기행문을 자세히
읽어 보았다. 먼저 왜 여행을 하게 되었는지 그 동기부터 설명되어 있었다.
서울 여행을 하게 된 그해(1913년), 우리 집안에는 큰 불상사가 있었다. 할
머니의 장손(나의 종형)이 스무 살을 넘기지 못하고 갑자기 병사했고 뒤이
어 손부(나의 종형수)마저 남편의 뒤를 따라 순절한 사건이 생겼다. 장자長
子 위주의 유교적 가풍에 젖어 있던 당시라 할머니의 상심은 보통이 아니었
을 것이다. 그래서 여러 가지를 생각한 끝에 울적한 심정을 풀고 기분전환
을 해야겠다는 생각에서 늘 원했던 서울 구경이나 갔다 오기로 작정하고
여행에 나서게 되었다. 할머니는 이런 사정을 다음과 같이 기행문 첫머리
에 쓰고 있다.

> 남녀를 막론하고 그 나라에 생장하여 늙도록 서울 구경 한번 못하고
> 보면 부끄러운 일이라 항상 구경하기를 기약하되 여자몸 되어 용이치
> 못함을 한탄하였더니 어느덧 나이 오십 세라. 계축년癸丑年(1913년) 당
> 하여 삼월 초십일에 천지가 아득하고 일월이 무광無光한 변고로 가운

家運인지 문운門運인지 맏손자를 지하에 영결하니 심장이 녹는 듯 가슴이 억색臆塞한 중 오월 초칠일에는 맏손부마저 잃으니 저희 내외 천생연분으로 그러나 오호 통재라 나의 가슴에 맺힌 못이 어느 때에 녹을까. 통분한 심회를 이기지 못하여 한숨으로 세월을 보내자니 하루가 일 년같이 여광여취如狂如醉하여 진정하기 어렵도다. 하루는 가군家君을 향하여 서울 구경하기를 청할 새 심회도 진정하고 연아(막내딸: 나의 고모)의 몸도 고쳐 보고자 한데 가군이 허가하여 가로대 "나 역시 그 마음 있노라." 하거늘 가중家中에 의논하고 팔월 초삼일에 발정發程하여 대문을 썩 나서니 비감한 마음 더욱 새롭다.

할머니의 기행문은 이렇게 시작되어 가는 곳마다 느끼는 감회를 생생하게 그리고 있다. 당시 시대상을 알 수 있어 좀 더 뒤따라가 보기로 하겠다. 대관령을 넘으면서 할머니는 망국의 서러운 현장을 목격하고 분개하게 된다.

잠깐 쉬어 할미골 주막에서 점심하고 웃대화上大和 다다르니 이전부터 장터인데 인가가 엉성한 중 제도는 신제도라 자세히 물어보니 육 년 전 정미년丁未年(1907년)에 의병義兵이 있었다고 일본군이 와서 인명 살해하고 인가에 불을 질러 동리를 소멸한 후 이렇듯 불성모양이 되었다 하거늘 여자의 마음에도 분탄憤嘆함을 이기지 못하겠다. 그곳 지나 아랫대화下大和 다다르니 그곳도 역시 장터라 여러 가지 모양이 방사倣似하거늘 순사巡査 주재소가 있는가 물어보니 과연 그러한즉 일본 사람의 위풍과 세력이 저렇듯이 대단한가 심중이 자연 불편하더라.

이 글을 보면 '한·일 합병'이 있은 지 3년밖에 되지 않았는데 강원도에서도 오지에 속하는 진부珍富, 대화大和지방에까지 이미 일본의 헌병, 순사들이 장터마다 파견소 또는 주재소를 만들어 위세를 부리고 있었음을 알 수 있다.

고향집을 떠난 지 6일째 되는 날 할머니는 풍수원豊水院을 지나며 강원도에 맨 처음 생긴 유명한 천주교당을 구경하게 된다.

> 풍수원 다다르니 천주교당 찬란하다. 청홍 양색 벽돌로서 이층 양옥 처음 보겠네. 자세히 구경하고 도독 모롱이 고개 넘어 가루고개 다다르니 일락서산日落西山 황혼이라. ……

로 묘사된 풍수원 성당은 현재 강원도 횡성군 서원면 유현리 풍수원마을에 있는데 조선조 말기 대원군이 집권했을 때 전국의 박해받은 천주교신도들이 강원도 횡성 산골로 많이 피신해 왔다. 1890년에 처음 문을 연 이 풍수원성당은 강원도와 경기도 일부까지 관할구역으로 삼았던 유명한 가톨릭성당이다.

강원도를 지나 경기도 양평에 접어들자 번창한 장터와 무수한 상점을 보게 된 할머니는 "인물이며 상품들은 번화하고 찬란하니 경기 바람이 완연하다."라고 감탄하는데, 특히 양수리 근처에서 보는 북한강과 남한강이 만나는 물줄기에 흥미를 느낀다. "호호탕탕 대강大江 상上에 어선이며 상선이며 떼나무 타고 가던 선인船人들 돛대 달고 왕래하니 그 구경 가장 좋다."라고 감상을 기록했다. 그리고 한참 더 길을 가다가 옆을 보니 선바위 위에 사람 형상이 그려져 있기에 할머니는 저게 뭐냐고 물었던 모양이다. 그랬더니 옛날 과거科擧 보러 가던 선비들이 저 화상 위에 돌을 던져 합격을 기

원했던 곳임을 알게 되었던 것 같다. 그것이 기행문에는

> 그전 과거 있을 때 시댁이나 친정이나 여러 어른 과거 보러 오실 적에
> 이 길로 많이 지나 돌멩이도 던져 보셨을 듯 이 길로 다니실 때 나와
> 같이 노독路毒이나 없었던가. 과거 보고 낙제하여 이 길로 돌아오실 적
> 에 분한 마음 여북하였을까. 경진년 증광시增廣試에 증조부 진사하여
> 계시니 저 돌멩이 던졌던가. 옛날 일 생각하니 도리어 슬프도다.

　라고 쓰여 있다. 과거 보러 이 길을 오갔을 조상들 그리고 낙방하여 이
길을 맥없이 걸어 고향으로 갔을 선비의 심정을 헤아리는 여성다운 섬세함
을 잘 보여 준 대목이라 할 만하다.
　그러나 할머니의 기행문을 읽어 보면 그 하이라이트는 서울 구경을 골고
루 다닌 그 호기심과 새로운 문물을 구경하면서 느끼는 그 진취성에 있다.
서울 구경의 첫 스타트는 경복궁이었다. 그곳은 임금이 있던 곳이고 망국
의 한을 느끼게 하는 서울의 상징물이었다.

> 광화문 안을 들어서서 근정전 앞 다다르니 문무백관 조의朝議하던 곳
> 이로다. 문관, 무관 패만 섰고 전내殿內를 들여다보니 임금께서 앉아
> 조의 받던 용상이 뚜렷한데 폐지한 지 여러 해라 섬 뜰에 풀이 나고 처
> 마에 새가 나니 도리어 처량하다. 경회루 기둥은 모두 돌기둥이요, 이
> 층집인데 사방에 큰 연못 파고 연을 심어 잎이 피어 덮였는데 운치가
> 아무리 좋다한들 쓸 데 있나. 궁궐조차 폐지하니 그 나라의 신민 된 자
> 의 마음이 이렇듯 통분한데 이 궁궐에 계시던 우리나라 황상께서 여북
> 이나 분탄하실까.

이렇게 망국의 서글픈 심정에 젖었던 할머니는 경복궁 구경을 시작으로 독립문, 창경궁을 본 다음 신문명의 현장인 은행, 병원, 명동성당, 우미관(영화관), 경기도청, 종로등불(가로등), 탑골공원, 진고개의 왜관(일본인의 상점), 학교 등을 골고루 찾아다니며 구경했다. 그 가운데서도 기행문에 쓴 내용을 보면 아이들을 가르치는 학교에 대해 비상한 관심을 가졌던 것이 눈에 뜨인다.

> 학교 구경 하자 하니 관립학교, 사립학교 수다한 것 다 보기 어렵도다. 그중 관립사범학교, 고등보통학교는 집도 굉장하다. 사립인 중앙학교, 보성학교, 경신학교, 휘문의숙 모두 무던하고 진명여학교니 숙명여학교니 동덕여자의숙이니 신기하고 굉장하다. ……
> 아침 후면 이 골목, 저 골목 둘씩 셋씩 줄줄이 짝을 지어 학교로 상학上學하러 가는 학도 모두 청년인데, 그중에 건국영웅도 있을 듯 기쁜 마음 측량없어라. …… 서울 구경 가운데 학교 다니는 모양 제일 귀하고 반갑더라.

할머니는 학교 다니는 청년들의 모습이 가장 좋아 보였고 그 청년 가운데서 앞으로 나라를 구할 영웅이 나올지도 모른다는 희망도 함께 기록하고 있다. 기행문을 보면 할머니는 학생들이 학교에서 어떤 것을 배우는지 그것이 궁금했다. 특히 여학교에 대해 더 알고 싶었던 것 같다. 그래서 하루는 여학교 다니는 여자 아이를 붙들고 학교에서 배우는 과목들에 대후 주고받은 얘기를 다음과 같이 기록해 놓고 있다.

> 여학교 있다는 말만 들었더니 진정한 여학도를 만났도다. 국문(한글)

은 이전부터 여자의 글이라 물어볼 것 없거니와 그 다음 여러 가지 물어보자.

"배우기는 무슨 목적이며 배우기 어렵지 아니하냐?"

차례로 대답하되,

"한문이라 하는 글은 안 배울 수 없거니와 배우기 어렵지요. …… 한문글자 모르고는 판무식을 면치 못하지요. 한문이나 국문이나 눈으로 보아 알기만 하고 손으로 옮기지 못하면 소경에 단청丹靑 한가지라 습자習字 아니 하겠습니까. …… 도화圖畵라 하는 것은 모든 물건 형상대로 변통 없이 그리는 법이 묘하고도 신기합니다. 산천초목, 사석화엽沙石花葉, 일월성운日月星雲, 금수어충禽獸魚蟲 본 모양이 완연하고 열녀충신, 절부효자 화상 보고 안면을 알며 동양, 서양, 천하만국 지도를 보면 구경한 듯 이렇듯이 좋은 공부 잘 하기가 어렵지요. 수신修身이라 하는 것은 착한 행실 배우는 것, 산술이라 하는 것은 일용사물 몇 만가지 수 아니면 분수없소. 일어, 영어, 외국말은 외국 사람과 관계있어 서로 수작하자 하면 말 못하고는 답답해요. 편물編物이라 하는 것은 목에 두르는 목도리와 손에 끼는 장갑 등 뜨는 방법 배워 두면 해로울 일 전혀 없습니다."

차례차례 하는 말을 다 기록하기 어렵기로 약간 이렇게 적어 둔다.

할머니는 여학생이 말하는 교과내용을 이와 같이 자세히 기록하면서 아무 집 아이라도 가르치면 다 저렇게 똑똑해질 것이라 생각하고 다음과 같이 꿈이 있으되 허사가 될 것 같다고 탄식했다.

우리 강릉도 여학교 설시設施하고 청년, 여자 모이들여 교육사업 해 볼까. 생각은 간절하나 동지자도 없거니와 재정구취財政鳩聚 제일 극난이라 헛말로 끝날 듯…….

할머니의 서울 여행기에는 신학문에 대한 관심, 교육의 필요성이 강조되고 있을 뿐 아니라 고향인 강릉에도 여학교를 세워 여성들에 대한 교육을 실시해 보았으면 하는 의욕이 있었으나 과연 이런 생각에 동조할 동지자와 재정적 뒷받침이 있을까, 실망하는 심경을 잘 표현해 놓았다. 1910년대를 살았던 옛 사람인 내 할머니가 이렇게 개명되고 진취적인 여성이었던 것을 생각하면 나는 경탄스러우면서도 저절로 머리가 숙여진다.

또 기행문을 보면 할머니는 서울만 구경한 것이 아니었다. 내친김에 서울역에 가서 기차를 타고 인천까지 가 본 것이 쓰여 있다. 해외로 왕래하는 항구의 배들을 보면서 많은 느낌을 토로하고 있는데 시골 여자답지 않은 그 적극성과 용기에 다시 한번 말문이 막힌다. 인천 구경 갔던 정황이 기행문에는 이렇게 묘사되어 있다.

> 종로에 나가 전차를 타고 남대문 밖 정거장에 내려서 화륜거火輪車(기차)를 타고 용산 정거장에 다다르니 이곳은 평안북도 신의주로 통하는 철도가 놓인 후더라. 거기서 잠깐 정거하였다가 노들강 다다르니 망망한 대강大江 상上에 쇠다리鐵橋가 무지개같이 놓였는데 그 다리 위로 번개같이 지나……. 인천 정거장에 내려 사방을 구경하니 골목과 벽돌집은 서울과 다름없고 항구에 나가 보니 화륜선火輪船 육칠 척이 있고 조선 목선, 일본 풍선, 조룡선과 뽀루대는 몇백 척인지 알 수 없고 돛대는 대밭 같고 뽀루대 우는 소리, 황소 영각하듯 그칠 새 없다. 바다는 망망한데 화륜선 한 채가 남쪽을 향하여 가거늘 물으니 청국 상해로 가는 배라 하고 해중에 섬이 많아 멀리 망견하고 그 앞에 월미도라 하는 섬이 있는데 갑진년甲辰年(1904년)에 일본과 아라사俄羅斯(러시아)가

접전한 곳인데 아병俄兵(러시아군)이 일병日兵에게 패전하였다더라. 두루 구경하니 항구 만들어 놓은 제도 어이없고 기가 막혀 인력과 재정은 한정 없이 들었겠더라.

할머니는 이렇게 서울과 인천을 두루 구경하고 강릉으로 돌아갔다. 그리고 2년 후「셔유록」이라는 표제의 여행기를 썼는데 왜 이것을 쓰게 되었는가에 대해 다음과 같이 그 이유를 여행기 말미에 밝혀 놓았다.

그 나라에 생장하여 그 나라 서울 구경 아니 할 수 없는 것인데 모두 엄두를 내지 못하여 가지 못하는 일, 아직 전래 풍속이니 그 아니 답답한가. 서울 구경하여 별수도 없고 효험도 없다고 할 터이나 시방 세계에 이전 풍속만 생각하고 들어앉으면 더구나 여자계女子界가 암매함을 면치 못할 것인즉 우리나라 동포의 일천만이 여자인데 여자들이 어두우면 나라 정도 어이할꼬. 나도 서울 구경 아니 하였다면 세계가 무엇인지, 여자계가 무엇인지, 동포가 무엇인지 몰랐을 터인데 구경한 효험으로 이것저것 아는 것 어찌 별수 없다 하리오. 참혹하고 참혹하네. 우리나라 사람 사는 정도와 범절을 외국 사람과 비교하면 밤과 낮이 분명한 것은 물어보지 아니 하여도 소연昭然 각자 알 일이라. 우선 거죽치장 사는 집으로 말하더라도 외국 사람은 삼사, 오륙 층 되는 집에 사방 유리 영창이요, 안팎으로 칠을 하였거늘 우리는 일 층 집에 연기와 진애塵埃 속에서 생활하는 일, 구경 아니 하면 알 수 없는 일이더라. 어서어서 구경들 하고 정신들 차리시오. 지금은 이전과 다른 것을 어찌 알지 못하오. 나의 노정기路程記 일체를 서유록에 적어 놓은 것 하나도 거짓말 없소. 여러 얘기하기 장황하고 지루하기로 이 책을 지어서 구경 아니 한 여자계의 제씨를 권고코자 하노니 보시는 이 허수히 알지 마시오. 참혹하고 통분하다. 우리나라 사람이여, 심회에 있는 말

한정 없고 한탄한들 여의할까.

책 말미에 써 있는 이 말은 고루한 인습에 젖어 세상 달라지는 줄 모르고 사는 사람들, 그중에서도 특히 매사를 수동적으로 체념해 버리는 여성들에 대한 질책이라 할 수 있다. 책 한 권의 분량에 해당하는 할머니의 여행기를 여기에 모두 소개하기는 어렵다. 그러나 앞에 인용해 본 내용 몇 가지만 보더라도 조선조 말기와 '한·일 합병' 시기를 살았던 시골 여성으로서는 참으로 놀랄 만한 지식인이며 선각자였음을 알 수 있다. 내 할머니라고 해서 하는 말이 아니다. 특히 "참혹하고 분통하다. 우리나라 사람이여."라는 대목을 읽으면 내 할머니는 강릉이 낳은 당대의 여걸女傑이라는 생각도 든다. 이 분이 만약 남자로 태어났더라면 나라를 위해 큰일을 했으리라는 가정도 해 보게 된다. 나의 고향인 강릉에는 예부터 "남자보다 여자"라는 말이 있어 왔다. 남자보다 여자가 더 낫다는 말이다. 어째서 이런 말이 있게 되었는지는 알 수 없으나 역사를 보면 강릉에는 두 사람의 걸출한 여성이 있었다. 율곡栗谷의 어머니 신사임당申師任堂과 소설『홍길동전』의 저자 허균許筠의 누님인 허난설헌許蘭雪軒이다. 대관령 마루턱에 세워진 사임당의 어머니를 그리는 시비(思親詩碑)를 보거나 오죽헌에 보관된 글씨와 그림(草蟲圖)을 보면 사임당은 강릉이 낳은 천재임을 아무도 부인하지 못한다. 또 강릉시 초당에 그 생가가 있는 난설헌 허초희許楚姬는 중국에까지 그 시재詩才가 알려진 당대의 재인이었다. 그래서 "남자보다 여자"라는 말이 있어 온 것인지도 모른다.

나는 할머니의 서울 구경 기행문을 읽으면서 역시 '강릉의 여인' 답다는 생각이 들었다. 할머니 얘기가 계속된 터이라 끝으로 우리 집안에 대해 잠시 써 보기로 하겠다.

강릉 최씨江陵崔氏인 나의 집안은 고려 27대 왕(忠肅王)의 부마인 최문한崔文漢 공의 후손들이다. 고려가 망하자 우리 시조는 두문동杜門洞에 은거했다. 이른바 두문동 72현賢의 한 분이다. 이성계李成桂의 회유에도 고려 유신들이 절개를 굽히지 않자 이씨 정권에서는 두문동에 불을 지르고 토벌했다. 이때 우리 시조는 동쪽으로 동쪽으로 도망하여 더 갈 수 없는 바닷가 강릉에 이르러 여기에서 살게 되었다. 지금 강릉 시내에는 용지龍池라는 연못과 그 가운데 있는 비각碑閣이 강원도 기념물 제3호로 지정되어 있는데, 이곳이 바로 우리 시조가 개성에서 도망 와 살게 된 유적지라 하여 그 기념비를 세운 곳이다. 집안의 혈통이 이와 같이 망국亡國의 유신遺臣이었기 때문에 대대로 "이성계의 자손이 다스리는 나라에 벼슬하지 말라."는 유훈이 집안에 전승되어 왔다고 한다. 상놈이 되지 않기 위해 글을 익히고 과거를 보기는 했으나 대체로 벼슬에는 나가지 않았다는 것이다. 시골에서 학문에만 전념했던 것이 우리 조상들의 보편적인 생활 패턴이었던 것 같다. 족보를 보면 판서니 참판이니 하는 직책의 벼슬을 했던 분이 더러 있으나 이것은 어디까지나 예외에 속하는 일이다. 따라서 우리 가문은 조선왕조 내내 은거해 살아온 집안이라 할 수 있다.

그래서 강릉에서는 우리 집안을 '강릉 최씨' 라 부르지 않고 고려 때의 강릉 지명이 동원군東原郡이었던 탓으로 '동군(동원군의 약칭) 최씨' 로 부른다.

이런 집안으로 내 할머니가 시집을 왔다. 조선조를 통해 정승판서를 많이 배출했던 권문세족權門勢族에 속하는 강릉 김씨江陵金氏 출신이었다. 김연혹 씨의 셋째 따님으로 1862년에 태어난 할머니는 우리 집으로 시집오기 전 친정에서 상당한 교육을 받은 것 같다. 서울 기행문을 읽어 보면 어려운 한문용어가 많이 등장할 뿐 아니라 조선조 말기 서울에서 발행되었던 황성신문皇城新聞을 읽어 본 내용이 가끔 인용되고 있다. 황성신문은 국한문國漢

文 혼용으로 된 신문이었지만 어려운 한문이 주로 사용되고 한글은 토씨 정도로 쓰였던 신문이다. 이 신문을 읽어 내려면 상당한 한문실력이 있어야만 했다. 또 할머니가 쓰신 기행문의 붓글씨를 보면 오랜 수련을 거치지 않고는 좀처럼 보이기 어려운 달필이었다. 이런 점을 종합해 보면 할머니는 어릴 때부터 글공부와 가사체 시가詩歌 등 많은 공부를 한 것이 틀림없어 보인다. 몇 살 때부터 누구에게 어떤 교육을 받았는지 지금은 알아볼 방법이 없으나 그 친정댁이 퍽 학문이 깊고 개명된 집안이었던 것만은 확실해 보인다.

서울 구경을 마치고 귀가한 할머니는 그때로서는 엄청난 용단으로 우리 집안에 일대 개혁운동을 벌였다. 가장 눈에 띄는 것으로는 손자(나의 종형)를 서울로 유학 보내 충청도 출신의 신식교육을 받은 규수와 결혼을 시켰고 서울에서 살도록 집을 마련해 준 것을 들 수 있다. 당시 양반 집안에서는 그 내력을 잘 알 수 없는 타관결혼은 하지 않던 시대였다. 그런데 할머니는 그런 인습을 훌훌 털어 버리고 여학교에서 신여성으로 교육 받은 여자를 손부孫婦로 골랐다.(내 종형수는 당시 동덕여학교 졸업생이었다.) 그리고 서울에 큼직한 집을 한 채 마련했는데 이곳은 내 종형 내외만 사는 집이라기보다는 우리 집안의 서울 출장소 같은 역할을 하게 했다. 할머니는 집안사람들로 하여금 기회만 있으면 서울 구경을 가도록 하여 내 종형 집에서 먹고 자도록 했고 집안에 똑똑한 아이가 있으면 서울로 유학을 하도록 해 그 또한 내 종형 집에 기숙토록 했다. 그리고 그 경비는 할머니가 대체로 해결해 주었다. 우리 집안으로서는 참으로 훌륭한 할머니였다. 나는 어릴 때 할머니를 뵈러 큰댁에 가면 언제나 책을 읽고 계시던 할머니의 모습만이 지금껏 기억에 남는다. 그만큼 늘 무엇인가를 읽고 있었던 것이 할머니의 일과였던 것 같다. 우리나라가 광복되기 4년 전, 태평양전쟁이 일어났던 1941년,

할머니는 80세를 일기로 돌아가셨다. 내가 국민학교 1학년 때였다. 할머니의 장례식 날 강릉의 내로라하는 집안에서 모두 조문객이 왔고 고인을 추모하는 만장輓章이 온 동리에 펄럭이던 모습은 지금도 잊히지 않는다.

잃어버릴 뻔했던 내 할머니의 귀중한 글을 찾아 세상에 알려주신 영남대학교 서인석 교수와 또 할머니의 글을 책으로 출판해 주신 강원도민일보의 박미현 부국장께 다시 한번 감사를 드린다.